TERRY PRATCHETT

Narren, Diebe und Vampire

GOLDMANN
Lesen erleben

Terry Pratchett, geboren 1948, war einer der erfolgreichsten Autoren der Gegenwart. Von seinen Romanen wurden weltweit rund 65 Millionen Exemplare verkauft, seine Werke in 37 Sprachen übersetzt. Er starb 2015 an den Folgen einer seltenen Alzheimer-Erkrankung.
Informationen zu Terry Pratchett auch unter www.pratchett-buecher.de und www.pratchett-fanclub.de.

Terry Pratchett bei Goldmann und Manhattan:

Die Romane von der bizarren Scheibenwelt:
Voll im Bilde · Alles Sense! · Total verhext · Einfach göttlich · Lords und Ladies · Helle Barden · Rollende Steine · Echt zauberhaft · Mummenschanz · Hohle Köpfe · Schweinsgalopp · Fliegende Fetzen · Heiße Hüpfer · Ruhig Blut! · Der fünfte Elefant · Die volle Wahrheit · Der Zeitdieb · Die Nachtwächter · Weiberregiment · Ab die Post · Klonk! · Schöne Scheine · Der Club der unsichtbaren Gelehrten · Steife Prise · Toller Dampf voraus

Märchen von der Scheibenwelt:
Maurice, der Kater · Kleine freie Männer · Ein Hut voller Sterne · Der Winterschmied · Das Mitternachtskleid

Zwei Scheibenwelt-Romane in einem Band:
Rollende Steine/Echt zauberhaft · Mummenschanz/Hohle Köpfe · Schweinsgalopp/Fliegende Fetzen

Von der Scheibenwelt außerdem erschienen:
Wahre Helden. Ein illustrierter Scheibenwelt-Roman · Die Kunst der Scheibenwelt · Das Scheibenwelt-Album. Illustriert von Paul Kidby · Mort. Der Scheibenwelt-Comic. Illustriert von Graham Higgins · Nanny Oggs Kochbuch. Mit Rezepten von Tina Hannan. Illustriert von Paul Kidby · Die Straßen von Ankh-Morpork. Eine Scheibenwelt-Karte · Die Scheibenwelt von A–Z · Mythen und Legenden der Scheibenwelt · Witz und Weisheit der Scheibenwelt · Narren, Diebe und Vampire. Die besten Geschichten aus zehn Jahren Scheibenwelt-Kalender · Vollsthändiger und unentbehrlicher Stadtführer von gesammt Ankh-Morpork

Dazu ist erschienen:
Die gemeine Hauskatze. Illustriert von Gray Jolliffe · Eine Insel. Roman

Gemeinsam mit Stephen Baxter:
Die Lange Erde. Roman · Der Lange Krieg. Roman

Außerdem sind Johnny-Maxwell-Romane von Terry Pratchett erschienen:
Nur du kannst die Menschheit retten/Nur du kannst sie verstehen/Nur du hast den Schlüssel. Drei Romane in einem Band

Die Titel sind teilweise auch als E-Book erhältlich.

Terry Pratchett / Stephen Briggs

Narren, Diebe und Vampire

Das Beste aus
zehn Jahren Schweibenwelt-Kalender

Mit Illustrationen von Paul Kidby

Ins Deutsche übertragen
von Andreas Brandhorst und Bernhard Kempen

GOLDMANN

Die in dieser Ausgabe zusammengestellten Auszüge aus den Scheibenweltkalendern 1999 bis 2009 basieren auf den englischen Originalausgaben, die in den Jahren 1998 bis 2008 bei Victor Gollancz Ltd., London, erschienen sind, und zwar unter folgenden Titeln: Discworld's Unseen University Diary 1998/Discworld's Ankh-Morpork City Watch Diary 1999/Discworld's Assasins' Guild Yearbook and Diary 2000/Discworld's Fools' Guild Yearbook and Diary 2001/Discworld's Thieves Guild Yearbook and Diary 2002/ Discworld's (Reformed) Vampyre's Diary 2003/Ankh-Morpork Post Office Handbook. Discworld Diary 2007/Lu-Tze's Yearbook of Enlightenment 2008.

MIX
Papier aus verantwortungsvollen Quellen
FSC® C014496

Verlagsgruppe Random House FSC® N001967
Das FSC®-zertifizierte Papier *UPM Fine* für dieses Buch
liefert Kymmene Augsburg.

2. Auflage April 2015
Wilhelm Goldmann Verlag, München,
in der Verlagsgruppe Random House GmbH

Umschlaggestaltung: UNO Werbeagentur, München,
Umschlagmotiv: © 2012 by Paul Kidby, www.paulkidby.net
Th · Herstellung: Str.
Satz: Uhl + Massopust, Aalen
Druck: GGP Media GmbH, Pößneck
Made in Germany
ISBN 978-3-442-47788-3

www.goldmann-verlag.de

TERRY PRATCHETT
STEPHEN BRIGGS

Illustriert von Paul Kidby

SCHEIBENWELT-KALENDER DER UNSICHTBAREN UNIVERSITÄT 1999

ANGABEN ZUR PERSON

Name ______________________

Adresse ______________________

____

____

Fakultät ______________________

Unterkunft in der UU ______________________

____

Nächster Verwandter ______________________

____

Lebensstand Lebendig/Tot/Untot/Sonstiges

____

Spezies ______________________

Hausarzt ______________________

Leichenbestatter ______________________

Religion/Kult ______________________

(Lieblings-) Blutgruppe ______________________

Geburts- bzw. Todesdatum ______________________

Klubs und Vereine ______________________

____

Lieblingshobby ______________________

____

Lieblingsfarbe ______________________

Glückszahl (nicht zwischen 7 und 9) ______________________

Haustiere/Intimi ______________________

____

Spezies der Haustiere/Intimi ______________________

____

ANSPRACHE DES ERZKANZLERS

Ich möchte diese Gelegenheit nutzen, um die Studenten des neuen Jahrgangs an der Unsichtbaren Universität willkommen zu heißen.

Herzlichen Glückwunsch! Indem ihr als Menschen männlichen Geschlechts und mit dem Talent für Zauberei geboren seid, habt ihr im großen Würfelspiel des Lebens eine dreifache Sechs geworfen!

Ich erinnere mich gut an meine ersten Tage in der Universität. Damals waren die Dinge natürlich anders, im Gegensatz zu heute, wo sie immer gleich bleiben. Ich meine, heute gibt es niemanden mehr wie »Butzemann« Lehrgut, der noch drei Jahre nach seinem Tod unterrichtete, oder »Vielfraß Bauchweh«, der einmal versehentlich ein lebendes Huhn verspeiste, oder »Böse Überraschung« Rumskopf, der sich hinter der Tür seines Arbeitszimmers versteckte und jeden Studenten umzubringen versuchte, der ihm einen Besuch abstattete. Jemanden wie ihn sehen wir nie wieder! Nun, viele Studenten haben ihn nur einmal gesehen, und das auch nur ganz kurz. Damals spielten die rivalisierenden Aspekte der Zauberei eine größere Rolle als heute, und Prof. Rumskopf vertrat folgende Ansicht: Wer sich nicht einmal vor einem einfachen Axthieb schützen kann, verdient keinen Studienplatz an der Unsichtbaren Universität und hätte ohnehin bald ein schlimmes Ende gefunden.

Nun, die Zeit vergeht (sieht man einmal von dem kleinen Flur unweit der Wäscherei ab, wo aus irgendeinem Grund noch immer letztes Jahr ist; in dieser Hinsicht erwarten euch besondere Instruktionen), was bedeutet: Wenn es während der ersten Semesters zu einem Anschlag auf euer Leben kommt, so steckt entweder Zufall dahinter oder ein Streich der anderen Studenten, und wir sollten uns doch die Fähigkeit bewahren, herzhaft zu lachen, nicht wahr? Ich habe immer großen Wert auf Humor bei meinen Studenten gelegt, wobei es natürlich Grenzen gibt.

Ihr bekommt hier eine gründliche Ausbildung in magischer Theorie und Praxis und werdet außerdem in einem Fach eurer Wahl unterwiesen, wobei ich allerdings betonen möchte, dass »praktische Nekromantie« nach dem unliebsamen Zwischenfall mit der Schaufel vom Lehrplan gestrichen wurde.

Mir ist klar, dass viele von euch zum ersten Mal von zu Hause fort sind. Ich stelle mir unsere Gemeinschaft gern als große Familie vor, wobei ich der Vater bin und der Dekan alle notwendigen Voraussetzungen mitbringt, um die Pflichten der Mutter wahrzunehmen. Was den Quästor betrifft … Man denke in diesem Zusammenhang an jenen Verwandten, den man alle paar Wochen besuchen muss und der seltsam riecht. Tja, in loco parentis. Zweifellos können wir von euch jungen Leuten eine Menge lernen, obwohl ich persönlich glaube, bereits gut informiert zu sein, wenn es um Pickel, eingeschnapptes Schmollen und Mützen geht, die man falsch herum trägt. Wie dem auch sei: Wir sind gern bereit, uns eure kleinen Probleme anzuhören und ihnen in manchen Fällen sogar zu viel Aufmerksamkeit zu schenken. Zögert nicht, zu mir zu kommen und mir von euren Schwierigkeiten zu berichten, wobei ich aber darauf hinweisen sollte, dass es keine Entschuldigung für mangelnde Hygiene gibt. Ich bin schon seit langem der Ansicht, dass ein erfrischendes kaltes Bad und ein munterer Morgenlauf die meisten Probleme lösen. Meine Tür steht immer für euch offen.

Ridcully

Mustrum Ridcully, Dr. Thau., Dr. M., Dr. Wah.,
Dr. Mn., Dr. s. K., Dr. Weis., Dr. z. W., Dr. m. Phil.,
Dr. Fas. R., Dr. kon. Met., Dr. Z., B. E.
Erzkanzler

Die Unsichtbare Universität, das wichtigste magische Bildungsinstitut auf der Scheibenwelt (durchs Haupttor gesehen).

Das Universitätsjahr ist in acht Semester eingeteilt, jedes davon etwa eine Woche lang – dadurch soll die Zeit, die das Lehrpersonal im gleichen Raum wie die Studenten verbringen muss, auf ein Minimum beschränkt werden.

Die meisten Studenten wohnen auch für den Rest des Jahres in der Universität. Sie betreiben eigene Forschungen, nehmen Magie von der Struktur des Gebäudes auf und erweitern seine Schatzkammer des Wissens.

Die Semester der Universität folgen dem Großen oder astronomischen Jahr der Scheibenwelt. Wir würden gern das jeweilige genaue Datum nennen, aber entsprechende Verlautbarungen stehen im Ermessen des Erzkanzlers. Manchmal vergehen viele Monate oder gar Jahre, ohne dass ein Semester offiziell beginnt. Um ganz offen zu sein: Der Unterricht an der Unsichtbaren Universität wird von den Professoren und Dozenten als lästig erachtet. Er gilt als unnötige Unterbrechung des reibungslosen Ablaufs aller Dinge, als Störung der allgemeinen Routine und vor allem als schädlich für die Verdauung.

Das Lehrpersonal vertritt den Studenten gegenüber folgenden Standpunkt: Ihr könnt doch lesen, oder? Wir haben eine Bibliothek. Ihr seid hier, um zu lernen, nicht um unterrichtet zu werden. Wer eine genaue Zeiteinteilung wünscht, sollte sich an die nächste Postkutschengesellschaft wenden.

Wir weisen die Studenten darauf hin, dass manche Dinge unvermeidlich sind, und dazu gehört wahrscheinlich auch das Öffnen eines Buches.

Alle Studenten der Unsichtbaren Universität haben das Recht, die Bibliothek zu benutzen – sofern der Bibliothekar damit einverstanden ist. Man erreicht die Bibliothek der Unsichtbaren Universität durchs Hauptgebäude und mehrere Löcher im Gewebe der Realität.

Die Bibliothek der Unsichtbaren Universität ist vermutlich die größte des Universums oder aller denkbaren Universen. Ihr Durchmesser beträgt schätzungsweise hundert Meter, aber sie hat, soweit sich das feststellen lässt, einen unendlichen Radius. Die Präsenz so viel angestauter Magie entfaltet auf Zeit und Raum die gleiche Wirkung wie glühendes Eisen auf ein Pfund Butter. Ihr könntet also Stellen finden, wo der Boden zur Wand wird, Bücher sich in kleine Tonigel verwandelt haben und ihr selbst wie Apparate ausseht, mit denen man Äpfel entkernt. Es ist daher ratsam, den mit Kreide und gelegentlich auch mit Bananenschalen gekennzeichneten Routen zu folgen.

Wir müssen euch warnen: Die Bibliothek enthält alle Bücher, die jemals geschrieben wurden und geschrieben werden – ein Umstand, der gewisse einfallsreiche Studenten auf die Idee brachte, dass in irgendeinem fernen Regal ihre Doktorarbeit ruht.

Nun, das stimmt. Aber es wäre sehr unklug, mit der Suche danach zu beginnen. Wie lange es auch dauern mag, das Manuskript zu finden – es ist viel einfacher, das verdammte Ding zu schreiben.

Mehr als 90 000 magische Bücher bilden den Hauptteil der Bibliothek und die Ursache der oben beschriebenen Probleme. Sie stehen nicht nur in den Regalen, sondern schweben in manchen Fällen darüber.

Große Vorsicht ist angebracht, um zu verhindern, dass die geballte Magie Schaden anrichtet. Versucht auf keinen Fall, die an die Regale genagelten Kupferstreifen zu entfernen. Sie dienen zu eurem Schutz! Ihre Aufgabe besteht darin, die natürlich austretende Magie abzuleiten. Wer sie entfernt, muss mit ernsten Konsequenzen rechnen, wie ein unternehmungslustiger Schrotthändler erfuhr. Die Strafe für eine derartige Unbesonnenheit ist der Tod – wenn man Glück hat. Große Mengen zielloser Magie können sich verheerend auf den menschlichen Körper auswirken.

Ihr werdet feststellen, dass viele Bücher an den Regalen festgekettet sind. In den meisten alten Bibliotheken soll dadurch verhindert werden, dass Besucher Bücher stehlen oder beschädigen. In unserer Bibliothek verhält es sich genau umgekehrt. Wenn ihr darauf achtet, in der Mitte der Gänge zu bleiben, und wenn ihr auf aggressives Verhalten verzichtet – dann überlebt ihr mit ziemlicher Sicherheit.

Ausgeliehene Bücher dürfen nicht später als bis zum letzten angegebenen Datum zurückgegeben werden. Wenn ihr eins verliert oder unabsichtlich beschädigt, so ist es wichtig, dass ihr euch so schnell wie möglich an den Dekan wendet, damit man euch dabei helfen kann, heimlich die Unsichtbare Universität zu verlassen und irgendwo anders ein neues Leben zu beginnen. Der Bibliothekar ist sehr stolz auf seine Bücher und hält nicht viel von Leuten, die ihnen zu wenig Respekt entgegenbringen oder sie auch nur mit einem zu schweren Blick lesen. Er glaubt daran, dass Blicke Druck ausüben und niedergeschriebene Worte abnutzen.

Übrigens sei darauf hingewiesen: Alle Studenten sollten den Bibliothekar so akzeptieren, wie sie ihn vorfinden. Ja, er ist ein Affe, aber seine Gemeinheit reicht nicht an die der meisten Affen und vieler Bibliothekare heran. Es spricht nichts dagegen, ihm Nüsse und Obst zu geben, vorausgesetzt, die Geschenke werden mit der richtigen Einstellung angeboten. So verlockend es auch sein mag, ihn aufzuziehen: Ihr solltet daran denken, dass er noch viel fester ziehen kann, vor allem an euren Armen und Beinen.

Besucher der Bibliothek tragen große Verantwortung, und deshalb zeigen wir hier die

Erklärung, auf Verlangen laut vorzulesen

»Ich, hier den eigenen Namen einfügen, verpflichte mich hiermit, ohne Erlaubnis der Bibliothek keine Bücher, Dokumente oder andere Gegenstände fortzubringen, mit Anmerkungen zu versehen, zu beschädigen oder zu verletzen. Ich verzichte ausdrücklich auf unangemessene Gewalt gegen jene Bücher, die sich gelegentlich zu einem Angriff auf mich entschließen. Ich werde in der Bibliothek weder Feuer anzünden noch irgendwelche Flammen verwenden, seien sie magischer oder anderer Natur. Darüber hinaus bemühe ich mich nach besten Kräften, in der Bibliothek einer spontanen Kombustion meiner eigenen Person vorzubeugen. Ich verspreche, die Regeln der Bibliothek zu achten, auch jene, die ab und zu vom Bibliothekar hinzugefügt werden – dessen Urteil bei allen die Bibliothek betreffenden Angelegenheiten in jeder Hinsicht endgültig ist. Außerdem versichere ich, jedes Dokument aufmerksam zu lesen, das mir den Unterschied zwischen »Tieren« und den höher entwickelten Affen verdeutlicht, wobei ich ausdrücklich anerkenne, dass ich die Möglichkeit zu einer solchen Lektüre allein der Freundlichkeit des Bibliothekars verdanke. Dass er meinen Kopf ganz dicht vors Blatt hält, erleichtert mir das Lesen, und wenn er ihn mehrmals an den Tisch stößt, möchte er damit nur meinem Erinnerungsvermögen auf die Sprünge helfen.«

Lieber Adrian Rübensaat,

ich habe Deinen Beitrag für den Kalender gelesen und bin mir nicht ganz sicher, warum es radikal und freigeistig sein soll, sich nur von Pizza zu ernähren, bis spät abends im Forschungstrakt für hochenergetische Magie zu hocken und Hex beizubringen, »Barbarische Angreifer« zu spielen. Übrigens: Wenn ihr wirklich aufgeschlossen seid – wer hat euch dann vorher zugesperrt? Ich vermute, daß der Begriff »ausgekocht« nichts mit der Zubereitung von Speisen zu tun hat, und ich muß der Behauptung widersprechen, die Fakultät sei »traurig« und überhaupt nicht mit modernen umgangssprachlichen Ausdrücken vertraut. Wir sind keineswegs unglücklich; manchmal können wir sogar ganz schön ausgelassen sein.

M.R.

Lieber Adrian Rübensaat,

gegen diesen Absatz habe ich nichts einzuwenden, da ich ihn mühelos verstehe. Übrigens: Wenn Du wirklich »cool« bist, ist es natürlich ratsam, einen heißen Ort aufzusuchen.

M.R.

Lieber Adrian Rübensaat,

Vielleicht könntest Du zu mir kommen, um diesen Absatz zu erklären.

M.R.

UNSICHTBARE UNIVERSITÄT
GRfS, Pfirsichblütenstraße, Ankh-Morpork

Liebe Erstsemester,

he, Spitze, herzlichen Glückwunsch zu Eurem Studienplatz an der Unsichtbaren Universität und willkommen in Ankh-Morpork! Die traurigen alten Typen von der Fakultät haben uns freigeistigen, aufgeschlossenen, radikalen und ausgekochten Burschen eine ganze Seite in diesem offiziellen Kalender gegeben, um Euch darauf hinzuweisen, was es wirklich bedeutet, hier bei uns zu sein!

Die Zeit an der Unsichtbaren Universität ist der Höhepunkt Eures bisherigen Lebens. Ihr habt jetzt Zugang zu den wichtigsten Klubs und dem heißesten Nachtleben, das diese besonders kosmopolitische Stadt zu bieten hat! He, selbst ein cooler Bursche wie ich erinnert sich genau daran, wie einsam und verlassen Ihr Euch fühlt, wie sehr Ihr an Heimweh leidet!

Wir veranstalten einen ordentlichen Budenzauber im GRfS (für die Neuen: Gemeint ist der Gemeinschaftsraum für Studenten), und zwar am fünften Tag der nullten Woche. Dabei begrüßen wir Euch und weisen darauf hin, welche Klubs und Gesellschaften die Universität anzubieten hat. Was noch wichtiger ist: Dabei wird so richtig die Sau rausgelassen!

Wenn es irgendetwas gibt, das Ihr über die Universität oder die große Stadt Ankh-Morpork wissen wollt, so zögert nicht, mir einen Besuch abzustatten.

Ich freue mich, Euch alle kennenzulernen!!

Mit magischen Grüßen

Adrian Rübensaat
GRfS-Präsident

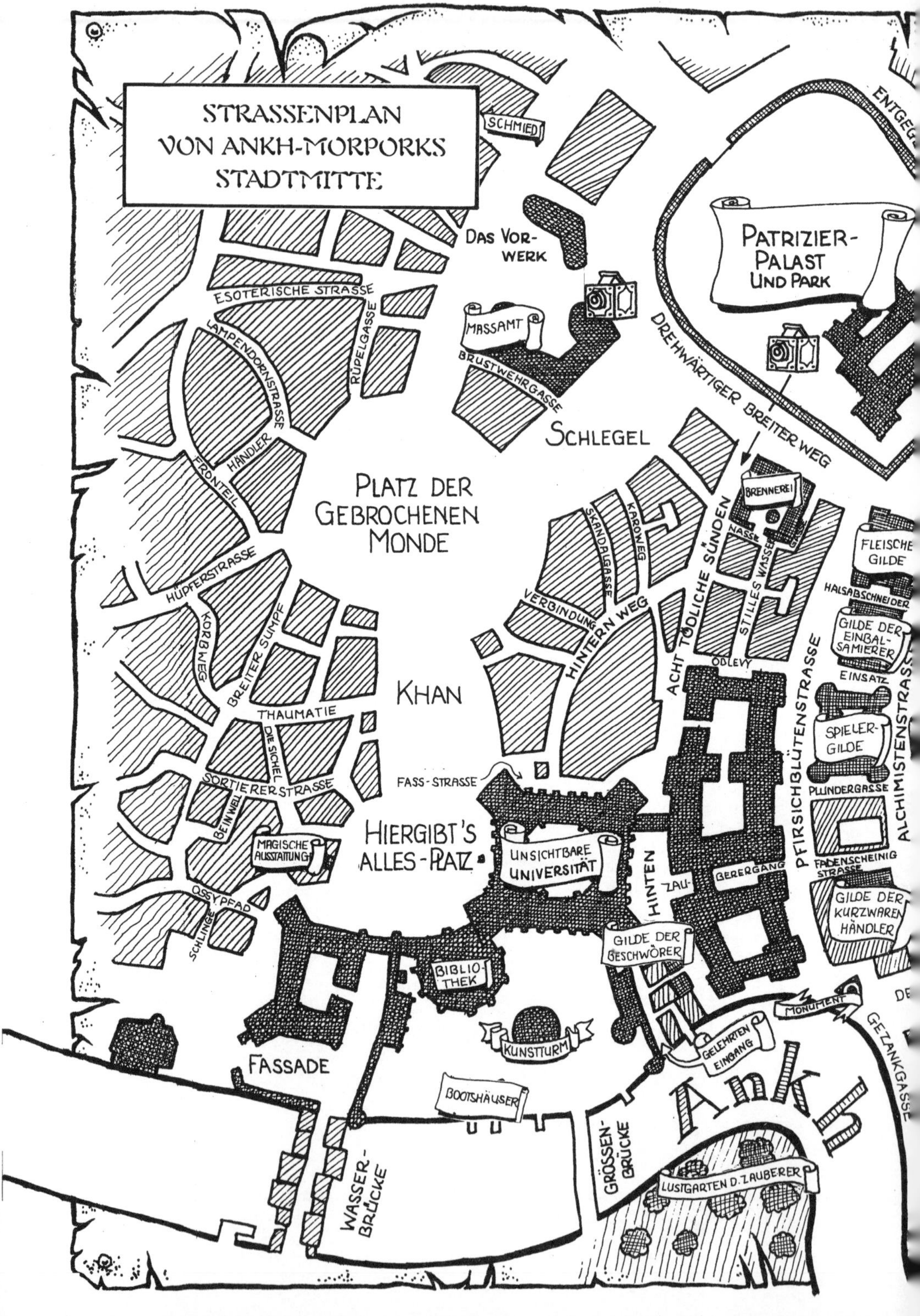
STRASSENPLAN
VON ANKH-MORPORKS
STADTMITTE
SCHMIED
DAS VORWERK
PATRIZIER-PALAST UND PARK
MASSAMT
BRUSTWEHRGASSE
DREHWÄRTIGER BREITER WEG
ESOTERISCHE STRASSE
LAMPENDORNSTRASSE
RÜPELGASSE
SCHLEGEL
HÄNDLER
FRONTEIL
PLATZ DER GEBROCHENEN MONDE
BRENNEREI
ACHT TÖDLICHE SÜNDEN
NASSE
STILLES WASSER
KAROWEG
SKANDALGASSE
VERBINDUNG
HINTERN WEG
HUFERSTRASSE
KORBWEG
BREITER SUMPF
HALSABSCHNEIDER
GILDE DER EINBALSAMIERER
ODLEVY
EINSATZ
PFIRSICHBLÜTENSTRASSE
KHAN
THAUMATIE
DIE SICHEL
SPIELER-GILDE
SORTIERERSTRASSE
FASS-STRASSE
PLUNDERGASSE
BEINWEH
MAGISCHE AUSSTATTUNG
HIERGIBT'S ALLES-PLATZ
UNSICHTBARE UNIVERSITÄT
HINTEN
ZAU-
BERERGANG
FADENSCHEINIG STRASSE
GILDE DER KURZWAREN HÄNDLER
OSSYPFAD
SCHLINGE
GILDE DER BESCHWÖRER
BIBLIOTHEK
MONUMENT
KUNSTTURM
GELEHRTEN EINGANG
GEZANKGASSE
FASSADE
BOOTSHÄUSER
Ankh
GRÖSSEN-BRÜCKE
WASSER-BRÜCKE
LUSTGARTEN D. ZAUBERER

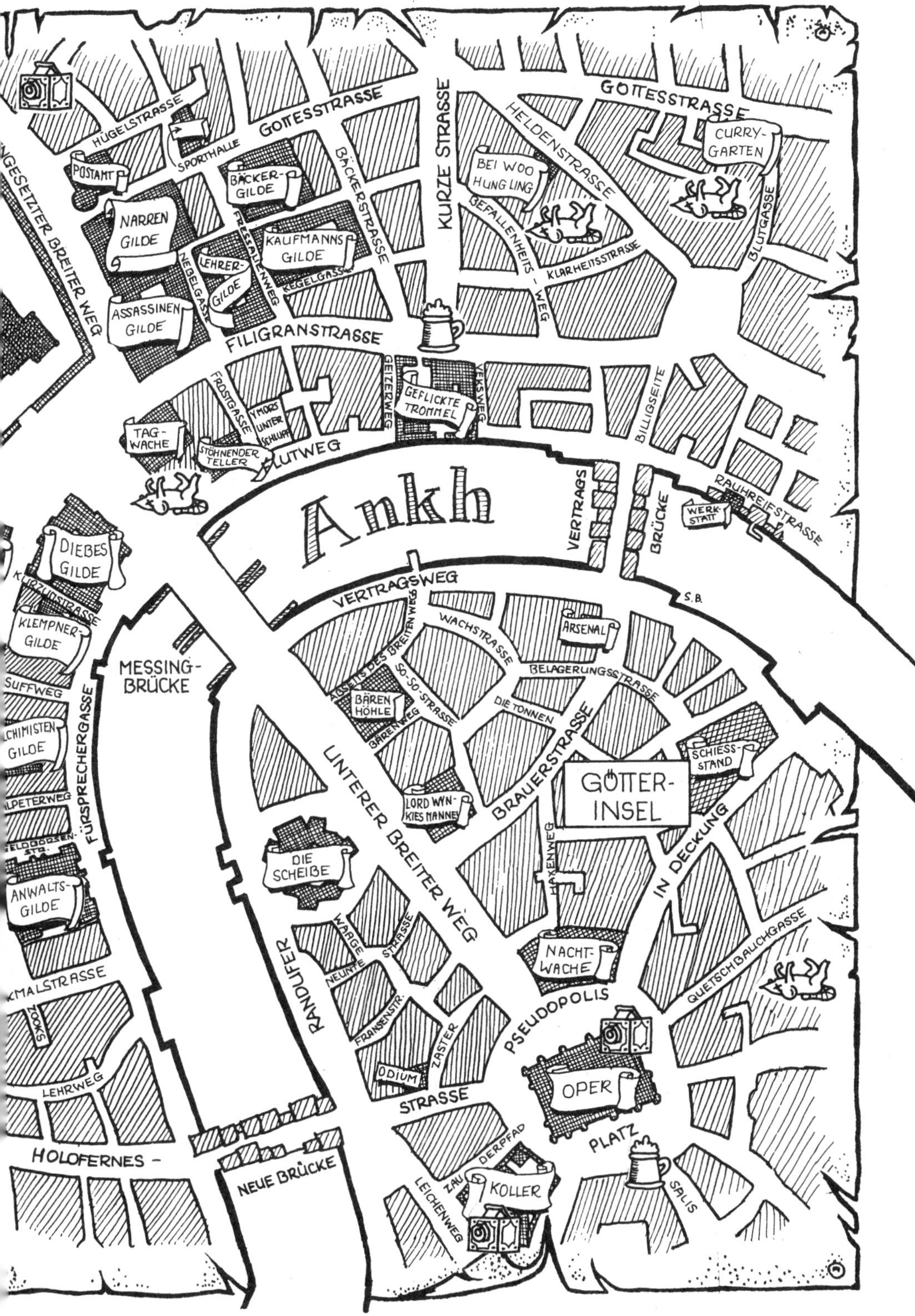
GESETZTER BREITER WEG
HÜGELSTRASSE
GOTTESSTRASSE
SPORTHALLE
POSTAMT
NARREN GILDE
BÄCKER-GILDE
BÄCKERSTRASSE
KURZE STRASSE
HELDENSTRASSE
GOTTESSTRASSE
CURRY-GARTEN
BEI WOO HUNG LING
BEFALLENHEITS-WEG
KLARHEITSSTRASSE
BLUTGASSE
KAUFMANNS GILDE
LEHRER-GILDE
NEBELGASSE
FRESSALIENWEG
KEGELGASSE
ASSASSINEN GILDE
FILIGRANSTRASSE
GEIZERWEG
GEFLICKTE TROMMEL
VEKSWEG
FROSTGASSE
YMORS UNTER SCHLUPF
TAG-WACHE
STÖHNENDER TELLER
LUTWEG
BILLIGSEITE
Ankh
VERTRAGS
BRÜCKE
WERKSTATT
RAUHREIFSTRASSE
S.B.
DIEBES GILDE
KLEMPNER-GILDE
SUFFWEG
CHIMISTEN GILDE
LPETERWEG
FÜRSPRECHERGASSE
ANWALTS-GILDE
KMALSTRASSE
LEHRWEG
HOLOFERNES -
MESSING-BRÜCKE
NEUE BRÜCKE
VERTRAGSWEG
ABSEITS DES BREITEN WEGS
WACHSTRASSE
ARSENAL
BELAGERUNGSSTRASSE
SO-SO-STRASSE
BÄREN HÖHLE
BÄRENWEG
DIE TONNEN
BRAUERSTRASSE
SCHIESS-STAND
GÖTTER-INSEL
UNTERER BREITER WEG
LORD WYNKIES MANNEN
IN DECKUNG
HAXENWEG
DIE SCHEIßE
NEUNTE
FRANSENSTR.
RANDUFER
NACHT-WACHE
PSEUDOPOLIS
QUETSCHBAUCHGASSE
ZASTER
ODIUM
STRASSE
OPER
PLATZ
ZAUDERPFAD
KOLLER
LEICHENWEG
SALIS

VORLESUNGEN BESUCHEN

Das ist eigentlich nicht so schlimm, wie es klingt. Die Angehörigen des Lehrpersonals waren ebenfalls einmal Studenten und kennen die Regeln.

Sie sind zwar leicht zu verstehen, aber schwer zu erklären. Es läuft auf Folgendes hinaus: Die Nichtteilnahme an Vorlesungen ist zulässig, wenn es sich um eine förmliche Nichtteilnahme handelt, die auf bewusster Absicht beruht.

Um es für Philosophiestudenten auszudrücken: Hat es Feldwebel Detritus von der Stadtwache versäumt, die Vorlesungen zu besuchen? Nein. Er war nur nicht zugegen, als sie stattfanden. In seinem Weltbild gibt es für Unterricht keinen Platz. Die *Nichtteilnahme* hingegen ist eine wohlüberlegte Aktivität, bei der sich der betreffende Student *als eine Person definiert, die nicht an einem anderen Ort weilt.* (Siehe: Psychologische Orte von E. R. Schraubzwinge, Dr. Thau., ehrenwerter Professor für Gemeine und Grausame Geografie, UU). Der Unterschied liegt hier zwischen dynamischer und passiver, gedankenloser Nichtteilnahme. Wenn ein Mitglied des Lehrkörpers in der Stadt einem Studenten begegnet, der mit fester Stimme »Herr, derzeit nehme ich nicht an Professor Didymus' Vorlesung über thaumische Äquivalenz teil« sagt, so gestattet man ihm, den Weg fortzusetzen. Es ist sehr wichtig, dass sich die neuen Studenten an dieses Konzept gewöhnen, denn normales Schwänzen wird streng bestraft.

GESELLSCHAFTEN UND KLUBS

Offlers Liga der Enthaltsamkeit

c/o Hoher Schlag 57

Um ganz ehrlich zu sein: Es gibt nicht sehr viele Studenten, die sich im Lauf der Jahre dieser Organisation angeschlossen haben. Derzeit hat sie nur ein Mitglied, das oft verletzt ist, weil es immer wieder versucht, gegen sich selbst Pingpong zu spielen. Die Liga veranstaltet Whistrunden mit wechselnden Parteien sowie Käse-und-Squash-Abende. Früher fand bei ihr auch das Finale der Flohhüpf-Meisterschaft der Sto-Ebene statt. Dieser Wettkampf wird nicht mehr ausgetragen, seit die Teilnahme einiger Trolle für erhebliche Schäden sorgte.

Ankh-Morpork-Vereinigung von Liebhabern der schönen Künste

Betrug-und-Schwindel-Straße

Diese Gesellschaft widmet sich den ästhetischen Aspekten des weiblichen Körpers. Oft finden künstlerische Abende statt, bei denen Mitglieder lebende Modelle malen. Niemand fragt danach, ob wirklich Farbe an den Pinseln klebt.

Historische Freizeitgesellschaft von Ankh-Morpork

Kehrrichtstraße

Diese Gesellschaft befasst sich mit der Erforschung und Nachstellung der großen Schlachten des Bürgerkriegs von Ankh-Morpork. Zuschauer meinen, dass der Forschungsschwerpunkt hauptsächlich in der Feststellung besteht, wie viel Bier jemand trinken und immer noch seine Pike halten kann. Freiwillige als Säbelfutter sind immer willkommen. Die komfortablen Jobs auf den Pferderücken bleiben langjährigen Mitgliedern vorbehalten.

Freunde des Volkstanzes von Ankh-Morpork

c/o Die Weintraube, Leichte Straße

Wenn ihr gern über die gute alte Zeit singt, als sich alle von Dreck ernährten, wenn ihr Bier »Ale« nennt und euch eine Halbe den ganzen Abend reicht … Dann seid ihr hier genau richtig. In letzter Zeit haben sich die Dinge ein wenig verbessert, und zwar durch eine neue Klubregel. Sie verbietet das Singen von Liedern mit Texten wie »Als ich am Kai wanderte, heißa-juchhe« und »O kommt, ihr kühnen seefahrenden Burschen«. Versammlungen dauern jetzt nicht mehr so lange. Bevor man sich ein neues Bier bestellt, muss man ein Lied darüber singen, wie herrlich das letzte schmeckte.

Liga der freundlichen Feuerspucker

Ponsbrücke 12

Einer der vielen Klubs für Leute, die Sumpfdrachen halten oder züchten. Die Liga organisiert Wohltätigkeitsveranstaltungen, um Geld zu sammeln: Es dient zum Schutz der Sumpfdrachen und wird auch verwendet, um für die hohen Anwalts- und Instandsetzungskosten der Halter und Züchter aufzukommen. Achtung: Studenten, die in ihrer Unterkunft einen Sumpfdrachen halten, müssen mit einer Geldstrafe rechnen. Wenn man in dem Durcheinander genügend Körperteile von ihnen findet, werden sie von der Universität verwiesen.

SEHENS- UND ERLEBENSWERTES

Die Oper

Pseudopolisplatz

Besichtigungstouren hinter den Kulissen finden nach Absprache mit dem Inspizienten Arno statt. Seitdem Frau Plinge zur Musikdirektorin wurde, ist ein Besuch in der Oper nicht mehr annähernd so gefährlich wie früher. Der gegenwärtige Eigentümer des Hauses legt allerdings großen Wert auf Tradition und ist bestrebt, den jüngst erworbenen berühmt-berüchtigten Ruf zu wahren. Deshalb finden an jedem Tag zwei Veranstaltungen statt – um genau zwölf und fünfzehn Uhr –, bei denen die Sänger terrorisiert und junge Damen nach Vereinbarung entführt werden können.

Die Post

Oberer Breiter Weg

Eins der malerischsten öffentlichen Gebäude von Ankh-Morpork ist das Postamt. Von hier aus wurde die gewaltige Menge an Briefen und Paketen aus der Stadt in alle Ecken der Scheibenwelt weitergeleitet. Unglücklicherweise bewirkten einige Kriege, die Pleite der Stadt und der Umstand, dass niemand bezahlt wurde, schon vor langer Zeit den Zusammenbruch dieses beneidenswerten Systems. Heute finden es die Leute einfacher, ihre Briefe einem vorbeikommenden Zwerg mitzugeben.

Daran gibt es nichts auszusetzen, solange der betreffende Zwerg weder essbar aussieht noch den Eindruck erweckt, Geld zu besitzen. In allen wichtigen Städten der Sto-Ebene gibt es Zwergen-Gemeinden, zwischen denen reger Verkehr herrscht. Für eine kleine Gebühr sind Zwerge gern bereit, Post weiterzuleiten. Für eine ziemlich große Gebühr verzichten sie sogar darauf, Briefe zu öffnen und ihren Reisegefährten besonders interessante Stellen vorzulesen.

Diese Art des Postdienstes funktioniert zwar recht gut, ist jedoch ein wenig langsam. Wenn Silvesterkarten einigermaßen pünktlich ankommen sollen, schickt man sie am besten einige Wochen vor dem *vorherigen* Silversterfest ab.

Das große Postamt steht heute leer, sieht man einmal von einigen Raben, Wasserspeiern, Ratten und Leuten ab, die Schmutzkrusten auf der Haut lieben. Hinzu kommt natürlich der Postmeister. Er verdankt sein Amt königlicher Berufung, die immer wieder vererbt und nie widerrufen wurde. Das Gehalt blieb über Jahrhunderte hinweg unverändert und beträgt zwei Ankh-Morpork-Dollar, was bedeutet: Für Lebensmittel und warme Kleidungsstücke ist der gegenwärtige Postmeister bereit, Neugierige herumzuführen.

Übersehht nicht – wie könntet ihr auch – die etwa fünfhundert Tonnen nie zugestellter Post, die sich während der letzten katastrophalen Tage des Postamts angesammelt haben. An den unteren Hängen kann man oft Geschichtsstudenten beobachten, die mit jeder Schaufel neue historische Wunder entdecken.

Das Maßamt

Das Vorwerk, Straße der Geringen Götter

Das Maßamt wurde von Olfa Quimby geschaffen, einem früheren Patrizier von Ankh-Morpork, und es genießt die volle Unterstützung des gegenwärtigen Patriziers. Es setzt noch immer Normen für Gewichte sowie Maß- und Zeiteinheiten fest, sowohl für die Stadt als auch für andere Regionen, und es unterhält gute Kontakte zur Universität.

In den Zimmern des Maßamts liegen noch immer die Standardbeispiele von Objekten aus Redewendungen in der Art von »wie Pech und Schwefel zusammenhalten«. So kann man hier auch den Stein bewundern, der beim Rollen kein Moos ansetzt. Besuche sind nach Vereinbarung mit dem Kustos möglich. Natürlich dient das Maßamt nicht nur als Museum. Die ganze Zeit über finden Forschungsarbeiten statt, und Studenten, die ein wenig Geld brauchen, können an einem der Projekte teilnehmen. In letzter Zeit hat sich bei Experimenten herausgestellt, dass es bei sehr sorgfältigem Vorgehen tatsächlich möglich ist, aus einem Kieselstein einen Diamanten zu schleifen. Deshalb wurde das betreffende Sprichwort in Ankh-Morpork verboten – wer es dennoch benutzt, muss 100 Ankh-Morpork-Dollar Strafe zahlen.

Seit einer ganzen Weile finden Forschungen in Hinsicht auf das Sprichwort »Von guten Worten allein kann man nicht leben« statt. Nach dem bedauerlichen Ableben einiger Testpersonen wurde das ursprüngliche Sprichwort geändert: »Von guten Worten allein kann man nicht leben, man braucht auch ein wenig Brot«. Weitere Tests berücksichtigten die Qualität des Lebens, und so wurde aus dem ursprünglichen Sprichwort: »Von guten Worten allein kann man nicht leben; man braucht auch ein wenig Brot, ab und zu Fleisch und gelegentlich ein Bier.« Andere Untersuchungen betreffen die Aussage »Beim Warten wird die Zeit nicht lang«, wobei sich herausstellte, dass es eine erhebliche Rolle spielt, worauf man wartet. Besonders interessante und kostenintensive Experimente fanden in Hinsicht auf »Geld allein macht nicht glücklich« statt. Alle Testpersonen lächelten, als sie größere Summen geschenkt bekamen, woraus sich der Schluss ziehen lässt: Geld allein macht nicht glücklich, aber es hilft doch sehr dabei.

Friedhof des Tempels der Geringen Götter

Straße Schlauer Kunsthandwerker

Hier sind viele der besser bekannten historischen Persönlichkeiten der Stadt begraben. Für ein großzügiges Trinkgeld bekommt man die Erlaubnis, das Grabmal von Lady Alice Venturi und insbesondere seine »lehrreichen« alybianischen Fresken zu besichtigen (vorausgesetzt, der Besichtigungsgruppe gehören keine unverheirateten Frauen unter 30 an). Ein weiteres interessantes Grab ist das von Dagobert Knolle, dem Erfinder der Kartoffel. Einige Angehörige der Untoten-Gemeinschaft von Ankh-Morpork haben hier Mausoleen, die sie Besuchern gern zeigen.

Koller

Zauderpfad

Zwar finden die Folterkammern und Verliese unter Lord Vetinaris wohlwollender Herrschaft keine Verwendung mehr – manche Leute sprechen in dieser Hinsicht von einem Wohlwollen, dem man besser keinen Widerstand leistet; solche Ansichten teilen wir natürlich nicht –, aber sie existieren nach wie vor, um Besucher zu beeindrucken. Insbesondere Schulklassen kommen regelmäßig, damit Lehrer ihren Schülern zeigen können, was mit ihnen geschieht, wenn sie als Erwachsene nicht ebenfalls Lehrer werden. Für die Benutzung des Streckbretts wird eine geringe Gebühr verlangt.

Jimkin Bärdrückers Brennerei

Nasse Gasse

Jimkin Bärdrückers Produkt ist auf der ganzen Scheibenwelt bekannt. Er und seine Mitarbeiter freuen sich immer über Besucher, die für nur einen Ankh-Morpork-Dollar eine Führung durch die Brennerei genießen können, wobei sie auch Gelegenheit erhalten, Jimkin Bärdrückers alten und gut gelagerten Drachenblutwhisky (»Der Inhalt jeder Flasche bis zu sieben Minuten gereift«) zu probieren. Mittellose Studenten finden dort gelegentlich eine Anstellung und können Gäste nach Hause bringen. Voraussetzung dafür ist eine eigene Schubkarre.

Die Ruinen

Haufen

Man glaubt, dass es sich um die Ruinen des einstigen königlichen Palastes handelt, doch gibt es keine historischen Aufzeichnungen, die das belegen. Der Ort ist sehr malerisch und bietet einen guten Blick über die Stadt, wenn man Gefallen daran findet. Viele Leute wählen den umständlichen Weg und bleiben lange genug oben, um »Oh« und »Glaubst du, wir schaffen es bis zu den Läden, bevor sie schließen?« zu sagen. Nicht zugänglich für Reiter auf Pferden oder Ochsen sowie für Kutschengruppen, die aus mehr als sechs Personen bestehen.

Morporks Sonnenscheinheim für kranke Drachen

Morphische Straße

Dieses Wohltätigkeitsinstitut freut sich über Besucher mit Geld bzw. über Leute, die in Schutzkleidung kommen und ihre eigene Mistgabel mitbringen.

Zwergenbrotmuseum

Kreiselgasse

Dieses Museum ist während des normalen Arbeitstages von Zwergen (d. h. 24 Stunden am Tag) geöffnet und präsentiert die beste Sammlung von historischem Zwergenbrot und Kampfgebäck außerhalb der Spitzhornberge. Nach dem tragischen Tod des früheren Eigentümers wurde das Zwergenbrotmuseum renoviert und steht nun unter der Leitung des »Komitees Gleiche Höhe für Zwerge«, das versucht, ein neues, moderneres Image zu gewinnen. Es veranstaltet Abendkurse in offensivem Teigkneten und der Herstellung von Wurfpfannkuchen. Die meisten neuen Ausstellungsstücke sind interaktiv: Das Brot liegt einfach da, und Besucher können sich ganz langsam die Aufschrift der Hinweisschilder vorlesen. Bei gutem Wetter finden draußen Brotwurf-Vorführungen statt. Eintritt 2 Cent.

TAVERNEN

In Ankh-Morpork gibt es viele Kneipen, in denen Bier ausgeschenkt wird (in manchen Fällen auch Wasser mit Biergeschmack). Besuchern der Stadt dürfte es nicht schwerfallen, einen Ort zu finden, wo sie etwas trinken können. Einige der, nun, besonders *pittoresken* Tavernen sollen extra erwähnt werden.

Die Geflickte Trommel

Filigranstraße, Ende Kurze Straße

Gilt allgemein als wichtigste Bierkneipe in ganz Ankh-Morpork. Seit die Stadt existiert, gibt es an dieser Stelle eine Taverne. Zuerst nannte man sie »Gebrochene Trommel« (»Man kann sie nicht schlagen«), und ihren jetzigen Namen erhielt sie nach einem Neubau – er folgte einem Feuer, das angeblich im Keller der Trommel ausbrach und in der ganzen Stadt wütete. Der gegenwärtige Wirt legt großen Wert darauf, den Ruf seines Etablissements zu wahren, und manche Leute vermuten, dass zumindest einige der immer wieder in der Geflickten Trommel stattfindenden Kämpfe gestellt sind. Deshalb kam es schon zu einem offiziellen Boykott durch das »Komitee für echte Schlägereien und authentisches Chaos«. Wie dem auch sei: Die Erdnüsse sind gut, und beim Spielapparat »Barbarische Angreifer« bekommt man immer einen zusätzlichen Bonus, weil der Bibliothekar Bier in den Münzschlitz gespuckt hat.

Die Weintraube

Leichte Straße

Eine der Tavernen, wo der Gast bei seinem Eintreten aufmerksam gemustert wird – für den Fall, dass es leichter ist, ihn zu töten, anstatt sich die ganze Mühe mit dem Bedienen und so zu machen. Allerdings gibt's hier echtes Knieweich aus den Spitzhornbergen. Das Zeug wird nur von jenen getrunken, die mehr Zähne als Gehirnzellen haben, aber das spielt eigentlich keine große Rolle, denn wenn man genug davon trinkt, hat man hinterher weder das eine noch das andere.

Der Eimer

Schimmerstraße

Hier gehen Angehörige der Stadtwache von Ankh-Morpork ein und aus. Dadurch wird diese Taverne zwar zu einem sehr sicheren Ort, aber der Nachteil besteht darin, dass man sich hier in der Gesellschaft einiger besonders unangenehmer Stadtbewohner (nämlich Wächter) befindet. Gut für Klatsch und Tratsch.

Scharlachroter Blutsauger

Leichte Straße

Hervorragendes Sägemehl, wässriges Bier. Die Frau des Wirts macht gute Hachsenbrote.

Dolch-in-den-Rücken

Ecke Salisstraße und Pseudopolisplatz

Diese Taverne befindet sich in der Nähe des Opernhauses und eignet sich daher gut, vor, nach oder am besten während der Aufführungen etwas zu trinken. Zu teuer. In den Pausen müssen normale Gäste mit dem Ansturm der Opernmusiker rechnen, die ganz versessen darauf sind, in den fünfzehn Minuten bis zum nächsten Akt acht oder neun Halbe zu kippen. Wenn man ihnen folgt, kann man gratis einen guten Platz bekommen – falls man es toll findet, Diven von unten zu sehen. Allerdings wird von einem erwartet, ein Instrument zu spielen. Doch stellt das kein großes Problem dar, weil das Publikum daran gewöhnt ist, dass das Orchester nach der Pause zu einer gewissen Spontaneität neigt.

Königskopf

Mondteichweg

Gutes Bier. Passable Snacks. Das mit dem Hund des Wirts ist schade. Man sollte hier besser keine gute Hose tragen.

Zum Trollkopf

Schatten

Um ganz offen zu sein: Dieses Lokal solltet ihr besser meiden, wenn ihr nicht auf einen ziemlich schnellen, dafür aber sehr schmerzvollen Tod aus seid. Zugegeben, in der Geflickten Trommel kann man auch zusammengeschlagen und niedergestochen werden, aber wenigstens geht es dabei recht lustig zu.

Die Bahre (früher: Krone und Dolch)

Ulmenstraße

Hier könnte enden, wer unseren Rat in Hinsicht auf den Trollkopf nicht beherzigt. Es ist eine Taverne für Untote. Wenn ihr sie trotzdem besuchen wollt: Trinkt nichts, das sich nicht in einem klaren Glas befindet; lasst die Finger von den Knabbereien auf der Theke und probiert auf keinen Fall Wirt Igors »eingelegte Eier«. Seid gewarnt: Besser meidet man diesen Ort. Ihr glaubt vielleicht, mit schwarzer Kleidung und extra viel Eyeliner gut auszusehen, aber in der Bahre hält man euch in erster Linie für einen Leckerbissen.

ESSLOKALE

Es ist schwer zu entscheiden, welche der vielen Esslokale und Restaurants hier erwähnt werden sollten. Deshalb führen wir jene an, von denen wir ein wenig Geld bekommen haben.

Hargas Rippenstube

Schatten. Man lasse sich von der Nase leiten.

Harga serviert alle möglichen Spezialitäten, vorausgesetzt, man hat nicht viel Fantasie, und die betreffenden Dinge können in vielen Litern Bratenfett zubereitet werden (probiert einmal den gut durchgebratenen Vanillepudding). Hargas Alles-was-man-verdrücken-kann-für-einen-Dollar-Platte ist überall dort berühmt, wo große Vielfraße zusammentreffen. Allerdings: Studenten sind von diesem Angebot ausgeschlossen – offenbar können sie zu viel verdrücken. Auf Salate sollte man besser verzichten.

Lachender Falafel (Klatschianische Imbissstube und rund um die Uhr geöffnetes Lebensmittelgeschäft)

Kichergasse (bei Willkommenseife)

Der Lachende Falafel eignet sich insbesondere für Leute, deren Vorlieben im fleischlosen Teil des kulinarischen Spektrums angesiedelt sind – im bewusst fleischlosen Teil, sollte hier besser hinzugefügt werden, denn was in Ankh-Morpork für die Herstellung mancher Pasteten und Würste verwendet wird, kann man nicht als Fleisch bezeichnen. (Man bedenke: Nicht alles, was sich in einem Tier befand, muss notwendigerweise Fleisch sein.)

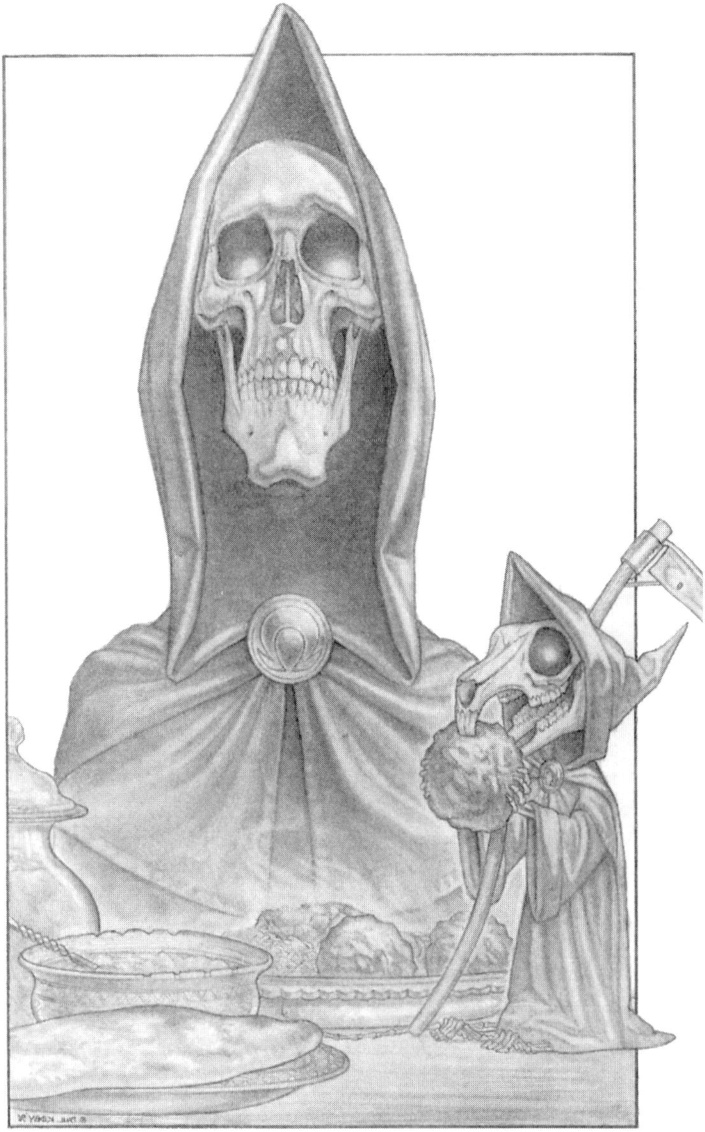

Stöhnender Teller

Ecke Frostgasse und Flutweg

Gute Salate. Das Alles-was-in-die-Schüssel-passt-für-10-Cent-Angebot wurde zurückgezogen, nachdem ein Student aus dem Fachbereich Thaumische Technik seinen Kleine-Salatschüssel-Zauber perfektionierte, sodass er für 10 Cent drei Tonnen Kopfsalat und Tomaten bekam.

Rons Pizzabude

Klarheitsstraße

Praktisch alles, was man essen kann, lässt sich hier auf eine Pizza legen. Im Ernst. Probiert einmal die Hering-und-Bananen-Überraschung-aus-tiefer-Pfanne. Manchmal dauert die Überraschung bis zu fünfzehn Minuten.

Curry-Garten

Ecke Gottesstraße und Blutgasse

Im Curry-Garten werden die besten und am wenigsten authentischen klatschianischen Spezialitäten in ganz Ankh-Morpork serviert. Es heißt, dass Tod hier manchmal speist, aber er kommt nicht beruflich hierher. Nur zwei Minuten von diesem Kalender entfernt.

Dicke Sally

Quetschbauchgasse, Götterinsel

Berühmt für die leckeren Brote und Brötchen zum Mitnehmen sowie für die Auswahl an verschiedenen Kaffeesorten der Scheibenwelt. Erstklassige Pfannkuchen.

Gimlets Gesundes Schlemmen Feinkostbude

Ankertaugasse

Am bekanntesten für seine vor allem auf Rattenfleisch basierende Zwergenküche. Allerdings bietet Gimlet jetzt auch Speisen an, die sich für Angehörige anderer Völker eignen. Die Übergänge sind in manchen Fällen recht fließend, worunter die Genießbarkeit leiden kann. Trollen schmeckt das Kreide-und-Huhn-Tikka, doch Menschen sollten von Cocktails aus fossilen Ammoniten besser die Finger lassen.

UNTERHALTUNG

Lord Wynkins Mannen

Unterer Breiter Weg

Eine Theatergruppe, die sich Mühe gibt und auf Verwechslungskomödien spezialisiert ist. Die Männer verlieren dabei ihre Hosen, und Frauen verbringen einen großen Teil der Aufführungszeit im Mieder. Das Publikum besteht überwiegend aus Studenten der Unsichtbaren Universität und Schülern der verschiedenen Gilden.

Die Scheibe

Unweit des Unteren Breiten Wegs

Erbaut wurde das Theater »Die Scheibe« von Herrn O. Vitoller. Die meisten Stücke stammen aus der Feder des bekannten Zwergendramatikers Hwel. Zwar sind sie in den meisten Fällen wenig bemerkenswert, aber fast immer spielt Vitollers Sohn Tomjon die Hauptrolle. Er ist ein so hervorragender Schauspieler, dass die Qualität des Stückes unwichtig ist. Ein Muss für eure Eltern.

Die Bärengrube

Unterer Breiter Weg

In diesem Theater konnte man einst Tiere bestaunen, die Kunststücke zeigten. Inzwischen konzentriert man sich dort auf Stücke, die an der Grenze zwischen echtem Theater und jenen Darbietungen angesiedelt sind, die auf der Straße präsentiert den Schauspielern einen längeren Aufenthalt in der Skorpiongrube des Patriziers einbringen würden. Nur dann einen Besuch wert, wenn eure Eltern avantgardistisch eingestellt sind.

Die Ankh-Morpork-Erlebnistour

Chrononhotonthologosstraße

Erlebt den Anblick sowie die Geräusche und Gerüche der größten Stadt auf der Scheibenwelt, ohne euch den Gefahren auszusetzen, die in ihren Straßen lauern. Auf kleinen Karren rollen Besucher durch eine genaue Nachbildung von Ankh-Morpork. Ein kleiner auf der Schulter sitzender Gnom erzählt die Stadtgeschichte und nennt Orte, die man besser meiden solle. Die beste Möglichkeit für Besucher, einen risikofreien Eindruck von der Stadt zu bekommen.

INTERESSANTE FAKTEN UND ZAHLEN

Sumpfdrachen

(Phasen ihrer Entwicklung)

Viele Studenten beschließen, sich einen Sumpfdrachen als Haustier zu halten (meistens wurden sie bei einem Besuch im Sonnenscheinheim dazu überredet). Deshalb sollte man über die einzelnen Entwicklungsphasen dieser Tiere Bescheid wissen und die entsprechende Terminologie kennen, wenn man sich mit anderen Sumpfdrachenhaltern und -züchtern unterhält.

HENNE	ein weiblicher Sumpfdrache
KRIECHER	ein männlicher Sumpfdrache, jünger als acht Monate
HAHN	ein männlicher Sumpfdrache zwischen acht und vierzehn Monaten
SCHNAUZER	ein männlicher Sumpfdrache zwischen vierzehn Monaten und zwei Jahren
RAUFER	ein männlicher Sumpfdrache, der älter als zwei Jahre ist und noch immer lebt
KRATER	ein männlicher Sumpfdrache nach dem Tod
KNILCH	ein im Wachstum zurückgebliebener Sumpfdrache oder ein schlechter Kauf
HAUFEN	eine Gruppe von Sumpfdrachen, der mehr als zwei Tiere angehören
PEINLICH	eine Gruppe von Sumpfdrachen, der zwischen ein und zwei Tiere angehören
TRÜMMER	weniger als ein ganzer Sumpfdrache

Umrechnungstabelle für Währungen

Die Währung in Ankh-Morpork ist der Dollar, der aus 100 Cent besteht. Es folgt eine Übersicht für die Umrechnung anderer Scheibenwelt-Währungen:

Achatener Rhinu – so ein Ding werdet ihr wohl kaum jemals zu Gesicht bekommen. Mit einem goldenen Rhinu könnte man gleich mehrere Straßen in Ankh-Morpork kaufen. Aber das wissen die Bürger des Achatenen Reiches nicht, und da in ihrem Land Blei knapp ist, ließe sich vielleicht ein für beide Seiten vorteilhafter Wechselkurs vereinbaren.

Borograwianischer Zloty – acht Zloty für einen AM$

Brindisianische Lira – tausendsechs Lire für einen AM$

Djelibebyscher Talent – zweitausendeinhunderteinunddreißig Talente für einen AM$

Ephebianische Derechmi – acht und drei Viertel Derechmi für einen AM$

Gennuanischer Dollar – anderthalb Dollar für einen AM$

Herschebianischer Dong – vierhundert Dong für einen AM$

Wichitperlen aus dem Wiewunderland – achthundertsechzig Wichitperlen für einen AM$

Istanzianischer Dinar – siebenundvierzig Dinare für einen AM$

Klatschistanischer Wol – etwa drei Wol für einen AM$

Lancre-Penny – hundert Penny für einen AM$

Llamedosianischer Cumri – sechsundzwanzig Cumri für einen AM$

Omnianischer Obolus – drei AM$ für jeden Obolus

Überwaldianischer Kram – vier Krame für einen AM$

Zchlotianisches Iotum – siebzehntausendfünfhundert Iotum für einen AM$

Hutgrößen

Hüte haben verschiedene Größen. Der Trick besteht darin, mehrere auszuprobieren, bis man einen passenden findet. Der Kopf gehört übrigens ins Loch.

Kleidungsmaße

Siehe »Hutgrößen«. Allerdings gibt es hier mehr Löcher.

UU-Personen: Herr Modo, der Gärtner, ist oft im Park zu sehen, und seine völlige Unerschütterlichkeit plötzlich auftauchenden Tentakeln gegenüber dient uns allen als Beispiel. Seine Rosen rührt ihr besser nicht an.

JANUAR/OFFEL

Schnapptopf Donnerstoß

»Heute ist ein guter Tag für jemand anders, um zu sterben!«

Traditioneller, furchterregender und gut überlegter Kampfschrei der Zwerge aus den Spitzhornbergen

Jedes Jahr an diesem Tag stapfen nachts um drei Uhr in Kapuzenmäntel gehüllte Männer durch Ankh-Moporr, verharren an den alten Stadttoren und läuten große Glocken. Alle Versuche, sie festzunehmen und vor Gericht zu stellen, sind fehlgeschlagen.

Aus *Der Almanach von Ankh-Morpork*

»Ich bin imstande, allen Dingen Töne zu entlocken, unser Jason beherrscht die Violine, unser Kev die Posaune, und alle meine Kinder singen, und unser Shawn kann jede beliebige Melodie furzen.«

Nanny Ogg über die musikalischen Talente in ihrer Familie

Der Kleine Irre Arthur, Gnom, Rattenfänger und Ankh-Morporks gefürchtetster Straßenkämpfer. Man sollte ihm mit Vorsicht begegnen.

FEBRUAR / FEBRUAR

1. Februar
Grenzlaufen (auch »Durchrütteln« genannt) zur Markierung der alten UU-Grenzen.
Passanten werden mit lebenden Frettchen geschlagen, weil es die Tradition so verlangt.

An diesem Tag in AM 1823 fanden in der Hinterbackenstraße von Ankh-Morpork die berühmten Aalpastete-und-Kartoffelbrei-Unruhen statt. Sieben Personen kamen dabei ums Leben. Eine fiel einem achtlos geworfenen Aal zum Opfer, sechs weitere dem Bestreben, die Ordnung wiederherzustellen.
Aus *Der Almanach von Ankh-Morpork*

»Warmef Waffer, ein gutef Gebiff und weichef Toilettenpapier.«
Die besten Dinge im Leben, nach Cohen dem Barbaren

»Hilfe, sie haben mir mein ganzes Geld und die Kleidung gestohlen und mich im Rinnstein liegenlassen!«
Aus *Straßenschreie in der Altstadt von Ankh-Morpork*

»Man sollte losrennen,
sobald man das ›e‹ in ›He, du!‹ hört.«
Rincewind

MÄRZ / MÄRZ

3. März
Heute wird das Dürftiggeld bezahlt. Alle Mieter von Häusern, die der UU gehören, bekommen jeweils zwei Cent, ein Paar lange Socken und einen Laib Brot. So will es die Tradition.

»Wackel-wobbel juchhe, hier kommt der Gelee.« Quästor, Unsichtbare Universität

14. März
Samedi Nuit Mort (Gennua).
Letzte Nacht des Karnevals; auch die Toten sind herzlich eingeladen. Tanzt bis ins Grab!

»Leg das weg. Es ist nicht einmal komisch, und niemand interessiert sich dafür.«
Aus *Straßenschreie in der Altstadt von Ankh-Morpork*

An diesem Tag in AM 1447 kam es zu einem sonderbaren Regen aus Haien und Quallen, der mehrere Personen verletzte.
Aus *Der Almanach von Ankh-Morpork*

»Äh… wuff.« Gaspode

APRIL / APRIL

»Dinge, die wie Dinge auszusehen versuchen, sehen manchmal mehr wie Dinge aus als andere Dinge.«

Die Kunst der Mimikry nach Oma Wetterwachs

10. April

Tag des armen Studenten.
Die Mitglieder der Fakultät werfen mit alten Brotlaiben nach den Studenten. Angeblich steckt Tradition dahinter, aber vermutlich finden die Professoren auch Gefallen daran.

Der Dozent für neue Runen, Unsichtbare Universität

»Kickelock-Krack!«

Cyril, der legasthenische Hahn (Alles Sense)

»Zuerst findet man heraus, wer der Übeltäter ist.
Dann weiß man, nach welchen Spuren es zu suchen gilt.«

Sir Samuel Mumm, Kommandeur der Stadtwache von Ankh-Morpork

MAI/MAI

1. Mai
Maimorgen.
Ein Chor singt auf dem Kunstturm.
Niemand kann ihn hören, aber alle klatschen.

Der Dekan,
Unsichtbare Universität

»Nach jedem Verbrechen muss jemand bestraft werden.
Umso erfreulicher, wenn es der Täter ist.«
Lord Vetinari, Patrizier von Ankh-Morpork

»Alle Wege führen nach Ankh-Morpork.« (Das ist nicht ganz richtig. In Wirklichkeit führen alle Wege von Ankh-Morpork *fort,* aber manchmal sind Leute in der falschen Richtung unterwegs.)

»Größe ist unwichtig.« – Der Zwerg Casanunda,
zweitgrößter Liebhaber der Scheibenwelt

JUNI/JUNI

»Niemand hat je behauptet,
dass es fair zugehen soll.«
Der Rabe Sprach
(hält sich für sehr intelligent)

4. Juni
Bei der Zeremonie des Conviviums werden akademische Grade verliehen. Sie findet im Opernhaus statt und endet immer rechtzeitig zum Mittagessen.

»He, der Mistkerl hat meine Brieftasche gestohlen!«
Aus *Straßenschreie in der Altstadt von Ankh-Morpork*

18. Juni
Vorabend der geringen Götter. Ein ziemlich langweiliges Fest.

»Zwölf Uhr, und alles ist aaaaaagghh…«
Traditioneller Ausruf eines Angehörigen der Nachtwache von Ankh-Morpork

24. Juni
Der Sirupkuchentag wird (heute) gelegentlich gefeiert, indem man Sirupkuchen backt und ein Bildnis des Lachenden Lords Skapula verbrennt, der eine hohe Steuer für Wäscheleinen einführte.

27. Juni
Des Zauberers Entschuldigung, Ende des Rückspindel-Semesters.
Tanz und Büffet.

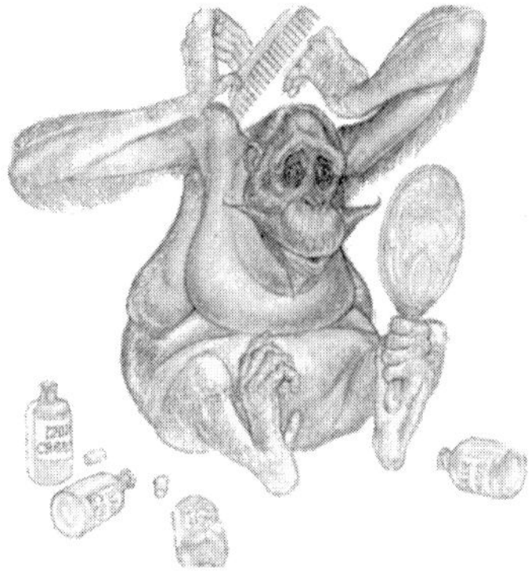

JULI/GRUNI

»Jeder kann ein Zwerg sein. Es ist keine Frage der Größe. Man braucht nur eine zwergische Einstellung.«

Valacia Wach, Vorsitzende des Komitees Gleiche Höhe für Zwerge

»Im Grunde genommen wollen die Leute, dass es morgen nicht schlimmer wird als heute.«

Lord Vetinari, Patrizier von Ankh-Morpork

An diesem Tag in AM 1789 gelang es Osric Pencillium, auch daheim einen Strauch von der fernen Insel Sumtri wachsen zu lassen, dessen dünne, gerade Zweige Graphit enthalten.
Man benannte die Pflanze nach ihm – und erntete Bleistifte von ihr.

Aus *Der Almanach von Ankh-Morpork*

20. Juli
Protzige Nacht.
Man trage möglichst geschmacklose Kleidung beim Bankett im Großen Saal.

»Musik mit Steinen drin« hat viele Fans.

AUGUST/AUGUST

»Es kommt nicht darauf an, wo man steht.
Wichtig ist, wohin man sieht.«

Esmeralda Wetterwachs

»Ich habe mein ganzes Leben als Legende verbracht.«

Cohen der Barbar

»Das Korn ist reif, die Nüsse sind braun, hoch die Röcke, um drunter zu … den Rest habe ich vergessen.«

Derber bäuerlicher Reim, nach Frau Flinkwert *(Alles Sense)*

27. August

Ruderwettkampf auf dem Ankh.
Dabei versucht man, nicht durch
die Kruste zu brechen.

»Ich bin unschuldig. Es gibt viele Leute, die wie ich aussehen.« – Die übliche und nachweislich falsche Ausrede von Korporal Nobbs, Stadtwache von Ankh-Morpork.

SEPTEMBER/SPUNI

»Bei der Kunst richtiger Besteuerung geht es darum, möglichst viel Milch für wenig Muh zu bekommen.«

Lord Vetinari, Patrizier von Ankh-Morpork

6. September

Fetzenwoche, Kletterpartien in der Kurzen Straße. Schlittenfahren die Treppe des Kunstturms hinunter. Dinge werden »geborgt« und in die Geflickte Trommel gebracht. Und so weiter. Seufz.

»Stecke deine Zunge niemals dorthin,
wo du nicht auch deine Zahnbürste verstauen würdest.«
Nanny Ogg

»Intuitive Software ist leicht zu lernen. Man muss nur lange genug mit ihr arbeiten.«

Ponder Stibbons, Unsichtbare Universität

26. September

Stadt und Gilden. Ein traditionell sehr blutiges Fußballspiel, das in den Straßen von Ankh-Morpork stattfindet.

Der Oberste Hirte, Unsichtbare Universität

OKTOBER/SEKTOBER

An diesem Tag in AM 1890 kamen in Quirm bei einem Käse-Ausbruch zwölf Personen ums Leben.
Aus *Der Almanach von Ankh-Morpork*

7. Oktober
Seelenkuchentag*
*Erster Dienstag, Mittwoch und Donnerstag nach dem ersten Halbmond im Sektober.
Die Seelenkuchenernte bringt braven Kindern Schokoladeneier – allerdings nur solchen braven Kindern, deren Eltern sich Schokoladeneier leisten können.

»Es ist erstaunlich, was die Leute leisten können, wenn man ihnen nur nachdrücklich genug verbietet, es zu leisten.«
Lord Vetinari, Patrizier von Ankh-Morpork

»Du es gewesen bist, gib's zu!«
Feldwebel Detritus,
Stadtwache von Ankh-Morpork

18. Oktober
Flohhüpf-Meisterschaften der Sto-Ebene.
Das Finale findet in dieser Woche statt.

Kahler Oktotag. Traditioneller Feiertag für Friseure und Chirurgen.
Anderenorts werden diese beiden Berufe getrennt ausgeübt, doch in Ankh-Morpork gehören sie noch zusammen. Daher der Ausspruch:
»Rasieren und Haare schneiden – den Rest bitte dranlassen!«

»Der innigste Wunsch eines Musikers besteht darin, bezahlt zu werden.«
Glod Glodson, Trompetenvirtouse.

NOVEMBER/ASCHE

»Dort würde niemand danach suchen.«

Nanny Oggs kummervolle Antwort auf die Frage, warum sie ihre Geldbörse im Schlüpferbein versteckt.

»Es spielt keine Rolle, ob du an Reinkarnation glaubst. Wichtig ist, ob die Reinkarnation an dich *glaubt.«*
Der Rattentod (angeblich)

»Ugh!« – Der Bibliothekar, Unsichtbare Universität

Seit AM 1304 feiern die Bürger von Ankh-Morpork an diesem Tag den Geburtstag von Wyllys Frone, der das rote Haar erfand.

Aus *Der Almanach von Ankh-Morpork*

DEZEMBER/DEZEMBER

Die recht scheuen Sumpfdrachen sind manchmal in der Stadt zu sehen bzw. zu hören. Man sollte sie nicht erschrecken, es sei denn, man glaubt, ohne Haar und mit Ruß in den Ohren gut auszusehen.

»*Fleisch?* Natürlich ist es Fleisch. Immerhin befand es sich in einem Tier, oder?«
Aus *Straßenschreie in der Altstadt von Ankh-Morpork*

Tautropfen Mabellin Klauenstoß der Erste

»Glaubt mir: Schwierigkeiten kommen immer hundertfach.«
Rincewind

25. Dezember
Der junge Erzkanzler wird an diesem Wochenende gewählt.

Das Stockmonster und der Bleistiftfresser existieren nur, wenn man an sie glaubt. Jetzt ist es zu spät, nicht wahr?

30. Dezember
Silvestervorabend.
Gewerbemarkt in Schafrücken.
Manchmal erscheinen dort recht sonderbare Leute.

31. Dezember
Silvester. Ein von Fröhlichkeit und fantasievollen Schweineprodukten geprägtes Fest.
Man lasse etwas Schweinepastete und ein Glas Sherry auf dem Tisch stehen.

Der Scheibenwelt-Kalender basiert auf der englischen Originalausgabe,
die unter dem Titel »Discworld's Unseen University Diary 1998«
bei Victor Gollancz Ltd., London, erschienen ist.

Ins Deutsche übertragen von Andreas Brandhorst

Deutsche Erstveröffentlichung 10/98

Umschlaggestaltung: Design Team München
Umschlagillustration: Paul Kidby

NVNC TE VIDES
NVNC NE VIDES
GRUNE
OCTEDAY
1 2 3 4 5 6 7 8 9 10 11 12 13 14 15 16 17 18 19 20 21 22 23 24 25 26 27 28 29 30 31
KICK ME

TERRY PRATCHETT
STEPHEN BRIGGS

Der Scheibenwelt-Kalender 2000

Mit Illustrationen von Paul Kidby

SCHEIBENWELT-KALENDER DER STADTWACHE VON ANKH-MORPORK 2000

ANGABEN ZUR PERSON

Name ______________________

Adresse ______________________

____

Wachhaus ______________________

Abteilung der Stadtwache ______________________

Name des Vorgesetzten ______________________

Rang ______________________

Dienstmarkennummer ______________________

Spezies ______________________

Geschlecht (falls bekannt) ______________________

Lebensstand Lebendig / Tot / Untot / Sonstiges

____

Geburts- bzw. Todesdatum ______________________

Nächster Verwandter ______________________

Witwen/Waisen (falls anders, als oben angegeben) ______________________

____

Religion/Kult ______________________

Hausarzt ______________________

Zahnarzt ______________________

Leichenbestatter ______________________

Anzahl der Großmütter ______________________

____

(Lieblings-)Blutgruppe ______________________

Kragenweite ______________________

Lieblingstaube ______________________

Lieblingskneipe/-café (für Handzettel) ______________________

____

Lieblingswaffe (um Verbrechen zu verhindern) ______________________

HAVELOCK
VETINARI
SI NON CONFECTUS
NON REFICIAT

Wächter von Ankh-Morpork!

Während der letzten Jahre hat sich Ankh-Morporks Stadtwache von einer unterschätzten und wenig genutzten Organisation zu der effizienten und tüchtigen Polizeigruppe entwickelt, die wir jetzt zu unserem großen Erstaunen vor uns sehen.

Bestand die Stadtwache zunächst nur aus einer Handvoll Menschen, so ist sie heute eine Streitmacht, mit der man rechnen muss. Sie spiegelt die vielen verschiedenen Völker und anderen Optionen wider, die in unserer großen Stadt anzutreffen sind. Dank ihrer lobenswerten Anstrengungen wird die Stadtwache heute von den weniger gesetzestreuen Einwohnern fast respektiert, auch von den hypothetisch ehrlichen Bürgern, einer Spezies, die offenbar immer mehr Seltenheitswert bekommt.

Ich habe unsere große Stadt immer mit einem komplexen Uhrwerk verglichen. Die Polizisten von Ankh-Morpork sind wie die Zähne eines Zahnrads in diesem Mechanismus, aber natürlich nicht so schmierig und klein. Ohne sie würde das Uhrwerk nicht funktionieren.

Wie alle Zähne können die Wächter beißen, und im Lauf der letzten Jahre gelang es ihnen, einige wichtige Verbrechen aufzuklären. Vier davon fallen mir auf Anhieb ein: der Diebstahl eines Buches aus der Bibliothek der Unsichtbaren Universität, die Verschwörung boshafter Spucker, das Geheimnis des Opernhausgeistes und ein sehr interessantes Mordkomplott gegen mich. Diese ohne die Zustimmung der zuständigen Gilden verübten Verbrechen konnten nur durch die Zähigkeit, Aufmerksamkeit und den ausgeprägten Sinn für Gerechtigkeit eures Kommandeurs, Seiner Hoheit Herzog von Ankh, und von Hauptmann Karotte Eisengießersohn aufgeklärt werden. Ein bisschen Glück und eine gehörige Portion Sturheit haben dabei natürlich auch eine Rolle gespielt, denn ohne ihren Beitrag zur großen Party des Lebens würden sich jene anderen Tugenden manchmal in der Küche wiederfinden, zusammen mit den leeren Flaschen und der Schüssel mit den Chips, die niemand mag. Selbst der Verkehr fließt jetzt besser durch die Straßen, seit die Abteilung Verkehrskontrolle eingerichtet wurde, unter der Leitung von Feldwebel Frederick Colon und Korporal Cecil Nobbs (von den Fuhrleuten der Stadt liebevoll »die schlafenden Polizisten« genannt). Die Angehörigen der Stadtwache von Ankh-Morpork scheinen zu allem fähig zu sein, ein Umstand, an den ich mich gelegentlich mitten in der Nacht erinnere. Man findet die Wache überall dort, wo es Ärger gibt, und umgekehrt verhält es sich ähnlich.

Ich wünsche euch allen ein erfolgreiches Jahr. Geht auch weiterhin gegen nicht lizensierten Diebstahl, unbefugten Mord und illegal explodierte Drachen vor. Um einen Ausdruck aus eurem Fachjargon zu verwenden: Heizt ihnen ordentlich ein. Ich weiß nicht genau, bei wem oder was ihr einheizen sollt, aber man wird es euch sicher bei der Ausbildung erklären. Und wenn ihr nichts zum Heizen habt, könnt ihr eine dickere Jacke anziehen.

Vetinari

Vetinari
Patrizier

Hauptmann Karotte, bitte tu mir einen Gefallen und gib den Jungs das große Schulterklopfen ekkstehtra. Du weißt ja, was ich vom Papierkram halte. BITTE ZEIG DEN TEXT KORPORAL KLEINPO UND ÜBERLASS IHR DIE INTERPUNKTION. DAS IST WICHTIG!

Mumm

Wächter der Stadtwache von Ankh-Morpork,

der Beginn eines neuen Jahres gibt Gelegenheit, nicht nur nach vorn zu blicken, sondern auch zurückzusehen, was in unserer schönen Stadt eine gute Methode ist, um am Leben zu bleiben.

Die Stadtwache von Ankh-Morpork hat es innerhalb kurzer Zeit weit gebracht, und jetzt gelten wir tatsächlich als eine Kraft, mit der man rechnen sollte. Die Wächter stoßen nicht mehr so oft auf Ablehnung, wie es früher der Fall gewesen ist. Wir spielen eine wichtige Rolle in den Angelegenheiten der Stadt. Die Beschwerden über die Wache haben um zwanzig Prozent zugenommen – das bisher beste Ergebnis.

Zu unserer Gruppe gehören Menschen, Trolle, Zwerge, Wasserspeier, Zombies, Golems und seit kurzer Zeit auch ein Gnom. Zwar haben uns einige erfahrene Kollegen verlassen, um in anderen Städten beim Aufbau einer Wache zu helfen, aber trotzdem wächst unsere Gemeinschaft. Außerdem sind wir jetzt auch moderner und haben zwei zusätzliche Abteilungen: forensische Alchimie und Verkehrskontrolle.

Trotzdem gibt es noch immer viel zu tun. Wie der Patrizier Lord Vetinari einmal bemerkte: Je mehr Polizei es gibt, desto mehr Verbrechen scheinen verübt zu werden. Es geht darum, mit der Kriminalität Schritt zu halten. Nach dem Jahrhundert des Flughunds müssen wir bereit sein für das, was die Zukunft bringt. In früheren Jahren hat die Wache einen Drachen und zwei ganze Heere verhaftet. Womit bekommen wir es morgen zu tun? Wenn wir mit einem schrecklichen Ungeheuer aus irgendeiner okkulten Dimension fertigwerden müssen, mit einem irren Gott oder jenen anderen Dingen, die in Ankh-Morporks langer Geschichte für Abwechslung sorgten, so wird bestimmt ein Wächter zur Stelle sein, ausgerüstet mit Knüppel, Notizbuch und, falls es notwendig werden sollte, auch mit einem ordentlich zutretenden Stiefel (wobei natürlich nicht mehr Gewalt als unbedingt nötig angewendet wird).

Denkt an mein Motto FABRICATI DIEM, PVNC. Wir alle können davon lernen.

Mumm

Die ungewöhnlichen Verdächtigen

DIE AUFGABEN DER WACHE

(Eine wortwörtliche Niederschrift der Rede, die Kommandeur Mumm bei der Einweihung des Ausbildungszentrums der Stadtwache von Ankh-Morpork hielt.)

Männer, und natürlich auch Zwerge, Trolle, Gnome und andere, äh, andere Spezies … Wächter. Ja, das ist besser. Denn genau das seid ihr. In der Wache gibt es keine verschiedenen Spezies, und wir machen auch keine Unterschiede beim, äh, Geschlecht. Jeder ist ein Wächter, auch Frauen und Trolle.

Ich bin Sam Mumm, obgleich ich weiß, dass ihr mich Altes Steingesicht nennen werdet. Allerdings möchte ich darauf hinweisen, dass ihr diesen Namen besser nur während meiner Abwesenheit benutzen solltet. Und damit wir es hinter uns bringen: Ja, ich bin Ritter und sogar ein Herzog. Was eine ziemliche Überraschung für mich war, wie ich gern eingestehe. Ich dachte, Dinge wie Ritterschaft und so müsste man in der Wache aufgeben, um befördert zu werden. Aber das scheint nicht der Fall zu sein. Wie dem auch sei: Ich glaube, jene Ehre wurde mir als Anerkennung für die Leistungen der ganzen Wache zuteil.

Wenn ich eure glatten, frischen Gesichter sehe – deins ist damit nicht gemeint, Korporal Nobbs –, so errate ich, was ihr gerade denkt: Was weiß dieser Mann über die Realität des Polizeidienstes in Ankh-Morpork? Nun, es gehört zum Beispiel zur Realität des Polizeidienstes in Ankh-Morpork, den Hurtigen Herbert durch die ganze Stadt zu verfolgen und schließlich seinen Kopf an den Rand einer halbgefüllten Jauchegrube zu hämmern, damit er meine Kehle loslässt, so was passiert recht häufig, ich war gerade erst gestern damit beschäftigt, und es tut mir leid, Lord Patrizier, dass ich nicht am offiziellen Empfang des neuen omnianischen Botschafters teilnehmen konnte, weil ich meine Aufmerksamkeit dem Bemühen widmen musste, diesen gefährlichen Verbrecher zu fassen. In unserem Job verbringen wir nicht viel Zeit damit, an einem Schreibtisch zu sitzen. Ein Wächter muss immer ein Ohr an der Straße haben, natürlich nicht zu dicht, denn sonst müsste er damit rechnen, dass ein Wagenrad darüber hinwegrollt, äh, haha.

Aber was ich sagen wollte, ich meine, worauf ich wirklich hinauswill, äh, ich wollte darauf hinweisen, dass ich ganz unten begann, als ich beschloss, zum Wächter zu werden. Allerdings, damals galt »unten« als »ganz oben«, als ein ferner Gipfel, den man mühsam erklimmen musste. Ja, als ich zum Wächter wurde, musste man sich jahrelang anstrengen, um »unten« zu erreichen.

Ich habe alles selbst erlebt. Das Überprüfen von Türklinken, das Läuten der Glocke, durch die Sirupminenstraße einem Halunken hinterherlaufen, während Ausrüstungsteile an der Rüstung klappern, ich habe nichts Lustiges gesagt, Nobby … Eine solche Verfolgungsjagd kann ziemlich heiß sein, vor allem im Sommer. Manchmal legen ein Dieb und ich eine Pause ein, um in der Trommel ein erfrischendes Bier zu trinken, bevor wir die Jagd fortsetzen, ja, wir berufen uns dabei auf eine besondere Klausel im Gesetz. Damals sahen wir das Gesetz aus einer anderen Perspektive: Wir meinten, dass man sich so etwas leisten kann, wenn man genug Zeit hat und in der Überzahl ist.

Nun, die meisten Wächter waren ehrlich, solange man ihre Ehrlichkeit nicht zu sehr auf die Probe stellte.

Ich will damit Folgendes sagen: Ich hab alles selbst hinter mich gebracht. Ich hatte jeden Türknauf von Ankh-Morpork in der Hand und bin öfter über die schmutzigen Straßen gelaufen, als ich zählen kann. Am Rücken habe ich so viele Narben, dass Lady Sybil einmal meinte, man könnte Tick-tack-toe darauf spielen. Ich kenne alle kleinen Tricks, alle kleinen Cafés, in denen ein Wächter nicht bezahlen muss. Ich kenne jene Orte, wo man vor dem Wind geschützt ist, und ich weiß auch, wie man eine ruhige Kugel schieben kann. Ich weiß, in welcher Kneipe man ein kostenloses Bier bekommt, wenn man eine Uniform trägt. Ich kenne die Schmiere an den Achsen dieser Stadt und bin imstande, die eine Art von der anderen zu unterscheiden. Ich kann auch Unehrlichkeit erkennen, wenn ich ihr begegne, und wenn ich herausfinde, dass ihr euch bestechen lasst, bleiben eure Füße auf dem Boden, weil ich euch an den Knien abschneide, glaubt mir.

Trotzdem möchte ich, dass ihr nicht zögert, euch an mich zu wenden, falls ihr irgendwelche Probleme habt. Wenn Hauptmann Karotte nicht zugegen ist, steht meine Tür immer für euch offen, und ich würde wirklich gern wissen, wer sie geklaut hat, manchmal glaube ich, dass es in der Wache mehr Diebe gibt als außerhalb davon.

Worin bestehen die wichtigsten Aufgaben der Wache in einer modernen Stadt, fragt ihr euch vielleicht, und wenn ihr euch diese Frage bisher noch nicht gestellt habt, so holt ihr es jetzt bestimmt nach. Entgegen einer weitverbreiteten Ansicht geht es nicht in erster Linie darum, Verbrecher zu verhaften. Unsere vorrangige Pflicht besteht vielmehr darin, Verbrechen zu verhindern, oder, wie es förmlicher genannt wird, den Frieden zu wahren. Der durchschnittliche Bürger, meine Damen und Herren, hält nach wie vor an dem Irrglauben fest, dass es so etwas wie Ordnung in der Welt gibt – und damit setzt er euch gleich, wenn ihr auf Streife durch die Stadt unterwegs seid. Ankh-Morpork hat eine Million Einwohner, und der Stadtwache gehören nur sechzig Wächter an, aber trotzdem müsst ihr von der seltsamen Annahme ausgehen, dass wir überall sind. Es gibt einige ehrliche Bürger in der Stadt, obwohl es euch sehr schwerfallen würde, sie zu finden. Eure Aufgabe ist es, sie zu schützen, für gewöhnlich voreinander. Hinzu kommen einige besonders schwierige Pflichten den Verhafteten gegenüber, und dabei geht es nicht nur darum, keine Narben an ihnen zu hinterlassen. Im Verlauf der nächsten Wochen wird man euch alles erklären. Anschließend geht ihr mit einem erfahrenen Wächter auf Streife, und er wird euch von all den anderen Dingen berichten, von denen er glaubt, ich wüsste nicht darüber Bescheid. Aber ich kenne sie alle. O ja. Vermutlich hat er sein Wissen von mir. Das solltet ihr nie vergessen.

Welche Vorteile hat es, ein Wächter zu sein? Gute Bezahlung, eine akzeptable Pension, ausgezeichnete Beförderungschancen… Äh, aber das ist nichts im Vergleich zu dem warmen Glanz, den ihr bekommt, wenn sich des Nachts jemand an euch heranschleicht und ein angezündetes Streichholz an euren Stiefel hält. War nur ein Scherz. Ich meine, ihr bewirkt einen Unterschied, auch wenn ihr ihn nicht sehen könnt. Oh, und wenn ihr dabei helfen müsst, irgendwelche Babys zur Welt zu bringen, so werden sie nach euch benannt. Nobby hat es inzwischen auf fünf gebracht, und vielleicht wird es Zeit, dass ich ein Wörtchen mit ihm rede.

Ich zweifle nicht daran, dass früher oder später jemand von euch Ankh-Morpork verlassen wird, um die Arbeit in den Wachen anderer Städte fortzusetzen – bei uns ausgebildete Wächter scheinen sehr geschätzt zu sein. Nun, ihr seid keine Gefangenen. Einige von euch wurden sogar von anderen Städten hierhergeschickt, die viel Geld für eure Ausbildung bezahlen. Ich bin stolz darauf. Äh. Gebt euch alle Mühe.

Weitermachen, Feldwebel Detritus.«

In Ankh-Morpork sind die Gilden aus langfristigen politischen Gründen sehr mächtig. Zu den einflussreichsten gehören die Gilden der Assassinen, Diebe und Bettler. Sie alle haben traditionelle und in einigen Fällen auch sehr moderne Rechte. Deshalb gibt es in der Stadt Dinge, die man woanders »Landstreicherei«, »Diebstahl« oder »Mord« nennen würde, die in Ankh-Morpork aber lizensiert und damit legal sind.

Der Hintergrund dieser Situation wird euch später erklärt. Derzeit soll folgender Hinweis genügen: Zwischen den Gilden und ihren Rechten gibt es ... Freiräume. Und in diesen Freiräumen bewegt sich die Wache.

Die Stadtwache von Ankh-Morpork ist eine moderne, fortschrittliche Polizei, die aus rund sechzig Personen besteht. Das Hauptquartier befindet sich am Pseudopolisplatz auf der Götterinsel; andere Wachhäuser wurden eingerichtet bei den Dolly-Schwestern, an der Langen Mauer und in der Kröselstraße. Die wichtigsten Stadttore weisen kleinere und nicht immer besetzte Wachen auf.

Die Stadtwache ist gegen ungebührende Spezialisierung. Es gibt eine kleine forensische Einheit (bestehend aus Korporal Kleinpo) am Pseudopolisplatz sowie eine nachrichtendienstliche Abteilung, in der man all jene Informationsbrocken auswertet, die bei den Streifen in der Stadt gesammelt werden. Gelegentlich rekrutiert die Wache spezielle Fachleute für den Dienst in Zivil. Solche Spezialeinheiten sind bekannt unter dem Namen »Sondergruppe Ankertaugasse« oder »Die Unaussprechlichen«, doch in der Wache hält man nichts davon, sich zu sehr auf Aktivitäten in Zivil zu verlassen. Dies könnte sich ändern, wenn die Stadtwache mehr in internationale Angelegenheiten verwickelt wird.

Schließlich gibt es noch die vor kurzer Zeit eingerichtete Abteilung Verkehrskontrolle, deren Zentrale sich ebenfalls am Pseudopolisplatz befindet und die von Feldwebel Colon geleitet wird. Das entsprechende Ausbildungszentrum wurde in der alten Limonadenfabrik beim Hachsenweg eingerichtet und wird vorübergehend von Kommandeur Mumm geleitet, doch das Lehrpersonal besteht aus aktiven Angehörigen der Wache.

Neue Rekruten werden ermutigt, in allen Abteilungen und Niederlassungen der Wache Erfahrungen zu sammeln. Allerdings könnte ihnen die Wachstation in der Kröselstraße mehr Erfahrungen ermöglichen, als ihnen lieb ist – immerhin befinden sich sowohl die berüchtigten Schatten als auch die Docks in der Nähe. Die Wache in der Kröselstraße ist angeblich ein guter Posten für einen jungen Wächter, der sich Beförderung erhofft, wahrscheinlich zu einem besseren Leben im Jenseits.

Und nun zur Sitte. In Ankh-Morpork gibt es keine Sittenpolizei. Die Gilde der Näherinnen hat darauf hingewiesen, in dieser Hinsicht bestens gerüstet zu sein und keine Hilfe zu benötigen. Die Stadtwache geht davon aus, dass diese Gilde ein ehrliches Unternehmen ist und die Interessen ihrer Mitglieder besser wahrnimmt als die meisten anderen Gilden. Deshalb werden die Wächter bei ihr nur aktiv, wenn man sie ausdrücklich dazu auffordert oder wenn es Hinweise auf ein ernstes Verbrechen gibt.

Die tägliche Kontrolle der Salons, Häuser käuflicher Zuneigung, Massageinstitute, Bäder, Klubs und exklusiver Treffpunkte aller Art, die zur umsatzstärksten Branche der Schatten gehören, liegt in den zuverlässigen Händen von Dutzie und Putzie, auch »Schmerzliche Schwestern« genannt. Man könnte sie als hochspezialisierte Polizistinnen bezeichnen, die Gildenmitglieder vor zu enthusiastischen Kunden schützen. Man sollte sich vor ihnen hüten, insbesondere vor Dutzie, wenn ihr linkes Auge zu rollen beginnt.

Kommandeur Mumm hat inoffiziell wissen lassen, dass Beschwerden über die Schmerzlichen Schwestern nachgegangen wird, wenn der Beschwerdeführer noch aus eigener Kraft bis zum nächsten Wachhaus gehen und sprechen kann, wenn er dort eintrifft. Die betreffenden Ermittlungen beginnen mit einer gründlichen Untersuchung aller Ereignisse, die zu dem Zwischenfall geführt haben. Die Gilde kennt sehr großzügige Definitionen des Begriffs »akzeptables Verhalten«, und in den meisten Fällen geht die Wache von folgender Annahme aus: Wer diese großzügigen Grenzen verletzt, ist selbst dran schuld und sehr verdächtig.

Ihr werdet feststellen, dass Kommandeur Mumm nicht an Verbrechen glaubt, die ohne Opfer bleiben. Von der anderen Sorte gibt es in Ankh-Morpork massenhaft Beispiele.

Am ersten Tag der Wache teilt man euch vermutlich mit, der Eid bestünde aus den Lauten, die ihr von euch gebt, während ein ehrlicher, aber missverstandener Bürger euren Kopf auf das Pflaster stößt. Hier ist der offizielle Wortlaut:

> Ich, (Name des Rekruten), schwöre feierlich bei (Gottheit des Rekruten), die Gesetze und Verordnungen der Stadt Ankh-Morpork zu wahren, dem öffentlichen Vertrauen zu dienen und die Untertanen Seiner/Ihrer (Unzureffendes streichen) Majestät (Name des regierenden Monarchen) ohne Furcht, Begünstigungen und Rücksicht auf die persönliche Sicherheit zu verteidigen. Ich schwöre weiterhin, Übeltäter zu verfolgen, die Unschuldigen zu schützen und, falls notwendig, mein Leben für die oben genannten Pflichten zu geben, so wahr mir (zuvor erwähnte Gottheit) helfe. Den Segen der Götter für den König/die Königin (Unzutreffendes streichen).

Da Ankh-Morpork schon seit Jahrhunderten keinen regierenden Monarchen mehr hat, sollte der Rekrut den gesamten Text vorlesen, so wie er geschrieben steht.

Ein neuer Rekrut wird auch aufgefordert, des Königs Schilling zu nehmen. Die Ursprünge dieser Tradition reichen bis in graue Vorzeit zurück. Wie dem auch sei: Im Hauptquartier der Wache wird ein Schilling aufbewahrt (fünf Cent eines Ankh-Morpork-Dollars in der neuen Währung), und Rekruten sollen ihn nehmen, während sie den Eid sprechen. Anschließend wird er sofort zurückgegeben, damit jemand anders ihn nehmen kann. Der Schilling ist mit einer Kette verbunden, um sicherzustellen, dass er nicht auf Dauer genommen wird.

Man vermutet, dass der Schilling einst irgendeinem König gehörte. Nun, nirgends steht geschrieben, dass Traditionen unbedingt einen Sinn haben müssen.

Die Dienstmarke der Stadtwache – ihre Geschichte

Die Ursprünge der Wache sind verborgen in den Mägen der Termiten, die in der Mitte des vergangenen Jahrhunderts das Stadtarchiv heimsuchten. Aber es ist fast sicher, dass eine einfache Art von »Wache« seit Gründung der Stadt existierte und die gleichen Aktivitäten entfaltete: Sie läutete des Nachts die Stunden, nahm den einen oder anderen Verbrecher in Gewahrsam, ließ ein wenig Geld aus den Taschen betrunken auf dem Boden liegender Leute verschwinden und nahm die Gunst besonders zugänglicher Damen käuflicher Zuneigung entgegen.

Die heutige Stadtwache von Ankh-Morpork wurde im Jahr 1561 von König Veltrick I. gegründet. Ihre ursprüngliche Aufgabe beschränkte sich darauf, bei einem Staatsbesuch der Kaiserin von Sto imposant zu wirken. Ihre Ausstattung bestand deshalb aus einer vollen Infanterierüstung, einem Helm aus poliertem Kupfer und einem runden Schild mit der Aufschrift: »Königliche Stattewache von Ankhe-Moreporк«. Hinzu kamen das königliche Wappen und das Motto der Familie Veltrick: »FABRICATI DIEM, PVNCTI AGVNT CELERITER«. Man könnte es mit »Lass den Tag gut sein, die Momente verstreichen zu rasch« übersetzen, und in abgekürzter Form ist es noch immer das Motto der Wache.

Veltrick I. wurde von seinem Sohn ermordet, der auf die Hilfe der Kaiserin von Sto zurückgriff, und zwar vier Tage nach Gründung der Wache. Veltrick II. teilte nicht das Interesse seines Vaters an einer guten Polizei, und die Wache geriet in Vergessenheit. Im Verlauf der nächsten Jahre ging ein großer Teil der ursprünglichen Ausrüstung verloren – sie wurde bei gefährlichen Rückzügen beschädigt oder benutzt, um einen Wächter zum Schweigen zu bringen, indem man ihn beschwerte und im Ankh verschwinden ließ. Manchmal verkaufte man sie, um Geld für wichtigere Dinge zu bekommen, zum Beispiel für Bier.

Als Veltrick III. 1572 den Thron bestieg, traten die Geschäftsleute der Stadt an ihn heran und baten ihn um einen Zuschuss, der die weitere Existenz der Stadtwache sicherte. Er gab die erste Dienstmarke heraus: einen kleinen Kupferschild, jenem größeren Schild nachempfunden, mit dem die Wächter einst ausgerüstet gewesen waren. Darauf stand AMCW und die Nummer des Wächters. Solche Dienstmarken wurden von der Nachtwache verwendet, doch inzwischen gibt es nur noch wenige der ursprünglichen Exemplare.

Als die Wache dabei half, Ankh-Morpork vor einem zwanzig Meter großen feuerspeienden Drachen zu retten, gab der Patrizier eine neue Dienstmarke heraus, um die größere Bedeutung der Wache für die Stadt hervorzuheben. Gleichzeitig gestattete er die Rekrutierung neuer Wächter. Lord Mumm hat noch immer seine alte Dienstmarke, die einzige außerhalb von Vetinaris Museum im Palast.

Es sollte darauf hingewiesen werden, dass mit »Wache« zunächst nur die Nachtwache gemeint war. Erst in letzter Zeit verwendet man diese Bezeichnung auch für die Tagwache. Bevor beide Abteilungen zu einer Wache unter dem Befehl von Kommandeur Mumm zusammengefasst wurden, kam es häufig zu Reibereien zwischen Tag- und Nachtwächtern, insbesondere bei Sonnenauf- und -untergang sowie bei einer gelegentlichen Sonnenfinsternis.

Im vergangenen Jahr wurde die Dienstmarke neu gestaltet, um die Veränderung der Stadtwache von Ankh-Morpork widerzuspiegeln und auf ihre neue Rolle hinzuweisen. Vielleicht handelt es sich dabei um den Beginn eines Imagewandels der Wache, was letztendlich von sehr hitzigen Diskussionen zwischen Lord Vetinari, Lord Mumm und Hauptmann Karotte Eisengießersohn abhängen dürfte.

Die neue Dienstmarke sollte ein moderneres Motto präsentieren: Innocentes Non Timebunt Quodquam. Eine grobe Übersetzung lautet: Die Unschuldigen haben nichts zu befürchten. Doch Kommandeur Mumm sprach sich gegen ein solches Motto aus, weil seiner Meinung nach Unschuldige eine ganze Menge zu befürchten haben, vor allem von Schuldigen, aber auch von jenen Leuten, die sich Sprüche wie »Die Unschuldigen haben nichts zu befürchten« einfallen lassen.

Ich, Korporal Karotte Eisengießersohn,
war am letzten Oktober kurz nach dem
Sonnenaufgang auf der Pallantallee in
mittwärtiger Richtung unterwehgs als,
ich den Ruf »Haltet den Dieb« hörigte.
Sofort erblikkte ich Fodor »Leichtfinger«
Greifschnell er kahm bei Nummer 12a,
aus einem Fenster im Obergeschoss. Er
wollte durch die Pallantallee entkommigen
aber, ich holte ihn beim Geringsten Tor
ein und verhaftete ihn wehgen des Ver-
dachts auf nicht lizensierten Diebstahl.

Fehler im obigen Beispiel eines Verhaftungsberichts

1. Viele Rechtschreibfehler und recht großzügige Interpunktion.
2. Der Name des Verdächtigen ist falsch geschrieben. Fodor Greifschneller hätte leicht aufgrund einer Formsache freikommen können.
3. Herr Greifschneller wohnt in Nummer 12a und verfolgte seinerseits einen Dieb.
4. Das angebliche Verbrechen fand kurz nach Sonnenaufgang statt, als Korporal Karotte überhaupt keine Befugnisse mehr hatte. Die Tagwache wäre für den Fall zuständig gewesen.
5. Korporal Karotte legte Herrn Greifschneller fälschlicherweise Diebstahl zur Last, obwohl das Verbrechen am Tag stattfand, weshalb es sich um Einbruch handelte.
6. Korporal Karotte verhaftete Herrn Greifschneller außerhalb der Stadtmauern und damit auch außerhalb des Zuständigkeitsbereichs der Stadtwache.

Gestern gegen Mitternacht überraschte ich meinen Bruder in meinem Schlafzimmer, als er ein paar Waffen aus meiner Sammlung klauen wollte. Ich lochte ihn ein. Er wurde frech. Daraufhin trat ich ihm in die Eier.

Kommentar zum obigen Beispiel eines Verhaftungsberichts

1. Klar, exakt und präzise.
2. Der mutmaßliche Übeltäter wird eindeutig identifiziert.
3. Zeitpunkt und Ort werden korrekt angegeben.
4. Es besteht kein Zweifel an der Art des verübten Verbrechens.
5. Der betreffende Wächter verwendete angemessene Gewalt, um den mutmaßlichen Übeltäter zu verhaften.

Memo für alle Wächter

Von: Korporal Kleinpo, Offizier vom Dienst

Betr.: Ausleihen von Eigentum der Wache

Ich kann es nicht mehr hören, dass sich Frau Schlawiner in der Kantine dauernd über verschwindendes Geschirr und Besteck beklagt, allein in dieser Woche sind neunzehn Gabeln verlorengegangen, das ist nicht mehr lustig. Und dann der Zucker, was stellt ihr damit an? Außerdem werden seit Samstag drei Schlagstöcke vermisst. Ich weiß, dass Angehörige der Nachtwache ihre eigenen verlieren und sich anschließend welche aus den Spinden ihrer Kollegen von der Tagwache "leihen". Ich nenne keine Namen, aber diese Sache wird allmählich lächerlich. Frau Schlawiner droht damit, das Besteck bei der Diebesgilde aufzubewahren, wenn es so weitergeht. Und noch etwas: Wer auch immer sich den festgebundenen Teelöffel ausgeliehen hat - er sollte wenigstens die Schnur zurückgeben.

Ernst Kleinpo (Korporal)

Kommunikation …

… ist sehr wichtig für die Polizeiarbeit, aber Kommandeur Mumm hat den ausdrücklichen Befehl gegeben, dass die Wache zu diesem Zweck keine Magie verwenden darf. Er vertritt den Standpunkt, dass die Arbeit der Polizei auch so schon schwer genug ist, ohne Dämonen, die einem den Kopf von den Schultern reißen.

Verschiedene Methoden wurden ausprobiert, und sie alle endeten, mehr oder weniger, mit einem Misserfolg. Sprachrohre erfüllen zwar ihren Zweck, doch damit konnten die Wächter nicht sehr weit gehen, und außerdem wurden sie oft von Karren überrollt. Das Signalisieren funktionierte etwas besser: Wächter auf Streife konnten die Signalfensterläden der Wachhäuser selbst aus größerer Entfernung erkennen. Allerdings ließen sich die Signalhelme nur bei ruhigem Wetter einsetzen und konnten bei starkem Wind fatal sein.

Derzeit verwendet man Tauben für die Übermittlung von Nachrichten. Sie werden so dressiert, dass sie nicht zu einem bestimmten Taubenschlag zurückkehren, sondern auch einzelne Wächter finden. Das ist kein normales Verhalten der gewöhnlichen Taube, und man geht in diesem Zusammenhang von folgender Annahme aus: Die jahrtausendelange Bedrohung durch Wasserspeier in Ankh-Morpork hat Tauben entstehen lassen, die etwas intelligenter sind als ein durchschnittlicher Pilz.

Man weist die Wächter darauf hin, dass sie für Fütterung und Pflege der Tauben verantwortlich sind. Alle auf Streife gehenden Angehörigen der Woche erhalten pro Woche zusätzliche fünf Cent für Futter. Verlorene Tauben sollten dem Kommunikationsoffizier Korporal Kleinpo gemeldet werden.

Jeder Wächter sollte seine/ihre Streife mit mindestens zwei Tauben und genug Zigarettenpapier in der Nachrichtenkapsel beginnen.

Natürlich sollten die Tauben nicht mit zu schweren Nachrichten belastet werden, und deshalb hat man auf der Grundlage von Erfahrungen Abkürzungen entwickelt, die praktisch allen Fällen gerecht werden. Zusammen mit den Tauben erhaltet ihr eine vollständige Liste. Folgender Auszug aus den Taubenberichten der Wache gibt euch einen Vorgeschmack auf die Polizeiarbeit in einer großen Stadt.

AAAA	Ich teste diese Taube. Ich bin in der [ ]-straße.
AJ	Bitte melde dich beim [ ]-Wachhaus.
CNPF	Unterbreche den Dienst, um Taubenfutter zu kaufen.
RAFF	Fluss brennt unweit der [ ]-brücke.
BBBB	Bitte unterschreibe Quittung für vorherige Taube.
CCCC	Ich glaube, meine Tauben werden gefressen.
DD	Schlägerei in [ ]-straße. Bitte kümmert euch darum.
CNMA	Erbitte Sonderurlaub für die Beerdigung meiner Großmutter.
DK	Deine Berichtstaube sollte um [ ] Uhr eintreffen und ist überfällig.
GKB	Das Gebäude der Alchimistengilde ist explodiert.
GURR	Gehe unbedingt Rapssamen requirieren.
EEEE	Empfängt jemand meine Tauben? Ich bin jetzt in der [ ]-straße.
OL	Bin mit einem zahlenmäßig überlegenen Gegner konfrontiert. Erbitte Unterstützung.
GKBR	Die Ruinen des Gebäudes der Alchimistengilde sind gerade explodiert.
FFFF	Ich glaube, ich bin nicht mit richtigen Wachetauben ausgerüstet worden – meine Exemplare haben Schwimmhäute.
O	Wachmann in Schwierigkeiten bei [ ]. Hilfe aller Wächter erforderlich.
EUT	Nicht lizensierter Diebstahl bei [ ]; Mann/Frau/Zwerg/Troll/anderes überprüfen.
NNNN	Meine Taube baut ein Nest auf dem Dach von [ ] bei [ ].
NTE	Meine Taube hat Schwimmhäute.
UXDR	Nicht explodierter Drache gefunden in [ ]-straße.
AARG	Bin in der [ ]-straße durch eine verrottete Falltür in einen tiefen Keller gefallen. Bin zu sehr verletzt, um mich zu bewegen. Habe beide Tauben verspeist und schicke diese Ratte mit der Bitte um Hilfe.
GRTH	Pantomimen in der [ ]-straße. Verstärkung schicken.
EEGG	Befinde mich auf einem schmalen Sims im [ ] Stock des [ ]-Gebäudes in der [ ]-straße und verfolge Taube.
R »n«	Prügelei der Stärke »n« auf der Aufruhrskala in der [ ]-straße.
EEFF	Bin von eigener Taube angegriffen worden.
ZZZZ	Kehre zum Wachhaus zurück.

NB: Alle Angehörigen der Wache werden daran erinnert, dass auf keinen Fall Tauben zu Wasserspeierwächtern geschickt werden dürfen – Letztere könnten die Tauben für einen Vorschuss halten.

AUSRÜSTUNG DER WACHE

Alle Wächter erhalten folgende Ausrüstung. Der Empfang muss quittiert und bei einem Verlust Schadenersatz geleistet werden. Meldungen über verlorengegangene Objekte gehen an Korporal Kleinpo im Hauptquartier. Golemwächter brauchen abgesehen vom Helm keine Rüstung zu tragen. Wasserspeierwächter erhalten nur eine Dienstmarke und benötigen weder Waffen noch andere Ausrüstungsgegenstände.

Bitte bestätigt den Empfang der unten aufgeführten Gegenstände mit einem Häkchen ☑.

- ☐ ein Kettenhemd
- ☐ ein Helm, Eisen und Kupfer
- ☐ ein Brustharnisch, Eisen
- ☐ eine Kniehose, Leder, für Wächter
- ☐ ein Regencape, Leder, für Offiziere der Wache
- ☐ Sandalen, Leder, für Wächter (Sommer)
- ☐ Stiefel, Leder, für Offiziere der Wache (Winter)
- ☐ ein Schwert, kurz
- ☐ (eine Streitaxt, nur für Zwerge in der Wache)
- ☐ (ein Knüppel, nur für Trolle in der Wache)
- ☐ (einen modifizierten Brieföffner, nur für Gnome in der Wache)
- ☐ ein Schlagstock, Eichenholz
- ☐ eine Pieke oder Hellebarde, für den Notfall
- ☐ eine Armbrust
- ☐ (eine Armbrust, Kaliber Belagerungswaffe, zuvor auf einem Karren montiert, drei Sehnen, Durchschlagskraft: enorm, mit Winde, nur für Trolle in der Wache)
- ☐ eine Sanduhr
- ☐ eine Handglocke, Messing und Holz
- ☐ ein Nähpaket (nur für Zombies in der Wache)
- ☐ Leim für Keramik (nur für Golems in der Wache)
- ☐ eine Dienstmarke, als Zeichen der Zugehörigkeit zur Wache
- ☐ eine Decke, Wolle, blau, 18 x 18 Zoll (für Schwarze Männer, im Falle existenzieller Verwirrung)
- ☐ ein religiöses Symbol nach Wahl des Wächters (für die Abwehr von Vampiren)
- ☐ ein Diskurs reiner Vernunft (für die Abwehr von Vampiren, Option für Freidenker)

NB: Wächter, die es mit Werwölfen zu tun bekommen, sollten sich an Feldwebel Angua im Hauptquartier wenden und ihre Hilfe als Dolmetscherin in Anspruch nehmen.

BESCHWERDEN ÜBER DIE WACHE

Bedauerlicherweise führte die Vergrößerung der Wache dazu, dass sich Bürger von Ankh-Morpork häufiger über sie beschweren. Solchen Bescherden wird nachgegangen, bevor man sie zu den Akten legt. Deshalb ist es sehr wichtig, dass Wächter die Einträge in ihren Notizbüchern immer auf dem Laufenden halten und dadurch bei Ermittlungen alle Fragen beantworten können. Immerhin werden Beschwerden vom Büro des Patriziers weitergeleitet, und Lord Vetinari mag keine unklaren Antworten.

Das folgende authentische Beispiel zeigt, worauf es bei der Formulierung einer angemessenen Antwort ankommt.

Vom rechteckigen Büro

Mittwoch

An: Seine Gnaden, den Herzog von Ankh, Kommandeur der Wache

Euer Gnaden,

der Hohepriester von Offler teilt mir mit, dass du mit deinen Leuten am Dienstagabend gewaltsam in Offlers Tempel eingedrungen bist und den Abendgottesdienst gestört hast, was der Opferziege Gelegenheit gab, die Flucht zu ergreifen. Darüber hinaus sollst du eine Person des öffentlichen Lebens, die im Tempel Zuflucht suchte, angegriffen und so fest gegen den Taufstein gestoßen haben, dass sie mehrere Zähne verlor.

Der Hohepriester verbrachte eine sehr lästige halbe Stunde damit, mir dies alles zu erzählen. Für einen erläuternden Kommentar wäre ich sehr dankbar.

Vetinari

Pseudopolisplatz
Mittwoch
An: Lord Vetinari, Patrizier

Verehrter Lord Patrizier,

ich habe deine Nachricht erhalten. Meine Antwort lautet wie folgt:

1. Wir verfolgten Schlummi »Klatz« Schönwetter, dessen Mitgliedschaft in der Diebesgilde zeitweilig aufgehoben wurde.

2. Wir wollten mit ihm über einen angeblichen Angriff auf einen gewissen Tapsig Seittwärts, 76, sprechen, angeblich Verkäufer von Labskaus und Suppe in der Affenstraße. Die angebliche Aggression wurde von mehreren angeblichen Zeugen beobachtet.

3. Es ist allgemein bekannt, dass Schlummis religiöses Interesse allein darin besteht, Blei von Tempeldächern zu stehlen.

4. Es stimmt, dass ich Schlummi sanft gegen das angebliche Taufbecken gestoßen habe.

5. Damit wollte ich ihn davon abbringen, mir auch weiterhin in den Arm zu beißen und mich an besonders empfindliche Stellen zu treten.

6. Ich glaube, dass er drei Zähne verlor, und einer davon wurde mir später aus dem Arm geschnitten.

7. Das sind zwei Zähne mehr, als Tapsig Seittwärts, dem Opfer der Aggression, geblieben sind.

8. Es dürfte den Hohepriester interessieren, Folgendes zu erfahren: Während Schlummi eine Tasse Tee in seiner Zelle trank, gab er spontan und aus freiem Willen Auskunft über den Verbleib des Messers mit dem silbernen Griff und der silbernen Fangscheibe, die in der vergangenen Woche aus dem Tempel verschwanden. Ich persönlich glaube, dass ihm der Gott Offler Erleuchtung brachte.

9. Schlummi ist ein ziemlich übler Bursche, und heute Nachmittag wird man ihn dir vorführen.

Mumm

Auf der Grundlage dieser Erklärung wurden keine Maßnahmen eingeleitet, aber die Wache erhielt ein Dankesschreiben vom Offler-Tempel. Und wenn Wächter in kalten Nächten im Bereich der Affenstraße unterwegs sind, so bietet man ihnen einen Teller heiße Suppe mit besonders vielen gelben Schwabbeldingen drin an.

Memo an: alle Zwergenwächter
Von: Korporal Kleinpo, Kommunikationsoffizier

Hört mal, die Schmiere am Turm unter dem Taubenschlag soll Wasserspeier daran hindern, hochzuklettern und die Tauben zu fressen, alles klar? Ich möchte darauf hinweisen, dass die Wache mit jener Schmiere einen ganz bestimmten Zweck verfolgt. Wenn ich noch einmal einen Zwerg dabei erwische, wie er das Zeug abkratzt und isst - ich nenne keine Namen, aber ich behalte den einen oder anderen von euch im Auge -, so kann der Betreffende mit ernsten Schwierigkeiten rechnen. Wie würdet ihr euch fühlen, wenn ihr plötzlich Hilfe braucht und eine Taube schickt, auf die dann ein Wasserspeier wartet? Ihr wisst, wie wichtig dies ist.

Grinsi Kleinpo (Korporal)

JANUAR/OFFEL

GESETZE VON ANKH-MORPORK: Das seit kurzer Zeit geltende »Gesetz der kompetenten Kunst« (ein Erlass des Patriziers) verlangt von allen Bürgern und Besuchern, die in Ankh-Morpork Bilder malen und verkaufen möchten, dass sie vor dem Patrizier erscheinen und beweisen, eine Hand zeichnen zu können, die ihn zufriedenstellt. Wer sich darüber mit dem Hinweis beschwert, das sei eine Einschränkung der künstlerischen Freiheit, bekommt vom Patrizier folgende Antwort: Die künstlerische Freiheit ist auch eingeschränkt, wenn man in einem Verlies voller Ratten steckt, und er möchte nicht zwischen diesen beiden Möglichkeiten wählen müssen.

4. Januar
Sonderurlaub:
Korporal Nobbs möchte diesen Nachmittag frei bekommen, um bei der Bestattung seiner Großmutter zugegen zu sein.

LISTE DER VERGEHEN IN ANKH-MORPORK, Nummer 23: Betrunken und schreiend auf Leute zustürmen und versuchen, ihnen das Knie abzuhacken.

ERUPTIV: Diesem Troll gehört eine die ganze Nacht geöffnete Töpferei in der Paradiesstraße. Er gilt als ehrlich, was bedeutet, dass andere Verbrecher nicht befürchten müssen, von ihm betrogen zu werden. Auch viele Dinge, die nicht aus Ton bestehen, wechseln bei ihm den Besitzer. Eruptiv leitet das größte Hehlerei- und Schmuggelunternehmen seit dem Zusammenbruch der »Hohle Puppen Importgesellschaft«. Man erlaubt ihm deshalb, im Geschäft zu bleiben, weil er singt, wenn man ihn unter Druck setzt.

LISTE DER VERGEHEN IN ANKH-MORPORK, Nummer 15: Verkehrsbehinderung durch einen zwanzig Meter großen Drachen, der mitten auf der Straße gelandet ist.

20. Januar
Sonderurlaub:
Korporal Nobbs möchte diesen Nachmittag frei bekommen, um bei der Bestattung seiner anderen Großmutter zugegen sein.

PALM, ROSEMARY, FRAU: Präsidentin der Näherinnengilde. Eine füllige und kultivierte (auf eine häusliche Art und Weise) Frau, die das zweitälteste Gewerbe in der Stadt mit sanfter und gleichzeitig sehr entschlossener Hand leitet. Hält viel von Recht und Ordnung. Befürwortet die Wache. Duldet keine Dummheiten. Man sollte vermeiden, sie mit »Rosie« anzusprechen. Wenn Frau Palm alles sagen würde, was sie weiß, wäre die Polizeiarbeit wesentlich einfacher.

FEBRUAR/FEBRUAR

GESETZE IN ANKH-MORPORK: Die vom Irren König Ludwig der Tritt erlassenen Bestimmungen des Sirup-und-Hosen-Gesetzes verbieten flaches Atmen, verlangen purpurnen Anstrich für alle öffentlichen Gebäude und legen fest, dass jeder Spiegel fünf Kilometer lang sein muss. Soweit bekannt ist, wurde dieses Gesetz nie außer Kraft gesetzt.

BIBLIOTHEKAR, DER: Ihr wurdet bereits während des Einführungskurses auf ihn hingewiesen. Um es hier noch einmal zu wiederholen: Er ist Sonderkonstabler, eine sehr nützliche Kontaktperson und außerdem ein Affe. Lasst euch von erfahreneren Kollegen nicht dazu verleiten, ihn »Tier« zu nennen. Immer wieder fällt jemand auf diesen alten Trick herein.

DUNELM, HIBISKUS: Derzeitiger Wirt der Geflickten Trommel in der Filigranstraße. Eine sehr nützliche Kontaktperson – die meisten Verbrecher in der Stadt besuchen früher oder später die Trommel. Glaubt gern, einen eleganten Laden zu führen. Hat immer einen Eimer Sägemehl bereit, um das Blut auf dem Boden rasch zu bedecken. Ihm gegenüber solltet ihr freundlich, aber bestimmt auftreten.

Obergefreiter Besuch-die-Ungläubigen-mit-erläuternden-Broschüren

MÄRZ/MÄRZ

GESETZE VON ANKH-MORPORK: Nach der zweiten Erweiterung des Kriegsrechts von 1401 (nie aufgehoben) ist es für jede männliche Person über 14 verboten, ohne eine mindestens zwei Meter siebzig lange Hellebarde durch die Stadt zu gehen.

2. März

Sonderuralub:

Korporal Nobbs möchte diesen Nachmittag frei bekommen, um bei der Bestattung seiner Großmutter zugegen zu sein. Beim letzten Mal war sie noch nicht ganz tot.

Das Kriegsrecht von 1401 stiftete erhebliche Verwirrung (und verbesserte das Einkommen von Fischhändlern), bis sich herausstellte: Ein Schreiber hatte die Worte »und mit anderen großen Fischen« jenem Gesetzestext hinzugefügt, der von allen männlichen Personen über 14 verlangte, mit einer Stichwaffe umgehen zu können. Im Entwurf stand nicht »Stichwaffe«, sondern Stichling, und bei dem Versuch, den Fehler zu berichtigen, kam es zu einem absurden Missverständnis. Es wurde nicht das Wort »Stichling« in den Text aufgenommen, sondern »Heilbutt«. Dies führte zum Fischgesetz von 1402, dem kürzesten aller Gesetze: Niemand darf mit Fischen bewaffnet in Ankh-Morpork unterwegs sein.

BURLICH, HERR: Oberhaupt der Gilde der Waffenschmiede und Mitinhaber von »Burlich-und-Starkimarms mechanisiertem Versandhaus«. Produziert Waffen für alles, was Rang und Namen und vor allem viel Geld hat. Verkauft auch an reiche Ausländer, die ihm versprechen, dass seine Waren nur für den Kampf gegen Ungeziefer aller Art verwendet werden. Wahrscheinlich ein Verräter, aber Geschäft ist eben Geschäft.

13. März

Sonderurlaub:

Korporal Nobbs möchte diesen Nachmittag frei bekommen, um bei der Bestattung seiner Großmutter zugegen zu sein. Beim letzten Mal war es der falsche Tag.

CHRYSOPRAS: alias Krysopras und Chrystopras. Troll und Geschäftsmann. Inhaber des Troll-Nachtklubs »Kaverne«. Schmückt sich demonstrativ mit den diamantenen Zähnen anderer Troll-Geschäftsleute, die versuchten, in Wettbewerb mit ihm zu treten. Wir glauben nicht, dass er in der »Brekzie«, dem berüchtigten Verbrechersyndikat der Trolle, eine wichtige Rolle spielt. Aber säumige Zahler, die ein kopfloses Pferd in ihrem Bett finden, könnten anderer Ansicht sein.

LISTE DER VERGEHEN IN ANKH-MORPORK, Nummer 7a: Verwendung von Magie, um das äußere Erscheinungsbild des Regenten der Stadt zu verändern.

22. März

Sonderuarlub:

Korporal Nobbs möchte diesen Nachmittag frei bekommen, um bei der Bestattung seiner Großmutter zugegen zu sein. Beim letzten Mal war es der falsche Friedhof.

APRIL/APRIL

Knuddel Winzig

GESETZE VON ANKH-MORPORK: Wenn man das Gesetz über Verhalten und Gebaren von 1503 genau auslegt, müsste jeder Bewohner von Ankh-Morpork einmal pro Woche einen Heuballen verspeisen.

8. April
Sonderurlaub:
Korporal Nobbs möchte diesen Nachmittag frei bekommen, um bei der Bestattung seiner Großmutter zugegen zu sein. Beim letzten Mal war es die falsche Großmutter.

SCHNAPPER, TREIBE-MICH-SELBST-IN-DEN-RUIN: Trotz einer weitverbreiteten Ansicht ist Schnapper kein Krimineller in dem Sinne, obgleich die von ihm verkauften Fleischpasteten und heißen Würstchen nach göttlicher Strafe verlangen. Manchmal verdient er sich seinen Lebensunterhalt in Aktivitätsbereichen – zum Beispiel beim Klickern und der Musik mit Steinen drin –, die so neu sind, dass sie vom Gesetz erst noch entdeckt werden müssen. Weiß über alles Bescheid, was in Ankh-Morpork passiert, wenn damit Aussichten auf Profit verbunden sind.

GESETZE VON ANKH-MORPORK: Die letzte Person, der man einen Verstoß gegen das Fischgesetz zur Last legte, war Thaddäus Trommel im Jahr 1714. Man warf ihm Leichtsinn vor, weil er einen Beutel mit Venusmuscheln bei sich trug.

24. April
Sonderurlaub:
Korporal Nobbs möchte diesen Nachmittag frei bekommen, um bei der Bestattung seiner Großmutter zugegen zu sein. Beim letzten Mal litt er an durch Überarbeitung hervorgerufenem Stress und hielt sich für jemand anders.

RUST, LORD: Adliger aus Ankh. Sein Vorfahr wurde zum Baron ernannt, nachdem er eigenhändig siebenunddreißig Klatschianer tötete und dabei nur mit einer Nadel bewaffnet war. Während der Konfrontation mit Klatsch spielte Lord Rust eine wichtige Rolle bei dem Versuch, die Wache aufzulösen. Ehrenhaft, mutig und vollkommen durchgedreht.

MAI/MAI

LISTE DER VERGEHEN IN ANKH-MORPORK, Nummer 88:
Stehlen eines Buches aus der Bibliothek der Unsichtbaren Universität.

LISTE DER VERGEHEN IN ANKH-MORPORK, Nummer 89: Beschädigung eines Buches aus der Bibliothek der Unsichtbaren Universität (und damit auch versuchter Selbstmord).

SOCKE, GERHARDT: Oberhaupt der Fleischergilde und selbst ein ausgezeichneter Metzger. Ein Aufsteiger. Hat ein geheimes Apartment bei den Tollen Schwestern. Einmal in der Woche hält er sich dort auf, um ohne das Wissen seiner Frau Akkordeon zu spielen. Weiß gut Bescheid, wenn es um landwirtschaftliche Dinge unweit der Stadt geht. Sollte er sich einmal als nicht besonders gesprächig erweisen, könnt ihr das Wörtchen »quetschen« in die Konversation einfließen lassen – das dürfte seinem Gedächtnis auf die Sprünge helfen.

LISTE DER VERGEHEN IN ANKH-MORPORK, Nummer 3:
Boshaftes Herumlungern.

Hierundheute

LISTE DER VERGEHEN IN ANKH-MORPORK, Nummer 12: Eine fünfzehn Meter große Frau ist vom Kunstturm heruntergefallen. Bringt Absperrkegel und drei Schachteln Kreide.

JUNI

LISTE DER VERGEHEN IN ANKH-MORPORK: Eine wörtliche Interpretation des Sau-und-Schwein-Gesetzes von 1347 würde bedeuten, dass Dienstage illegal sind.

Obergefreiter Feuerstein

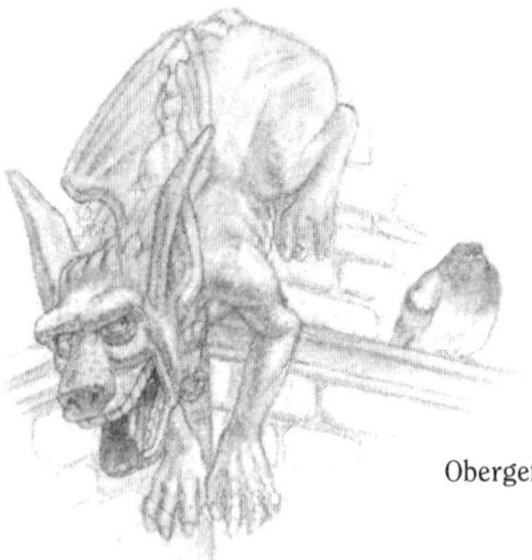

Obergefreiter Abfluss

SELACHI, LORD: Auch »Selachii« geschrieben. Lord Robert ist ein erfahrener Assassine und gehört zu einer der ältesten und einflussreichsten Familien in der Stadt. Nicht so dumm, wie er aussieht, aber das wäre ohnehin kaum möglich. Hat überall dort seine Finger im Spiel, wo Verrat getrieben und Verschwörungen geplant werden. Ein Schurke. Und ein Adliger, weil er auf eine siebenhundert Jahre lange Ahnenreihe aus Schurken zurückblicken kann.

JULI/GRUNI

1. Juli

Sonderurlaub:

Korporal Nobbs möchte diesen Nachmittag frei bekommen, denn es hat ihm großen Kummer bereitet herauszufinden, die ganze Zeit über in der falschen Familie gelebt zu haben. Die Suche bringt allerdings auch einen Vorteil mit sich: Er hat zwei Großmütter, von denen er bisher überhaupt nichts wusste.

Hinweis für alle Wächter:
Von heute an darf niemand mehr als zwei Großmütter irgendeiner Art haben.

Mumm

SCHRÄG, HERR: Oberhaupt der Anwaltsgilde und ein Zombie. Herr Schräg ist Teilhaber der Kanzlei »Tagscheu, Schräg und Honigfleck« (Herr Tagscheu ist Herzog Mumms persönlicher Anwalt). Untot, was für Herrn Schräg aber vermutlich keinen Unterschied macht. Mit Respekt behandeln. Und seid immer vor ihm auf der Hut.

Hinweis für alle Wächter:
Die Golem-Angehörigen der Wache haben auf das Gleichstellungsprinzip hingewiesen, und deshalb halte ich folgende Klarstellung für angebracht: Alle Wächter, die von Natur aus keine älteren Verwandten haben, bekommen hiermit zwei nominelle Großmütter, die auf Wunsch sterben dürfen, allerdings nicht, während wir beschäftigt sind.

Mumm

Hinweis für alle Wächter:
Die Golem- und Wasserspeier-Angehörigen der Wache haben sich noch einmal beschwert, und deshalb teile ich ihnen mit: Zwar sind sie von Natur aus ohne Zähne, aber ihnen steht von jetzt an ein (1) nomineller Zahnarztbesuch pro Jahr zu, der jedoch nicht länger als zwei Stunden dauern darf.

Mumm

MOLLY, KÖNIGIN: Oberhaupt der Bettlergilde. Hat ziemlich viel Kleidung und trägt immer ihre komplette Garderobe. Geht mit einem Stock, obwohl sie ihn nicht braucht und er mehr sein könnte, als es den Anschein hat. Unter der dicken Schmutzkruste lässt sich das Alter kaum vorstellen. Lasst euch vom Erscheinungsbild nicht täuschen: Königin Molly ist eine sehr intelligente Frau. Jeder Wächter sollte sie respektvoll grüßen, indem er die Hand zum Helm hebt.

AUGUST/AUGUST

HARGA, SHAM: Inhaber von »Hargas Rippenstube« in den Schatten. Groß, dick, schmierig. Versucht normalerweise, die Gesetze zu beachten. Lässt Wächter anschreiben. Wir wollen ihm nicht vorwerfen, sein Bratfett zu selten zu wechseln, allerdings: Heutzutage sieht man Wollschmalz eher selten.

„Frohes Silvesterfest,
hier Namen einfügen!"

Der Disorganizer.

11. August

Sonderurlaub:
Korporal Nobbs möchte diesen Nachmittag frei bekommen, um bei der Bestattung einer Tante zugegen zu sein.

Memo: Korporal Nobbs soll sich sofort bei mir melden!
Mumm

LISTE DER VERGEHEN IN ANKH-MORPORK, Nummer 1: Verrat der Stadt.

LISTE DER VERGEHEN IN ANKH-MORPORK, Nummer 2: Vorsätzliche Zerstörung der Stadt durch Feuer, wie auch immer es entsteht.

WEISSGESICHT, HERR: Oberhaupt der Narrengilde. Er ist der klassische Clown mit dem weißen Gesicht, trägt einen spitzen Hut, glänzende weiße Kleidung und erschreckt alle Clowns mit roter Knollennase. Denkt daran, dass niemand weiß, wie Herr Weißgesicht tatsächlich aussieht – wir kennen nur seine Maske. Ihr solltet ihn besser für einen verzwickten Burschen halten und praktisch für unsterblich, da die Maske vererbt wird. Weißgesicht ist ein Rang, kein Name.

SEPTEMBER/SPUNI

KUCHEN, EVADNE, FRAU: Ein kleines Medium. Wohnt in der Ulmenstraße. Sehr gesetzestreue Bürgerin. Würde am liebsten die Prügelstrafe wiedereinführen für Leute, die auf die Straße spucken oder 14 Jahre alt sind. Sehr aktiv bei religiösen Angelegenheiten. In dieser Hinsicht eine nützliche Informantin.

WITWENMACHER, LORD: Weißhaariges Oberhaupt der Assassinengilde. Dr. – jetzt Lord – Witwenmacher wirkt sehr nett und sympathisch, doch ihr solltet euch besser vor ihm in Acht nehmen: Seine Spezialität besteht darin, anderen Leuten vergiftete Pfefferminzbonbons anzubieten. Oft nutzt er das Silvesterfest, um sich ahnungslosen Opfern zu nähern und »Ein Bonbon?« zu fragen. Im Auge behalten, aber meiden.

LISTE DER VERGEHEN IN ANKH-MORPORK, Nummer 317:
Mord unter Verwendung eines stumpfen Gegenstands (Küchen- und Gartengeräte ausgeschlossen).

LISTE DER VERGEHEN IN ANKH-MORPORK, NUMMER 318:
Mord unter der Verwendung von Küchen- und Gartengeräten (Liegestühle ausgeschlossen).

KÄSE, HERR: Inhaber der Taverne »Eimer« in der Schimmerstraße, inoffizielle Stammkneipe der Wache. Wichtigster Mann in der ganzen Stadt, denn er ist euer Wirt. Gelegentlich nützlich als Informant. Verzichtet darauf, das Wort »anschreiben« in seiner Nähe auszusprechen, denn es verursacht grässliche Zuckungen in seinem Gesicht. Vorname unbekannt. Sollte erhängt werden, weil sein Bier so mies ist, aber davon abgesehen nicht kriminell.

OKTOBER/SEKTOBER

RIDCULLY, MUSTRUM: Erzkanzler der Unsichtbaren Universität. Auch Ridcully der Braune genannt. Lasst euch vom Gebrüll den Weg weisen, und ihr findet einen Mann, der viel intelligenter ist, als man aufgrund seines Gebarens annehmen könnte. Der Wache freundlich gesinnt, vorausgesetzt, wir mischen uns nicht in die Angelegenheiten der Unsichtbaren Universität ein. Erweckt ihm gegenüber nicht den Eindruck, seine Zeit zu vergeuden.

Feldwebel Angua

Krapfen-Karl

Feldwebel Angua

LISTE DER VERGEHEN IN ANKH-MORPORK, NUMMER 319: Mord unter Verwendung eines scharfen Gegenstands (Küchen- und Gartengeräte ausgeschlossen).

NOVEMBER/ASCHE

LISTE DER VERGEHEN IN ANKH-MORPORK, NUMMER 412: Beharrliche Straßenpantomime mit boshafter Verwendung von weißer Schminke und schwarzen Strumpfhosen.

BOGGIS, J. H.: J. H. »Flanellfuß« Boggis. Jetzt Oberhaupt der Diebesgilde. Zur großen Boggis-Familie gehören einige der angesehensten Diebe von Ankh-Morpork, die besonders professionelle Einbrüche anbieten. Boggis ist auf seine eigene Art und Weise vertrauenswürdig, hat jedoch die mentale Agilität einer Suppenschüssel.

SALLY, DICKE: Inhaberin von »Dicke Sally«, einer Imbissbude, nicht weit vom zentralen Wachhaus entfernt (in der Quetschbauchgasse). Bei der Dicken Sally gibt es so starken klatschianischen Kaffee, dass ihn selbst Klatschianer verdünnen müssen. Wächter bekommen hier gelegentlich einen Kaffee umsonst und dürfen sich die eine oder andere Information erhoffen.

DEZEMBER/DEZEMBER

SILBERFISCH, THOMAS: Oberhaupt der Alchimistengilde. Zwar ist er Alchimist, aber er zeichnet sich trotzdem durch eine sehr praktische Einstellung aus. Er erfand viele Dinge, unter ihnen die beliebten Knallkörner. Für Personen harmlos. Stellt nur für nahe Bauwerke ein Problem dar.

LISTE DER VERGEHEN IN ANKH-MORPORK, Nummer 19: Mord unter Verwendung von Magie (nur außerhalb der Unsichtbaren Universität, wo so etwas noch immer als Mittel der Karriereförderung gilt).

RON, STINKENDER ALTER: Er ist ein Brummler, geht hinter anderen Leuten und murmelt in seiner eigenen Sprache, bis man ihm Geld gibt, damit er endlich still ist. Ron wird oft, aber nicht immer, von seinem Geruch begleitet, der im Lauf der Jahre so intensiv geworden ist, dass er ein eigenes Leben entwickelte. Seit einiger Zeit leistet ihm der Hund Gaspode Gesellschaft und erledigt das Denken für ihn. Ein guter Informant, wenn man herausfinden kann, wovon er eigentlich redet.

EIMER, HERR EMIL: Eigentümer des Opernhauses von Ankh-Morpork und außerdem Inhaber von: Eimers Käsefabrik, Eimers Milchprodukte, Eimers auf Rind-, Schaf- und Ziegenfleisch basierende Getränke. Herr Eimer gehört zum neuen Geldadel von Ankh-Morpork. Er hat viel gelernt, und heute könnten gewisse Leute viel von ihm lernen. Eine nützliche Kontaktperson.

BURLICH & STARKIMARM

Produzenten hochwertiger Verteidigungswaffen

Gute Preise für Angehörige der Wache

Sonderrabatte für »Treffsicher Modell Vier« und »Putzweg PPK«

Dicke Sally

Nur zwei Minuten von diesem Buch entfernt!

Hier findet ihr die besten Getränke und Snacks in ganz Ankh-Morpork.

Alle Arten von Kaffee, und zwar rund um die Uhr.

Probiert unseren Echten Klatschianischen Kaffee – er weckt selbst Tote auf!

JOSIAH FRUMENT UND SÖHNE

Kornhändler und Krämer

Gegr. 1298

Seit letzter Woche liefern wir der Wache Korn und andere Lebensmittel.

»Es gibt nichts Leckereres für eure Tauben.«

Der Eimer

Stammkneipe der Wache

Herr Käse heißt alle willkommen, ganz gleich welcher Abstammung. Er bietet erlesenen Wein und ausgezeichnetes Bier zu fast vernünftigen Preisen an.

Zimmer zu vermieten.

HARGAS RIPPEN-STUBE

Das beste Eßlokal in der Stadt

Unsere Alles-was-man-verdrücken-kann-für-einen Dollar-Platte ist auf der ganzen Sto-Ebene unübertroffen!

Probiert die NEUE makrobiotische Diät:
sehr, sehr große Pommes frites

Unsichtbare Universität

Absolviert eine Ausbildung an diesem hervorragenden Bildungsinstitut
Mit der Hilfe von **TMSIDR Schnapper**
Authentische Abzeichen, Plaketten usw.
Zertifikate
Und noch vieles mehr

Kontaktiert Schnapper
per E-Mail: sbriggs@cix.co.uk
Oder per Post an: PO Box 65, Oxford, OX4 3EU

Bahre

Heißt die Kinder der Nacht willkommen (über 18)
Rund um die Uhr geöffnet

DIE IN ANKH-MORPORK ANSÄSSIGE GILDE
DER DIEBE, EINBRECHER
UND ARTVERWANDTER BERUFE

ist stolz darauf, den Scheibenweltkalender der Wache zu fördern, in Anerkennung der wertvollen Dienste, die sie für unsere Kunden leistet.

Pseudopolisplatz

Der Scheibenwelt-Kalender basiert auf der englischen Originalausgabe,
die unter dem Titel »Discworld's Ankh-Morpork Diary 1999«
bei Victor Gollancz Ltd., London, erschienen ist.

Ins Deutsche übertragen von Andreas Brandhorst

Deutsche Erstveröffentlichung 8/99

First published by Victor Gollancz Ltd., London

Umschlaggestaltung: Design Team München
Umschlagillustration: Paul Kidby

A M C W
FABRICATI DIEM PUNC

TERRY PRATCHETT
STEPHEN BRIGGS

Der Scheibenwelt-Kalender 2001

Mit Illustrationen von Paul Kidby

SCHEIBENWELT-KALENDER UND JAHRBUCH DER ASSASSINENGILDE 2001

ANGABEN ZUR PERSON

Name ______________________________

Adresse ______________________________

____

Rang ______________________________

Trophäen ______________________________

Name des Hauses ______________________________

Name des Haus-Oberhaupts ______________________________

Name des Krokodils ______________________________

Familienfoto (falls zutreffend) ______________________________

____

Spezies ______________________________

Geschlecht (falls bekannt) ______________________________

Lebensstand ______________________________

Lebendig/Tot/Untot/Sonstiges

Geburts- bzw. Todesdatum ______________________________

Nächster Verwandter (falls eine Inhumierung notwendig wird)

____

Heimatanschrift

____

____

Religion ______________________________

Bevorzugte Geheimwaffe ______________________________

Bevorzugter Ehemaliger ______________________________

Haupteindruck von Herrn Jammer ______________________________

Hobbys ______________________________

Bevorzugter Klient ______________________________

Schwierigster Auftrag ______________________________

____

Menge an Orno ______________________________

Lord Witwenmacher, Schulleiter

Ich möchte diese Gelegenheit nutzen, um euch Jungen und vor allem die Mädchen, die beschlossen haben, eine Ausbildung bei der Assassinengilde (Conlegium Sicariorum) zu beginnen, willkommen zu heißen.

Das »CS«, wie unsere Schule häufig von Professoren und Studenten genannt wird, blickt auf eine lange und manchmal auch stolze Geschichte zurück. Unsere Ehemaligen sind aufgebrochen, um in Politik, Religion und allen Zweigen der Regierung ihre Spuren zu hinterlassen. Allerdings sind diese Spuren in den meisten Fällen nicht mit dem bloßen Auge zu erkennen, da wir großen Wert auf Diskretion legen.

Viele alte Sicarianer bekleiden heute hohe und sehr einflussreiche Stellungen auf der Scheibenwelt. Denkt nur an König Pteppicymon XXXXX. von Djelibeby oder unseren sehr verehrten Lord Vetinari, derzeit Dekan des Conlegiums.

In der Gilde sind wir stolz darauf, dass wir die *ganze* Person ausbilden (Experimente mit Teilen davon sind immer wieder fehlgeschlagen) sowie auf alle Aspekte des sozialen Lebens und natürlich des Todes vorbereiten. Abgesehen von den Spezialgbieten, die in direktem Zusammenhang mit der Gründung unserer Gilde stehen, vermitteln wir auch solides Grundwissen in so unterschiedlichen Fächern wie Sprachen, Zeichnen, Vierteilen – ein kleiner Scherz von mir –, Geografie, Tanz und Drama, Alchimie, Stickerei, höhere Waffenkunde, Braukunst und in vielen verschiedenen Sportarten. Für die Schüler der sechsten Klasse halte ich Kurse in fortgeschrittenem Vergiften ab. Obligatorisch dabei ist die Teilnahme an der Teerunde, die meine Frau am Donnerstagnachmittag veranstaltet und die manchmal sehr lehrreich ist.

Ein alter Sicarianer kann stolz seinen oder ihren Kopf heben – manchmal, bei ungewöhnlichen Anlässen, auch den einer anderen Person –, davon überzeugt, bestens auf alle Situationen vorbereitet zu sein, besonders auf jene, in denen scharfkantige Waffen eine Rolle spielen.

In diesem Zusammenhang gibt es ein großes Missverständnis. Viele Leute scheinen zu glauben, dass die Assassinengilde ihren Schülern das Töten beibringt. Es ist mir ein Rätsel, wie derartige Vorstellungen entstehen konnten. Die meisten unserer Studenten entscheiden sich tatsächlich für diesen besonders exklusiven Zweig der Diplomatie, aber viele von euch sind als externe Schüler hier, die eine gute Allgemeinbildung anstreben, ohne direkte Mitgliedschaft in der Gilde.

Bei einigen von euch, so hoffe ich, fördert unser Lehrplan gewisse… *Talente*, die ihr durch ein Leben in der Gilde voll entfalten könnt. Aber für *euch alle* gilt: Wenn ihr später in die Welt hinausgeht und den Neid anderer erweckt, die dann vielleicht auf unsere Dienste zurückgreifen, um euch aus dem Weg zu räumen… Unter solchen Umständen seid ihr bestimmt *sehr* dankbar für den Unterricht in den Methoden der Selbstverteidigung.

Wie dem auch sei: Ein Assassine ist kein Mörder. Der ausgebildete Assassine hat Ehre, Flair, Schwung und ein gewisses *je ne sais quoi*. Vor allem aber beachtet ein Assassine bestimmte Regeln. Wir schlagen keine Leute in dunklen Gassen nieder. Und lasst mich hinzufügen: Wir verwenden auch keine Armbrüste mit großer Reichweite. Wir erschießen niemanden auf der Straße. Wir inhumieren mit Stil, Eleganz und Sorgfalt. Der Klient – und wir sind der Ansicht, dass der Empfänger unserer Dienstleistung die Bezeichnung »Klient« verdient – erhält immer die Chance, dem Assassinen zu entkommen oder ihn sogar zu besiegen, falls er aufmerksam und geschickt genug ist. Alles andere wäre Metzelei oder, noch schlimmer, schlechte Manieren.

Falls ihr irgendwann später in eurem Leben einmal einem Gildenmitglied begegnen solltet, so habt ihr die – wenn auch kurze – Genugtuung zu wissen, dass eure Inhumierung von einem sicarianischen Kollegen vorgenommen wird, der Takt, Geschick und die Kunst der Schmerzlosigkeit gelernt hat.

Ich möchte auch einige neue Mitglieder des Lehrkörpers begrüßen. Viele von euch haben bestimmt schon von Frau Alice Band gehört, die erst kürzlich von ihrer Expedition zum verlorenen Spinnentempel von Fafaree heimgekehrt ist. Dort fand sie nicht nur alle drei Teile des goldenen Schwertes des Spinnengottes, sondern sorgte auch dafür, dass fünf zuvor vom Aussterben bedrohte Spezies inzwischen nicht mehr existieren! Damit gibt sie uns allen ein Beispiel!

Auch unseren neuen Sportlehrer Ifor Bradlofrudd aus Llamedos heiße ich herzlich willkommen. Er wird sich nicht nur um den Sport kümmern, sondern auch Nahkampf lehren und ein Stammesspiel vorstellen, das beides miteinander vereint.

Die Hand der Freundschaft möchte ich insbesondere den Stipendiaten reichen. Wir haben immer bedauert, dass widrige Umstände, die Geburtsstand oder Vermögen betreffen, viele junge Leute von einer Gildenkarriere ausklammern, und deshalb gibt es in jedem Jahr Stipendien, die sowohl von der Gilde selbst als auch von Privatpersonen finanziert werden. Vier Jungen haben die recht schwierige und riskante Aufnahmeprüfung überlebt und werden uns in diesem Jahr im Willkommensseife-Haus Gesellschaft leisten. Es ist ihnen gestattet, mit den zahlenden Studenten unter sorgfältig kontrollierten Umständen Umgang zu pflegen.

Wir begrüßen auch Jasper »James« Chrysopras, den Neffen von Herrn Chrysopras, der sich als Troll-Geschäftsmann einen gewissen Ruf erworben hat und aus einer guten Schicht stammt. Jasper wird bestimmt ausgezeichnete Leistungen zeigen.

Nun, die wichtigste und aufregendste Neuigkeit in diesem Jahr ist die, dass wir unsere Türen zum ersten Mal für das schönere Geschlecht – ich wage nicht zu sagen: das *schwächere*, ahaha – öffnen. Zu Beginn des Jahrhunderts der Sardelle werden wir zu einem koedukativen Bildungsinstitut, natürlich innerhalb vernünftiger Grenzen. Die schmachtenden Schwestern unserer Studenten sind nicht länger darauf angewiesen, ihre Fertigkeiten mit mädchenhaftem Ungeschick am Hauspersonal auszuprobieren, haahh. Inzwischen wissen wir natürlich, dass sich einige von ihnen nicht damit zufriedengaben und trotzdem mit einer Ausbildung in unserer Gilde begannen, wobei sie sich auf kurze Haare und einen gefälschten Brief von den Eltern, der sie vom Sportunterricht befreite, verließen. Madame les Deux-Épées (jetzt Haustutorin des ganz neuen Mädchenhauses »Schwarze Witwe«, zuvor unter dem Namen »Tarantel« bekannt) wurde bei uns zum Fechtmeister, ohne dass jemand Verdacht schöpfte. Es hieß nur, »er« sei im Duschraum immer recht schüchtern gewesen.

Es wird sicher nicht lange dauern, bis uns die Mädchen der Schwarzen Witwe und des geplanten Gottesanbeterin-Hauses zeigen, dass die weiblichen Vertreter der Spezies viel gefährlicher und natürlich auch weitaus attraktiver sind.

Zum Schluss möchte ich darauf hinweisen, dass die Mitarbeiter des CS immer gern bereit sind, euch zu helfen. Wenn jemand von euch Probleme hat, so sollte er oder sie sich an die Aufsichtsschüler wenden, die ihrerseits dem Tutor, dem Küchenjungen oder mir Bescheid geben. Meine Tür steht immer offen. Auch mein Fenster ist immer geöffnet – Türen sind für die Schüler der Assassinengilde viel zu einfach, haha.

Denkt an unser Motto: Es ist sehr ehrenhaft, das Leben einer anderen Person für unser Land zu opfern. Und dafür eine Quittung zu bekommen.

Conlegium Sicariorum

Memorandum

AN DEN LEHRKÖRPER
Vom Schulleiter

Ich möchte euch alle darauf hinweisen, dass der Gildenrat nach dem Experiment des letzten Semesters beschlossen hat, in diesem Jahr auch Mädchen aufzunehmen. Mir ist klar, dass einige von euch Vorbehalte haben, aber die Entscheidung ist gefallen. Wir müssen mit der Zeit gehen.

Im kommenden Semester ist auch ein Troll unter den Studenten. Mir ist bekannt, dass diese Angelegenheit nicht überall auf Zustimmung stößt. Allerdings bezahlt die Familie Chrysopras das neue Alchimie-Laboratorium, und ich habe den jungen Troll kennengelernt. Seine sehr ausgeprägte Neigung zur Gewalt braucht nur in die richtigen Bahnen gelenkt zu werden, um ihn zu einem nützlichen Gildenmitglied zu machen.

Mir ist aufgefallen, dass immer mehr Jungen die Hände nicht in den Hosentaschen haben, wenn sie in der Stadt unterwegs sind. Manche von ihnen gehen sogar hoch aufgerichtet. Für Assassinen – selbst wenn sie sich in der Ausbildung befinden – kommt so etwas *nicht* in Frage. Mitglieder der Gilde gehen betont lässig oder *schleichen*. Gelegentlich lehnen sie sich gegen Dinge und gähnen auf eine wissende Art und Weise. Jungen, die mit geradem Rücken und hoch erhobenem Kopf sitzen, sollen sofort zu mir geschickt werden. Jeder Schüler unserer Gilde ist wie ein Herr der Schöpfung. Die Leute erwarten Stil bei Assassinen. Ohne Stil sind wir nur teure Schurken.

Es freut euch sicher alle zu erfahren, dass nicht weniger als 1.100 Ankh-Morpork-Dollar für eine Gedenktafel, die Herrn Daniel »Touché« Danebennie gewidmet ist, gesammelt worden sind. Sein sauberer Tod – herbeigeführt von P. Phelps, fünfte Klasse – war uns allen eine Lektion in Stil und Pflicht. Die Gedenktafel soll Danebennies letzte Worte tragen: »Sehr gut, Junge. Viel besser als letztes Jahr. Aargh.«

Witwenmacher

Bei deinem Eintreffen in der Gilde begrüßt dich das Haus-Oberhaupt und bestimmt dann einen älteren Schüler, der dich während der ersten Tage im CS begleiten soll. Hier folgen nun kurze Beschreibungen einiger wichtiger Gildenbereiche, mit denen du dich sofort vertraut machen solltest.

Ein kurzer Spaziergang um den Hauptplatz

Übersieh nicht das Pförtnerhaus, in dem du den Pförtner Stippler antreffen kannst. Sein Vater war ebenfalls Pförtner, so wie der Vater seines Vaters. Er hat alles gesehen, und die wenigen Dinge, die seiner Aufmerksamkeit entgangen sind, kann er sich gut vorstellen. Versuch nicht, ihn zum Narren zu halten. Er wird sich an dein Gesicht erinnern, und ein Pförtner kennt viele subtile Möglichkeiten, einem Schüler das Leben sehr schwer zu machen. Wenn du ihm gelegentlich eine Münze zusteckst, kannst du so manchem Problem aus dem Weg gehen.

Vom Pförtnerhaus gelangst du auf den großen Hof mit der Statue des Studenten Ellis Wilminius Nettlich: Beim Mauerspiel nahm er den Ball und warf ihn mit solcher Wucht, dass ein gegnerischer Spieler vom Fenstersims des zweiten Stocks fiel. Man zog ihm dafür das Fell über die Ohren, aber seiner Initiative ist es zu verdanken, dass aus einem recht banalen und langweiligen Spiel ein aufregendes, blutiges Spektakel wurde.

Auf der einen Seite des Platzes kennzeichnet neues Mauerwerk die Stelle, wo die Wand des Museums nach einem bedauerlichen Zwischenfall, der die Amtsenthebung des früheren Schulleiters Professor Kreuz betraf, ausgebessert werden musste. Du wirst sicher bald mehr darüber erfahren. Im Augenblick soll der Hinweis genügen, dass Professor Kreuz in Versuchung geriet, eine der wichtigsten Gildenregeln zu missachten.

Wenn du nach oben blickst, so wirst du den Glockenturm bemerken. Ganz oben siehst du die Wetterfahne in Gestalt eines Assassinen, der ein Messer hält – bereit zuzustoßen (bekannt als »Wackliger Willi«). Oft trägt er einen Nachttopf und Frauenunterwäsche, was er schalkhaften Studenten während der Schalktage verdankt.

Wir kehren zum Kreuzgang zurück und gehen dort an Gemälden und Büsten berühmter Inhumierter vorbei. Die erste Büste zeigt einen früheren Kronprinzen von Brindisi, aber er ist kaum mehr zu erkennen, weil Generationen von Studenten immer wieder auf seine Nase geklopft haben – angeblich bringt das Glück. Auf der Tafel steht: »Verließ dieses Jammertal am 3. Gruni im Jahr des seitlichen Blutsaugers, mit Hilfe des Ehrenw. K. W. Dobson (Viper-Haus).«

Wir erreichen jetzt den Gemeinschaftskorridor, der am Museum vorbeiführt. Das Museum ist sehr lehrreich, und wer dort Stunden mit ernstem Nachdenken verbringt, hat seine Zeit nicht vergeudet. Ein Ausstellungsstück beschäftigt die Fantasie der Jungen viele Nächte lang: der einarmige Teddybär namens Wuggel. Croydon Minimus verwendete ihn im Jahr 1687, um den Baron von Wendeltreppe-Steckenpferd zu inhumieren. Seit jenem verhängnisvollen Tag erlauben die Wendeltreppe-Steckenpferde keine weichen Spielzeuge in einem Umkreis von zehn Meilen um ihr Schloss in Überwald.

Hinter dem Museum liegt die Große Schule, einst das einzige Klassenzimmer der Gilde. Heute dient sie vor allem als Bankettsaal sowie für Hallensport, Versammlungen und Prüfungen. Die Große Schule ist das größte unveränderte Zimmer der Gilde. Ihre Balken sind kaum zu erreichen, doch die berühmtesten Ehemaligen haben dort ihre Namen eingeritzt.

Kurz vor der multikonfessionellen Kapelle führt eine kleine Tür in den Glockenturm mit der Inhumierungsglocke. Sie schlägt die Stunde, aber immer ein wenig zu spät, wie es einem der wichtigssten Bildungsinstitute von Ankh-Morpork gebührt. Sie schlägt auch, wenn ein Assassine einen Auftrag erfolgreich durchgeführt hat oder ein Ehemaliger ums Leben gekommen ist – das eine kann sehr eng mit dem anderen verknüpft sein.

Wir setzen den Weg fort und gelangen zum Kalkkorridor, der an Herrn Wilkinsons Arbeitszimmer vorbei zur Bibliothek führt, von der es heißt, sie sei die zweitgrößte in Ankh-Morpork – umfangreicher ist nur die Bibliothek der Unsichtbaren Universität. Doch wenn es um die unterschiedlichen Methoden geht, Leben zu beenden, so enthält unsere Bibliothek vermutlich eine größere Anzahl entsprechender Bücher als die der Universität.

Das Gildenhaus hat fünf Stockwerke, Keller, Mansarden und Dachboden eingeschlossen. Um alles zu erforschen, empfiehlt es sich, günstige Gelegenheiten abzuwarten. In vielen Teilen des Gebäudes dürfen sich keine Studenten aufhalten, aber wie Lord Witwenmacher sagen würde: »Wer sich immer an die Regeln hält, wird nicht zu einem großen Assassinen. Doch wer die Regeln missachtet *und sich dabei erwischen lässt*, wird ebenfalls nicht zu einem großen Assassinen.«

Jeder Student bekommt irgendwann einmal das Arbeitszimmer des Schulleiters zu sehen. Einige betreten es, um Tee zu trinken, mit Herrn Witwenmacher zu plaudern und automatisch die Mandeln zu meiden. Andere erwarten Strafe oder gute beziehungsweise schlechte Nachrichten. In den meisten Fällen sind die Studenten so nervös, dass sie den Einzelheiten des Raumes kaum Beachtung schenken. Das ist bedauerlich, denn er ist ein klassisches Beispiel für ein Arbeitszimmer der Gilde.

Die Wände sind mit Eichenholz vertäfelt, und ein dicker Teppich bedeckt den Boden. Das Zimmer dient auch als Tagungsraum für den Gildenrat – auf der einen Seite steht der lange Mahagonitisch des Rates. Darüber hinaus beinhaltet es die persönliche Bibliothek des Schulleiters sowie seine Werkbank. Und wer weiß, welche mysteriösen Substanzen in den vielen kleinen Schubladen des Arzneischranks lagern?

Vier dicke Säulen aus schwarzem Granit stützen die verzierte Decke; sie tragen die Namen berühmter Assassinen. Zwischen diesen Säulen steht Lord Witwenmachers Schreibtisch mit dem schmiedeeisernen Gestell für Ruten und Rohrstöcke. Es ist ein Relikt aus der guten alten Zeit. Inzwischen haben sich modernere Erziehungsmethoden durchgesetzt – wir glauben nicht mehr an so harmlose Dinge wie die Prügelstrafe.

DIE GESCHICHTE DER GILDE

Der Beruf des Assassinen entstand in den bergigen Regionen von Klatsch. Aspiranten nahmen dort eine Droge namens *Hascheesch*, die in ausreichenden Mengen bewirkte, dass sie Hosen mit ausgestellten Beinen trugen und voller Hingabe ausgesprochen monotoner Musik lauschten.

Diese frühen »Assassinen« verschwanden in der Geschichte und erschienen später in der uns heute bekannten Form, vermutlich deshalb, weil sie keinen Nachschub mehr bekamen.

Gegründet wurde die Gilde von Sir Gyles und Lady de Murforte. Sir Gyles war ein Krieger während der Regierungszeit von König Cirone I., auch »der Unstete« genannt. Er zog häufig durch Klatsch, auf der Suche nach Ruhm und vor allem nach Gold. Während einer seiner Kreuzzüge gegen reiche Klatschianer erfuhr er von der Bruderschaft der Assassinen. Zu jener Zeit boten die Assassinen ihre Dienste gegen Bezahlung an und spielten bereits eine wichtige Rolle in der Innenpolitik des Komplezianischen Reiches, das damals einen großen Teil von Klatsch umfasste.[1] Sir Gyles war vom Geschick, der Selbstsicherheit und Intelligenz sowie dem Geist der klatschianischen Assassinen so beeindruckt, dass er als weitsichtiger Mann beschloss, in seiner Heimatstadt Ankh-Morpork eine Schule für Assassinen zu gründen. Seine Worte, vom persönlichen Schriftführer festgehalten, lauteten: »Irgendwann müssen wir die Mistkerle vielleicht mit ihren eigenen Waffen schlagen.«

Als er nach Ankh-Morpork zurückkehrte, sprach er mit seiner Frau Lady de Murforte, die den Plänen ihres Mannes volle Unterstützung gewährte. Daraufhin änderte er sein Testament, um den größten Teil seiner Ländereien in der Sto-Ebene und den wichtigen Grundbesitz in Ankh-Morpork dem Projekt zu hinterlassen.

Die Arbeiten an der neuen Schule begannen 1511. Man holte Lehrer aus Klatsch, um die intelligenteren Akademiker und Psychopathen der Stadt in den Künsten zu unterrichten, die ein guter Assassine beherrschen musste. Die Fakultät sollte bei der Fertigstellung der Gebäude bereit sein. Wo heute das Gildenhaus steht, erhoben sich damals die Mauern eines Lagers für Schriftrollen und Bücher. Man riss es ab, um Platz zu schaffen für ein neues, großes Gebäude, das die Glorie der Schule widerspiegeln sollte.

Die »De-Murforte-Schule für vornehme Assassinen« wurde am 27. August 1512 offiziell von König Cirone II. eröffnet. Der erste Schulleiter war Professor Guillaume de Chacal. Er stammte von der renommierten Academie Quirmienne und gehörte nicht selbst zu den Assassinen, genoss aber den Ruf, wie kein anderer eiserne Disziplin zu halten und ein moralisches Leitbild zu sein. (Hier und dort wurden Stimmen laut, die behaupteten, es gäbe noch andere Leute, die ebenso diszipliniert wären wie er. Allerdings mangelt es an Beweisen.)

Zu Beginn hatte die Schule acht Lehrer und 72 Studenten, »Königsschüler« genannt. (Der König gewährte der Schule die Königliche Charta und einen kleinen Betrag für den Erwerb von Lehrbüchern, Waffen und anatomischen Karten. Zufälligerweise war sein ältester Sohn Cirone, Prinz von Llamedos, unter den ersten Schülern.) Die meisten Studenten wohnten im Gildenhaus und waren dort in Schlafsälen untergebracht. Aber einige bezogen Quartier in nahe gelegenen Häusern – deren Namen gingen auf die Codebezeichnungen in den Plänen des Architekten zurück.

[1] Der verwirrenden und manchmal recht widersprüchlichen Politik des Reiches, das von der Hauptstadt Komplez aus regiert wurde, verdanken wir das heute gebräuchliche Wort »komplex«.

Innerhalb weniger Jahre bewirkten königliche Schirmherrschaft und ausgezeichnete Prüfungsergebnisse der »Königlichen De-Murforte-Schule für vornehme Assassinen«, dass die reicheren Bürger der Stadt aufmerksam wurden. Sie verlangten, dass die Assassinengilde ihre Pforten auch für Schüler öffnen sollte, die sich ihren Lebensunterhalt später nicht unbedingt dadurch verdienen wollten, dass sie andere Leute umbrachten. Der König genehmigte eine diesbezügliche Erweiterung der Charta, die 24 Studienplätze für Kinder von Bürgern vorsah. Diese Studenten bezeichnete man als »externe Schüler« beziehungsweise »Oppidaner«, nach dem latatianischen Wort für »Städter«.

Die Schule erzielte einen Erfolg nach dem anderen. Im Laufe der Jahre stieg die Anzahl der Studenten und Lehrer, und viele Jungen wurden außerhalb des Schulgebäudes untergebracht, in Häusern, die von so genannten »Damen« geleitet wurden – man nannte sie so, weil sie große weiße Schlüpfer mit roten Punkten trugen und eine tanzende Kuh ihr Eigen nannten.

Im Jahr 1576 verliehen die Stadtältesten der Schule den Status einer Gilde, wodurch diese Stimmrecht im Gildenrat der Stadt bekam. Ihr Name lautete nun »Königliche Gilde der Assassinen«. Nach den Ereignissen von 1688 wurde das »Königliche« klugerweise gestrichen, und daraufhin sprach man nur noch von der »Assassinengilde«.

1767 glaubte der damalige Schulleiter, mit zwei Pärchen jedes andere Blatt schlagen zu können, was sich als Irrtum herausstellte. Als Folge davon ging der Grundbesitz des Gildengeländes an Sir John »Irrer Jack« Käsedick über und blieb fortan in der Käsedick-Familie. Lady Sybil Käsedick machte daraus ein Hochzeitsgeschenk für ihren Gemahl Sir Samuel Mumm, später Ihro Gnaden der Herzog von Ankh, zu dem die Gilde gute Beziehungen unterhält.

Derzeit bildet die Schule 72 Königsschüler (so nennt man sie noch immer), 180 externe Studenten und einige Stipendiaten aus, deren Anzahl im Laufe des Studiums abnimmt.

Ansehen und Einfluss der Gilde sind nicht nur in Ankh-Morpork gewachsen, sondern überall auf der Scheibenwelt. Inzwischen lockt ihr guter Ruf auch Schüler aus Klatsch an.

Manchmal begegnen Assassinen während ihrer beruflichen Laufbahn Klienten, die sich als Ehemalige erweisen, und dann singen sie zusammen vor der Inhumierung einige Verse des alten Schullieds. Gelegentlich freut sich der Klient so sehr darüber, mit seinem Tod an einer alten und wundervollen Tradition teilzuhaben, dass er der Gilde einen großen Teil seines Vermögens überschreibt. Das Geld wird genutzt, um weitere Stipendien zu finanzieren.

Und natürlich kennen alle jungen Assassinen die Geschichte von Sir Bernard Selachii. Einst begegnete er einem Assassinen, der von einem geschäftlichen Konkurrenten beauftragt worden war, ihn umzubringen. Sie verbrachten den ganzen Abend damit, in Erinnerungen an die gemeinsame Zeit im Perücken-Haus zu schwelgen, und schließlich schlug Sir Bernard vor, sie sollten auf die alte Schule trinken. Als der andere Assassine sein Glas hob, nahm Sir Bernard die Brandyflasche und erschlug ihn damit. Später stiftete Sir Bernard den bis heute sehr begehrten »Sir Bernard Selachii Preis für Bewundernswerte Kühle«.

Stipendiat

Nach oben schicken

Es mag nicht so klingen, aber es ist eine gute Sache und bedeutet: Der Schüler hat so gute Arbeit geleistet – entweder praktisch oder schriftlich –, dass der zuständige Lehrer es für angemessen hält, ihn nach oben ins Arbeitszimmer des Schulleiters zu schicken, wo ihm ein Glas Sherry und eine Mandel angeboten werden. Der Name des Betreffenden wird in der Schulzeitung veröffentlicht, allerdings im Sterberegister, wenn er auch die Mandel genommen hat. Denk daran: Bei uns im CS werden die Schüler immer wieder auf die Probe gestellt!

Der Kaffeetrinken-Preis

Dieser Preis wird nach den Silvester- und De-Murforte-Ferien für die zwei besten Aufsätze mit dem Thema »Wen ich in meinen Ferien umbrachte« vergeben. Natürlich erwartet man von den Schülern nicht, tatsächlich jemanden zu inhumieren, aber einige erfahrene Assassinen prüfen die Karten, Wegbeschreibungen und zusammengetragenen Informationen über das Objekt und die Methode, bevor sie die beste *virtuelle* Inhumierung auszeichnen.
Der Preis geht auf den verstorbenen Noel Kaffeetrinken zurück, dessen Inhumierungspläne den Tod, den Schneevater, die Seelenkuchenente, Des Alten Mannes Schwierigkeiten und mehrere wichtige Götter betrafen. Seine Leiche wurde nie gefunden.

Der Heiligkeitspreis

Diesen Preis können alle Jungen im zweiten und dritten Ausbildungsjahr gewinnen. Verliehen wird er für die realistische Darstellung einer beliebigen Gottheit – nur mit altem Brot und Sesamkörnern.

Das Prüfungstrio

So nennt man die drei Jungen, die bei den Prüfungen am Ende eines jeden Schuljahrs am besten abschneiden.

Die Körper-Trophäe

Benannt nach dem beliebten alten Professor Willibert Körper. Verliehen wird sie der Mannschaft, die das Mauerspiel gewinnt.

Der Wilkinson-Cup

Mit diesem Preis wird in jedem Jahr der Junge ausgezeichnet, der beim Rasieren die meisten Punkte erzielt.

Das Erleuchtete Manuskript

Die Auszeichnung geht an den Jungen, der beim Sportfest den Kletterwettbewerb gewinnt. Der Preis wird einfach auf einem hohen Gebäude der Stadt platziert, und wer damit zur Gilde zurückkehrt, gilt als Sieger. Diese Übung fordert alle Fähigkeiten eines Assassinen heraus, weil sie viele Möglichkeiten bietet, dem Kletterer Fallen zu stellen und ihm in der Absicht aufzulauern, den Preis ohne anstrengendes Klettern zu erbeuten.

Der Veneficus-Kelch

Der Professor für Nekrotische Medizin und Angewandte Pathologie verleiht den Preis in der Protzigen Nacht dem Studenten, der auf diesem Gebiet viel versprechende praktische Leistungen gezeigt hat.

Die Tücketrophäe

Die Auszeichnung wird vom Dekan der Assassinengilde am Gründungstag verliehen. Sie geht an den Studenten, der am Tag der offenen Tür in der Sektion »Mechanische Überraschungen« die beste Falle konstruiert. (Hinweis: Ein tatsächlicher Todesfall führt zur Disqualifizierung.)

Der Ars-Plumaria-Cup

Diesen Preis gewinnt der Schüler mit dem gepflegtesten Äußeren. Er ist sehr begehrt.

PRAXIS DER ASSASSINENKUNST: DIE REGELN

(Auszug aus *Die ehrenwerte Kunst* von Lord Witwenmacher, MA)

Es muss einen Unterschied über den Geldbetrag hinaus geben zwischen einem Assassinen und einem einfachen Mörder, der sich bezahlen lässt. Aus diesem Grund hat die Gilde im Laufe der Jahre einige Regeln aufgestellt, die verhindern sollen, dass die Grenzen des Ungebührlichen überschritten werden.

Diese Regeln lauten folgendermaßen:

- Kein Assassine nimmt einen Auftrag an, bei dem es um einen Klienten geht, der sich nicht verteidigen kann. Es gilt als ausgesprochen unschicklich, Unbeteiligte wie zum Beispiel Zuschauer, Bedienstete usw. zu verletzen.
- Ein Erwachsener, der mehr als zehntausend Ankh-Morpork-Dollar im Jahr verdient, gilt als jemand, der sich verteidigen kann. Zumindest sind solche Personen in der Lage, sich Schutz zu kaufen. Es ist nicht unsere Schuld, wenn sie darauf verzichten. Manchen Leuten ist eben nicht zu helfen.
- Ein Assassine benutzt nur Waffen, bei deren Anwendung es auf seine bzw. ihre Kraft ankommt, auch in gespeicherter Form. Deshalb gibt es gegen einen Bogen ebenso wenig einzuwenden wie gegen ein Bleigewicht, das angehoben und sorgfältig über einer Tür platziert wird. Schwerter, Messer, Keulen, Seile und so weiter sind natürlich ebenfalls zugelassen.
- Ein Assassine kann auch einen Gegenstand einsetzen, der nur von einem Ort zum anderen gebracht wird, zum Beispiel einen Eimer mit Piranhas oder einen elektrischen Teppich.
- Einem Assassinen ist es strengstens verboten, irgendeine Waffe zu benutzen, die mit *Feuerwerk* in Zusammenhang steht. Wer dieses Verbot missachtet, wird sofort aus der Gilde verstoßen und zum Klienten erklärt. Ein Assassine verlässt sich auf sein Geschick und auf Disziplin, nicht auf irgendwelche alchimistischen Apparate. Allerdings kann Druckluft sehr nützlich sein.
- Ein Assassine verwendet nur solche Waffen, die ein aufmerksamer Klient erkennen kann, was ihm die Möglichkeit gibt, sich davor zu schützen. Es ist nicht ehrenhaft, jemanden aus sicherer Entfernung auf der Straße zu erschießen. Der nachdenkliche und vorsichtige Klient muss immer eine Chance bekommen. Ein Mann, der morgens die Rasierseife nicht auf Gift untersucht, hat seinen Lebenswillen verloren.

Diese Regeln gelten nur in der Zivilsiation. Diese umfasst die Sto-Ebene, die meisten Königreiche der Spitzhornberge, Gennua und Teile von Klatsch.

Inzwischen gibt es das CS schon seit Jahrhunderten, und wir kennen viele Bezeichnungen für Dinge, die nur in der mündlichen Überlieferung existieren. Es dürfte sehr nützlich für dich sein, einige von ihnen zu verstehen. Dadurch kannst du improvisierte Strafen vermeiden, die oft auf die kleinen Haare am Handrücken zielen.

Aufsichtsschüler Vom Schulleiter bestimmte Schüler der sechsten Klasse. Sie schreiben Jungen auf, die zu spät kommen, unordentlich, schmutzig oder tot sind. Außerdem sind sie für die Schlafsäle verantwortlich und können Verstöße gegen die Schulregeln bestrafen. Aufsichtsschüler tragen ein begehrtes Abzeichen, dürfen die Lehrertreppe benutzen und ohne Kopfbedeckung in der Stadt unterwegs sein.
Balgplatz Sportplatz der Gilde, in einer Ecke des Hide Park.
Bunker Ein Junge, der sein ganzes »Orno« ausgegeben hat und sich keine Leckereien mehr leisten kann.
Cent-Lesen Das jährlich aufgeführte Theaterstück. (Früher sammelte der rangälteste Aufsichtsschüler einen Cent pro Kopf, um die Unterhaltung der Studenten zu finanzieren.)
Draino Ein Junge, der nicht gut klettern kann. Dieser Ausdruck wird auch für unbeliebte Personen verwendet.
Funkler Schüler der sechsten Klasse, denen traditionell gewisser Schmuck an ihrer Kleidung erlaubt ist.
Große Schulvorbereitung Zeit am Abend, zu der die Schüler lesen, arbeiten oder ihren Hobbys nachgehen können (sofern diese keine Waffen betreffen).
Hausschleichen, »hausern« Auf Gebäuden eine große Strecke in der Stadt zurücklegen, ohne dabei den Boden zu berühren. Eine traditionelle Assassinengeschicklichkeit, die nur selten als Sport betrieben wird.
Hoher Junge Mitglied einer Hausschleicher-Gruppe. Ein allseits beliebter Junge und damit das Gegenteil von »Draino«.
Inhumierer, Der Das Gildenmagazin.
Klatschen Schulversammlung oder »Beten, sprechen, dreschen«. (Früher sah die Reihenfolge so aus: Erst kam eine interkonfessionelle Andacht, gefolgt von einer Ansprache des Schulleiters und danach dem Vollzug der Prügelstrafe.)
Kluppes Teestube in der Filigranstraße. Berühmt für ausgezeichnete Eclairs und selbst gemachte Ingwerlimonade.
Königsschüler Stipendiaten. Gemeint sind jene Schüler, die früher durch das Wohlwollen des Königs Cirone II. mit Lehrbüchern, zwei Federkielen, einem kleinen Tintenfass (gefüllt), zwei Bogen Löschpapier, einem zwölf Zoll langen Lineal sowie einem sechs Zoll langen Dolch ausgestattet wurden. Heute werden die Stipendiaten einer Auswahlprüfung auf der Grundlage des Wer-als-letzter-übrig-bleibt-Prinzips unterzogen. Für ihre Ausbildung bezahlt entweder die Gilde selbst, oder das Geld kommt aus diversen Nachlässen. Zu erkennen sind die Stipendiaten an den dicken schwarzen Wollgewändern, die sie immer tragen müssen, auch beim Schwimmen.
Leckerbursche Ein Junge, der Leckereien von einem Straßenkarren kauft.
Leckereien Kuchen, Bonbons, Schokolade usw.
Letzte Atemzug, Der Spitzname für das Gildenmagazin.
Loch Das Arbeitszimmer eines Schülers.
Oppidianer Ursprünglich die Bezeichnung für einen externen Schüler. Jetzt wird jeder Schüler so genannt, der nicht beabsichtigt, zu einem vollen Gildenmitglied zu werden.
Orno Das von daheim geschickte Taschengeld. Oft wird es reisenden Zwergen anvertraut.
Pillen Gift. Außerdem die umgangssprachliche Bezeichnung für Alchimiestunden und auch den Alchimieprofessor.

Plackern* Für die Schüler der fünften und sechsten Klasse arbeiten: Betten wärmen, Brote schmieren, Nachrichten überbringen.

*Ich glaube, man sollte einige Aspekte dieser Sache überprüfen, vor allem das Bettenwärmen.

Platsch Absturz während des Hauserns, meistens mit fatalen Folgen. Der gleiche Ausdruck wird auch für Fehlschläge und Enttäuschungen aller Art verwendet.
Platte Der Schreibtisch eines Schülers in seinem »Loch«.
Profs Die Lehrer der Gilde.
Säumigbücher Bücher, in denen die Aufsichtsschüler Jungen notieren, die zu spät zum Unterricht kommen, ihre »Vorbereitung« zu spät abliefern oder zu spät reagierten, um am Leben zu bleiben.
Schlappis… und **Schlaffis, Nieten, Blindgänger, Flaschen, Vogelscheuchen, Ratten, Heinis, Bekloppte, Säcke, Schnuckel, Weichhirn, Gimpel, Trampel, Tollpatsche** Alles offiziöse Bezeichnungen (das heißt, sie sind im Laufe der Zeit zur Gewohnheit geworden) für die verschiedenen Häuser der Schule. Wir stellen mit Bedauern fest, dass das neue Schwarze-Witwe-Haus bereits einige Spitznamen bekommen hat, die alle nicht druckfähig sind, mit Ausnahme von »Sockenstopfer« (weil sie »ohnehin alle als Näherinnen enden werden«, wie ein kleiner Junge meinte). Ah, die männliche Fantasie kennt wirklich keine Grenzen!
Schleichern, Schleicherer Eine Mischung aus Schleichen und Schlendern, die klassische Fortbewegungsmethode der Assassinen, geprägt von Stil und Eleganz. Ein Schleicherer bewegt sich mühelos und erregt dabei kaum Aufsehen.
Schmuddel Ein unordentlicher oder unbeliebter Schüler.
Schmuddelig Schlechte Manieren, ungepflegter Stil.
Schnauze Der Schulleiter.
Schranken Ende der Semesterversammlung.
Stadt Alle Orte in Ankh-Morpork, die nicht zum Anwesen der Gilde gehören.
Verschlag Eine interessante Gildentradition und in gewisser Weise auch ein Sport. Die Schüler eines jeden Hauses bauen auf dem Dach der Gilde oder in der Nähe davon einen Horst beziehungsweise »Verschlag«. Dies kann ein kleiner Schuppen oder eine esoterische Konstruktion sein. (Der hängende »Webervogel« des Perücken-Hauses war viele Jahre lang ein Wahrzeichen der Stadt, bis er schließlich zerbrach.) Man nutzt die Verschläge für Initiationsrituale und zur Aufbewahrung von Haus-Trophäen. Normalerweise lassen sie sich nur mit großem Geschick im Klettern erreichen. Der Brauch will es, dass beim Bau des Verschlags keine gekauften Materialien verwendet werden dürfen. Alle benötigten Dinge werden abgestaubt, gefunden, erbettelt oder von den Verschlägen anderer Häuser gestohlen. Die Verschläge sind beliebte Ziele für die Jungen anderer Häuser sowie die traditionellen Rivalen von der Diebesgilde. Dieser Umstand führt zu gesunder Konkurrenz und einer Art permanentem Krieg auf den Dächern, zu Schlag und Gegenschlag, Angriff und Gegenangriff. Nach der Ansicht mancher Lehrer erfordert diese Sache eine gründliche theoretische Vorbereitung während des Unterrichts. Ein Lehrerkomitee verleiht jedes Jahr einen kleinen Preis, das so genannte Brüllende Schwein. Wenn dieses von Schülern der Diebesgilde gestohlen wird, dürfen die Verschlagbauer, die es zuletzt besessen haben, während der nächsten sechs Monate kein Bier zu ihren Mahlzeiten trinken.
Vorbereitung Von den »Profs« verteilte Arbeit, die während der »Großen Schulvorbereitung« zu erledigen ist.
Ziegelstein Anerkennende Bezeichnung für jemanden, der gut klettern kann – eine der klassischen Eigenschaften eines guten Assassinen. Der Begriff bezieht sich auch auf die Teilnahme an dem Bauwettbewerb der verschiedenen Häuser, bei dem ein Junge »Ziegelsteine für sein Haus setzen« kann. Ursprünglich geht der Name darauf zurück, dass ein geschickter Kletterer für die Leute unten wie ein Ziegelstein in der Mauer wirkt.

Das Mauerspiel

Für den Uneingeweihten sieht es nach einer Mischung aus urbanem Klettern, Squash und Körperverletzung aus. Normalerweise wird es an den Wänden des Innenhofs der Gilde gespielt, aber »Freundschafts-« oder Trainingsspiele finden überall dort auf dem Gildengelände statt, wo eine Mauer so hergerichtet wurde, dass sie einige Eigenschaften von Originalschauplätzen aufweist, zum Beispiel »Mütterchen Beutels Wäscheleine«, den »Blumenkasten«, den »Kohlehaufen«, das »wacklige Abflussrohr«, die »Stelle mit dem lockeren Mörtel« und so weiter. Die beiden Mannschaften bestehen aus jeweils drei Schülern und benutzen einen Ball aus Kork, der von Lederriemen umschlungen ist. Die Regeln sind ziemlich kompliziert. Man gewinnt Punkte, indem man den Ball von den Mauern und den gegnerischen Spielern abprallen lässt. Zu jedem beliebigen Zeitpunkt darf sich höchstens ein Spieler einer Mannschaft weniger als 100 Zoll über dem Boden befinden. In den meisten Fällen muss aufgrund von Verletzungen nachgespielt werden.

Pullis Corvorum

Am Seelenkuchendienstag fängt der Küchenchef der Gilde eine junge Elster und befestigt einen Pfannkuchen an ihr, den er an eine Gildentür nagelt und dabei ruft: »Pullis corvorum invocantibus eum.« Der arme Vogel wird anschließend von Schülern der ersten Klasse zu Tode gepflegt. Ein kleiner und seit zweihundert Jahren nicht vergebener Preis erwartet den Schüler, der eine halbwegs logische Erklärung für diese Tradition anzubieten hat.

Jasper Chrysopras

Kapellenlecker

In der Kapelle sind die Plätze in unmittelbarer Nähe des hohen Altars für die Lehrer der Gilde bestimmt. Direkt darunter befinden sich die Sitzbänke der Aufsichtsschüler. Alte Aufsichtsschüler lassen traditionsgemäß kleine Tüten mit Mandeln und Rosinen für ihre neuen Kollegen zurück – sie sind als »Kapellenlecker« bekannt. Natürlich ist dies ein ritualisierter Test. Wer so dumm wäre, herumliegende Nahrungsmittel zu essen, würde kein Semester überstehen.

Prise

In der Gilde wurde es schnell zur Tradition, eine Prise Salz auf die neuen Jungen zu streuen, um ihnen Grips für die kommenden Jahre im CS zu geben. Später wurde daraus der Brauch, Geld für Wohltätigkeitszwecke zu sammeln. Jedes Jahr am 12. Januar ziehen Gildenschüler paarweise durch die Straßen von Ankh-Morpork. Einer trägt einen Krug mit Salz, der andere einen Lederbeutel. Sie treten an Passanten heran und bitten sie um eine Spende für die Gilde. Wenn sie Geld bekommen, erhält der Spender eine Prise Salz, wobei alle Beteiligten ziemlich verlegen sind.

Weißdorntag

Wenn der Schulleiter die Erlaubnis erteilt und der Tag feucht ist, dürfen die Jungen am 1. Mai früh aufstehen und Weißdornzweige aus dem Hide Park holen, um damit die Fenster ihrer Schlafsäle zu schmücken. Allerdings dürfen die Jungen dabei keine feuchten Füße bekommen. Während der vergangenen neunzig Jahre hat sich niemand die Mühe gemacht, einen entsprechenden Versuch zu unternehmen.

SCHIKANE

Schikane ist im CS kein Problem. Wir halten nichts davon, unsere Schüler in einer Atmosphäre der Sicherheit aufwachsen zu lassen. Nach den ersten Wochen sind alle Jungen bewaffnet, und zwar gemäß ihren jeweiligen Fertigkeiten. In den meisten Fällen stellt sich heraus, dass jemand, der nicht gut mit dem Wurfmesser umgehen kann, ein natürliches Talent für den Schwertkampf hat. Die schwächsten und kleinsten Jungen erweisen sich erstaunlich oft als sehr begabt im Einsatz von Gift. Nach einigen kurzen Raufereien und unvermeidlichen Todesfällen begegnen sich die überlebenden Schüler mit vorsichtiger Höflichkeit.

Die folgenden Beispiele für »akzeptablen Ulk« sind Zeit und Tradition geweiht:

Werfen

Ein Neuer und vier oder fünf schwere, in Leder gebundene Bücher werden auf eine große Wolldecke gelegt. Anschließend greifen mehrere ältere Jungen den Saum der Decke, werfen den Neuen und die Bücher nach oben und rufen dabei: »Ibis ab excusso missus ad astra sago.« Bei »sago« wird der Neue von der Decke emporgeschleudert und sollte versuchen, die Zimmerdecke zu berühren. Die schweren Bücher können dabei recht lustige Verletzungen verursachen. Übrigens sagt man dem Neuen schlechte Manieren nach, wenn er sich anschließend an den älteren Jungen rächen will.

Toasten

Dabei wird Brot in Scheiben geschnitten und vor einem offenen Feuer getoastet.

Dieser Begriff hatte früher eine andere Bedeutung, aber diese starb zusammen mit vier Jungen, die ausgelassen versuchten, einen Neuen zu »toasten«, einen gewissen Noel Kaffeetrinken. Es folgte ein Blutbad, das ein lehrreiches Beispiel dafür darstellt, was sich mit Enthusiasmus, Entschlossenheit und dem gewöhnlichen menschlichen Daumen erreichen lässt.

Binden

Wenn ein Neuer in seinem Bett eingeschlafen ist, schleichen sich mehrere ältere Jungen an ihn heran, binden ein Seil an seinem großen Zeh fest und ziehen ihn dann durch die Flure und auf den Hof (beziehungsweise auf die Straße, wenn es sich um ein externes Haus handelt). Dort wird der Neue entkleidet und an einer Statue (beziehungsweise an einem Pferdetrog) festgebunden. Welch ein Spaß.

Pferchen

Man formt einen Pferch, indem vier Betten zu einem Viereck angeordnet werden. Man bringt einen Neuen in diesem Pferch unter, und anschließend stellen sich größere Jungen auf die Betten und ärgern den Neuen. Sie haben viel Spaß dabei herauszufinden, wann der kleinere Junge im Pferch zu weinen beginnt und durch jemand anderen ersetzt werden muss. Der Neue hat natürlich das Recht, sich zur Wehr zu setzen, und er sollte sich ein Beispiel nehmen an Victor Ludorum, dem heutigen Rektor: Während seines ersten »Pferchens« hielt er drei Stunden lang durch, erwischte einen der älteren Jungen mit einem Kissen, schickte einen anderen mit einem Bettknauf ins Reich der Träume und erdrosselte drei weitere mit seinem Pyjamagürtel.

1 Oberbischof Professor Mögen-die-Pocken-ihr-Haus-Heimsuchen Jenkins (Religiöse Studien)
2 Herr Launisch (Gepflegtes Äußeres)
3 Baron Strifenkanen (Angewandte Pathologie)
4 Kompt de Yoyo (Moderne Sprachen und Musik)
5 Professor von Übersetzer (Alte Sprachen)
6 Monsieur de Balourd (Tanz und Benehmen)
7 Madame les Deux-Épées (Fechten und Waffen mit Schneiden)
8 Herr Linburg-Cort (Geschichte)
9 Herr Jammer
10 Lord Witwenmacher (Oberhaupt der Assassinengilde)
11 Herr Mericet (stellvertretendes Oberhaupt der Assassinengilde)
12 Herr Bradlofrudd (Leibesübungen)
13 Frau Band (Klettern, Fallen, Schlösser)
14 Frau Richtsgutan (Hauswirtschaft und Organische Gifte)
15 Professor Stein (Alchimie und Metallarbeiten)
16 Lady T'Malia (Politische Zweckdienlichkeit)
17 Herr Graumunchen (Geografie)

SCHULREGELN

1. Die Filigranstraße, die Frostgasse und der Flutweg gehören zum zugänglichen Bereich (Hinweis: Bootfahren ist gestattet), ebenso das Gelände um den Patrizierpalast und die direkten Routen zwischen den externen Häusern und dem Gildengebäude, wenn Schüler auf ihnen unterwegs sind. In allen anderen Teilen der Stadt ist der Aufenthalt ohne ausdrückliche Genehmigung verboten. Anmerkung: »Verboten« bedeutet in diesem Zusammenhang, dass die Schüler dort von den Lehrern nicht gesehen werden dürfen. Ein Assassine muss oft Zeit an Orten verbringen, wo man ihn nicht sehen darf, und daher dürfte diese Regel gut für wertvolle Erfahrungen sein.
2. Es ist den Jungen verboten, ein Theater, Hotel oder andere öffentliche Gebäude (ganz gleich, ob sie dem Vergnügen dienen oder nicht) zu betreten, ohne vorher ihren zuständigen Lehrer eingeladen zu haben.
3. Den Jungen wird dringend abgeraten, sich auf Kartenspiele mit Leuten einzulassen, die sich Doc nennen oder deren Namen sich auf einen Ort oder ein Körperteil beziehen, zum Beispiel Doc Scharfblick, Pseudopolis Paul und Fred Flinkfinger.
4. Es ist den Jungen strengstens verboten, Obst in Hörweite der Oberin zu erwähnen.
5. Die Jungen werden davor gewarnt, Läden der verbotenen Art zu betreten, zum Beispiel Tabakwarengeschäfte, Pfandleihen usw. Es ist ihnen auch verboten, irgendein Haus von zweifelhaftem Ruf aufzusuchen. Den Studenten der sechsten Klasse steht pro Woche ein (1) Besuch in einem Haus von gutem Ruf zu. (Eine entsprechende Liste hängt im Pförtnerhaus aus.)
6. Den Jungen ist es ausdrücklich verboten, Herrn Jammer zu necken.
7. Den Jungen ist es strengstens verboten, Spiritus, Fett, Mineralöl, andere brennbare Substanzen, Sprengstoff in irgendeiner Form sowie Feuerwerkskörper aller Art zu besitzen oder zu kaufen.
6. Die Jungen dürfen in ihren Zimmern keine Huftiere halten.
7. Kein Junge darf im Gemeinschaftskorridor während Herrn Launischs Unterricht pfeifen.
8. Die Jungen dürfen nicht auf dem Anwesen der Gilde oder in der Stadt unterwegs sein, ohne die Hände in den Hosentaschen zu haben.
9. Die Jungen dürfen in den Fluren der Gilde nicht rennen.
10. Die Jungen dürfen in der Großen Schule nicht Kater spielen.
11. Kein Junge darf in seinem Zimmer unangemessene Grimassen schneiden.
12. Es ist den Jungen strengstens verboten, Herrn Jammers Tür als Zielscheibe zu benutzen.
13. Die Jungen dürfen beim Sport keine Westen tragen.
14. Das Haar eines Jungen darf höchstens schulterlang sein. (Diese Regel kann großzügig ausgelegt werden, wenn der Junge ein Mädchen ist.)
15. Einem alten Brauch zufolge haben Jungen das Recht, ihren Namen jeweils einmal ins Pult und in die Dachlatten der Großen Schule zu ritzen. Kein Junge darf seine Initialen in Herrn Jammers Bein schneiden.
16. Kein Junge darf ein Krokodil in seinem Zimmer halten.

16a. Kein Junge darf einen Alligator oder ein großes amphibisches Reptil in seinem Zimmer halten.

16b. Um es ganz klar zu sagen: Kein Junge darf irgendeine Art von Waran, Leguan oder Riesenchamäleon in seinem Zimmer halten.

16c. Auch nicht im Keller.

16d. Und auch nicht in einem Käfig auf dem Dach.

16e. Keinem Jungen ist es gestattet, irgendeine Art von Echse, Eidechse, Reptil, Amphibie oder solchen Geschöpfen ähnelnde Tiere zu besitzen, zu kaufen oder auszuleihen. Entsprechende Wesen dürfen weder im Zimmer noch in, auf und unter den Gildengebäuden oder in irgendwelchen fremden Dimensionen gehalten werden. Darüber hinaus ist es den Jungen verboten, Alligatorkostüme (oder Ähnliches) oder lustige aufblasbare Alligatoren (oder Ähnliches), die an einem Bindfaden zum Fenster des weiter unten gelegenen Arbeitszimmers herabgelassen werden können, zu besitzen. Beliebig große Bilder von Krokodilen und vergleichbaren Geschöpfen sind gestattet, wenn sie den Erfordernissen des Naturkundeunterrichts entsprechen. Nur in diesem Zusammenhang ist der Besitz von Molchen zugelassen.

16f. Es ist den Jungen verboten, Molche mit einer Länge von mehr als 12 Zentimetern (Größe eines erwachsenen Exemplars) zu besitzen. Trotz bedeutender Unterschiede, die dem geschulten Auge sofort auffallen, wird der Feuermolch von Sumtri in den Schulregeln als krokodilähnliches Wesen definiert, da er imstande ist, einen Lehrer zu verschlingen.

16g. Die Regeln 16–16f gelten nicht für Anhänger des Krokodilgottes Offler.

16h. Ohne eine schriftliche Erlaubnis des Schulleiters darf kein Schüler zum Offlerismus übertreten.

16i. Jeder Schüler, der sich als Anhänger von Offler ausgibt, muss 20 komplizierte Fragen des Schulleiters über die Prinzipien und Glaubensgrundsätze des Offlerismus beantworten. Ungenaue Antworten haben einen sofortigen Verweis zur Folge. Religion und Ulk passen nicht zusammen.

16j. Die Gilde des Assassinen und ihr Lehrkörper bestätigen hiermit, dass für die Anhänger des Sahnetortengottes Huckelbuckel Religion und Ulk durchaus zusammengehören.

17. Jeder Junge, der ohne zwei Stilette, ein angemessen langes Schwert (gilt für Jungen ab einer Größe von einem Meter fünfzig) und mindestens drei verborgene Waffen (siehe Liste in der Großen Schule) angetroffen wird (sofern er dabei nicht im Bett liegt), muss mit einem sofortigen Verweis rechnen.

17b. Jedes Mädchen, das ohne zwei Stilette und mindestens drei verborgene Waffen (siehe Liste bei der Oberin) angetroffen wird (sofern es dabei nicht im Bett liegt), muss mit einem sofortigen Verweis rechnen. Frauenkleidung bietet natürlich bessere Möglichkeiten, Waffen zu verstecken, und Einfallsreichtum sollte eigentlich gefördert werden, aber die folgenden beiden Dinge bleiben den Mädchen ab der vierten Klasse vorbehalten:
a) vergiftete Unterwäsche jeder Art,
b) mit Sprungfedern ausgestattete Mieder.

18. Mädchen werden auf Folgendes hingewiesen: Frau Bands »Stachelschwein«-Turnüren sind zweifellos sehr wirkungsvoll, aber der Gildenrat hat ihre Verwendung in einem Umkreis von fünfhundert Meilen um Ankh-Morpork verboten.

19. Wer kein gültiges Entschuldigungsschreiben wegen Krankheit vorzuweisen hat und nicht innerhalb von drei Sekunden eine kleine Armbrust hervorholen, spannen und auf ein Ziel richten und/oder ein Schwert ziehen kann, wird zum Schulleiter geschickt. Diese Regel gilt rund um die Uhr (allerdings nicht beim Schwimmen).

20. Die Gilde hat noch nicht entschieden, wie Miniarmbrüste für Manschetten zu beurteilen sind. Jungen, die derartige Waffen bevorzugen, sollten sie nicht bei den Mahlzeiten tragen, denn dabei könnte es notwendig sein, anderen Schülern etwas zu reichen.

21. Giftringe sind in den dafür vorgesehenen Behältern zu verstauen, bevor sich die Schüler mit der Hauswirtschaft beschäftigen.

22. Kein Junge darf eine Baumfalle in seinem Zimmer errichten.

Man lese »Mädchen« für »Jungen« und umgekehrt, wenn es angebracht ist.

(Soll an anderer Stelle fortgesetzt werden.)

Aufsichtsschüler

Schwarz ist die richtige Farbe für die Kleidung eines Assassinen. Die meisten Assassinen tragen auch während ihrer Freizeit Schwarz, obwohl dunkles Purpur und dezente Grautöne ebenfalls zulässig sind.

Während der ersten beiden Ausbildungsjahre ist es den Jungen nicht gestattet, schwarze Kleidung zu tragen. Im dritten Jahr dürfen sie »dunkel werden«, wenn sie ausreichende Fortschritte erzielt haben.

Wer nicht die Mindestgröße von einem Meter und fünfundsechzig Zentimetern erreicht, muss während des ersten Jahres die Uniform eines Neuen tragen. Diese besteht aus einem mitternachtsblauen Mantel, Kniehosen, einer cremefarbenen Weste und einem Rüschenhemd. Hinzu kommt ein schwarzer Dreispitz aus Biberpelz. Neue Stipendiaten tragen anstelle der Kniehosen längere weiße Hosen und natürlich ein dickes Wollgewand.

Jungen, die größer sind als einen Meter fünfundsechzig, tragen außerdem noch einen verlegenen Gesichtsausdruck.

Die Mädchen im ersten und zweiten Ausbildungsjahr tragen einen schwarzen Schulträgerrock beziehungsweise ein schwarzes Trägerkleid, außerdem schwarze Wollstrümpfe und einen runden Hut, »Schüssel« genannt.

Der Zweck dieser Aufmachung besteht darin, dass sich die Jungen und Mädchen ziemlich dumm vorkommen und deshalb alles daransetzen, in der Schule gute Leistungen zu erzielen – um so schnell wie möglich »dunkel zu werden«.

Nach dem »Dunkelwerden« wird von den Schülern erwartet, dass sie sich elegant kleiden und dabei helle Töne meiden. Den jungen Frauen wird dringend geraten, sich zurückhaltend zu kleiden, damit die amourösen Neigungen ihrer männlichen Kollegen nicht ungebührlich stimuliert werden. Alle Schüler müssen das Wappen der Gilde am Aufschlag tragen.

Schüler, die nach ihrer Ausbildung mit einem weiterführenden Studium beginnen, dürfen sich wie volle Assassinen verhalten und kleiden.

HINWEIS: Nur Aufsichtsschüler sind befugt, ihre Regenschirme zusammengerollt zu tragen.

Uniform und Ausrüstung beim Eintreffen in der Schule

Abgesehen von der akzeptablen Kleidung – alle Eltern haben eine entsprechende Liste bekommen –, sollte der Koffer eines jeden neuen Schülers folgende Dinge enthalten:

Ein Paar Wollhandschuhe mit Schnur für den Mantel
Einen wasserdichten Umhang
Drei Kleidungsgarnituren, schwarz (Seide und/oder Samt) für praktische Übungen
Einen schwarzen Hut mit breiter Krempe (für dünnen Draht – siehe unten)
Haarnetze (nur bei Mädchen)
Einen Gildenschal
Fünf Nachthemden aus Baumwollflanell (für die Wintersemester)
Eine lustige Nachtmütze
Ein Paar Pantoffeln, vorzugsweise in Pastellfarben und mit einem Tiermotiv (HINWEIS: Die Jungen des Kobra-Hauses und aller anderen Häuser, in denen Herr Jammer verkehrt, sollten besser auf Kaninchenbilder und Ähnliches verzichten.)
Einen aus Wolle gestrickten Badeanzug
Ein ärmelloses Trikot
Ein Wams
Einen Bademantel der Gilde
Eine Schürze mit Blumenmuster (für Hauswirtschaft) (HINWEIS: Jungen oder Mädchen, deren Schürzen Sprüche wie »Hol's dir, solange es heiß ist« zieren, werden nach Hause geschickt.)

Eine Schürze aus Leder (für Alchimie)
Ein weiches Filzbündel mit Wurfmessern vom Typ 1, 2, 3, 4 & 5 sowie Stilette in der Größe AA, AB, AC und AD
Ein Wurfmesser Typ 3 in einer Lederscheide
Ein Radiergummi Nr. 7
Ein Juniorset Wurfgeschosse
Eine dünne Seidenschnur und einen zusammenklappbaren Kletterhaken
Ein Kettenhemd (leicht)
Ein Geometrie-Sortiment, bestehend aus Zirkel, Winkelmesser, Stechzirkel, Zeichendreieck
Ein Gift-Sortiment, bestehend aus Phiolen mit Wespenmilch, Achorionischem Purpur und Teufelssaft
Einen Schlagring aus Messing
Einen weichen Beutel mit Fußangeln
Ein Rapier mit einem Bandelier aus schwarzem Samt
Ein Blasrohr, 39 Zentimeter lang, sowie eine Büchse mit Pfeilen, die Korken an den Spitzen mit Braillezeichen markiert.
Eine Schleuder und Bleimunition (Größe 12)
Ein Federmäppchen mit Bleistiften vom Typ H, HB, B & 2B, einem kleinen Radiergummi (Größe 1) und zwei Füllern
Ein Paar gepanzerte Handschuhe
Ein Paar Schuhe mit gepanzerten Sohlen (Priester)
Ein Steigeisen-Set
Ein Sortiment Felshaken (verschiedene)
Einen Chemie-Kasten
Drei Karabinerhaken
Ein Universal-Sortiment – ausziehbare Metallstangen mit Zubehörteilen, darunter ein Spiegel
Ein 40 Zentimeter langes Lineal, eingeteilt in Zehntel-Zentimeter
Ein kleines Tintenfass (Zinn)
Einen Zirkel mit Diamantspitzen (in einem Beutel)
Eine Flasche mit gutem Öl
Ein weiches Lederbündel mit Dietrichen
Eine Schürze aus Leinen für Holzarbeiten
Einen Stoßdolch
Ein einfaches Alchimisten-Sortiment, mit Phiolen, die Kupfersulfat, Holzspäne und Natriumbikarbonat enthalten
Zwei Miniarmbrüste von Burlich & Starkimarm der Marke »Wespe«, mit Bolzen
Zwei dünne Drähte, dazu geeignet, in einer Hutkrempe versteckt zu werden

HINWEIS: *Alle* Dinge müssen unbedingt mit dem Namen des jeweiligen Schülers gekennzeichnet sein. Es empfiehlt sich, den Namen aufzunähen beziehungsweise ihn auf Heft, Knauf, Griff oder eine andere geeignete Oberfläche zu schreiben. Diese wichtige Regel gilt auch für Pfeile, Bolzen und Schleuder-Munition. Die dünnen Drähte in der Hutkrempe sollten mit einem kleinen Metallschild markiert werden.

Manche Eltern haben gefragt, ob die Schüler Waffen verwenden dürfen, deren Klingen stumpf sind oder die auf andere Weise ungefährlich gemacht worden sind. Nun, zu Beginn des Fechtunterrichts benutzen wir Übungsschwerter. Abgesehen davon sind wir der Ansicht, dass harmlose Waffen nur von den Schülern verwendet werden sollten, die damit rechnen, auf harmlose Gegner zu stoßen. Jenseits der Gildenmauern erstreckt sich eine gefährliche Welt, und wir sorgen dafür, dass sie gefährlich bleibt.

JANUAR/OFFEL

BERÜHMTES TÖTUNGSINSTRUMENT: Kletterhaken. Herr Schelter (Viper) führte seinen Auftrag erfolgreich durch, indem er den Baron von Fall unabsichtlich mit dem Kletterhaken durchbohrte, als er versuchte, sich Zugang zum Schloss Blom zu verschaffen.

BERÜHMTER EHEMALIGER: Johann Ludorum (Viper). Einer der größten Assassinen in der Gildengeschichte. Verantwortlich für zwölf königliche Inhumierungen. Sein Sohn Victor Ludorum (Viper) folgte dem Beispiel des Vaters und begann bereits mit einem weiterführenden Studium. Während der Ferien hat er zwei Prinzen und einen Regenten inhumiert.

GILDENAUFTRAG: Harold. Herzog von Pseudopolis. Ausgeführt von Prinz Podgorni (kein Gildenmitlied), mit einem Knüppel, einer Kette, einer kleinen Armbrust, einem Dolch, Gift und schließlich auch mit einem Anker, der den Klienten unter Wasser halten sollte. Ihro Gnaden der Herzog war ein sehr widerstandsfähiger Mann und wollte einfach nicht aufgeben. Prinz Podgorni musste ein Loch in den nahen zugefrorenen Fluss hacken und den Herzog hineinschieben. Dabei holte er sich eine Erkältung und starb drei Monate später.

Schulregel Nr. 137:
Kein Schüler darf während der Morgenandacht versuchen, einen anderen Schüler umzubringen.

FEBRUAR/FEBRUAR

Unerledigter Auftrag: Rincewind (stellvertretender Bibliothekar der Unsichtbaren Universität) (950.000 Ankh-Morpork-Dollar). Rincewind ist von Natur aus ein Überlebenskünstler. Er scheint nicht gewalttätig zu sein, aber wenn Assassinen versuchen, diesen speziellen Auftrag zu übernehmen, fallen sie seltsamen Zwischenfällen zum Opfer, etwa herunterfallenden Schieferplatten oder Blitzen. Außerdem – und das ist wichtig! – droht ihnen eine Konfrontation mit Rincewinds mobilem Gepäckstück.

Schulregel Nr. 139:
Es ist verboten, von Federn, Gummibändern oder anderen Dingen angetriebene Vorrichtungen für das Schreiben von Strafarbeiten zu verwenden. Wer über genug Geld verfügt, kann sich zu diesem Zweck an die Stipendiaten wenden, die einen Cent für hundert Worte verlangen dürfen.

Lehrer: Professor Stein (Alchimie und Metallarbeiten). Professor Stein hat viele der neueren Gildenwaffen erfunden, zum Beispiel die kleine Ein-Schuss-Armbrust, den Hemdsärmel-Dolch und tödlichen Schmuck. Schüler, die seine Werkstatt betreten, sollten besonders vorsichtig sein und darauf achten, was sie berühren. Prüfungen finden nicht nur bei den dazu bestimmten Gelegenheiten in der Schule statt – das ganze Leben ist eine Prüfung!

22. Februar
An diesem Tag darf im langen Flur neben dem hohen Stapel Hüpfhoch und Schnapp-dich-schnell gespielt werden. Die Tradition verlangt, dass der Gewinner einen Blumenkohl bekommt.

Berühmtes Tötungsinstrument: Rosshaarsofa. Lady Prill (Viper) entwickelte diese innovative Methode, um den Mondkönig von Brindisi ins Jenseits zu befördern. Sie imprägnierte das Rosshaar mit dem Gift des tezumanischen Baumfrosches. Als der König auf dem Sofa Platz nahm, stachen einige Rosshaare durch die Haut seiner Beine, und er starb innerhalb weniger Sekunden.

MÄRZ/MÄRZ

UNEHRENHAFTER EHEMALIGER: Julien Fliemoe (Baumfrosch). Ein Rüpel und Lügner. Fliemoe schien für den Beruf des Assassinen zunächst bestens geeignet zu sein, aber er erwies sich als unglaublicher Lügner und wenig erfolgreicher Rüpel. Man schickte ihn zur Anwaltsgilde, für die er sich aufgrund seiner Charaktereigenschaften besser eignete.

UNERLEDIGTER AUFTRAG: Der Stinkende Alte Ron (ein herschebianischer Grot). Dieser Auftrag könnte nur von einem Assassinen übernommen werden, der sich absolut nicht um seine persönliche Reputation schert. Angesichts des überaus intensiven Körpergeruchs des Klienten kommt nur der Einsatz einer Präzisionsarmbrust mit hoher Reichweite in Frage.

Schulregel Nr. 145:
Kein Junge darf das Zimmer eines Mädchens betreten.

Schulregel Nr. 146:
Kein Mädchen darf das Zimmer eines Jungen betreten.

Schulregel Nr. 147 (provisorisch):
Wir wurden darauf hingewiesen, dass unser Rat, »Mädchen« für »Jungen« und umgekehrt zu lesen, in Bezug auf die beiden vorherigen Regeln bedeuten könnte, dass sich die Schüler überhaupt nicht in irgendeinem Zimmer aufhalten dürfen. Ganz abgesehen davon, dass solche Einwände nur von einem Besserwisser mit zu viel Zeit stammen können – Widersprüchlichkeiten irgendeiner Art sind nicht beabsichtigt. Mädchen werden hiermit ausdrücklich als junge Personen definiert, die von sich behaupten können, dass sie weiblichen Geschlechts sind.

APRIL/APRIL

Schulregel Nr. 148:
Jelks Minor aus der 4. Klasse mag zwar verbal das weibliche Geschlecht für sich in Anspruch nehmen können, ist aber trotzdem ein Junge.

Schulregel Nr. 149:
Es ist verboten, über die Formulierung der Schulregeln zu streiten.

BERÜHMTES TÖTUNGSINSTRUMENT: Schmuck. Lady T'Malia (Schwarze Witwe). Es heißt, der Schmuck an einer ihrer Hände enthielte genug Gift, um alle Bewohner eines Kontinents zu töten. Nur wenige schütteln ihr die Hand und überleben lange genug, um stolz darauf zu sein.

GILDENAUFTRAG: »Butzemann-Bob«, ein Stadtstreicher von Ankh-Morpork.
Er fand den Tod, als ihm ein unbekannter Assassine einen Tisch auf den Kopf nagelte. Zurück blieb eine Quittung mit unleserlicher Unterschrift. Dies ist ein besonders abschreckendes Beispiel für schlechten Stil und mit ziemlicher Sicherheit nicht das Werk eines wahren Assassinen.

BERÜHMTER EHEMALIGER: Zlorf Flanellfuß (C1), früherer Präsident der Assassinengilde. Herr Flanellfuß ist seit vielen Jahren der einzige Assassine, der trotz einfacher Herkunft bis zum höchsten Gildenamt aufstieg. In akademischen Dingen kann man ihn nicht als schnellen Denker bezeichnen, aber er begriff früher als andere, wie man die Karriereleiter hochklettert. Mit seinen vielen Narben erweckt er den Eindruck, als hätte jemand immer wieder versucht, sein Gesicht zu durchkreuzen.

BERÜHMTES TÖTUNGSINSTRUMENT: Vergiftete Süßigkeiten.
Alle Schüler werden davor gewarnt, Süßigkeiten von Fremden oder von Lord Witwenmacher (Frau Beddauers) entgegenzunehmen.

MAI/MAI

LEHRER: Oberbischof Professor Mögen-die-Pocken-ihr-Haus-Heimsuchen Jenkins (Religiöse Studien). Zwar ist er ein Anhänger des Omnianismus, aber Oberbischof Jenkins bringt auch die Bereitschaft mit, an viele andere Religionen zu glauben. Eine seiner Spezialitäten sind »göttliche Strafen«, die bei ihm sehr weltlichen Charakter haben können und nur wenig bekannte Knochen und Muskeln betreffen.

GILDENAUFTRAG: Olerve der Mistkerl, König von Sto Lat. Guillaume Furchtbar (Pernypopax Dampier) erledigte den Auftrag sauber mit einer Armbrust. Bedauerlicherweise wurde dieser Ehemalige zwei Tage später vergiftet – man vermutet, dass der Auftraggeber hinter dieser Inhumierung steckt. Diese Gefahr besteht immer. Junge Assassinen seien gewarnt: Nehmt keine Geschenke irgendeiner Art an und lasst euch auch nicht zu irgendetwas einladen, bevor ihr das vereinbarte Honorar bekommen habt.

BERÜHMTES TÖTUNGSINSTRUMENT: Ein gewöhnlicher Teelöffel, geworfen vom Ehrenwerten Stanislaus Zielgenau. Er setzte diese Waffe gegen einige Räuber auf der Straße nach Quirm ein (ein Regierungsauftrag). Einzelheiten sind nicht bekannt, und das ist vielleicht auch besser so.

Schulregel Nr. 150:
Dienstags und donnerstags nach dem Tee können heikle oder persönliche Dinge mit der Oberin besprochen werden. Die Schüler müssen sich in eine Liste in der Großen Schule eintragen. Zeitverschwendung mit frivolen oder irrelevanten Fragen wird bestraft. Das gilt auch für anatomische Fragen jeder Art.

JUNI/JUNI

UNERLEDIGTER AUFTRAG: Kommandeur Mumm (600 000 Ankh-Morpork-Dollar, steigend). Erstaunlicherweise nimmt Kommandeur Mumm alles gelassen hin. Es gab bereits viele Anschläge auf sein Leben, und in den meisten Fällen sind die betreffenden Assassinen zurückgekehrt (wenn auch ein wenig angesengt, hinkend oder gelb angemalt). Kommandeur Mumm ist in jeder Hinsicht unberechenbar.

9. Juni
An diesem Tag im Jahr 1901 wurde der damalige Schulsprecher William Venturi zum ersten Jungen, der die neue Assassinenprüfung bestand, indem er den Prüfer umbrachte. Dafür bekam er die maximale Punktzahl, doch anschließend wurde das Prüfungsverfahren revidiert.

UNEHRENHAFTER EHEMALIGER: Stren Withel (Frau Beddauers). Herr Withel wurde von der Schule verwiesen, als seine Lehrer feststellten, dass er sich zu sehr vergnügte. Schlimmer noch: Er stiftete andere Jungen zu rüpelhaftem Verhalten und allgemeiner Wildheit an, und das ist in der Gilde noch nie toleriert worden.

LEHRER: Baron Strifenkanen (Angewandte Pathologie). Der Baron ist ein »Original« der Gilde. Die Schüler finden großen Gefallen an seinen Streichen und den Beispielen seiner Bauchrednerkunst …

Schulregel Nr. 151:
Lauern hinter den Ställen: Schüler, die nicht mindestens einmal pro Semester dabei erwischt werden, dass sie hinter den Ställen lauern, müssen mit einem Tadel rechnen. Das Lauern ist eine sehr wichtige Fertigkeit, die man bei jeder sich bietenden Gelegenheit üben sollte. Schüler, die einen klaren Beweis dafür erbringen können, dass sie hinter den Ställen gelauert haben, *ohne* erwischt worden zu sein, bekommen einen goldenen Stern in ihrem Zeugnis.

JULI/GRUNI

BERÜHMTER EHEMALIGER: Pteppicymon XXXXX. (Viper). Sohn des Pharaos von Djelibeby. Schnitt in allen Fächern glänzend ab. Sein derzeitiger Aufenthaltsort ist unbekannt.

Schulregel Nr. 152:
Den Jungen ist es nicht erlaubt,
die Kohlehaufen hinunterzurutschen.

UNERLEDIGTER AUFTRAG: Havelock, Lord Vetinari (eine Million Ankh-Morpork-Dollar). Lord Vetinari hat selbst eine Ausbildung in der Gilde absolviert und ist deshalb ein sehr gefährlicher Gegner. Zwar hält er Mordanschläge für einen integralen Bestandteil seines Lebens als Politiker, und er versteht auch, dass Gildenmitglieder solche Aufträge annehmen müssen, aber er steht auf dem festen Standpunkt, dass man jedem nur eine Chance geben sollte. Viele der Assassinen, die versuchten, sich das Honorar von einer Million Dollar zu verdienen, verschwanden auf Nimmerwiedersehen.

BERÜHMTES TÖTUNGSINSTRUMENT: Maulwurf. Sir Guy de Taupinier (Viper) erhielt den Auftrag, König Guillaume le Rouge zu töten. Während einer Rotwildjagd im königlichen Wald nahm Sir Guy einen am Wegesrand liegenden toten Maulwurf und benutzte ihn als Geschoss für seine Schleuder. Der König wurde getroffen, stürzte vom Pferd und brach sich dabei das Genick.

UNEHRENHAFTER EHEMALIGER: Edward D'Eath (Viper). Edward tötete ohne einen offiziellen Auftrag, und was noch wichtiger ist: Er stahl Eigentum der Gilde, und so etwas ist absolut unverzeihlich.

AUGUST/AUGUST

GILDENAUFTRAG: Julian I., Kaiser von Tsort. Eine von glücklicherweise wenigen Massentötungen. Mehrere Gildenmitglieder entschieden unabhängig voneinander, sich das recht hohe, von der Kaiserin in Aussicht gestellte Honorar zu verdienen. Mitten in der Nacht erhielt das Schlafzimmer des Kaisers Besuch von den Herren Cascara (Skorpion), Cassawar (Frau Beddauers), Parmensis (Pernypopax Dampier) und Quintas (Viper). Sie kamen aus verschiedenen Richtungen, und in dem dunklen Raum hielten sie sich gegenseitig für Wächter. Der Kaiser schlief die ganze Zeit über und merkte nichts. Die Gilde fühlte sich durch diese Angelegenheit in große Verlegenheit gebracht und hat dafür gesorgt, dass sich so etwas nicht wiederholen kann.

LEHRER: Herr Graumunchen (»Wenn du sie nicht finden kannst, Bürschchen, kannst du sie auch nicht töten!«). Hält angewandte Geografie für ein wichtiges Assassinengeschick. Er veranstaltet sogar Kurse, um den Schülern zu zeigen, wie man Feuersteine und Obsidian schärft – einem Assassinen, so meint er, solle es nie an einer Schneide fehlen. Er ist sehr stolz darauf, einer der ersten Zwerge zu sein, die in Ankh-Morpork geboren wurden, und noch größer ist sein Stolz darauf, dass er nie in einem Bergwerk gewesen ist. Er hat mehrmals betont, dass er nie mit Dingen auf einen Felsen einschlagen würde, die größer sind als ein kleiner Hammer.

BERÜHMTES TÖTUNGSINSTRUMENT: Tapete. Professor de Colleuse inhumierte einen Kaiser von Brindisi. Ursprünglich wollte er ihn mit einer vergifteten Tapete im Schlafzimmer umbringen, aber er wurde entdeckt. Er bewies großen Einfallsreichtum, indem er die Tapetenrolle zum Knüppel umfunktionierte und den Kaiser damit erschlug.

UNEHRENHAFTER EHEMALIGER: Graf Drak von Glocken, Drachenkönig von Wappen (B2). Er entwarf das Wappen der Gilde und formulierte auch ihr Motto. Die weiße Weste seiner Ehre bekam einen ziemlich großen Fleck, als man ihn mit einigen unbezahlten Mordfällen in der Stadt in Verbindung brachte. Sein derzeitiger Aufenthaltsort ist unbekannt.

SEPTEMBER/SPUNI

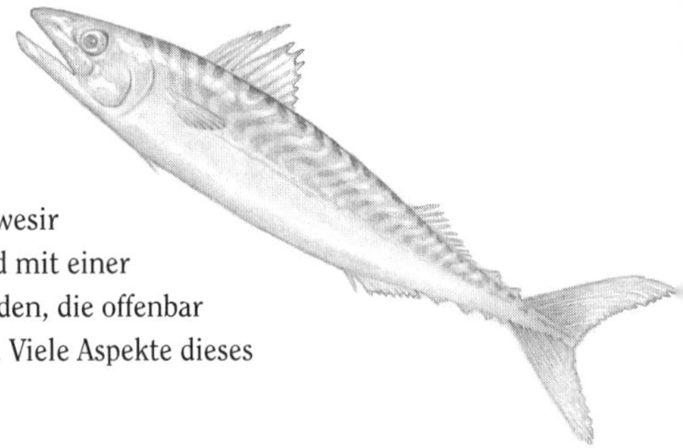

BERÜHMTES TÖTUNGSINSTRUMENT: Makrele. In einer ausgetrockneten Oase des Großen Nef, der heißesten und trockensten Wüste der Scheibenwelt, erstach der Großwesir von El Sanlu (Perücken-Haus) den Emir von El Kaound mit einer gefrorenen Makrele. Anschließend erlag er seinen Wunden, die offenbar von Schlägen mit einem lebenden Steinbutt stammten. Viele Aspekte dieses Kampfes bleiben ein Geheimnis.

GILDENAUFTRAG: Patricio, Despot von Quirm. Der schwerste Klient der Gilde – er wog über zweihundertsiebzig Kilo. Ein von den erfahrenen Assassinen Lord Robert Selachii (Skorpion) und Herrn Sendivoge (Willkommensseife) geleitete Einsatzgruppe inhumierte den Despoten, wobei sie auch eine kurze Mittagspause einlegten.

UNEHRENHAFTER EHEMALIGER: Professor Kreuz (Baumfrosch). Es gelang ihm nicht, den Lord Vetinari betreffenden Auftrag durchzuführen. Außerdem inhumierte er einen Alten Sicarianer und Angehörigen der Stadtwache (er empfing ein Honorar dafür). Damit bot er jüngeren Assassinen *kein* gutes Beispiel.

Schulregel Nr. 167:
Zwar fördert die Gilde Hobbys aller Art, aber folgende Freizeitbeschäftigungen sind auf dem Gildengelände untersagt: 1) das Präparieren von über 15 Zentimeter langen Tieren; 2) Gerben; 3) das Abrichten wilder Tiere (mit Ausnahme von weißen Mäusen und der brindisianischen jodelnden Stabheuschrecke).

UNERLEDIGTER AUFTRAG: Korporal Nobby Nobbs (4,31 Ankh-Morpork-Dollar). Vermutlich ist dies ein Scherz von Korporal Nobbs' Kollegen in der Wache. Kommandeur Mumm hat zu verstehen gegeben, dass ihn eine Durchführung dieses Auftrags »verärgern« würde.

OKTOBER/SEKTOBER

BERÜHMTES TÖTUNGSINSTRUMENT: Ein Brandyfass. Im Auftrag des verstorbenen Herzogs von Sto Helit inhumierte Herr R. P. W. Robertson (Pernypopax Dampier) den Herzog von Sto Kerrig, indem er ihn in einem Fass seines besten Brandys ertränkte. Durch einen schrecklichen Zufall wurde das verschlossene Fass später zur Gilde gebracht – der interessante rauchige Geschmack war einige Monate lang Thema unter den Mitgliedern. Erst als der Farbstoff aus der Jacke des Herzogs den Brandy grün färbte, nahm man den Deckel ab und fand eine perfekt erhaltene lächelnde Leiche …

BERÜHMTER EHEMALIGER: 71-Stunden-Ahmed (Viper). Alten Sicarianern besser bekannt als Ahmed der Bettnässer. Ahmed ist jetzt Oberhaupt der klatschianischen Polizei und nimmt seine Anweisungen direkt von Prinz Khufurah entgegen. Im Grunde verbringt Ahmed noch immer viel Zeit damit, Leute für Geld umzubringen, aber er nimmt keine Gildenaufträge mehr an.

Schulregel Nr. 169:
Jungen dürfen sich erst dann einen Schnurrbart wachsen lassen, wenn sie in die 6. Klasse gehen.

Schulregel Nr. 169a:
Bezüglich der neuen Regelung wird hinzugefügt: Auch Mädchen dürfen sich erst dann einen Schnurrbart wachsen lassen, wenn sie in die 6. Klasse gehen.

LEHRER: Frau Alice Band (Klettern, Fallen, Schlösser, außerdem Privatunterricht in den Fächern Schlaue Archäologie, Pistolenarmbrüste, Krocket und Pianoforte). Frau Band hat eine sehr eindrucksvolle Karriere am robusten Ende der Bildung hinter sich – ihre Einführung des Freistilhockeys am Internat für junge Damen in Quirm wird sicher unvergessen bleiben. Älteren Schülern, die sich ihr gegenüber »Freiheiten« herausnehmen (wie sie es nennt), erteilt sie eine Lektion, an die jene sich für den Rest ihres Lebens erinnern werden. Ein langes Gedächtnis ist dafür nicht erforderlich.

NOVEMBER/ASCHE

Gildenauftrag: Graf Dragoul von Salic, Überwald. Vier Generationen der gleichen Familie haben den Grafen erfolgreich inhumiert. J. C. R. Wiggs, sein Sohn P. M. T. Wiggs, sein Enkel S. T. D. Wiggs und sein Urenkel B. S. E. Wiggs (alle aus dem Viper-Haus). Derzeit steht der Name des Grafen wieder auf der Liste der noch zu erledigenden Aufträge. Einer allgemeinen Übereinkunft entsprechend wird das auch weiterhin der Fall sein, bis Fräulein Jocasta Wiggs ihre Ausbildung beendet.

Berühmtes Tötungsinstrument: Explodierender Abort. Damit brachte Herr Trefor Framich bei einer Taverne in Löschdurst Herrn Edwin Kardler um. Es war eine gute Gelegenheit – eigentlich hätte Kardler zu einem späteren Zeitpunkt seiner Reise sterben sollen. Herr Framich meinte: »Plötzlich begriff ich, dass ich meine brennende Zigarre nur zielgenau werfen musste.«

15. November
An diesem Tag im Jahr 1832 wurde das Schlittern in der Schule verboten.

Berühmter Ehemaliger: Charles H. J. Wiggs (Perücken). Er bekam nie Gelegenheit, als Assassine zu arbeiten: Er stürzte vom Gildendach, als er nach der Abschlussprüfung während eines Orkans in sein Zimmer zurückkehren wollte. Er bekam post mortem den Status eines vollen Gildenmitglieds verliehen, und sein Vater stiftete die Wetterfahne, die noch heute auf dem Gildenhaus zu sehen ist.

Unerledigter Auftrag: Der Entenmann (132 000 Ankh-Morpork-Dollar). Trotz des hohen Honorars hat noch niemand versucht, diesen Auftrag zu übernehmen – alle sind viel zu sehr davon fasziniert. Die Identität des Auftraggebers ist nicht bekannt.

DEZEMBER/DEZEMBER

GILDENAUFTRAG: Kang, Lord des Achatenen Reiches.
H. K. Schlaumeier (Viper) brachte ihn mit einem Puzzle um.
Wie er das anstellte, bleibt ein Geheimnis, das Herr Schlaumeier mit in den Tod genommen hat.

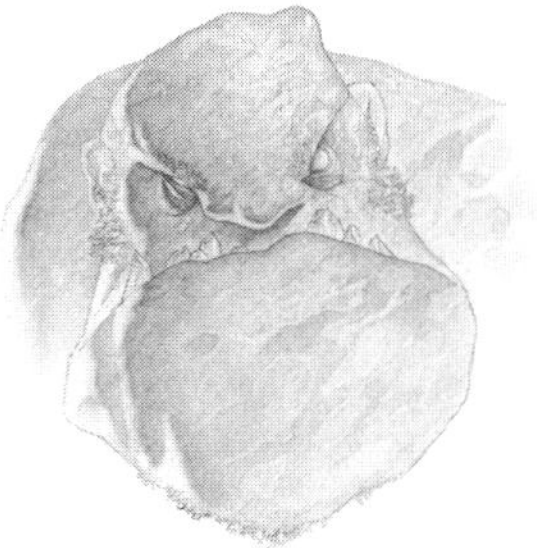

BERÜHMTES TÖTUNGSINSTRUMENT: Vorschlaghammer. F. D. R. Hauer (Mykkim) nahm als erster Assassine einen Auftrag an, der einen Troll betraf. Er versuchte, Herrn Marmor im Schatten einer Kneipe zu töten, indem er ihn mit einem Vorschlaghammer auf den Kopf schlug. Als Herr Hauer schließlich zur Gilde zurückkehrte, brauchte er nicht die Tür zu öffnen – man schob ihn darunter hindurch. Von einer Zechtour heimkehrende Studenten verwechselten ihn mit einer verzierten Türmatte, weshalb man sein Schicksal erst am nächsten Morgen entdeckte.

Schulregel Nr. 170:
Kein Schüler darf versuchen, wie Herr Jammer zu gehen.

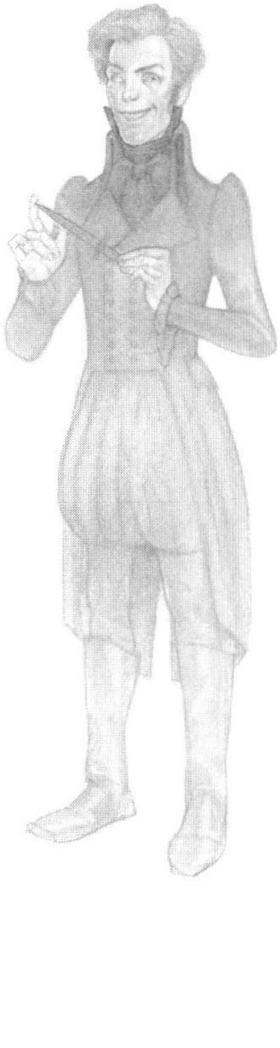

UNEHRENHAFTER EHEMALIGER: Herr Kaffeetrinken (B2). Es gelang ihm nicht, einen Auftrag durchzuführen, für den die Gilde viel Geld bekam. Außerdem gilt sein Aufsatz »Wen ich in den Ferien umbrachte« als armseliger Höhenflug jugendlicher Fantasie. Als Vorlage diente ganz offensichtlich ein Buch in der Gildenbibliothek, der Roman *Decem Parvi Indi.*

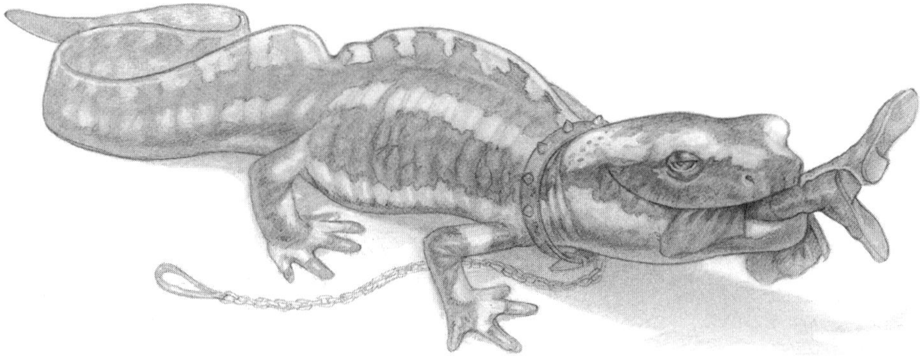

FRAU BANDS
EXPLODIERENDE TURNÜRE

(In den meisten
zivilisierten Ländern verboten.)

ZEICHENERKLÄRUNG

A Frau Band

B Turnüre mit Korbgeflecht. Darunter ist genug Platz für zusätzliche Waffen, um auf alle Eventualitäten vorbereitet zu sein.

C »Schwert«-Vorrichtung mit Druckluft, wirkt tödlich in einem Umkreis von zehn Metern.

D Einstellbare Schaltuhr, die einen raschen und trotzdem damenhaften Abgang erlaubt.

E Verborgener pedalbetriebener Auslösemechanismus und Zünder.

Der Scheibenwelt-Kalender basiert auf der englischen Originalausgabe, die unter dem Titel »Discworld Assassins' Guild Yearbook and Diary 2000« bei Victor Gollancz Ltd., London, erschienen ist.

Ins Deutsche übertragen von Andreas Brandhorst

Deutsche Erstveröffentlichung 7/2000

First published bei Victor Gollancz Ltd., London

Umschlaggestaltung: Design Team München
Umschlagillustration: Paul Kidby

NIL MORTIFI, SINE LVCRE
AMS

TERRY PRATCHETT

Stephen Briggs

Mit Illustrationen von Paul Kidby

DER SCHEIBENWELT KALENDER 2002

SCHEIBENWELT-KALENDER UND JAHRBUCH DER NARRENGILDE 2002

ANGABEN ZUR PERSON

Name ____________________

Clownname ____________________

Heimatanschrift ____________________

____

____

____

____

Geburtsdatum ____________________

Spezies ____________________

Narrenkategorie ____________________

Rang/Stufe ____________________

Wichtigster Hochwürden ____________________

Bester Freund (falls es einen gibt) ____________________

Name des Hausarztes ____________________

Name des Zahnarztes ____________________

Name des Osteopathen ____________________

Name des Psychiaters (auf Stress spezialisiert) ____________________

Name des Lebensmittelhändlers ____________________

Schuhgröße ____________________

Religion/Kult ____________________

Bestes Ergebnis bei: ____________________

Reichweite der Knopflochblume ____________________

Tortenwerfen ____________________

Bevorzugtes Ausstellungsstück

im Museum ____________________

Lieblingswitz ____________________

Hobbys ____________________

Da sind wir wieder! Da sind wir wieder!

Da sind wir wieder, *jawohl.*

Willkommen, willkommen, all ihr neuen Schüler, in einer der ältesten Stätten der Gelehrsamkeit von Ankh-Morpork. Oh, wie sehr ich mich über euren Anblick freue: die frischen Gesichter völlig sahnefrei, die Kleidung noch nicht von Tünche verschmiert, Füße, die erst noch die Schnürsenkel wirklich großer Stiefel kennenlernen müssen. Ihr könnt von Glück sagen, denn dies ist die beste aller Schulen. Gibt es ein größeres Geschenk als herzhaftes Lachen?

Oh, es stimmt, dass die Kinder reicherer Eltern zu unseren Nachbarn gehen, zur Assassinengilde, während wohlhabende Väter und Mütter ihre Sprösslinge zur Gilde der Lehrer oder der Kurzwarenhändler schicken. Kinder von Eltern, die in Handwerksberufen tätig sind, entscheiden sich vielleicht für die Gilden der Bäcker, Metzger, Einbalsamierer und so weiter. Wer tendenziell kriminell ist und gern stiehlt… Auch dafür gibt es Schulen.

Aber die Narrengilde bietet all jenen eine Chance, die überhaupt keine Hoffnung haben. Hier heißen wir Clowns willkommen, die den Rest ihres Lebens hinter einer roten Nase verbringen.

Seit über zweihundert Jahren lehrt unsere Gilde die Prinzipien des Humors. Und Humor – das möchte ich gleich betonen – ist eine ernste Angelegenheit. Sogar eine sehr ernste. Bei der Gilde der Narren und Witzbolde halten wir nichts von Gelächter. Die Kunst guter Witze und Scherze ist keineswegs komisch. Verwechselt uns nicht mit dem grässlichen Abklatsch namens *Komiker*. Jeder Narr kann komisch sein. Aber nur wenige Narren sind fähig, zu echten Narren zu werden.

Unsere Aufgabe besteht darin, den Humor des Lebens zu verdeutlichen und den Leuten zu zeigen, dass ihre Existenz nicht so schlimm ist, wie sie manchmal glauben. Wer hat nicht schon einmal erlebt, wie eine Torte genau zum richtigen Zeitpunkt ins Gesicht eines Narren klatschte, oder wie ein Spaßvogel einen der großen Witze erzählte, oder wie ein Pantomime an einer unsichtbaren Leiter emporkletterte? Bei solchen Gelegenheiten sind Beobachter und Zuhörer sehr dankbar dafür, dass sie nicht in der Haut des vorführenden Gildenmitglieds stecken.

Lernen bedeutet leiden, und ihr *werdet* leiden. Wenn draußen Lachen erklingen soll, müssen drinnen Tränen fließen. Ihr werdet lernen, dass euer Leben eine lange Bananenschale ist und unweigerlich zu einem offenen Kanalschacht führt. Ihr werdet in den Abgrund blicken und eine aufsteigende Sahnetorte sehen.

Erinnert euch an das Beispiel des besten Clowns überhaupt, genannt Dummer August. Einmal wandte er sich inkognito an einen Alchimisten und bat ihn um ein Mittel gegen seine Melancholie. Der Alchimist meinte, solch ein Heilmittel hätte er leider nicht, und er riet dem Patienten, sich den »großen Clown namens Dummer August« anzusehen. Der Besucher gab sich als ebender August zu erkennen, was den Alchimisten sehr erstaunte. »Du bist es wirklich?«, fragte er. »Armer Kerl! Deine Arbeit möchte ich auf keinen Fall erledigen müssen! Meine Güte, an deiner Stelle würde ich von einer Brücke springen. Hör mal, ich kenne da eine, die ist nicht weit von hier entfernt. Möchtest du, dass ich dir helfe? Ich könnte dir einen Stoß geben.«

Wenn ein Künstler solch eine Reaktion verursacht, so ist er zweifellos ein Genie.

Ich möchte euch also Folgendes versichern: Zwar dürft ihr kaum damit rechnen, hier glücklich zu werden, aber nach eurer Ausbildung könnt ihr andere Leute froh machen. Wenn ein Clown ein Kinderfest verlässt, kann er mit der Gewissheit zurückblicken, dass er lächelnde Gesichter sehen wird. Er hinterlässt den Kleinen Erinnerungen, die sie für immer bewahren, besonders gegen vier Uhr nachts.

Willkommen im Haus der Heiterkeit ...

... denn wie es zu Recht heißt: »Das Herz des Narren ist im Haus der Heiterkeit.«

Man weiß nur wenig über die Ursprünge des Gebäudes, das heute als Gildenhaus dient. In frühen Aufzeichnungen der Unsichtbaren Universität wird es »Seuchenhaus« genannt, und bevor es im Jahr 1547 einem Feuer zum Opfer fiel, das mit einem erstaunlich lokal begrenzten Erdbeben einherging, wohnte dort die Bruderschaft des teuflischen Zoth, der als unsterblicher Rezitator galt. Dieser Orden stand in dem Ruf, kontemplativer Natur zu sein.

Die Gilde kaufte kurze Zeit später die Ruinen, und es gab viele Veränderungen. Trotzdem haben weite Bereiche des Anwesens noch immer einen mönchischen Charme, besonders die Dornenkammer (der Mechanismus funktioniert nicht mehr).

Ein großer Teil der gegenwärtigen Vorderseite, darunter auch die berühmte Rote Nase, wurde von dem bekannten Bergholt Stuttley Johnson entworfen. Seine berühmte Wasserkanone in Form eines riesigen Gänseblümchens wird nach dem unglückseligen Zwischenfall, bei dem mehrere Personen ertranken, nicht mehr benutzt. Sie steht heute im Gildenmuseum, wie auch die sehr lustige Sahnetortenmaschine, die früher einmal Besucher begrüßte. Ihr Zweck bestand darin, die Leute in eine angemessen heitere Stimmung zu versetzen, aber der Absolut Bekloppte Johnson, wie man ihn auch nannte, unterschätzte die Wirkung selbst von sehr weicher Sahne, die von einem Augenblick zum anderen auf eine Geschwindigkeit von über dreihundert Meilen pro Sekunde beschleunigt wird.

Das Gebäude umgibt einen Kreis oder Ring, der das ganze Jahr hindurch für die Ausbildung benutzt wird und über dem sich im Winter ein Zeltdach spannt. Dort stehen die Ziele für die Übungen mit der Knopflochblume und für das Tortenwerfen. Auf dem Dach sind Tanks mit Sahne, Vanillesoße und Tünche installiert, damit jeder Teil des Gebäudes leicht Nachschub erhält.

Sobald sich die Besucher gereinigt haben, sollten sie sich das »Büro des Spaßes« ansehen, in dem der Gildenrat tagt. Böse Zungen behaupten, die Gilde sei rückständig, aber in jedem Jahr prüft der Gildenrat bis zu drei neue Witze. In nur zwanzig Jahren können Vorschläge für neue Witze und lustige Darbietungen alle Prüfungsstadien und Komitees durchlaufen.

Im Gildenmuseum sind auch einige der ersten Witze zu sehen, darunter die Überbleibsel der *ursprünglichen* Sahnetorte. Wie jeder Narr weiß, wurde sie unabsichtlich von Gilbert dem Dummen geworfen, als er im Haus von Picric, des Herzogs von Nichtsfjord, auf einem Hammelknochen ausrutschte. Die Torte landete in Picrics Gesicht, und der Rest ist bekannt. Studenten der närrischen Geschichte besuchen noch immer Gilberts Gräber – ein ausgeprägter Mangel an Humor veranlasste Picric dazu, sie um ganz Nichtsfjord zu verteilen, und mehrere von ihnen liegen an schwer zugänglichen Stellen.

Zu den übrigen Ausstellungsstücken gehören der erste »Hund ohne Schnauze« (er riecht nach Formaldehyd und ist ziemlich zottelig), Teile eines Schädels (vermutlich von einem der »Drei Männer, die eine Kneipe besuchten«) sowie ein authentisches Alligator-Sandwich.

Unweit des Museums erstreckt sich das Herz der Gilde:

Der Saal der Gesichter

Selbst Außenstehende haben von diesem Saal gehört. Er enthält lange Reihen von leeren Eiern, auf die mit großer Akribie die Masken aller Clowns gemalt sind (hinzu kommt eine vollständige Dokumentation der Kleidung, besonderer Darbietungen und so weiter). Nur wenige Personen verstehen die volle Bedeutung dieser Tradition: Ein Clown ist das Gesicht; das Gesicht ist der Clown.

Niemand darf das Gesicht eines anderen Clowns benutzen – dies ist nur unter ganz besonderen Umständen erlaubt –, und wer diese Regel missachtet, muss mit einer Strafe rechnen, die *schließlich* zum Tod führt. Denn das Gesicht eines Clowns ist sein Vermögen. Ein sterbender Clown vermacht es vielleicht seinem Sohn, oder es wird von der Gilde versteigert. Schminke, Kleidung und Darbietungen eines berühmten Clowns erzielen manchmal Preise von mehreren tausend Ankh-Morpork-Dollar. Es ist eine Art Unsterblichkeit. Der Große Bazonko tritt inzwischen schon seit vierhundert Jahren als Clown auf. Herr Weißgesicht ist seit fast dreihundert Jahren Oberhaupt der Gilde. Er hat immer im gleichen Büro gearbeitet, das gleiche Kostüm getragen und vor allem die gleiche Schminke. Er spricht auf die gleiche abgehackte Weise. Menschen kommen und gehen, aber es gibt immer einen Herrn Weißgesicht.

Clowns in der Ausbildung sollten darüber nachdenken und ihr Gesicht mit großer Sorgfalt wählen, denn es könnte ziemlich lange unterwegs sein.

Vom Saal der Gesichter ist es nur ein kurzes Watscheln oder Latschen zur:

Bibliothek des Hüpfenden Normo

Über den Hüpfenden Normo weiß man nur wenig. Er schwieg die meiste Zeit über. Kurz nach seiner Ankunft in Ankh-Morpork nahm ihn die Gilde auf, denn nirgendwo sonst in Ankh-Morpork wollte man ihn über die Schwelle treten lassen.

Es gibt Leute mit einem absoluten Gehör, einem absoluten Rhythmus und sogar mit grünen Fingern. Der Hüpfende Normo verfügte über zwei sonderbare Talente: Er hatte nicht den geringsten Sinn für Humor, und er war ein komischer – ein von *Natur* aus komischer – Mann.

Öffentliche Auftritte wurden ihm verboten, als drei Personen einen fatalen Lachanfall erlitten, obwohl Normo mit dem Rücken zur Bühne stand und nicht ein einziges Wort sagte. Die Leute liefen rot an und rollten auf dem Boden hin und her, wenn sie auch nur sahen, wie sich Normo rasierte.

Ganz gleich, was der Hüpfende Normo tat: Alles war gefährlich lustig. Nach einer Weile bestand Herr Weißgesicht darauf, dass Normo einen Sack über dem Kopf trug, aber seltsamerweise machte das alles noch schlimmer. Die Leute brachen vor Lachen zusammen, wenn sie sich den Hüpfenden Normo unter dem Sack vorstellten.

Schließlich hinterließ der Hüpfende Normo eine kurze Nachricht, die seinen unbeabsichtigten Slogan enthielt – »Worüber lachen alle?« –, und sprang vom Dach des Heiterkeitshauses in den Tod. Er landete auf dem Vordach über den Zielscheiben für das Tortenwerfen, prallte an dem Trampolin für Lustige-Hosen-Übungen ab, dann an der Wippe, die von den Drei Inkompetenten Akrobaten aufgestellt worden war, landete auf einem mit Gebäck beladenen Karren, der die Treppe hinunter und dann durch den Haupteingang nach draußen rollte, wo ihn ein entlaufener Elefant zertrampelte. Sieben Personen beobachteten diesen Vorgang und mussten behandelt werden, weil sie zu sehr lachten.

Der Hüpfende Normo war ein vorbildlicher Clown. Er erzählte keine verbotenen Witze, hielt sein Bett tadellos in Ordnung und hätte sicher Freunde gefunden, wenn jemand lange genug mit dem Lachen hätte aufhören können, um ihn besser kennenzulernen.

Die Bibliothek des Spaßes mit ihrer einzigartigen Sammlung von Büchern über Witze, Scherze und Foppereien wurde nach ihm benannt, und über der Tür wurde eine Statue errichtet. Um das Andenken dieses wahren Clowns zu ehren, entfernte man in der Bibliothek alle Stufen und ersetzte sie durch Trampoline. Ein Besuch ist vor allem dann empfehlenswert, wenn sich die Gildenschüler auf Prüfungen vorbereiten. Schutzkleidung ist dringend angeraten.

DIE NARRETEI IN GROBEN ZÜGEN

Die Gilde wendet den Begriff »Narr« auf alle Mitglieder an, auch auf Clowns und Jongleure.

Von Neuankömmlingen in der Gilde erwarten wir, dass sie ungeachtet ihres Alters mit erfahrenen Narren zusammenarbeiten. Wenn sie nicht dumm sind, steigen sie innerhalb der ersten Jahre durch die Ränge Blödmann, Tölpel, Gimpel und Tropf auf. Es dauert fünf Jahre, um zu einem Narren zu werden, und dann begreift der enthusiastische Schüler – während sich seine Hose noch mit offizieller Tünche füllt –, dass er erst auf der untersten Sprosse der hohen Narretei-Leiter steht. Die höheren Ränge Blödian, Dummer Narr und Erznarr locken. Zu gegebener Zeit kann er sogar anstreben, zu einem Kompletten Narren zu werden.

Die Gilde nimmt keine Frauen auf. Es ist bewiesen, dass Frauen überhaupt keinen Sinn für Humor haben.

Der Tag eines Narren

Als die Gilde gegründet wurde, war das Leben eines Narren ziemlich anstrengend.

Ein typischer Tag im Sommer sah so aus:

01.30 Uhr	Aufstehen
02.00 Uhr	Nächtliche Spaßigkeit (Kissenschlachten; die Laken und Decken der Betten so falten, dass man sich nicht darin ausstrecken kann; Eimer über Türen usw.)
03.30 Uhr	Wortspiele
05.30 Uhr	Wind streichen lassen
06.00 Uhr	Lectio (Vortrag der bekannten Witze) Generalversammlung Spezielle Arbeiten und Vorträge
08.00 Uhr	Locus Publicus (öffentlicher Spaß auf dem Hof) Lesen
11.30 Uhr	Crusta et Bracae Laxae (Klamauk, wörtlich: »Torten und weite Hosen«) Mittagessen Ruhepause
14.30 Uhr	Nesicae et Tintinnabula (Blasen und Glocken) Fröhliche Scherze Abendessen
18.00 Uhr	Liber Caerulus (Witze für Erwachsene) Achtzehnmal auf dem Hosenboden landen
20.00 Uhr	Comploratus (Heulen, Schreien und Tröten)
20.15 Uhr	Bettruhe

Die Gilde ist mit der Zeit gegangen. Fröhliche Scherze sind nicht mehr obligatorisch, und Clowns können stattdessen einen Spaziergang machen. Man kann jederzeit einen Wind streichen lassen. Außerdem sind wir bei der Zeit fürs Aufstehen und für die Bettruhe nicht mehr ganz so streng. Im Sommer kann es vorkommen, dass Schüler noch nach neun Uhr abends die Großen Zugelassenen Witze in ihre Hefte schreiben, und im Winter beginnt das Tagesprogramm meistens erst um 05.30 Uhr.

Kein Wort über Pantomimen

Es erstaunt neue Schüler, dass wir die Kunst der Pantomime lehren, obwohl entsprechende Darbietungen außerhalb der Gildentore mit der Folter bestraft werden.

Diesseits der Mauern des Gildenhauses können wir feststellen: Dies liegt einzig und allein an den Vorurteilen des derzeitigen Patriziers, Lord Vetinari. Könnten die Bürger der Stadt ihre Meinung äußern, hätten sie bestimmt nichts gegen Leute mit weißen Gesichtern und schwarzen Melonen, die hinter ihnen lustige Gesten vollführen. Bestimmt dauert es nicht mehr lange, bis überall in der Stadt Stimmen laut werden und darüber klagen, dass keine Männer auf unsichtbare Kisten zu klettern versuchen. Wenn das geschieht, bleibt dem Patrizier keine andere Wahl, als sein unverständliches Verbot aufzuheben. Um auf jenen glücklichen Tag vorbereitet zu sein, halten wir es für unsere Pflicht, die Kunst der Pantomime am Leben zu erhalten. Wir wollen bereit sein, wenn wieder Leute gebraucht werden, die mit unsichtbaren Hunden Gassi gehen.

Ich möchte es noch einmal betonen: Zwar bekommt ihr Gelegenheit, »Lebende Statuen« (mit notwendiger Blasenkontrolle), »Unverschämte Stummheit« und »Wortlose Und Fahrlässige Selbstgefälligkeit« zu lernen, aber diese pantomimischen Kunststücke dürfen auf keinen Fall außerhalb der Mauern dieses Gebäudes vorgeführt werden. Unterricht und Übungen finden ausschließlich im Stillen Zimmer statt.

WARNUNG!

Während eurer beruflichen Laufbahn bekommt ihr es vielleicht mit gewissen Leuten zu tun, die ein weißes Gesicht haben, schwarze Strumpfhosen tragen, eine Visitenkarte hinter eurem Ohr hervorholen und euch lautlos auffordern, ihnen zu folgen. Wir raten dringend davon ab. Die Gilde steht den Zielen der Weißhandbande, der Fröhlichen Spaßvögel und besonders der Unangenehm-Quiekende-Tiere-Aktionsfront sehr kritisch gegenüber. Unserer Ansicht nach befremdet es die Leute, wenn an öffentlichen Orten Ballons aufgeblasen werden. Darüber hinaus halten wir nichts von Guerilla-Pantomime. Wir glauben vielmehr, dass wir unsere legitimen Forderungen mit friedlichen Verhandlungen durchsetzen können, bei denen nötigenfalls Handzeichen eingesetzt werden.

Bemerkungen zum »Clown-Latschen«

Über das Clown-Latschen ist mehr geschrieben worden als über alle anderen Kunststücke, die ein guter Clown beherrschen muss. Für gewöhnlich ist nur ein Kompletter Narr imstande, ein vollständiges System zu entwickeln, aber jeder neue Schüler sollte die erste Gelegenheit nutzen, eine einfache Version zu erlernen.

Humorvoller Hubert

Kurz gesagt: Beim Clown-Latschen geht es darum, dass *jede Bewegung des Clowns von einem lustigen Geräusch begleitet wird.* Stellt euch vor, wie es trötet, quiekt, knistert, knarrt, knallt, pfeift, gurgelt, brummt und so weiter. Die Bibliothek enthält Dutzende von Büchern mit Anleitungen zum Bau von Federn, Blasebälgen, fußbetriebenen Luftpumpen und anderen komplexen Apparaten, die große Clowns im Verlauf der Jahre für ihr Latschen entwickelt haben. Ein gut ausgerüsteter und geschickter Clown-Latscher, der über die Straße geht, treibt den Leuten Tränen in die Augen und bewirkt, dass sich noch einige Häuserblocks entfernt Personen beschweren. Jungen Clowns empfehlen wir, klein anzufangen und sich ein Geräusch nach dem anderen anzueignen. Sie sollten sich an den armen Humorvollen Hubert erinnern. Zwar war er sehr einfallsreich im Erfinden von Geräusche machenden Mechanismen, aber leider versäumte er es, gründlich über die Wechselwirkungen der einzelnen Apparate nachzudenken. Als er zum ersten Mal über den Hof schritt, erntete er den anerkennenden Applaus der älteren Clowns, doch es kam zu einem tragischen Unglück, als er sich nach rechts wandte. Bei einer später vorsichtig durchgeführten Autopsie stellte sich heraus: Das Versagen der Pumpe am linken Fußgelenk hatte zu einer fatalen Kettenreaktion bei den anderen Pumpen, Blasebälgen, Pfeifen und so weiter geführt, die unter seiner Kleidung eine Art Exoskelett bildeten. Es presste ihn in einige recht lustige Formen, bevor es ihn zu einer Kugel zusammenballte. Wie dem auch sei: Das Latschen des Humorvollen Hubert war sehr eindrucksvoll, und man verlieh ihm posthum den Rang eines Kompletten Narren.

In einem gewissen Maß ist der Humor immer Teil des menschlichen Lebens gewesen und auch anderen Völkern nicht fremd. So kennen die Trolle zum Beispiel eine Art Klamauk, bei dem es darum geht, einem anderen Troll möglichst fest auf den Kopf zu schlagen, wenn er nicht hinsieht – anschließend wird laut gelacht. Was die Zwerge betrifft … Bei ihrem Temperament halten sie Wortspiele für eine besonders schlechte Form des Humors, die in einem Bergwerk mit dem Tod bestraft wird. Das wirft kein besonders gutes Licht auf die Zwerge, denn die Forschungen der Gilde haben ergeben, dass Wortspiele die am höchsten entwickelte Form des Humors und der klassischen Sahnetorte-im-Gesicht mehr als nur ebenbürtig sind.

Die Gilde wurde im Jahr 1567 von Willibert Worthspiel gegründet – er kam von Quirm nach Ankh-Morpork, auf der Suche nach Leuten, die einen besseren Sinn für Humor hatten und nicht sofort versuchten, ihn umzubringen. Bevor man das klassische »Wortspiel« nach ihm benannte, gab es vermutlich bereits erste noch primitive Versuche in dieser Richtung. In seinem Werk *Aufsatz über eine Form des geistreichen Witzes* beschreibt Worthspiel mit 160 000 Worten die Fünf Großen Klassen und insgesamt dreiundsiebzig Subkategorien des Wortspiels. Er perfektionierte als Erster die Kunst, Klammern auszusprechen, was sehr nützlich ist bei einem Publikum, dem es an Intellekt fehlt. Zum Beispiel: »Frage: Wann kann man nicht die Miene verziehen? Antwort: Wenn es eine Mine ist. (Hier fehlt ein e.)« Dieses Wortspiel gehörte zu den ersten überhaupt, und Willibert Worthspiel wurde dafür geteert und gefedert.

Natürlich gab es damals schon eine Tradition der Narretei. Aus frühen historischen Aufzeichnungen geht hervor, dass die ersten Narren erfahrene Krieger waren. Sie ritten neben dem König, schlugen tapfer und närrisch auf den Feind ein und kommentierten das Geschehen mit Bemerkungen wie: »Wann ist kopfloses Umherlaufen besonders unangenehm? Ha, wenn man keinen Kopf mehr hat! (Weil er abgeschlagen wurde.)« Sie waren auch Vertraute und Berater, die den König auf Dinge hinwiesen, die er unbedingt wissen musste.

Gilbert der Dumme

So teilten sie ihm zum Beispiel mit, dass er in dieser Jahreszeit öfter baden und sein Kettenhemd zurechtrücken sollte.[1]

Auch in Ankh-Morpork gab es bereits Narren. Der König hatte einen – der Mann hieß Kaspar Centunculus, und in der Stadt war man sich darüber einig, dass man ihm besser aus dem Weg ging. Auch die meisten Adligen in Ankh-Morpork hatten Narren, die aus Quirm kamen und der Société Joyeux, La Sorbumme, angehörten (ein weiteres Kunstwerk von Willibert Worthspiel). Die Narren in der Sto-Ebene und den Spitzhornbergen standen damals in lockerer Verbindung.

Herr Worthspiel war ein reicher Mann. Er vertrat die Ansicht, dass man den Humor sehr ernst nehmen sollte, und er beschloss, eine Schule im leer stehenden Kloster einzurichten (wie bereits erwähnt). Erstaunlicherweise schien sich niemand sonst für das Gebäude zu interessieren. Die nebenan befindliche Assassinengilde hatte gerade ihren Gildenstatus erhalten. Herr Worthspiel erkannte sofort den hohen Prestigewert und stellte bei den Ältesten der Stadt den Antrag, seiner noch gar nicht existierenden Schule ebenfalls den Status einer Gilde zu geben. Sein Wunsch ging in Erfüllung, und so entstand die Gilde der Narren, Witzbolde, Blödmänner, Possenreißer und Pantomimen, noch bevor sie den ersten Schüler bekam.

Im Laufe der Jahre wuchs der Gildeeinfluss auf alle Arten des Törichten und Närrischen – bald gab es in den zivilisierten Ländern kaum mehr Narren, die nicht von der Gilde ausgebildet worden waren.

An dieser Stelle müssen wir auf eine GEMEINE VERLEUMDUNG eingehen.

Jemand hat behauptet, die neue Gilde sei nichts weiter als ein großes Spionagenetz, das dem Haus der Heiterkeit politische Informationen zukommen lässt, die dem Gildenrat enormen Reichtum bescheren. So hartnäckig sich dieses Gerücht auch hält – es entspricht NICHT der Wahrheit. Die Narren reicher Leute werden natürlich zu deren Vertrauten, was bedeutet, dass ihnen andere Höflinge mit NEID und GEHÄSSIGKEIT begegnen.

Wir möchten GANZ KLAR darauf hinweisen, dass der große Reichtum der Gilde auf GESCHICK MIT SAHNETORTEN, SORGFÄLTIGE KONTROLLE DER AUSGABEN und andere närrische Aktivitäten zurückgeht. Herr Weißgesicht ist ein hart arbeitender Verwalter und KEIN erbarmungsloser, hinterhältiger internationaler Manipulator, wie es in den UNBEGRÜNDETEN GERÜCHTEN heißt. Wer etwas anderes behauptet, kann SEHR BALD mit einem Besuch der Lustigen Burschen rechnen.

Wie die meisten Gilden dient die Narrengilde auch als Krankenhaus, Polizei, Verein … Förderung gen… insamer Intere… und Schule. Doc… Gegensatz zu a… eren Gilden wer… en hier nur Jung… len. In den meis… Fällen sind es di… nd. Gleichzeiti… ungiert die Gild… e auch als eine… rt Armenschu… z und eine Sahnetorte für jemanden, der einen amüsanten Buckel hat, über einen lustigen Sprachfehler verfügt oder eine andere zum Lachen reizende Anomalie präsentieren kann.

> **An: Weißgesicht**
> **Absender: Simpler Simon, bei: Lord Rupert von Kansi**
> **Entschlüsselt von: Willi** **Datum: 3. August**
>
> Gestern ließ der Lord beim Abendessen verlauten, dass er dazu neigt, Bograwien in der mouldawienischen Debatte zu unterstützen. Die Gerüchte von einem Silberfund in den Bergen nördlich von hier entsprechen nicht der Wahrheit, aber Lord Rupert möchte vermeiden, dass es bekannt wird, und er leugnet es mit einem wissenden Lächeln. Sir Guy de Bigglery bekommt ein uneheliches Kind von dem Küchenmädchen Lotti Liebreiz.

1 Jedes Schulkind weiß: Wenn König Harald der Aufgerichtete auf diesen Rat gehört oder einer der Bogenschützen aus Pseudopolis nicht so gut gezielt hätte, wäre die Schlacht auf der großen Wiese mit der Tischdecke voller Ameisen nicht so plötzlich und schrill zu Ende gegangen.

An: Weißgesicht
Absender: Meschugge-Michael,
bei: Seine Gnaden Herzog von Eorle
Entschlüsselt von: Willi Datum: 4. August

Seine Gnaden sagte gestern bei einem privaten Gespräch, dass er Lord Rupert von Kansi 50 0000 AM$ für die Ausbeutung der reichen Silbervorkommen in seinem Land leihen will. Lord Rupert bestreitet lächelnd und zwinkernd, dass es solche Vorkommen gibt. Er schlägt vor, das Geld öffentlich als zinsloses Darlehen zu bezeichnen. Der ehrenwerte Charlie, jüngerer Sohn von Lord Rust, hat 100 000 $ beim Spiel verloren und leiht sich überall Geld zu hohen Zinsen. Seine Gnaden trifft sich insgeheim mit anderen in der Stadt. Leider ist mir nicht bekannt, worum es geht.

An: Weißgesicht
Absender: Armer Freddie, bei: Lord Rust
Entschlüsselt von: Biffo
Datum: 7. August

Beim Kartenspiel gestern Abend hieß es, der Troll Chrysopras hätte dem Sohn eines Adligen in der Stadt 100 000 $ geliehen und werde allmählich ungeduldig. Seine Lordschaft hat einige Male an geheimen Treffen in der Stadt teilgenommen; der genaue Ort ist mir unbekannt. Kürzlich hat Seine Lordschaft einen finanziellen Rückschlag erlitten, denn es sind einige Schiffe gesunken, in die er investiert hatte. Er hatte mehrmals vorgeschlagen, Ankh-Morpork solle Borograwien in der mouldawienischen Angelegenheit unterstützen. Derzeit leidet er an Zahnschmerzen.

…ar ein reicher Mann. …nsicht, dass man den …ehmen sollte, und er …le im leer stehenden …vie bereits erwähnt). …chien sich niemand …de zu interessieren. …che Assassinengilde …denstatus erhalten. …e sofort den hohen …te bei den Ältesten …ner noch gar nicht …enfalls den Status …n Wunsch ging in …tand die Gilde der …änner, Possenrei- …och bevor sie den …Schüler bekam. …der Gildeeinfluss …chten und Närri- …den zivilisierten … mehr Narren, die nicht von der Gilde ausgebildet worden waren.

den Ruf, bei jeder Party f… nungslose Jungen hinter … en schließlich Leute ins L… die anderen Leuten des L… nehmen müssen – aber s… langen von ihren Kliente… nigstens nicht, dass sie … spaßig halten, wenn jem… weiße Tünchen in die H… geschüttet wird.

Eine wichtige Aufga… Narrengilde ist die V… waltung des Saals de… sichter, der hauptsä… die Clowns betrifft. … dient nicht in dem … zu welcher Art er g… Identität wird hin… allein vom Gesic… stimmt: Es ist st… verboten, dass si… Clowns auf die … Weise schmink… der Gesichter … Gildenmitgliedes …

Ein Verg… h mit der Assassin… nebenan führt zu… so seltsa-men wie… ichen Er-gebnisse… lier haben wir ein… adend an-mutend… ebäude, in dessen… man das Lachen… Schülern und da… eine Sum-men e… Eifers hört, der fo… Botschaft verkü… An diesem Ort gi… Leute, die hinge… ngsvoll mit Din… ssen, die sie mög… andere Haus hing… t düster und Still… gesehen von eine… legentlichen leise… uchzen. Hier blei… die Tore fast imme… ten genießen den Ruf, bei jeder Party für gute Stimmung zu sorgen. … nd hoffnungs-lose Jungen hinter verschlossenen Türen, um überall auf Verachtung zu stoßen.

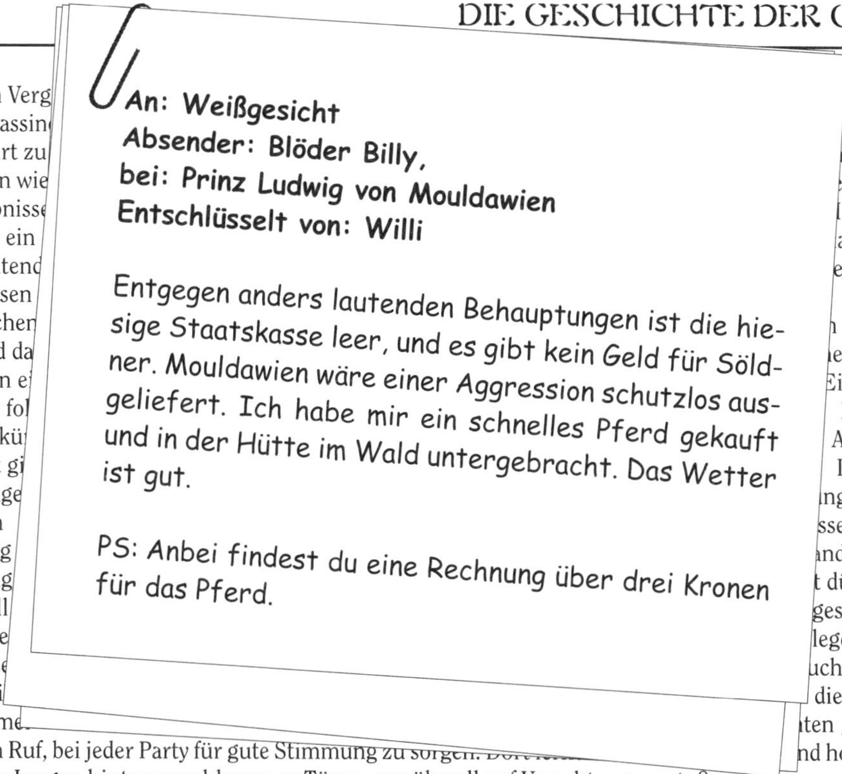
An: Weißgesicht
Absender: Blöder Billy,
bei: Prinz Ludwig von Mouldawien
Entschlüsselt von: Willi

Entgegen anders lautenden Behauptungen ist die hiesige Staatskasse leer, und es gibt kein Geld für Söldner. Mouldawien wäre einer Aggression schutzlos ausgeliefert. Ich habe mir ein schnelles Pferd gekauft und in der Hütte im Wald untergebracht. Das Wetter ist gut.

PS: Anbei findest du eine Rechnung über drei Kronen für das Pferd.

SLOSHI: Kampfsport der Narren

Selbst mit einem flüchtigen Blick erkennt man, dass sich hinter den Bewegungsmustern eines Clowns sorgfältig kontrollierte und gemäßigte Gewalt verbirgt. *Sloshi* bringt diese Gewalt ohne irgendwelche Mäßigung zum Ausdruck.

Die Ursprünge des *Sloshi* gehen auf die reisenden Clown-Gesellschaften in Überwald zurück: Konkurrierende Gruppen entschieden bei einem Duell, wer die lohnenderen Orte besuchen durfte. Dieser Vorgang erfuhr eine Formalisierung bei den Clown-Schülern im Bereich von Müning, wo ein *Sloshi*-Kämpfer seine Narben voller Stolz zeigte (allerdings nicht unbedingt in der Öffentlichkeit, denn die *Sloshi*-Kleidung schützte den ganzen Körper bis aufs Hinterteil). Die Präsentation von Kampfnarben bezeichnete man nach der Region als »Müning«.

Es gab eine sehr stilisierte *Sloshi*-Art, bei der vor allem Stöcke und Torten zum Einsatz kamen, aber echtes *Sloshi* ist etwas ganz anderes. Mehrere Gildenbataillone haben bei früheren Kriegen geholfen, Ankh-Morpork zu verteidigen. Sie brachten dem Feind große Verluste bei – die gegnerischen Soldaten starben lachend. Die Ruhmeshalle der Gilde berichtet von Onkel Stiefelchen, einem *Sloshi*-Meister der Siebten Nase, der siebzehn Söldner aus Pseudopolis in einem Handgemenge besiegte, bewaffnet nur mit einer Leiter und zwei Eimern, die gewöhnlichen Kleister enthielten. Einundvierzig weitere Söldner, die den Kampf beobachteten, erlitten einen Lachanfall und konnten mühelos vom Rest des Bataillons überwältigt werden.

DIE LUSTIGEN BURSCHEN (Die Verdammten Narren)

Komik erfordert Disziplin, und genau darum kümmern sich die Lustigen Burschen. Man nennt sie auch »Verdammte Narren« – sie sorgen dafür, dass die Regeln und Vorschriften der Gilde beachtet werden. Vor nicht allzu langer Zeit patrouillierten sie in der Welt der Narren und hielten aufmerksam nach Erzählern nicht registrierter Witze, Mangel an vorgeschriebenem Hupen und verbotenen Narreteien aller Art Ausschau. Da sie sich oft weit vom Gildenhaus entfernt aufhielten, mussten sie schnell durchgreifen, und zwar auf denkwürdige Weise, die den Leuten im Gedächtnis blieb. Das war zweifellos der Fall bei Zement in der Hose, der Sahnetorte und Wippe Fröhlicher Spaßvögel. Eins steht fest: Nur wenige Narren werden rückfällig, nachdem ihnen die Lustigen Burschen eine Lektion erteilt haben.

Heute leben wir in weniger robusten Zeiten, aber ihr könnt gewiss sein: Hauptmann Herbert »Nagelholz« Haudrauf und seine Männer gehen im Gildenhaus und an Orten der Unterhaltung auf Streife. Jeden Verstoß gegen die Regeln bestrafen sie unverzüglich und auf (zumindest für Zuschauer) amüsante Weise. Sie sind wundervolle Männer, wenn man sie besser kennenlernt, und ihre Aufgabe besteht darin, euch zu schützen.

Die Gründer der Gilde ließen sich von der klösterlichen Struktur des Gebäudes leiten und vertraten außerdem die Ansicht, dass das Leben eines Clowns in vielerlei Hinsicht dem eines Mönchs ähnelt. Deshalb legten sie bei dem Stundenplan und der Hierarchie der Gilde religiöse Maßstäbe an.

DER ABT

Herr Weißgesicht
(auch bekannt als Oberster Clown)

DIE HOCHWÜRDEN

Der Prior: Bruder Grimaldi
(Stellvertreter von Herrn Weißgesicht)

Novizenmeister: Bruder Kakao
(für neue Schüler verantwortlich)

Almosenpfleger: Bruder »Onkel Dumm«
(für die Verteilung von Almosen zuständig)

Gästemeister: Bruder Leithammel
(für Gastlichkeit zuständig)

Sanitäter: Bruder Pille
(kümmert sich ums »Haus der Kranken«)

Präzentor: Bruder »Hüpfi«
(zuständig für das Singen von Witzen und die Gildenbibliothek)

Eiverwahrer: Bruder Boffo
(zuständig für den Saal der Gesichter)

Kellermeister: Bruder »Trauriger Tobias«
(zuständig für Speisen und Getränke, außer Sahne und Vanille)

LEHRKÖRPER (bzw. Klosterkollegium)

Erster Spaßvogel: Bruder Sebastian der Idiot
Physischer Humor: Bruder Zappel
Fortgeschrittene Wortspiele: Bruder Frere
Tonfall und Kadenz: Bruder Floppo
Zugelassene Witze: Bruder Binks
Manuskripterläuterungen: Bruder Löschpapier
Gymnastik: Bruder »Dummer August«

Von links nach rechts, obere Reihe: Bruder Frere, Bruder Binks, Bruder Kakao, Bruder »Trauriger Tobias«, Bruder Hüpfi, Bruder Zappel. *Mittlere Reihe:* Bruder Grimaldi, Bruder Löschpapier, Bruder

Pille, Bruder »Dummer August«, Bruder Sebastian der Idiot. *Untere Reihe:* Bruder »Onkel Dumm«, Bruder Leithammel, Bruder Floppo, Bruder Boffo.

Inzwischen sind wir in der Gilde nicht mehr ganz so streng, was zum Beispiel bedeutet, dass sich Narrenschüler selbst während des ersten Jahres ihrer Ausbildung außerhalb des Gildenhauses aufhalten dürfen. Doch um diese zügellose Freiheit zu genießen, müssen alle Narren die folgenden einfachen Regeln beachten. Sie dienen dazu, unsere berufliche Sicherheit zu gewährleisten. IHR WISST, DASS SIE KEINEN SINN ERGEBEN.

ANLEITUNG FÜR NARRENSCHÜLER AUSSERHALB DES GILDENHAUSES

1. Für jeden Narren, der in der Stadt unterwegs ist, gilt:

   Er muss jede Gelegenheit zu Schäkereien mit Passanten nutzen, dabei Klappstock und Blase einsetzen (die am Stock, nicht die andere – das fällt unter »Ferkeleien«).

   Er sollte immer dann laut lachen, wenn er ein Wort hört, das mit viel Fantasie unanständig klingen könnte, wie zum Beispiel Daumen, Backofen, Brötchen, Crêpe, Erdnüsse oder multilateral.

   Gelacht werden muss außerdem immer dann, wenn Melonen erwähnt werden (siehe Gildenedikt 475: Die Melone ist eine närrische Frucht).

   Dienstags und mittwochs müssen Narren besonders närrisch sein. Die Forschungen der Gilde haben ergeben, dass diese beiden Tage närrischer sind als der Rest der Woche. Vor allem der Montag ist alles andere als lustig.

   Es ist darauf zu achten, beim Gehen gegen Dinge zu stoßen. Jeder Narr, der sich anschließend setzt und dabei nicht hupt, muss den Verdammten Narren gemeldet werden.

2. Ein Gildenedikt sieht vor, dass die folgenden Umstände *obligatorisches Verhalten* erfordern. Jeder Narr muss so darauf reagieren, wie es die Regeln der Gilde und sein persönlicher Stolz verlangen:

   a) eine Bananenschale

   b) ein offener Kanalschacht

   c) eine dicke Person, die neben einem Stand mit Eiern oder Obst steht

   d) eine Person, die versucht, einen Regenschirm zu öffnen

   e) zwei Männer, die eine Glasscheibe tragen

3. Besondere Regeln gelten für den Transport.

   Die Mindestanzahl von reisenden Narren ist:

pro Sänfte	acht
pro Kutsche mit zwei Plätzen	zwölf
pro Postkutsche	sechzig

4. In einer Schenke oder Taverne verhält sich ein Narr so:

   Er bittet um einen Beutel Chips und beschreibt das gewünschte Aroma mit »Käse und Spitzhacke«, »Knuspriger Regenwurm« oder »Bar-B-Q-Maus«.

   Er achtet darauf, dass alle Getränke, die er bestellt, einen komischen Namen haben, zum Beispiel (aber nicht nur) »Winkels Besonders Altes Bier«, »Tollwütiger Igel« und so weiter.

Er zeigt den übrigen Gästen den Ei-und-Becher-Trick, den Fünf-Streichhölzer-Trick und den Tablett-mit-Getränken-Trick, und *er macht dabei absichtlich Fehler, damit alles lustiger wirkt.* Er landet auf amüsante Weise, wenn er auf die Straße geworfen wird, und er vergisst nicht, dabei zu hupen.

Die anderen Regeln betreffen das Leben im Gildenhaus:

Baden

Brüder müssen sich täglich waschen und mindestens fünfmal im Jahr baden. Alle Clowns müssen eine große gelbe Gummiente und einen zu großen Badeanzug besitzen.

Andere Funktionen

Die Brüder werden daran erinnert, dass das Necessarium jeden Dienstag von zehn bis zwölf geschlossen ist – dann findet dort Unterricht in fortgeschrittenem Toilettenhumor statt. Es hat einige Beschwerden gegeben, aber wir müssen bedauernd darauf hinweisen, dass diese Maßnahme notwendig wurde – die Schäden in der Lehrreichen Retirade mit dem lustigen zusammenklappbaren Toilettensitz und dem amüsanten Wasserspeier erfordern umfangreiche Reparaturen. Allerdings weist uns Herr Worthspiel in seinen Schriften darauf hin, dass »Toilettenhumor« sofort nach Wortspielen kommt (er schrieb »Wer nicht weiter weiß, soll einen Wind streichen lassen«), und alle Clowns mit innigem Interesse an dieser Kunst nehmen sicher gerne kleine Unannehmlichkeiten in Kauf.

Mahlzeiten

Im Winter nehmen die Brüder nur eine Mahlzeit am Tag ein, im Sommer zwei. Das Essen muss geräuschvoll sein. Alle Brüder, die vergessen, mit Nahrungsmitteln zu werfen, Teller zu drehen und Vanillesoße auf den Nachbarn zu gießen, müssen mit harter Strafe rechnen.

Lesen

Brüder dürfen nur dann Bücher oder Schriftrollen in der Gildenbibliothek lesen, wenn sie sich unmittelbar zuvor die Hände gewaschen haben. Das Lesen hat in völliger Stille stattzufinden; es ist streng verboten zu lachen. Über den Humor kann man nichts lernen, wenn man lacht. Darüber hinaus ist es verboten, sich die Finger zu befeuchten, um das Umblättern zu erleichtern. Wer Seiten herausreißt oder Kommentare an den Rand kritzelt, wird unverzüglich den Verdammten Narren gemeldet.

Brüder, die Texte kopieren möchten, sollten davon absehen, die Trampoline zu benutzen.

Witze sprechen

Brüder dürfen Witze nur in Gegenwart eines Hochwürden sprechen. Sie dürfen weder improvisieren noch auf ungezügelte Weise scherzen. Wer einen nicht vom Rat zugelassenen Witz erzählt, wird in Vanillesoße ertränkt.

KLEIDUNG

Die Kleidung hängt natürlich davon ab, für welche Art der Narretei man sich entscheidet. Eins ist jedoch für alle Schüler gleich: Sie alle tragen Unterwäsche aus Sackleinen oder Jute, um ständig daran erinnert zu werden, dass der Spaß keine lustige Angelegenheit ist.

Was die Spezialisierungen betrifft, gilt das Folgende als *de rigeur:*

Clowns

Alle Clowns auf der aktiven Liste müssen folgende Dinge besitzen:

eine weite, gestreifte oder karierte Hose
große Stiefel
eine falsche, elastische Hemdbrust
eine gestreifte Weste
Hosenträger aus Gummi
einen zu großen Frack
eine kleine Melone (mit Loch für Tünche oder Kleister)
einen zu großen Kragen
eine auffällige Fliege
eine Wasser verspritzende Knopflochblume
einen (1) Eimer
mindestens zwei (2) Dinge, die Geräusche verursachen, zum Beispiel einen hupenden Stock, kleine Hörner, pfeifende Hosen, verborgene Posaunen, Pfeifen, Rasseln usw. Siehe auch *»Bemerkungen zum Clown-Latschen«*.

Clowns im Rang eines Blödians oder höher müssen außerdem Folgendes besitzen:
ein kleines trauriges Tier, zum Beispiel einen Affen oder einen Hund, ein komplettes Ein-Mann-Orchester für besondere Anlässe, große

Schuhe, die vorn auf lustige Weise aufklappen, um nach Zigarettenstummeln und dergleichen zu schnappen

Spaßvögel

einen gehörnten Hut mit Glocken
eine bunte Hemdbluse mit gezacktem Rand, mit lustigen Glöckchen besetzt
große, spitz zulaufende Stiefel (mit Glocken dran)
ein Narrenzepter (einen Stock mit Blase)
eine Marotte (ein Stock mit dem Kopf eines Spaßvogels, der normalerweise nicht echt ist – aber siehe den Abschnitt *»Die Lustigen Burschen«*)
Reserveglocken

(Spaßvögel und Narren in privaten Diensten erhalten außerdem folgende Dinge:
ein Lausch-Stethoskop
einen Notizblock
ein Chiffre-Buch
eine Garnitur Glockendämpfer.
Bevor der Spaßvogel seinen Dienst antritt, erklärt Herr Weißgesicht höchstpersönlich die Verwendung der oben genannten Objekte.)

Pantomimen

schwarze Strumpfhose
schwarze Maske
schwarze Ärmel
weiße Hemdbrust mit schwarzer Fliege
lustiger kleiner schwarzer Filzhut (wahlfrei)
weiße Handschuhe
weiche schwarze Schuhe mit weißen Socken; ein guter Pantomime wählt Laufschuhe
Abschiedsbrief

JANUAR/OFFEL

PRÜFUNG NACH DEM 1. JAHR IN DER NARRENGILDE: THEORIE

Ein Mann klingelt am Haus der käuflichen Zuneigung.

1) Wie viele Gliedmaßen steckten in Gips?

2) Was geschah mit seinem Bein?

3) Was sagte der andere Mann?

GROSSE MOMENTE DES SPASSES

An diesem Tag im Jahr des laufenden Wiesels wurde die erste Banane an den Docks von Ankh-Morpork entladen (so heißt es in der Geschichte von Marcellus). Der erste Bananenschalen-Witz entstand achtzehn Minuten später. Frage an die Schüler:

Wie oft sieht man Bananenschalen auf der Straße?

GILDENMITTEILUNG 89/3771

Der Probewitz 93 (»Wie nennt man einen Mann mit einem Ei in jedem Ohr?«) wird mit sofortiger Wirkung zurückgezogen, denn es hat sich herausgestellt, dass er die Leute unter gewissen Umständen zum Lachen bringt. Clowns, die Witz 93 bei ihren derzeitigen Darbietungen verwenden, werden aufgefordert, ihn nicht zu benutzen, bis er von einem erfahrenen Gildenmitglied unschädlich gemacht worden ist.

gez. Weißgesicht

PRÜFUNG NACH DEM 1. JAHR IN DER NARRENGILDE, FORTGESCHRITTENES: PRAXIS

Im Zirkus hat Clown I Zahnschmerzen.

Zeige mit Diagrammen und Schaubildern:

1) die Größe des am »Zahn« befestigten Seils

2) die Anzahl der am Seil ziehenden Clowns

3) die Größe des Holzhammers

4) die Stelle, an der die Elefanten hereingebracht werden sollten.

FEBRUAR/FEBRUAR

PRÜFUNG NACH DEM 1. JAHR IN DER NARRENGILDE: THEORIE

Ein Mann bestellt Suppe in einem Restaurant.
1) Welche Art von Vogel war beteiligt?
2) Was sagte der Kellner?
3) Was stellte er mit der Gabel an?
4) Verändere den Witz so, dass eine Fliege vorkommt.

Die Weißhandbande

PRÜFUNG NACH DEM 2. JAHR IN DER NARRENGILDE, FORTGESCHRITTENES: PRAXIS

Nur für Narren und Blödmänner:
Du hast 15 Minuten Zeit, eine Ballade für deinen Arbeitgeber zu schreiben und aufzuführen. Thema: die üppige Schönheit seiner Geliebten. An irgendeiner Stelle geben die Prüfer ein Zeichen, daraufhin kommt die Ehefrau deines Herrn herein. Beurteilt wird das Geschick, mit dem du den nachfolgenden Text veränderst und dabei die großen äußeren Unterschiede zwischen den beiden Frauen berücksichtigst.

PRÜFUNG NACH DEM 1. JAHR IN DER NARRENGILDE: THEORIE

Wie nennt man einen Mann mit einem Brett vorm Kopf?
- a) Norbert
- b) Frank
- c) Emil ([K]opfholz)

Erkläre, warum c) den wahren Geist der Komik repräsentiert.

MÄRZ/MÄRZ

GILDENMITTEILUNG 1J4/783

Bezüglich des Tumults, zu dem es vergangene Nacht im vierten Stock kam, werden alle Gildenmitglieder an Folgendes erinnert: Es ist nur unter SEHR KOMISCHEN Umständen (mindestens 14 auf der Schumann-Blinko-Skala) erlaubt, einen anderen Clown vom Dach zu stoßen. DROLLIG, EIN WENIG ZUM LACHEN und ZIEMLICH SPASSIG genügen nicht. Glücklicherweise landete der Kranke Kunterbunt auf einem Trampolin – andernfalls stünde gewissen Brüdern ein längeres Gespräch mit dem Verdammten Narren bevor.

ZU VERKAUFEN:
eine Schachtel mit unsichtbaren Frettchen, bestens geeignet für alle Brüder, die den berühmten Unsichtbare-Frettchen-durch-die-Hosenbeine-Trick lernen. Meldet euch beim Klumpigen Bertram, c/o Haus der Kranken.

PRÜFUNG NACH DEM 1. JAHR IN DER NARRENGILDE

Was geschah mit der Katze, die ein Wollknäuel verschluckte?
a) Sie starb.
b) Sie bekam Junge mit einem Fell aus Wolle.
c) Sie fühlte sich einige Tage lang nicht wohl.
Analysiere diesen Witz und berücksichtige dabei Von Sasswinders Theorie der Langeweile.

GROSSE MOMENTE DES SPASSES

An diesem Tag im Jahr 1799 erfand der Flinke Philip das »Philip-Lecken«, das heute integraler Bestandteil der klassischen Sahnetorten-Darbietung ist: Der Clown mit dem sahneverschmierten Gesicht streckt dabei die Zunge so weit wie möglich aus dem Mund, kostet die Sahne und findet sie köstlich. Der Flinke Philip wurde wegen dieser unerlaubten Erweiterung in die Witzgrube geworfen, aber fünfzehn Jahre später wurde seine Improvisation fester Bestandteil des Sahnetorten-Standards.

GILDENMITTEILUNG 19/7767

Nunkipunkis Beerdigung findet um 15.00 Uhr statt. Alle Brüder im Gildenhaus werden aufgefordert, daran teilzunehmen. Im Gildentempel des Kosmischen Gelächters wird ein kurzer, nicht konfessioneller Gottesdienst zelebriert, dem die Einäscherung folgt. Nunkipunkis Wünschen gemäß greifen wir auf eine alte Tradition der Gilde zurück: Die Asche des Verstorbenen wird dem Irren Ingo in die Hose gestreut.

APRIL/APRIL

PRÜFUNG NACH DEM 2. JAHR IN DER NARRENGILDE, FORTGESCHRITTENES: PRAXIS

Führe je nach Spezialisierung eine der folgenden Darbietungen vor:
a) jemanden, der versucht sich die Zähne zu putzen und gleichzeitig die Hose anzuziehen b) einen Luftsprung mit angemessener Verwendung der Blase (am Stock) und mit anschließender Bodenakrobatik,
c) mit vier Gegenständen jonglieren, von denen mindestens zwei eine scharfe Kante haben.

PRÜFUNG NACH DEM 1. JAHR IN DER NARRENGILDE: THEORIE

Beschreibe die drei Formen des Elementaren Stöhnens, die sich aus folgenden Zeilen ergeben:
Mann 1: Mein Hund hat keine Schnauze.
Mann 2: Wie riecht er?
Mann 1: a) Wie ein Hund.
b) Er kann nicht riechen, weil er keine Schnauze hat.
Bist du taub, oder was?
c) Schrecklich.

GILDENMITTEILUNG 412/88

Alle Narren und Clowns werden hiermit daran erinnert, dass eine VORSCHRIFTSMÄSSIGE Sahnetorte aus Eiern, Kornblumen, Farbstoff und Sahne besteht. Die folgenden Rezepte, die heute bei Stichproben entdeckt wurden, sind NICHT zulässig:
Eier, Kornblumen und Steine
Kartoffeln, Bindfaden und Eier
Zähne, Socken und Sahne
Eier, Farbstoff und Mausefallen.

MAI/MAI

PRÜFUNG NACH DEM 2. JAHR IN DER NARRENGILDE,
FORTGESCHRITTENES: THEORIE

Eine gute Pantomime verdient Applaus. Doch unter welchen Umständen solltest du sagen: »Ich habe diesem Mann nicht zugesehen. Ich habe deswegen ganz still gestanden, weil ich müde war. Mir ist nicht aufgefallen, dass er nichts sagte, denn ich bin völlig taub. Ja, er war geschminkt, aber dies sind moderne Zeiten, nicht wahr? Könntest du etwas lauter sprechen, Herr?«

15. Mai
An diesem Tag im Jahr 1235 betraten drei Männer unterschiedlicher Nationalität eine Taverne. Während der Herrschaft von König Ludwig III. war es für kurze Zeit verboten, dass jemand allein eine Taverne betrat – jeder Gast musste von zwei anderen mit unterschiedlicher Nationalität begleitet werden. Diese Regelung führte zu langen Warteschlangen vor den Tavernen, weshalb sie bald wieder abgeschafft wurde.

PRÜFUNG NACH DEM 1. JAHR IN DER NARRENGILDE: THEORIE

Ein Mann betrat eine Taverne.
1) Wie groß war der Mann, der Klavier spielte?
2) Was hat der Wirt für einen Hund gehalten?
3) Welche Art von Blume war am Geschehen beteiligt?

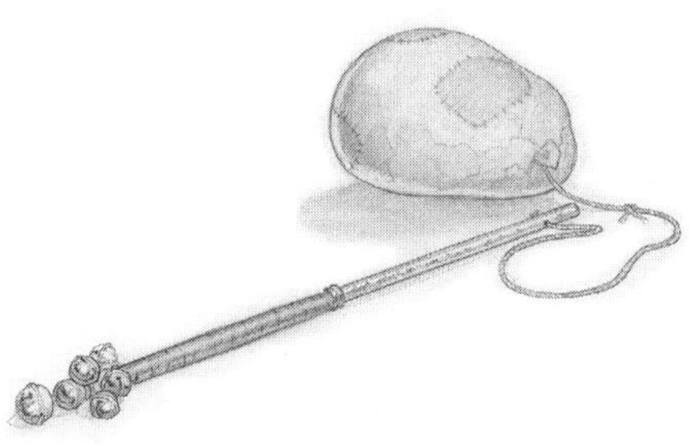

GILDENMITTEILUNG 412/88

Blasen (die am Stock). Bitte denkt daran, dass Blasen NICHT in unbegrenzter Zahl zur Verfügung stehen. In manchen Ländern hält man sie für Delikatessen. Ab sofort gilt: Wer eine neue Blase beantragt, muss dem Antrag sowohl die alte Blase als auch das von zwei Lehrern unterschriebene Formular BR/RU/1a beilegen.

JUNI/JUNI

PRÜFUNG NACH DEM 1. JAHR IN DER NARRENGILDE: THEORIE

STICHWORTE:
Meine Mutter hält mich für sehr geistreich.
Ich bin sprachlos.
Meine Mutter meint, ich sei so hübsch wie eine Blume.
Hast du mich vermisst, während ich fort war?

Gib angemessene Antworten auf jedes Stichwort und füge gegebenenfalls Beschreibungen des Geschehens auf der Bühne hinzu.

GROSSE MOMENTE DES SPASSES

An diesem Tag im Jahr 1888 hat Alfons »Doktor« Quietsch das Quietschkissen erfunden. Seitdem ist das Leben nicht mehr das, was es vorher war. Zu seinem Andenken steht ein entsprechender Stuhl in der Bibliothek.

GILDENMITTEILUNG 132/887

Angesichts einiger Unfälle auf der Treppe wird hiermit das Experiment eingestellt, Stiefel mit einer Länge von mehr als 30 Zoll zuzulassen.

GILDENMITTEILUNG 132/887A

Das Verbot für Stiefel mit einer Länge (von Zehenspitze bis Ferse) von mehr als 30 Zoll gilt nicht für Onkel »Herr Großfuß« Trittlaut.

Bruder Fröhlich der Henker

URTEILSVERKÜNDUNG

Wegen »Unangebrachter Dinge« – gemeint ist in diesem Fall fehlendes Pfeifen am Ende des Witzes »Was ist der Unterschied zwischen einem Adler und einer Maschine zur Herstellung kleiner Nägel?« – wird der frühere Bruder Noggo der Ziemlich Dumme dazu verurteilt, dass hundertmal an seinen Hosenträgern gezogen wird. Das Urteil wird heute Mittag vollstreckt.

PRÜFUNG NACH DEM 1. JAHR IN DER NARRENGILDE: THEORIE

Ein Pferd betrat eine Taverne.
1) Was sagte der Hund?
2) Wie verhielt sich die Katze?
3) Wie hieß das Bier?

Ein anderes Pferd betrat die Taverne.
1) Was sagte das Pferd? (Denk gründlich nach.)
2) Warum war es überrascht?
3) Wo befand sich der Sattel?

JULI/GRUNI

PRÜFUNG NACH DEM 1. JAHR IN DER NARRENGILDE: THEORIE

Warum ging das Skelett nicht zum Ball des Patriziers?
a) Weil Lord Vetinari gar keinen Ball hat.
b) Weil es zu sehr rasselte und niemandem zur Last fallen wollte.
c) Weil es ihm an Mumm fehlte.
Erkläre, warum nur b) richtig ist.

Bruder Hüpfis Hund, Bimmel

GILDENMITTEILUNG 13C/782

Der Gildenrat ist sich darüber klar, dass der Ausgang der letzten Ratswahlen gewisse Gildenmitglieder verärgert hat. Wir nehmen dies zum Anlass, ALLE BRÜDER darauf hinzuweisen, dass nur folgende Objekte als Waffen gegen einen anderen Bruder zulässig sind: Sahnetorten (siehe Gildenmitteilung 412/88), Narrenpritschen, Stiefel, Leitern, Eimer, Blasen (am Stock), große Hämmer (aus Gummi) und ein anderer Clown (nach Vereinbarung).

PRÜFUNG NACH DEM 1. JAHR IN DER NARRENGILDE,
FORTGESCHRITTENES: THEORIE

Wie nennt man einen Mann mit einer Schaufel auf dem Kopf?
a) Gunter Graben (wie »graben«)
b) Philipp
c) Christoph
d) der verstorbene Herr (hier Namen einfügen)
Wann wäre c) auch richtig, wenn der betreffende Mann nicht Christoph heißt?

AUGUST/AUGUST

GILDENMITTEILUNG 9AA/01J

Die Brüder werden daran erinnert, dass jedem Bruder pro Woche neun Liter Vanillesoße zur Verfügung stehen, was eigentlich genügen sollte. Ab sofort wird der Verbrauch streng überwacht. Wir vermuten, dass einige Gildenmitglieder unerlaubt in Vanillesoße baden.

8. August
An diesem Tag im Jahr 1808 erhielten Gildenmitglieder die Erlaubnis, Hosenträger aus Gummi zu tragen. Clowns, deren Hosen bei jedem Schritt nicht um mindestens 6 Zoll auf- und abhüpfen, werden den Verdammten Narren gemeldet.

PRÜFUNG NACH DEM 2. JAHR IN DER NARRENGILDE, FORTGESCHRITTENES: PRAXIS

Nur für Pantomimen:
Du wirst auf einer von den Prüfern ausgewählten Straße deine Pantomimenkunst zeigen, bis die Wache eintrifft. Beurteilt wird die Schnelligkeit, mit der du den Ort verlässt, die Schminke entfernst, die Kleidung wechselst und pfeifend fortgehst.
In manchen Fällen erfolgt die Benotung posthum.

PRÜFUNG NACH DEM 2. JAHR IN DER NARRENGILDE, FORTGESCHRITTENES: PRAXIS

Die Geräusche welchen Tieres lassen sich mit der Quiekender-Ballon-Tier-Ausrüstung Nr. 1 nicht nachahmen?

a) Tintenfisch b) Kaninchen
c) riesige unsichtbare Baum-Spitzmaus d) Igel
(Dies könnte eine Fangfrage sein.)

GILDENMITTEILUNG 134/784

Streiche und andere Possen gehören zwar zu den allgemeinen Routinen eines Clowns, aber angesichts der jüngsten Ereignisse erinnern wir alle Brüder daran, dass Eimer über Türen nur mit WASSER gefüllt werden dürfen. An besonderen Tagen ist auch Sirup erlaubt, doch folgende Dinge sind verboten: Nägel, Hummer, Erbrochenes, Zähne. Wir bedauern sehr, dass es notwendig wurde, extra darauf hinzuweisen.

SEPTEMBER/SPUNI

GROSSE MOMENTE DES SPASSES

An diesem Tag im Jahr 1799 erfand Onkel »Stotternder Stefan« Hosenträger unabsichtlich den ersten Witz, der mit »Na so was, na so was, na so was« begann.

PRÜFUNG NACH DEM 1. JAHR IN DER NARRENGILDE, FORTGESCHRITTENES: THEORIE

Was ist eine ephebianische Urne?

a) Etwa 100 Drachmen die Woche.

b) Man gebe ihm einen Löffel Rizinusöl.

c) Ein tönerner Krug.

Erkläre, in welchem Fall b) die richtige Antwort wäre.

PRÜFUNG NACH DEM 1. JAHR IN DER NARRENGILDE, FORTGESCHRITTENES: THEORIE

Wie nennt man einen Mann mit einem Brett vorm Kopf?

a) Norbert

b) Frank

c) Emil ([K]opfholz)

Erkläre mit Hinweisen auf die Theorie unterbrochener Erwartungen, unter welchen Umständen c) den größten Lacherfolg erzielen würde.

PRÜFUNG NACH DEM 2. JAHR IN DER NARRENGILDE, FORTGESCHRITTENES: THEORIE

»Ein Affe hatte einen kleinen Affen auf dem Kopf, dem die Beine fehlten.«

Die klassische Pointe lautet: »Zwei Affen-Knie für einen Groschen.« Erkläre, unter welchen Umständen die Antwort lauten sollte: »Ich fürchte, dieser Witz ist geschmacklos und könnte Personen beleidigen, die eine besondere Beziehung zur Welt der Affen haben. Außerdem stehe ich nur rein zufällig neben dir, ohne irgendwie mit dir verbunden zu sein. Oh, guten Abend, Herr Bibliothekar von der Unsichtbaren Universität; ich habe dich gar nicht hereinkommen sehen.«

GILDENMITTEILUNG 134/78K

Hinweis für alle Narren in privater Anstellung: Nach mehreren Petitionen hält es der Gildenrat für angemessen, dem Wort »traun« in Sätzen wie »Traun, Onkel, du bist klüger als Herr Blödian, Bürgermeister von Ignorantenheim« ein erklärendes »womit ich nicht unbedingt sagen will, dass du heiraten sollst« hinzuzufügen.

OKTOBER/SEKTOBER

GILDENMITTEILUNG 134/781

Hinweis für alle Narren in privater Anstellung: Nach einigen weiteren Petitionen möchten wir darauf hinweisen, dass das Wort »Onkel« in Sätzen wie »Traun, Onkel, du bist grüner als ein Geck in der Gekröse-Straße« durch »Tante« oder »Freund der Familie« ersetzt werden kann.

Bruder Dummer August

PRÜFUNG NACH DEM 1. JAHR IN DER NARRENGILDE: THEORIE

Ein Dieb brach im Schutz der Dunkelheit in ein Haus ein.
1) Was hörte er?
2) Wie hieß der Papagei?
3) Wie hieß der Hund?

GILDENMITTEILUNG F56/011

Wir freuen uns, die Beförderung von Doktor »Hat jemand meine Pfeife gesehen?« Tunke zum Kompletten Narren bekannt zu geben. Im Namen aller Gildenmitglieder gratulieren wir diesem Vollidioten. Die Zeremonie findet Punkt zwei Uhr im rituellen Vanillebad statt, falls er sich daran erinnert. Die Brüder dürfen Sirup, Tünche, Schokoladenkügelchen und Marmelade mitbringen. Mehl ist nicht erwünscht.

NOVEMBER/ASCHE

PRÜFUNG NACH DEM 1. JAHR IN DER NARRENGILDE: PRAXIS

1) Du hast drei Eimer mit Tünche, ein Ei, einen Pinsel vom Typ 2 und eine Leiter von der Länge 6. Zeige mit Diagrammen die genaue Abfolge der nächsten Ereignisse, wobei du davon ausgehen kannst, dass zwei andere Clowns Hilfe leisten.

2) Erkläre mit weiteren Diagrammen die Veränderungen, die du vornehmen würdest, wenn in der ersten Reihe eine dicke, schüchterne Person säße.

9. November

An diesem Tag im Jahr 1224 erfand Abelard Beghard, Bäcker und in seiner Freizeit Kinder-Unterhalter, die Tradition des weißgesichtigen Clowns, weil ihm nach der Arbeit die Zeit fehlte, sich zu waschen und umzuziehen. Seltsam, aber wahr. Er erfand auch die Ziegelsteintorte, weil er sie für lustiger hielt als eine gewöhnliche Sahnetorte. Sie war es auch, aber nur einmal.

Hauptmann Herbert »Nagelholz« Haudrauf

GILDENMITTEILUNG 16A/212

Veränderung des Meilengelds: Brüder, die in Angelegenheiten der Gilde unterwegs sind, sollten wissen, dass die Meilenpauschale für folgende Kategorien erhöht wurde:

Schwere Stiefel über 25 Zoll Länge	1 Cent pro Meile
Schwere Stiefel von 16 bis 25 Zoll Länge	0,5 Cent pro Meile
Stiefel unter 16 Zoll Länge	0,3 Cent pro Meile
Pantomimenschuhe	0,2 Cent pro Meile

PRÜFUNG NACH DEM 1. JAHR IN DER NARRENGILDE: THEORIE

Du bist als Narr eingestellt, und dein Arbeitgeber, der König von Soundso, bittet dich in politischen Angelegenheiten um deinen Rat. Solltest du:

a) über die Sache nachdenken und so ehrlich wie möglich antworten?

b) ihn mit der Blase (am Stock) schlagen?

c) »Traun, Onkel, nicht jetzt! Denn Armer Trottel muss nun munter mit den Feen singen!« sagen, dich dann rasch in dein Zimmer zurückziehen und Herrn Weißgesicht eine Nachricht schicken?

DEZEMBER/DEZEMBER

Gilbert der Dumme

PRÜFUNG NACH DEM 1. JAHR IN DER NARRENGILDE,
FORTGESCHRITTENES: THEORIE

Beschreibe den gegenwärtigen Standpunkt der Städte in der Sto-Ebene in Bezug auf die Muntab-Frage.
ODER:
Erkläre die Vierte Theorie der Tünche.

6. Dezember

An diesem Tag im Jahr 1605 wurde der Clown Windiger Willi mit Tapetenkleister bedeckt, nur zwei Stunden nach der Erfindung der Tapete. Jedes Jahr erinnert eine Zeremonie im Haus der Heiterkeit daran – dabei wird der jüngste Clown für einen Tag an die Decke gekleistert.

Jonglierender »Pummel« Jimbo

PRÜFUNG NACH DEM 2. JAHR IN DER NARRENGILDE,
FORTGESCHRITTENES: THEORIE

Ein Hausierer klingelt an der Tür einer älteren Witwe.
1) Was stimmt mit der Pfanne nicht?
2) Warum saß der Bär vor dem Feuer?
3) Warum war die Zitrone wichtig?
Bonuspunkte bekommt, wer den einzigen Ort und Zeitpunkt in der Geschichte nennen kann, an dem dieser berühmte Witz irgendeine Art von Sinn ergab.

GILDENMITTEILUNG 2138/T4

Die Brüder sollten daran denken, dass sie bei öffentlichen Anlässen die Gilde und ihren Beruf repräsentieren. Angemessenes Benehmen ist gefordert. Es gilt, mit Nahrungsmitteln zu werfen, Getränke zu verschütten, laut zu schreien, sich anstößig zu verhalten und alle anderen zu stören. IHR WISST, DASS ES KEINEN SINN ERGIBT.

PRÜFUNG NACH DEM 1. JAHR IN DER NARRENGILDE,
FORTGESCHRITTENES: PRAXIS

Du unterhältst Kinder, die keinen Respekt zeigen.
Was ist ein geeignetes »Hilfsmittel«?
a) eine Sahnetorte ins Gesicht des Jungen mit der Brille, der immer wieder »sehr laienhaft, meiner Meinung nach« sagt
b) die Handpuppe Grausig
c) die Geschichte vom großen, flachen Ungeheuer, das unter Betten lebt und Kindern mitten in der Nacht die Finger abbeißt.

PJSM
PRINTS

Die Scheibenwelt-Kunst
von Paul Kidby

Für weitere Informationen bitte einen frankierten und adressierten Umschlag an PJSM Prints, PO Box 1770,
Salisbury, Wilts SP5 5SS.
Tel. 0044 1722 780939, www.pjsm-prints.co.uk

Schnapptopf Donnerstoßes

Salon für Elfenparfüme und Rouge

Alles, was du für die Schminke brauchst.

Weißes Gesichtspuder (jetzt auch in Zentnersäcken), Fettschminke für den Traditionalisten (in 5-Pfund-Töpfen), Donnerstoßes patentiertes Rouge, Eyeliner-Stifte, Abschminkmilch, Pinsel, Puderquasten, Pinzetten usw.

Interessantiger Mengenrabatt. Für Stammkunden kostenlose Lieferung in der Stadt. Sonderrabatt für Komplettige Narren. Anfragen per Post willkommen.

Hüpfschnell-Straße, Ankh-Morpork

T.M.S.I.D.R. SCHNAPPER

»Wenn du lachen willst, bist du bei Schnapper genau richtig«

Lieferant von Qualitätswaren auf und jenseits der Scheibenwelt
Neckische Unsichtbare-Universität-Schale
Amüsante Ankh-Morpork-Times-Schlüsselringe
Lustige Kugelschreiber, von Terry Pratchett »signiert«
Ein großes und überaus komisches Angebot an Abzeichen und anderen Scheibenwelt-Artefakten (darunter Zertifikate von der Unsichtbaren Universität)

Außerdem das offizielle Abzeichen der Narrengilde

ZEIG ALLEN, DASS DU EIN KOMPLETTER NARR BIST!

Wenn du mehr wissen möchtest, setz dich mit unserem Agenten Stephen Briggs in Verbindung.
Schick einen frankierten und adressierten Umschlag an:
Stephen Briggs, PO Box 147, Oxford, OX2 8YT.
Kontakt per E-Mail: sbriggs@cix.co.uk

---

lebensmüde?

Versuch's mit

Botansens patentierten 8-Sekunden-Selbstmordpillen

Du solltest nach Hause zurückkehren, bevor du eine nimmst

Hergestellt von dem

ALCHIMISTEN BOTANSEN

Suffweg, Ankh-Morpork

In Quietschvergnügts Lustigem Laden findest du die richtige Nase für dich!

Wir führen erstklassige rote Nasen, bunte Perücken, spritzende Knopflochblumen, explodierende Zigarren, Kisten mit doppeltem Boden und andere Gegenstände für fröhlichen Spaß.
Alles ist zu 100% von der Gilde anerkannt.

Quietschvergnügts Lustiger Laden

Hügelstraße, Ankh-Morpork

Im Auftrag von Herrn Weißgesicht

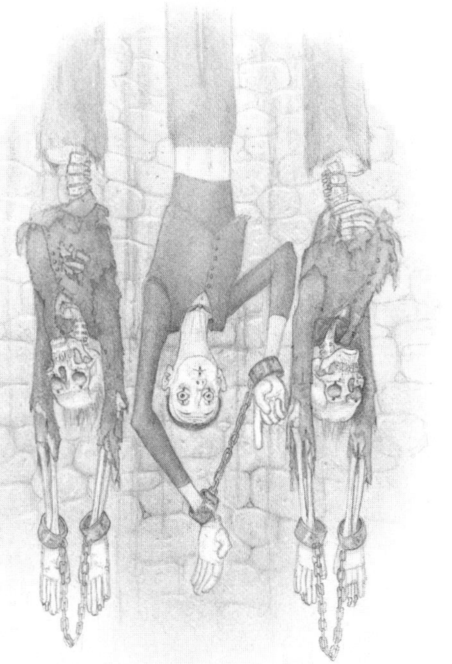

Der Scheibenwelt-Kalender basiert auf der englischen Originalausgabe, die unter dem Titel »Discworld Fools' Guild Yearbook and Diary 2001« bei Victor Gollancz Ltd., London, erschienen ist.

Ins Deutsche übertragen von Andreas Brandhorst

Deutsche Erstveröffentlichung 10/2001

Umschlaggestaltung: Design Team München
Umschlagillustration: Paul Kidby

TERRY PRATCHETT

Stephen Briggs

Mit Illustrationen von Paul Kidby

DER SCHEIBENWELT KALENDER 2003

SCHEIBENWELT-KALENDER UND JAHRBUCH DER DIEBESGILDE 2003

ANGABEN ZUR PERSON

Name ______________________

Nom de Crime (NICHT Herr Schwarz) ______________________

____

Kriminelle Spezialität ______________________

Nummer der Diebeslizenz (falls vorhanden) ______________________

____

Krimineller Partner (falls vorhanden) ______________________

____

Name des Hehlers ______________________

Name des Anwalts ______________________

Name und Adresse des Alibis (im Falle der Verhaftung)

____

Spezies ______________________

Geschlecht (falls bekannt) ______________________

Vitaler Status lebend/tot/untot/Anderes

____

Geburtsdatum ______________________

Heimatanschrift ______________________

____

____

Vorstrafen ______________________

Gefängnis ______________________

Urteil ______________________

Sträflingsnummer ______________________

Festnehmender Beamter ______________________

Gildenmentor ______________________

Diebesvorbild ______________________

Lieblingsausdruck des Unterweltjargons ______________________

____

Bevorzugte unheilvolle Musik ______________________

____

5'6"
5'

Mit großer Froide diktiere ich diese Einführung für das erste Jahrbuch der Diebesgilde von Ankh-Morpork. Es ist noch nicht lange her, da gab es in unserer Gilde kaum genug des Schreibens und Lesens kundige Mitglieder, damit ein solches Buch die Mühe lohnt. Aber alle anderen Gilden bringen solche Bücher heraus, und die Loite sollen nicht glauben, wir könnten nicht mit Buntstiften umgehen, stimmt's Harry lass dies besser weg.

Es war ein schwiehriges Jahr für die Gilde, denn wir mussten uns neuen geschäftlichen Herausforderungen schtellen. Ich möchte an dieser Stelle betonen, dass mir nichts daran liegt, alte Wunden aufzureißen. Viele harte Worte sind gefallen. Während der langen Disckussion haben wir viele neue Froinde verloren. Einige unserer einsitzenden Mitglieder bekamen so oft Hafturlaub wegen dringender Familienangelegenheiten, dass es für sie kaum lohnte, in den Knast zurückzukehren. Außerdem ist es so problematisch geworden, die richtigen schwarzen Pferde mit den Federbüschen und so zu mieten, dass Bestattungen manchmal Monate im Voraus geplant werden mussten ha ha was teuer werden kann, wenn sich der vorgesehene Verstorbene in der Zwischenzeit aus dem Schtaub macht streich das besser Harry.

Lasst mich hier darauf hinweisen, wie sehr ich mich darüber geärgert habe, dass Herbert ›Düster‹ Hurtig und seine Freunde am letzten Seelenkuchendienstag bei Hobsons Mietstall verdroschen wurden. Ich mache kein Geheimnis daraus, dass Herbert und ich gelegentlich geteilter Meinung waren, und ich weiß auch, dass er mich in aller Öffentlichkeit ›ein blöder alter Trottel, der meint, Diebe sollten gestreifte Hosen tragen‹ nannte, aber ich habe das nur für eine jugendliche Torheit gehalten. Ich persönlich finde, dass seine Ideen durchaus etwas für sich hatten zum Beispiel die Sache mit der schwarzen Kleidung, die man immer trägt und auch die Sonnenbrille aber dies ist Nicht Der Geeignete Zeitpunkt. Wie alle wissen, haben meine Frau Vi und ich den größten Krants geschickt, und ich habe stundenlang geweint. Loite wie Herbert werden wir so schnell nicht wieder sehen, und das gilt auch für einige seiner Finger wie ich gehört habe lass das weg Harry.

Die Zeit der Versöhnung ist gekommen und ich hoffe, dieses Buch beweist erneut, dass wir Gildenmitglieder trotz unserer Differentsen eine große, glückliche Familie sind.

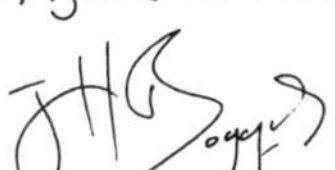

J. H. Boggis (Herr)
dem Gildensekretär Harry ›Erinnert sich nicht an seinen Spitznamen‹ Jones diktiert

Es freut mich sehr, diese Zeilen zum Anlass des 21. Jahrestags der Gründung der Diebesgilde schreiben zu können. Welch eine Zeit liegt hinter uns. Ich kann ganz ehrlich sagen, dass Herr Boggis und die anderen Gildenoberhäupter allen meinen Erwartungen gerecht geworden sind.

Neuankömmlinge in Ankh-Morpork fragen oft: »Sind Verbrechen hier wirklich legal?« Und die Antwort lautet: Ja, aber es kommt auf die Verbrechen an. Ohne den Austausch von Dingen oder Geld sind Verbrechen gegen die Person natürlich nicht legal. Es fehlt ihnen an Logik. Vandalismus halte ich für ein sehr schweres Verbrechen. Diebstahl ist nichts weiter als eine Meinungsverschiedenheit in Eigentumsfragen. Vandalismus hingegen leugnet das Prinzip des Eigentums. Zum Glück dreht sich der größte Teil der Kriminalität um die Bewegung von Sachen, daher kann sie reguliert werden.

Als ich nach dem plötzlichen Tod meines Vorgängers Lord Schnappüber zum Patrizier von Ankh-Morpork wurde, gab es noch unkontrollierte Banden, die sich für verschiedene Bereiche des Verbrechens zuständig fühlten. Ihre Methoden waren oft gewalttätig und unberechenbar. Die Kriminalität blieb dem Zufall überlassen und somit unfair. Mit anderen Worten: Sie war nicht organisiert. Ich hielt es für besser, die größten Banden zu ermutigen, sich zu den heutigen Gilden zusammenzuschließen.

Ein Ende des Verbrechens? Unmöglich. Steuern zu erheben bedeutete einst, mit vielen Soldaten irgendwo zu erscheinen und die Bürger an den Füßen zu halten und zu schütteln, bis man genug Geld oder Zähne erhielt. Heute wird Steuern zu zahlen als Preis dafür akzeptiert, in der Stadt leben zu dürfen – ohne von Soldaten geschlagen zu werden. Aus der richtigen Perspektive betrachtet, ist Kriminalität nichts weiter als eine Art von Steuer. Und die Steuer wiederum ist nur eine moderne Version von »mit Drohungen Geld fordern«.

Die Bürger fürchten vor allem Zufälligkeit und Chaos. Die Diebesgilde repräsentiert Ordnung. Eigentlich gereicht sie allen zum Vorteil. Es wird weiterhin gestohlen, ja, aber unter strikter Kontrolle und oft nach Vereinbarung Es gibt keine Furcht mehr. Außerdem befreit die Gilde unsere stark belastete Stadtwache von der Notwendigkeit, bei Eigentumsdelikten zu ermitteln. Die Gilde hält sich rigoros an ein jährliches Budget und geht streng gegen Mitglieder und Nichtmitglieder vor, die es überschreiten. Sogar sehr streng, wie ich mit Zufriedenheit feststellen kann.

Und so sind alle glücklich, besser gesagt: Niemand, der Beachtung verdient, ist zu unglücklich. Beträchtliche Mengen an Angst und Ungewissheit sind aus dem Leben vieler Bürger verschwunden, und das Geld zirkuliert schnell, was immer eine gute Sache ist. In dieser unvollkommenen Welt lässt sich kaum mehr erhoffen.

Ich übermittle allen Gildenmitgliedern einen freundlichen Gruß und unterschreibe diesmal mit:

Havelock »Ich möchte dich nicht aufhalten« Vetinari

ECHTE FAMILIENWERTE

Von Vinny »Ohne Ohren« Ludd

In diesen schweren Zeiten – und es ist erstaunlich, wie schnell Zeiten, die man für friedlich hält, schwere Zeiten werden können, erst recht in der Nähe von Hobsons Mietstall – sollte man nicht vergessen, dass die Gilde vor allem für Zuverlässigkeit, Tradition und Service steht.

In diesem Jahr sind Klagen über die Aktivitäten der Gilde und die Budgetänderungen laut geworden. Manche Leute fragen sich, ob die Stadt nicht ohne die Diebesgilde auskommt – immerhin haben wir die Wache.

Die Kriminalität hat uns immer begleitet, womit ich natürlich nicht *uns* meine, sondern die Zivilisation im Allgemeinen. Wir danken Lord Vetinari, der auf Folgendes hingewiesen hat: Da sich die Kriminalität nicht vermeiden lässt, sollten wir sie verbessern.

Wir *haben* sie verbessert. Wir sorgen dafür, dass sie *zuverlässig* und *traditionell* ist.

Seht euch nur die Situation in den Städten an, in denen es keine Gilden gibt. Dort wissen die Leute nicht, wann sie bestohlen und was sie verlieren werden. Sie leben in Angst vor dem Verbrechen, anstatt es wie in Ankh-Morpork als eine Art Besitz- und Dienstleistungssteuer zu akzeptieren. Warum ist das so? Die Erklärung lautet: In den anderen Städten sind *Amateure* am Werk.

Was weiß ein Einbrecher, der nicht zur Gilde gehört, schon von der Kunst, ein Schloss zu knacken, sich den Laden anzusehen und sich still zu verhalten? Nichts. Er wirft das Schaufenster ein, zieht alle Schubladen auf, kramt dort herum, wo er nicht herumkramen sollte … Und damit fangen die Probleme erst an.

Oft hört man Bemerkungen wie »Ich hätte gar nichts dagegen gehabt. Es fehlt nicht viel. Aber das *Durcheinander!*«. Das ist nicht die Arbeit eines Einbrechers, der zur Gilde gehört. Für gewöhnlich finden die Leute erst dann heraus, dass sie bestohlen worden sind, wenn die Dame nach ihrer Halskette sucht und unsere Quittung findet. Ein Einbrecher der Gilde ist stolz auf seine Arbeit. Einige unserer Kunden haben uns freundlicherweise mitgeteilt, dass sie nur deshalb einen Einbruch vermuteten, weil jemand den Staub von der Frisierkommode gewischt und die Katze gefüttert hat.

Das Gleiche gilt für Straßenkriminalität. Was weiß ein gewöhnlicher Straßenräuber, der nicht zur Gilde gehört, von Anatomie? Hat er gelernt, das Maximum an Bewusstlosigkeit mit einem Minimum an Schaden zu bewirken? Hält sein Assistent ein Kopfkissen bereit, wenn der Kunde zu Boden sinkt? Wird dem Kunden die Geldbörse oder Brieftasche nach Hause geschickt, ohne dass ihr mehr entnommen wurde als die übliche Gildengebühr? Wir bezweifeln es.

Außerdem sollte man berücksichtigen, dass ein großer Teil des Gildeneinkommens als Steuern in die Kassen der Stadt zurückfließt. Ein besonnener Bürger, der die Quittungen der Gilde aufbewahrt, kann mit einer geringfügigen Reduzierung seiner Steuern rechnen.

Wir wissen natürlich, dass gewisse Leute versuchen, einen Vorteil daraus zu ziehen: Mit Do-it-yourself-Verbrechen trachten sie danach, die Gilde auszuklammern und so ein wenig Geld zu sparen. Das ist nicht verboten. Jeder Bürger hat das Recht, sich selbst auf den Kopf zu schlagen. Allerdings wird die Gilde oft um Aufklärung bei DIY-Verbrechen gebeten, die aus irgendeinem Grund schiefgingen, und wir sehen uns gezwungen, für diesen Dienst eine besondere Gebühr zu erheben.

In diesem Jahr erweitern wir unser Angebot, um jedem Haushalt und Geschäftsmann etwas zu bieten, ungeachtet der jeweiligen Umstände. Zu jedem Vertrag gehören eine Plakette und ein persönliches Zertifikat.

Spezielle 100-$-Platinplakette

(abhängig von Status, Ort und Verfügbarkeit) Dreizehn Monate lang vollständiger Schutz vor *allen* Aktivitäten der Gilde für eine Familie von bis zu fünf Personen! Ein erstklassiger Service für den viel beschäftigten Geschäftsmann. Komplett mit einer hübschen vergoldeten Plakette für das Haus. Ist jemand Mitglied in unserem exklusiven Platin-Klub geworden, wissen die Leute, dass er es zu etwas gebracht hat.

Die »Glücks«-Plakette

Bei vielen Bürgern beliebt und bewährt. Mit nur 50 Ankh-Morpork-Dollar nimmt eine Familie von bis zu fünf Personen an der Gilden-Lotterie teil. In diesem Jahr beträgt die Wahrscheinlichkeit für Einbruch eins zu zwölf und für Straßenraub eins zu neunzehn (außerhalb der Schatten). Eine Liste mit weiteren aktuellen Wahrscheinlichkeiten ist auf Antrag erhältlich. Außerdem bleibt die Anzahl der Dinge, die gestohlen werden, begrenzt. Und vielleicht trifft es den Käufer der Glücks-Plakette überhaupt nicht! Eine Garnitur Steakmesser ist im Preis inbegriffen.

Die »Standhafte« Plakette

Sehr viel für 15 Dollar. Die Aktivitäten der Gilde beschränken sich für die Dauer von achtzehn Monaten auf einen Einbruch oder Straßenraub. Als Geschenk gibt es einen Anhänger in Form eines kleinen Hundes.

Die »Fürchtenichts«-Plakette

Ein gutes Geschäft für 10 Dollar. Wer diese Plakette kauft, wird im kommenden Jahr höchstens einmal niedergeschlagen (rücksichtsvoll) oder zu Hause bestohlen. Komplett mit Erste-Hilfe-Paket.

Und denkt daran: Die Gildenplakette an der Hauswand mahnt alle nicht zur Gilde gehörenden Diebe, dass sie sich besser fernhalten sollen. Bei der Stadtwache gibt es Vorschriften, die bestimmen, wie man einen verhafteten Dieb, der nicht zur Gilde gehört, behandeln darf. Wir kennen keine derartigen Regeln. Fragt Herbert »Düster« Hurtig oder die Loch-im-Kopf-Bande oder Billy »Zwei rauchende Stiefel« Bibber. Ach, ihr könnt sie nicht fragen? Na bitte.

Ein zweites Zuhause

Alle Gildemitglieder können sich darauf freuen, eine gewisse Zeit im Gefängnis zu verbringen. So sieht es eine Vereinbarung mit der Stadtverwaltung vor.

Wir wollen doch fair bleiben, Freunde. Die Stadt akzeptiert eine gewisse Menge an organisierter Kriminalität, deshalb akzeptieren wir eine gewisse Menge an organisierter Strafe. Lord Vetinari hat bereits darauf hingewiesen: Was die Leute am meisten verabscheuen, sind Überraschungen, ob in Form eines Einbruchs oder einer Freiheitsstrafe. Auf diese Weise wissen alle, was sie erwartet. Außerdem springt die Stadtwache heutzutage ziemlich hart mit Gildenmitgliedern um, die sich nicht an die Regeln halten. Ihr könntet also gewissermaßen versehentlich hinter Gittern enden.

Der Knast – allein seine Erwähnung hat Kriminelle in und außerhalb von Ankh-Morpork entsetzt – war einmal der Palast des Grafen Kittchen. Es ist ein dunkles und feuchtes Gebäude, ohne frische Luft, Brot oder Wasser, deshalb wird es euch wahrscheinlich an euer Zuhause erinnern. Alles muss von den Wärtern gekauft werden, auch die Läuse (denkt daran, sie zurückzugeben, wenn ihr geht).

Den größten Teil eurer Haft verbringt ihr vermutlich in der großen Gemeinschaftszelle Ichsehnichthin, wo ihr alten Freunden begegnen und neue kennenlernen könnt. Das Leben im Knast ist nicht leicht, aber es gibt euch die Möglichkeit, eure Fähigkeiten zu verbessern – die Gilde hält dort sogar spezielle Kurse ab. Darüber hinaus bekommt ihr Gelegenheit, euch die neuesten Tätowierungen zuzulegen. Wer genug Bares hat, kann eine Zelle am Brechhof mieten. Für nur wenig mehr als den Preis einer Villa am Parkweg kann man dort ein wärmendes Feuer, saubere Laken und Essen, in das niemand hineingespuckt hat, genießen.

Versäumt nicht die Vorführung von Abgestimmter Beiläufiger Brutalität jede Donnerstagnacht, veranstaltet von Wärter Isidor »Haarnadel« Schrauber und seiner Gruppe.

WIR HEISSEN DIE GILDE DER KNASTBRÜDER WILLKOMMEN

Der für die Bürger von Ankh-Morpork so typische freidenkende Einfallsreichtum hat den neuen Beruf des »professionellen Gefangenen« geschaffen und ihm eine eigene Gilde gegeben (genau genommen gehört sie zu unserer Diebesgilde). Einige Organisationen in der Stadt haben Einwände dagegen erhoben und betont, es sei unmoralisch, jemand anderen dafür zu bezahlen, die eigene Haftstrafe abzusitzen. Wie es heißt, hat Lord Vetinari folgenden Kommentar dazu abgegeben: »Meine Damen und Herren, in dieser Stadt haben sich Assassinen, Bettler, Diebe und so weiter zu offiziellen Zünften zusammengeschlossen. Worauf *zielt* eure Kritik?« Er wies auch darauf hin, wie schnell manche Organisationen einen inoffiziellen »Sündenbock« präsentieren, wenn man sie zum Beispiel dabei erwischt, wie sie Witwen um ihre Ersparnisse bringen. Der Sündenbock kriegt die Schuld und den sprichwörtlichen Tritt, während die Geschäfte fröhlich weitergehen, nicht beeinträchtigt von »seinen« Sünden.

Damit war die Diskussion beendet.

Der Beruf des professionellen Gefangenen kommt für all jene in Frage, die zur Kontemplation neigen oder schnell viel Geld verdienen wollen oder festgestellt haben, dass das Leben hinter Gittern angenehmer ist als das »Leben im großen Gefängnis draußen«, wie es das Gildenoberhaupt Joe »Lebenslänglich« Wirrkopf zum Ausdruck gebracht hat. Allerdings verbieten es die Gildenregeln, dass jemand die Haft von mehr als drei Kunden gleichzeitig übernimmt – andernfalls wird das Gesamtgewicht der Ketten zu groß.

DIE GILDE DER OPFER

Echinoid Schwarzlich

Wir stellen allen Mitgliedern die neue Gilde der Opfer vor. Soweit wir das feststellen können, besteht die Gilde nur aus Echinoid Schwarzlich, der einen ganz besonderen Dienst anbietet: Er lässt sich für andere Leute niederschlagen, ausrauben und bestehlen und schickt ihnen dafür eine Rechnung. Er meint, dass er seinen Kunden Unannehmlichkeiten wie blaue Flecken, Zugluft von offenen Fenstern und dergleichen erspart.

Schwarzlich hat bei Lord Vetinari einen eigenen Gildenstatus beantragt mit folgender Begründung: Wenn sich Verbrecher von ihrer Strafe freikaufen können, so sollte es Opfern möglich sein, sich mit Hilfe privaten Unternehmertums von ihrem Opferleid zu befreien. In einem Artikel, der in der *Ankh-Morpork Times* erschien, heißt es, dass der Patrizier den Antrag bewilligte. Angeblich soll er gesagt haben: »Die Idee eines Mannes, der einen anderen Mann dafür bezahlt, Zeit im Gefängnis für ein Verbrechen abzusitzen, das an jemandem verübt wurde, der jemand anderen dafür bezahlt, das Opfer zu sein, zeichnet sich durch eine klassische, nein, durch eine poetische Symmetrie aus. Außerdem schafft sie Arbeitsplätze und hält das Geld in Umlauf, was wichtig ist.«

Wir sind dagegen, weil es unseren gesamten Geschäftszweig lächerlich macht.

NEUE VERBRECHEN

Unsere Gilde steht an der Spitze der vordersten Front der Avantgarde der Informationsrevolution. Wo auch immer ein Durchbruch erzielt wird: Stets ist sofort ein Gildenmitglied zur Stelle, um durch die Öffnung zu kriechen und etwas zu stehlen.

Die folgenden Verbrechen werden derzeit darauf geprüft, ob sie dem Dienstleistungskatalog der Gilde hinzugefügt werden sollen.

Schnapp-und-lauf

Der leichte Diebstahl jener kleinen, mobilen Semaphore, die sich bei modern denkenden Bürgern großer Beliebtheit erfreuen.

Hacken

Einbruch in ferne Signaltürme, um Nachrichten abzufangen und ihren Inhalt mit dem Ziel der persönlichen Bereicherung zu verändern. Diese Arbeit erfordert ein hohes Maß an Geschick, und die Turmgesellschaft ist für ihre Sofort-schießen-und-später-keine-Fragen-stellen-Politik bekannt. Bis auf Weiteres können wir unseren Mitgliedern diesen Beruf nicht empfehlen.

Taubenklau

Ein Taubenklauer lauert den Brieftauben, die von weniger fortschrittlichen Geschäftsleuten in der Stadt verwendet werden, mit Netzen auf und nutzt die auf diese Weise gewonnenen Informationen. Ein viel versprechendes neues Verbrechen.

DIE BERUFE DER GILDE: EINE ÜBERSICHT

Gewöhnlicher oder Gelegenheitseinbrecher

An dieser Stelle soll noch einmal betont werden: Mitglieder der Diebesgilde klettern nicht einfach eine Leiter hoch und klauen irgendwelche Dinge. Uns geht es um Tradition, und die beginnt bei der Kleidung:

KLEIDUNG: flache Mütze, Dominomaske, schwarz-weiß gestreifter Pullover, schwarze Hose, Schuhe mit Gummisohlen, Handschuhe.

AUSRÜSTUNG: großer Sack mit der Aufschrift BEUTE, Brecheisen, ein Glasschneider mit Kitt, ein Schlüsselbund mit Dietrichen.

ZUSATZ: Ein richtiger Einbrecher sollte dringend eine Rasur benötigen.

TYPISCHER AUSSPRUCH: »Ihr wollt mich bestimmt in den Knast stecken, Jungs! Potzblitz, na ist das zu fassen?«

Mit Beutesack

Vornehme Einbrecher und Einbrecherinnen

Zu viele Gildenmitglieder glauben, »vornehm« bedeutet, während der Nacht in piekfeine Häuser einzubrechen, aber es steckt viel mehr dahinter. Ein vornehmer Einbrecher sollte in der Lage sein, seinen Opfern bei gesellschaftlichen Anlässen zu begegnen. Wir haben viele Beschwerden von Kunden bekommen, und zu Recht. Eine Dame, die bald ihre wertvolle Diamant-Halskette verlieren wird, ärgert sich natürlich, wenn sie feststellen muss, dass der Dieb einen geborgten Anzug trägt, beim Suppeessen schlürft, sich Leckereien für später in die Hosentaschen steckt und zwischen den einzelnen Gängen fröhlich Wind streichen lässt. Unsere Kunden erwarten Stil, Aufregung und sogar ein wenig *frisson.* Wenn ihr nicht wisst, was das bedeutet, solltet ihr besser darauf verzichten. Andernfalls könnte es zu unliebsamen Zwischenfällen kommen.

TYPISCHER AUSSPRUCH: »Oh, Lady Rust! Zum letzten Mal haben wir uns bei Lady Venturiis Abschlussball gesehen, als der Stern des Wiewunderlands auf geheimnisvolle Weise direkt vor unseren Augen gestohlen wurde!« [Sagt auf keinen Fall: »Von diesem Spargel kann man so richtig schön furzen, findest du nicht, Herzogin?«]

Einbrecherinnen: Ein kleiner, aber wichtiger Zweig unseres Gewerbes. Wie ihre männlichen Kollegen sollen Einbrecherinnen als Gleichrangige mit ihren Opfern verkehren können, obwohl das manchmal recht kompliziert werden kann und unter Umständen eine Knie-Unterleib-Aktion erfordert. Seht in unserem speziellen Handbuch nach. In jedem Fall sollte eine Einbrecherin in der Lage sein, mit dem zu entkommen, was sich in ihrem Retikül befindet. *Warnung:* Hier gilt dasselbe wie bei *frisson* – wenn ihr nicht wisst, was ein Retikül ist, solltet ihr besser keine Mutmaßungen anstellen.

TYPISCHER AUSSPRUCH: »Oh, mein Herr, was hältst du davon, wenn du uns etwas zu trinken besorgst, während ich mir etwas Bequemeres anziehe, in dem Nebenzimmer dort, wo ich deine mit Smaragden besetzten Manschettenknöpfe und das offene Fenster gesehen habe …« [Sagt auf keinen Fall: »Was erlaubst du dir, du unverschämter Kerl?«]

KLEIDUNG (VORNEHMER EINBRECHER): gestärktes Hemd, weiße Weste, Fliege, Abendanzug, hoher Hut mit Innentaschen für Werkzeuge, weiße Handschuhe.

AUSSTATTUNG: elegante silberne Dietriche, Glasschneider usw. in kleiner Lederrolle. Teure Ledertasche in der Art eines Arztes. Visitenkarten, für gewöhnlich mit einem Bild, das den Nom de Crime illustriert. (Es gibt zwar nichts gegen aufregend klingende Namen wie »Grauer Panther« oder »Silberner Fuchs« einzuwenden, aber es empfiehlt sich, auf Namen wie »Rosaroter Rotbäuchiger Pavian« oder »Braunes Runzliges Schnabeltier« zu verzichten. Die Gilde führt eine Liste der bereits verwendeten Namen. Bitte keine weiteren »Schwarze Schatten«. Es gibt schon zu viele; man könnte die Gilde für einfallslos halten.)

KLEIDUNG (EINBRECHERINNEN): Etwas Schulterfreies mit Pailletten gilt gemeinhin als akzeptabel. Eine Turnüre eignet sich für die Einbrecherinnen, die ihre Beute beim Hinausgehen getarnt wissen wollen. Damen, die so etwas nicht benutzen, sollten bei ihrer Kleidung auf leicht zerreißbaren Stoff achten, damit sie bei der Flucht über die Dächer mehr Bewegungsfreiheit haben.

AUSSTATTUNG: ein Retikül (sehr wichtig).

Andere »Eindringlinge«

Hausbrecher: Stiehlt bei Tag aus Häusern.

Zweitgeschossler: Stiehlt aus den oberen Stockwerken von Gebäuden, zwischen 5.36 Uhr und 17.22 Uhr.

Racker: Stiehlt aus Nebengebäuden.

Schindler: Stiehlt aus Dachkammern, verschafft sich vom Dach aus Zutritt.

Maulwurffänger: Betritt das Gebäude durch den Keller; bricht von benachbarten Kellern aus ein.

Rußkratzer: Klettert durch den Schornstein ins Gebäude.

Kinkerlitzer: Betritt Gebäude, um Wäsche und Ziergegenstände aus Porzellan zu stehlen.

Schmuckmann: Betritt Gebäude, um Broschen zu stehlen.

Hutler: Betritt Gebäude, um Hüte zu stehlen.

Und so weiter, und so fort. Freunde, es gibt über 60 Kategorien von Leuten, die »Gebäude betreten, um etwas zu stehlen«. Schön und gut. Aber wie viel Zeit kostet es, einen Blick auf das Nachrichtenbrett zu werfen, um festzustellen, womit die Kollegen beschäftigt sind? Eine nette alte Dame, die im Hohen Schlag wohnt – und ich möchte betonen, dass die Gilde netten alten Damen mit großem Respekt begegnet –, hat sich darüber beklagt, dass vergangenen Monat sechzehn Personen am gleichen Abend ihr kleines Haus besuchten. Sie meinte, es seien sehr respektvolle und recht saubere junge Leute gewesen, und einer von ihnen war so nett, für sie das Feuer im Kamin anzuzünden. Aber es bereitete ihr erhebliche Mühe, für alle Tee zu kochen. Herr Boggis hat sich persönlich bei ihr entschuldigt und gibt hiermit bekannt: Jeder, der Frau Florentine Halliwall, wohnhaft in Hoher Schlag Nummer 25b, weitere Unannehmlichkeiten beschert, wird »mit einer Schaufel zu Bett gebracht«.

Einbrecher & Maler

Eine wundervolle Erweiterung des Aktivitätsspektrums der Gilde. Manche Bürger sind bereit, viel Geld zu bezahlen, um der Aufmerksamkeit eines Einbrechermalers zu entgehen, und diesen sogar ermorden zu lassen. Normalerweise sind Einbrechermaler langhaarige und extravagant gekleidete junge Männer, die das Haus ihrer Opfer betreten, während diese nicht da sind (weil in Urlaub), um die Wände mit schrecklichen Malereien zu verzieren.

ERFORDERLICH (FÜR DEN MANN): eine Samtjacke, eisernes Selbstvertrauen und großes Geschick im Umgang mit Braunrot.

ERFORDERLICH (FÜR DIE FRAU): wie oben, außerdem viele Zähne und eine Stimme, mit der man einen Safe öffnen kann.

Rauer Randalierer

Veranstalten wilde Partys in Häusern, deren Bewohner abwesend sind, verbrauchen den gesamten Vorrat an Nahrungsmitteln und Getränken, lassen überall Abfälle zurück und verstopfen den Abort.

Man hat uns gebeten, diesen Dienst anzubieten, als sich die Beschwerden über freischaffende Raue Randalierer häuften. Der Vertrag mit der Gilde räumt den ausgewählten Opfern Verhandlungsspielraum bei den Gesamtkosten des Dienstes ein. Außerdem werden die Abfälle (gegebenenfalls auch das spezielle Böser-Fido-Zubehör) mit großer Sorgfalt und Finesse im Haus verteilt. Ohne zusätzliche Gebühren veranlassen wir, dass nach dem Ereignis sofort Klempner, Maler, Gemälderestauratoren usw. zur Verfügung stehen.

Betrüger

Bringt Leute dazu, ihm Geld oder Dinge zu geben, in der Hoffnung auf Gewinn. Es heißt, einen ehrlichen Mann kann man nicht betrügen, was bedeutet: In Ankh-Morpork gibt es viele Möglichkeiten für diesen Job.

KLEIDUNG: Hut mit breiter Krempe, Kamelhaarmantel, gestreifter Anzug, Halbgamaschen.

AUSSTATTUNG: Glimmstängel, drei Tassen, drei Karten.

Trauriger Betrüger

Dieser Beruf erfreut sich immer größerer Beliebtheit und könnte bald mehr Bedeutung gewinnen als der des einfachen Betrügers. Einige Traurige Betrüger haben erstaunliche Erfolge erzielt, besonders Humbert Nusslich, der sich mit folgenden Worten an seine potenziellen Kunden wendet: »Ach, bei den Göttern, seht mich nur an, ich bin völlig unnütz, niemand wird diese Brücke von einem Verlierer wie mir kaufen, genauso gut könnte ich gleich in den Fluss springen.« In einer Stunde verkaufte er dreimal die gleiche Brücke.

KLEIDUNG UND AUSSTATTUNG: schmuddeliger Regenmantel, verzagte Miene, laufende Nase.

DIEBSTAHL IN DEN STRASSEN DER STADT

Räuber

Stiehlt (für gewöhnlich an einem öffentlichen Ort) unter der *Androhung* von Gewalt, ohne die Regierung zu repräsentieren.

KLEIDUNG: flache Mütze, dicker Wollpullover, Moleskin-Hose, schwere Stiefel.

AUSSTATTUNG: Knüppel/Totschläger, Messer.

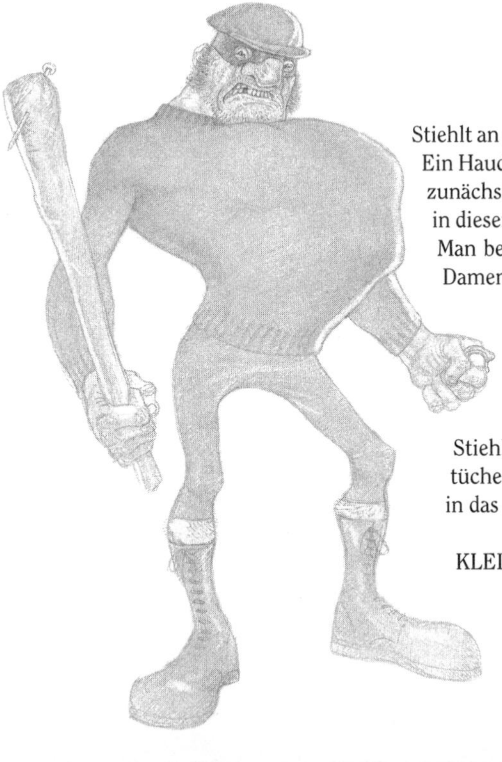

Haudrauf

Stiehlt an öffentlichen Orten und unter Anwendung blinder Gewalt. Ein Haudrauf, der zur Gilde gehört, einigt sich mit seinen Kunden zunächst auf die zu treffenden Körperstellen, deshalb sollte man in diesem Zusammenhang besser von *sehender* Gewalt sprechen. Man beachte die Gildenregel, nach der Gewalt gegenüber alten Damen nur dann in Frage kommt, wenn diese damit beginnen.

Taschendieb

Stiehlt aus den Taschen anderer Leute. Erbeutet oft Taschentücher. Für unsere jüngeren Mitglieder eine gute Einführung in das Gildenleben.

KLEIDUNG: schwarzer Hut mit sehr breiter Krempe und niedrigem Kopf, weiter Mantel mit vielen Taschen, weiche, spitz zulaufende Tanzschuhe, Halbhandschuhe.

WICHTIG: Ein Taschendieb sollte in der Gesellschaft anderer Bengel, Erdbeerverkäufer, Milchmänner und Messerschleifer singen, tanzen und Flöte spielen können. Außerdem sollte er versuchen, so verdammt clever zu sein, dass einem schlecht davon wird.

Alle Taschendiebe werden *noch einmal* vor dem Versuch gewarnt, das Taschentuch von Korporal Nobby Nobbs, Stadtwache, zu stehlen. Ja, wir wissen, dass es einfach ist, aber drei Taschendiebe, die in diesem Sinne erfolgreich waren, mussten anschließend mehrere Wochen in Quarantäne verbringen.

Erpresser

Verlangt viel Geld von Leuten, um ihr Eigentum oder sie selbst zu schützen, *ohne die Regierung zu repräsentieren.*

KLEIDUNG: Nadelstreifenanzug, auffallende Krawatte, weicher Filzhut, Halbgamaschen. Nichts davon darf fehlen.

AUSSTATTUNG: Koffer für ein Musikinstrument, darin eine Waffe, *oder* Koffer für eine Waffe und darin ein Musikinstrument – manche Leute zahlen große Summen, damit ein Akkordeonspieler verschwindet. Münze, die beim Gespräch mit einem Kunden wie beiläufig hochgeworfen und aufgefangen wird.

DIEBSTAHL AUSSERHALB DER STADTMAUERN

Geächteter/Bandit

Eigentlich die gleiche Branche, mit einem Unterschied: Geächtete stehen außerhalb des Gesetzes, Banditen außerhalb der Stadt (sie sind verbannt). Man kann sie leicht an der Kleidung erkennen. Banditen bevorzugen Kopftücher und goldene Ohrringe, während Geächtete traditionell grüne Kleidung tragen und im Wald leben.

Für keinen der beiden Berufe bietet die Stadt gute Möglichkeiten. Der einzige traditionelle Geächtete in Ankh-Morpork war Robert Haube, der sich vor dem Oberförster des Tiefen Waldes versteckte. Die Förster fürchteten sich davor, Haube und seinen Männern zu folgen, als diese in der Stadt untertauchten. In ihren Wämsen und Strumpfhosen mit Backsteinmuster waren die Geächteten kaum zu erkennen.

Schließlich erwischte der Oberförster Robert Haube, indem er einen Wettbewerb im Bogenschießen veranstaltete und seine Leute anwies, sofort auf alle harmlosen alten Bettler in der Nähe der Zielscheiben zu schießen (außerdem auch auf Personen, die lange Bündel trugen, und auf alle Strohkarren). Die Bande wurde bis auf den letzten Mann aufgerieben. Es ist erstaunlich, dass Beamte mit ähnlichen Problemen bis zu diesem Zeitpunkt nie auf solche Tricks zurückgegriffen haben.

Straßenräuber

Ein Dieb, normalerweise beritten, der Reisende auf offener Straße bestiehlt. Das ist eine sehr einfache Beschreibung für eine der meistrespektierten kriminellen Aktivitäten, ideal für einen Mann, der gern im Mondschein reitet und mit besorgten Frauen tanzt – traditionsgemäß verlangt der Straßenräuber einen Kuss und einen Tanz von der hübschesten Dame in der Kutsche. Diese Tätigkeit eignet sich insbesondere für Gildenmitglieder, die sich Namen wie »Meister Schwuwiduwi« oder »Rudi Rüttel« zugelegt haben.

Wer den Beruf des Straßenräubers in Erwägung zieht, sollte bedenken: In der heutigen kostenbewussten Zeit sind die Postgesellschaften immer weniger geneigt, Straßenräubern mit der richtigen Einstellung zu begegnen. Aus diesem Grund kommt es vor, dass ein schwer bewaffneter Wächter den Passagieren in der Kutsche Gesellschaft leistet. Ihr solltet besser keinen Kuss von ihm verlangen.

KLEIDUNG: Dreispitz, Cape, Reitstiefel, Dominomaske.

AUSSTATTUNG: Pferd (wichtig), versilberte Armbrust, ein Blitzen in den Augen (nicht unbedingt notwendig), Schnürsenkel am Hals, Hose aus Rehleder, Stiefel bis zu den Oberschenkeln.

TYPISCHER AUSSPRUCH: »Anhalten und her mit dem Zeug! Geld oder Leben!«

[Sagt auf keinen Fall: »Ich lache voller Verachtung über deine Armbrust mit acht Bolzen und doppelter Seh…«]

Wegelagerer

Ein Dieb zu Fuß, der Reisende auf offener Straße bestiehlt. Im Grunde genommen ein Haudrauf auf dem Lande.

Pirat

Ein Dieb, der Geld oder Dinge auf oder aus Flüssen, Seen und Meeren stiehlt. In den meisten Fällen halten sich seine Opfer an Bord von Booten und Schiffen auf, aber es ist nicht ausgeschlossen, dass er reiche Fische bestiehlt. Praktisch ein nasser Straßenräuber ohne Pferd.

KLEIDUNG: ein ausgebeulter Hosenrock, Ringelstrümpfe, große Stiefel, Kapitänsmantel, Hut mit Totenkopf und gekreuzten Knochen – der Totenkopf mit gekreuzten Knochen ist jetzt das offizielle Piratensymbol; Totenkopf mit Hummer oder Totenkopf mit Kätzchen sind nicht länger zulässig.

AUSSTATTUNG: Entermesser, Belegnagel.

NACH FREIER WAHL: Knallkörper im Bart, Augenklappe, Haken (am Ende des Arms, damit wir uns richtig verstehen).

Noch immer ein guter Beruf für Männer und Frauen, zwar mit hohem Risiko, aber auch mit guten Verdienstmöglichkeiten.

ANDERE SPEZIALISIERUNGEN IN DER GILDE

Stiefelglucker

Alkoholschmuggler, deren Schmuggelware sich in kleinen Behältern in den Stiefeln befindet.

Pantoffelglucker

Alkoholschmuggler, die ihrem Geschäft von zu Hause aus nachgehen, während sie gemütlich im Sessel sitzen.

Rammräuber

Jugendliche, die Sänften entwenden, damit die Schaufenster von Geschäften zertrümmern, sie mit Beute füllen und sich dann aus dem Staub machen. (Das Wort »Sänfte« geht vermutlich auf den Grafen Ludwig Sänft zurück, der sich als Erster durch die Straßen von Ankh-Morpork tragen ließ. Mit »Senf« soll dies nichts zu tun haben.)

Fröhliche Raser

Jugendliche, die ohne Erlaubnis Sänften, Rikschas, Schubkarren und andere mit Rädern ausgestattete Fahrzeuge entwenden, um damit durch die Straßen von Ankh-Morpork zu rasen und Kunststücke aufzuführen.

Gewöhnlicher Dieb

Der Allroundmann. Ein bisschen hiervon, ein bisschen davon, und auch noch ein bisschen von diesem und jenem (in manchen Fällen). Einbruch, wenn sich eine gute Gelegenheit bietet, Diebstahl von Schubkarren, die am Straßenrand stehen, von Wäscheleinen usw. Ein sehr beliebter Beruf.

Ungewöhnlicher Dieb

Ein neuer Beruf. Nach oben sind keine Grenzen gesetzt. Einrad, rote Vogelscheuchenperücke, Clownstiefel, explodierender Zylinder … Das Opfer soll beim Erscheinen des Diebs so verblüfft sein, dass es den Diebstahl erst bemerkt, wenn es zu spät ist. Riskant, aber mit guten Verdienstmöglichkeiten.

NEUE HEIMAT AN HISTORISCHER STÄTTE

Wer nach Ankh-Morpork kommt, ist sicher von der Fassade – beziehungsweise von den Fassaden – des Gebäudes der Diebesgilde beeindruckt. Es steht in einem der vornehmsten Stadtviertel, an der Ecke Alchimistenstraße und Unterer Breiter Weg. Früher war dort das Gericht untergebracht, und viele haben es begrüßt, dass sich dieses prächtige Bauwerk wieder in den Händen von Leuten befindet, die in Verbindung zur Justiz stehen.

Die Vorderfront erinnert noch immer sehr an das einstige Gericht – die vielen Zinnen und Fallgatter entsprechen dem architektonischen Stil des Jahrhunderts der Käsemilbe. Natürlich hängt das Wappen der Stadt über dem Eingang, und oben auf der Kuppel, entworfen vom Architekten Stefan Stehtschief, sieht man das Symbol der Gerechtigkeit: eine Gestalt mit einem Beutel Gold in der einen und einer Waage in der anderen Hand. (Während der ersten zwölf Stunden ihrer Existenz war sie vergoldet; jetzt ist sie mit Messing überzogen.)

Wenn der Besucher die Treppenstufen hochgeht, vorbei an den falschen tsortanischen Säulen, sollte er sich Zeit nehmen, die wundervolle aus Holz geschnitzte Tür angemessen zu bewundern. Sie ist das Werk des bekannten Künstlers Ralf »Grummel« Bucklig. Ralf Bucklig war ein ausgezeichneter Holzschnitzer, aber nicht glücklich – fünf Tage nach Fertigstellung der Tür brachte er sich auf recht unschöne Weise mit einem Hobel um.

Tagsüber erhellt das durch die Kuppel fallende Sonnenlicht die marmorne Eingangshalle der Gilde. Das bunte Glas der Kuppel zeigt berühmte Momente aus der Geschichte des Stehlens. Im Mittelpunkt steht dabei natürlich Flinkfinger Mazda, der den Göttern das Feuer stahl. Seine Statue schmückt die Mitte der Eingangshalle und hebt mit einer Hand die Ewige Flamme hoch, die nie erlischt – außer am Dienstagnachmittag, wenn der Hausmeister Öl nachfüllt.

Vor dem Besucher, hinter der Statue, führt eine prächtige gewölbte Treppe zu den mit Galerien ausgestatteten oberen Stockwerken. Dort befinden sich der Große Saal sowie die Büros der wichtigsten Repräsentanten und Dozenten der Gilde. Den drei Etagen hohen Großen Saal ziert die ursprüngliche Holzvertäfelung des Obersten Gerichts von Ankh-Morpork. Er ist der Raum für Bälle, Bankette und Prüfungen. Am Ende des Großen Saals bemerkt der Besucher ein beeindruckendes Podium mit einer exakten Nachbildung des Throns der Gerechtigkeit, auf dem einst die Könige von Ankh gesessen haben sollen, um über Einsprüche gegen die Urteile untergeordneter Gerichte zu entscheiden. Heute benutzt man den Thron, wenn der Gildenrat über aufsässige Gildenmitglieder oder nicht lizenzierte Diebe zu Gericht sitzt. Ein Hebel auf der einen Seite löst einen komplexen Mechanismus aus, der bewirkt, dass der Thron in die Wand gleitet und durch den Gildengalgen ersetzt wird – dessen Holz mit weiteren opulenten Rokoko-Schnitzereien von Grummel Bucklich versehen ist.

Auf der rechten Seite befindet sich der Sitzungssaal des Rates. Der interessierte Besucher stellt fest, dass einige Stühle am Boden befestigt sind, dahinter bemerken wachsame Augen geschlossene Falltüren. Der Stuhl des Vorsitzenden ist mit einigen unauffälligen Knöpfen ausgestattet. Welchen Zweck diese erfüllen? Nun, nach ihrer Gründung empfing die Gilde oft Anführer von Banden, die sich ihr nicht anschließen wollten. Kurze Zeit später nahm die Anzahl der Mitgliedsanträge rasch zu.

Zusammen mit den Büros, Schlafsälen, Lagerräumen und so weiter beanspruchen diese Räume den größten Teil des Hauptgebäudes. Der rückwärtige Bereich wurde umgebaut und den besonderen Bedürfnissen der Diebesgilde angepasst.

Direkt hinter dem Gerichtsgebäude steht der Stolz der Gilde: eine aus Ziegelsteinen errichtete Diebesküche. Sie hat die Form einer Flasche, viele kleine Fenster und zahlreiche Schornsteine. Neben ihr wirkt das ursprüngliche Gebäude fast klein. Die Küche ist jetzt das soziale und politische Zentrum der Gilde. Das Gerichtsgebäude wird hauptsächlich für offizielle Anlässe und die Verwaltung benutzt – und für alle Dinge, die einen kippbaren Stuhl erfordern.

In der Küche befinden sich die Schulen des Diebstahls: Einbruch, Taschendiebstahl, Überfall, Raub und

Sprache. Jeder Raum ist als luftiger, gut ausgestatteter Hörsaal angelegt und verfügt über alle visuellen Hilfsmittel, zum Beispiel Tafeln und … mit den Tafeln hat es sich eigentlich auch schon. Oh, und Kreide. Ein Multimedia-Zimmer (mit farbiger Kreide *und* Buntstiften) wird gerade gebaut.

Außerdem gibt es viele kleinere Zimmer, manchmal kaum mehr als Alkoven, in denen Gastdozenten moderne Diebeskunst lehren, unter anderem Akzeptable Frechheit, Unbeschwerter Schlagabtausch und Stepptanz (siehe *Taschendiebe*). Erwähnenswert sind auch eine Schule für das richtige Verhalten von vornehmen Dieben und eine große Schneiderei im Keller – ihre Existenz geht auf mehrere Dekrete des Patriziers zurück, die verlangen, dass Gildenmitglieder angemessen gekleidet sein sollen.

Draußen liegen die Laboratorien Der Angewandten Wissenschaft – sie nehmen den ganzen Rest des Gildenanwesens ein. Dazu gehören Kletterwände mit Abflussrohren und Efeu (mit und ohne schützende Spitzen), Modelle von Fenstern, Türen und Oberlichtern aller Art – hier kann das Geschick selbst des tüchtigsten Diebs auf die Probe gestellt werden. Es gibt auch Straßenszenen mit den Attrappen von Passanten, deren Taschen mit Fallen ausgestattet sind, falschen Postkutschen und so weiter. Gut besucht sind die Laboratorien vor allem beim Sportfest der Gilde, wenn so beliebte (wenn auch ungewöhnliche) Wettbewerbe stattfinden wie Langer Fall, 100-Meter-Abhauen, Schnappen-Springen-und-Verschwinden und natürlich das Lässige Gehen im Freistil.

Gebührend schmutzige Stufen führen in den Gildenkeller. Dort befindet sich das Gildenmuseum mit Artefakten vieler berühmter Verbrechen und Verbrecher. Der Besucher kann Meilensteine in der Geschichte des Diebstahls bewundern, wie die mit Edelsteinen besetzte Brechstange von Claude Tombola, der als Erfinder des vornehmen Stehlens gilt. Oder den zerrissenen, blutbefleckten Uniformrock, den der Armeeoffizier Archibald »Bekloppt« Postillion trug, als er in Klatsch das Grüne Auge des Kleinen Gelben Hundes stahl. Der Hund (ausgestopft) gehört ebenfalls zu den Ausstellungsstücken.

Eine kürzere und schmalere Treppe führt zu den feuchten, wenig einladenden Zellen, in denen jene unglücklichen Individuen eingesperrt wurden, deren Verbrechen gegen die Gilde nicht so schlimm waren, dass sie die Todesstrafe verdienten – fast alle nicht lizenzierten Diebstähle werden mit dem Tod bestraft. Diesen Flur solltet ihr besser nicht betreten. Es ist kein guter Flur.

Aus: *Ankh-Morporks Gildenhäuser* von Startup Nodder (Verlag der Architektengilde von Ankh-Morpork, 10 $)

Wer bist du und wer bin ich

Dies betrifft den geheimen Händedruck der Gilde. Welche Hand man benutzt, hängt davon ab, welche Hand einem gereicht wird: Wenn einem die rechte Hand entgegengestreckt wird, so benutzt man die linke und umgekehrt. Zuerst klopft man mit dem Zeigefinger zweimal an den Nasenflügel. Dann streckt man die Hand aus, wobei die beiden mittleren Finger gekrümmt sind. Anschließend greifen die beiden Hände im rechten Winkel ineinander, wobei sich die Gelenke der gekrümmten mittleren Finger berühren. Die gestreckten Finger berühren den Knöchel des Mittelfingers der anderen Person und den Spalt zwischen den beiden gekrümmten Fingern. Die freie Hand wird ebenso geformt, in Schulterhöhe gehalten und hin und her bewegt, zur Erheiterung des Publikums, das sich inzwischen eingefunden hat.

EINE VERKLICKERUNG VOM GILDENKLUGLING*

Meine Damen und Herren, erneut muss ich die Mitglieder der Gilde darauf hinweisen, dass der Diebesjargon arg vernachlässigt wird. Man könnte auch sagen: Man lässt ihn voll abschmieren, ohne ihn wieder aufzuputzen. Es ist deprimierend oder besser gesagt: Es ist zum Mäusemelken. Zu viele von euch jungen Kawemmis schnauzen gerade genug Zungenziegel, um die Prüfungen zu bestehen, und anschließend lasst ihr alles vor sich hin dampfen, bis der Ofen aus und die Mühle dicht ist. Ich schätze, einige von euch wissen nicht einmal, wovon ich quatsche.

Diebe hatten immer ihre eigene Sprache, so wie Anwälte und Polizisten. Wir müssen unser reiches Erbe bewahren. Es hat einfach keinen Sinn, die richtige Kleidung zu tragen (die Motten aus den Klamotten lassen) und die richtige Ausrüstung zu benutzen (Gehängsel), um dann im Augenblick der Wahrheit zu sagen »Ich öffne den Safe mit diesem Dietrich hier«, oder »Ich gebe ihm eins mit meinem Totschläger übers Ohr«. Mit solchen Bemerkungen macht man sich zum Gespött der Leute. Wer eine derartige Sprache benutzt, muss damit rechnen, dass der Finger der Verachtung auf ihn zeigt.

Vergangenen Monat bekam es ein Gildenmitglied mit einem Professor für Linguistik zu tun, während eines Einbruchs in dessen Haus bei den Tollen Schwestern. Der Professor schlug unseren Kollegen mit einem Thesaurus nieder, weil er den Begriff »mit dem Kies verduften« nicht verstand. Wir konnten nicht einschreiten. Der Professor musste tatsächlich zu dem Schluss gelangen, dass der Einbrecher überhaupt kein richtiger Verbrecher war, nur eine Dumpfbacke beziehungsweise ein Dodel, Dalk, Gauch oder Dämlack!

Denkt daran: Wir sind keine Langfinger (abgesehen von denen natürlich, die ganz offiziell Langfinger sind). Die Bestimmungen der Gildenvereinbarung verlangen von uns, dass wir richtig quasselbrubbeln und den Schnabel an der richtigen Stelle tragen (dass wir nicht nur wie Diebe aussehen, sondern auch so reden).

Im Verlauf der nächsten Monate müssen sich die Gildenmitglieder einer schriftlichen Prüfung unterziehen, um sicherzustellen, dass sie in allen Dummquatschsätteln sitzen, volles Stroh dreschen und mehr als nur Plempe draufhaben. Es wird Stichproben während des Arbeitstages (und auch während der Arbeitsnacht) geben. Tretet leise!** Für Interessierte: Während des nächsten Monats findet an jedem Abend ein Förderkurs in Alkoven Drei statt. Vergesst nicht: Wenn die Meute schnallt, liegt ihr quer!***

* Übersetzung: Eine Mitteilung vom Gildenbibliothekar

** Seid gewarnt!

*** Wenn die anderen Leute euch verstehen können, macht ihr es falsch!

Vorschlag für einen Jargon-Test, Beispielfragen

1 Was würdest du mit Kohle anstellen?
a) sie zum Ofen in der Küche tragen
b) das Gesicht damit schwärzen
c) einen trinken gehen.

2 Wenn ein Bruch ein dickes Ding ist, so würdest du:
a) einen Bindfaden benutzen
b) dir die Taschen füllen
c) die Brechstange an einer anderen Stelle ansetzen.

3 »Ganz voll und ex!« Ist das eine gute Sache? Und warum?

4 Du hast das große Los gezogen. Was bedeutet das? Wo fand die Lotterie statt?

5 Übersetze: »Er drehte das Ding mit Schmackes.« Hinweis: Es geht *nicht* um etwas Schmackhaftes.

6 Mitglieder der Gilde sind Spitze. Ist diese Bemerkung
a) klasse?
b) geil?
c) Schwachfug?

7 Du bist aufgeflogen und sitzt jetzt hinter schwedischen Gardinen. Was hast du als Nächstes vor?
a) Du lenkst dich ab, indem du das hübsche Muster der Gardinen betrachtest.
b) Du bemerkst die Flecken an den Gardinen und beschließt, sie zu waschen.
c) Du lässt dir heimlich eine Feile geben und machst 'ne Fliege.
Erkläre die Gründe für deine Antwort.

Finanzslang

Es ist wichtig, dies richtig zu verstehen. Wer »Das kostet dich fünf Dollar« sagt, gibt sich als sehr dilettantischer Verbrecher zu erkennen. Die Namen ändern sich immer wieder, aber derzeit sind folgende Bezeichnungen gebräuchlich:

HUND	ein Dollar
ZIEGE	fünf Dollar
ESEL	zehn Dollar
HENGST	zwanzig Dollar
SUMPFENTE MIT ROTER HAUBE	fünfundzwanzig Dollar
WAL	fünfzig Dollar
BEUTELKRÖTE	hundert Dollar

Noch gebräuchlich, aber weniger verbreitet:

MOLCH	ein Groschen
ROHRSÄNGER	vier Dollar und zwei Cent
MADE	zwölf Dollar, dreizehn Cent und ein Groschen
HOHES TIER	fünfzig Cent
HALBE TONNE	fünfundzwanzig Cent
MIESLING	dreizehn Cent
KÜCHENSCHABE	zwei Dollar und fünfundzwanzig Cent
AUSTER	eine Auster

Alibi-Ecke

Aufgrund einer Vereinbarung mit der Stadtwache wurden die folgenden Alibis der offiziellen Liste hinzugefügt. Sie können beim Alibi-Verteiler beantragt werden, auf einer strikten »Wer zuerst kommt, mahlt zuerst«-Basis.

23a Ich lag im Bett, aber ich kann dir nicht sagen, mit wem. (Ersetzt 22: »Ein großer Bursche hat es getan und ist weggelaufen.«)

66e Ich habe es nicht getan, weil ich mit einem anderen Verbrechen in einem anderen Teil der Stadt beschäftigt war und dafür bereits ein Alibi vorweisen kann. (Ersetzt 66d: »An dem bewussten Abend war ich sturzbetrunken.«)

141 Ich habe es nicht getan, weil ich zum betreffenden Zeitpunkt mit drei Bischöfen beim Essen saß. (NEU, vorsichtig benutzen.)

Wir möchten darauf hinweisen, dass Klagen und Beschwerden gegen andere Gildenmitglieder dem Schlichtungskomitee vorgetragen werden sollen. Immerhin gehen wir täglich mit Messern, Knüppeln, Totschlägern, Brecheisen, Säure und Keulen um. Jemand könnte sich verletzen.

Wir erinnern neue Mitglieder der Gilde daran, dass nach der Vereinbarung mit der Wache jeden Monat ein Spitzel bestimmt wird (siehe Nachrichtenbrett). Es ist ein altehrwürdiges Amt, und der Ausgewählte muss seinen Pflichten gerecht werden. Daher darf er *nicht* so behandelt werden wie eine *inoffizielle* Petze. Zulässige Strafen sind:

an den Fußsohlen kitzeln ODER

ihm Pfeffer unter die Nase halten, bis er *fast* niest ODER

seine Schnürsenkel zusammenbinden.

Hier kommt es vor allem auf das Prinzip an.

Präsident der Gilde

Josiah Herbert Boggis

Mitarbeiter

ALLGEMEINE STRASSENKRIMINALITÄT & SOZIOLOGIE
Ben »Krumm« Fidlam

GRUPPENBILDUNG & NÄCHTLICHE VERBRECHEN
Ken »Knarre« Knacker

KRIMINALITÄT AUSSERHALB DER STADTMAUERN & HUMANISTISCHE BILDUNG
Horatio »Der Seiltänzer« Räuber

INTELLEKTUELLE KRIMINALITÄT & ANGEWANDTE MATHEMATIK
Ronnie »Is geritzt« Boggis

EINBRÜCHE & FENG SHUI
Laurence »Lustig« Llwyddiannus-Bonheddwr

LADENDIEBSTAHL & HAUSWIRTSCHAFTSLEHRE
Herbert »Herbert« Glammer

PLANUNG & GEWALTSAME STRASSENKRIMINALITÄT
Sydney »Lasch« Loblich

BETRUG & MODERNE SPRACHEN
Mlle »Madame« Escroc

ÜBERLEBEN IM GEFÄNGNIS & BIBLIOTHEKAR
P. »Plemplem« Pumpel, Dr. d.z.R. (Quirm)

GILDENARZT & LEHRER FÜR ERSTE HILFE
Dr. »Dr. Herr Med« Nimmnimmer

HAUSMEISTER
Jeremia »Komm vom Kokshaufen herunter!« Jauler

DINNER LADY
Frau »Gala« Skillagalee

GILDENBERATERIN & KINDERPSYCHIATERIN
Frau »Keks« Trödeltasche

SEKRETÄR
Harry »Erinnert sich nicht an seinen Spitznamen« Jones

JANUAR/OFFEL

Den Gang gehen

Für rangniedrige Gildenmitglieder und solche, die ihre Fähigkeiten verbessern wollen, finden in der Spitzelgalerie einige neue Abendkurse statt (bzw. Morgenkurse für jene, die der Nachtarbeit nachgehen).

OKTOTAGS: aktives und passives Drohen (alle Ränge)
MONTAGS: Herumschleichen (bis Rang Drei)
DIENSTAGS: Herumlungern (mit Frau Claudia Klimperviel am Pianoforte)
MITTWOCHS: Schlawinern
DONNERSTAGS: die Zeichen erkennen (mit »Professor« Albert Schnappel)
FREITAGS: Diskussionsgruppe »Bagatelldelikte«

VOR DEN NACHTSCHLURFERN IN DIE KISTE KRIECHEN
Ein Gildenmitglied, das sich vor einem Angehörigen der Nachtwache verbirgt. Angeblich kann die Wache inzwischen auf die Dienste eines Werwolfs zurückgreifen, was bedeutet: Ein »Kistenkriecher« braucht große Mengen eines starken Parfüms, um über seinen eigenen Geruch hinwegzutäuschen.

Josiah Herbert Boggis,
Präsident der Gilde

DUNKLER NACHTSCHLURFER
Ein unehrliches Mitglied der Nachtwache. In der guten alten Zeit waren das die meisten.
Achtung: Wer heute versucht, einen Wächter zu bestechen, muss damit rechnen, sein Ding an die Rübe gesteckt zu bekommen, was niemandem gefällt.

TÖLPELKRIECHEN
Tölpelkriechende kleine Jungs schleichen sich auf Händen und Knien in einen Laden, um unbemerkt hinter den Ladentisch zu gelangen und Geld aus der Kasse zu stehlen, bevor sie das Geschäft auf die gleiche Weise verlassen. Der Verkäufer muss zu diesem Zeitpunkt von einem Kunden abgelenkt sein (vielleicht einem Bruder oder einem anderen Verwandten der Jungen).
In einem Stadtviertel ist diese Art des Stehlens so populär geworden, dass eine Straße den Spitznamen »Tölpelpflaster« erhielt und heute auch offiziell so heißt.

HELDEN DES VERBRECHENS: REGINALD QUATSCH
In leere Häuser einzubrechen mit der Absicht, das Blei vom Dach zu stehlen, wird von der kriminellen Bruderschaft »bläuliches Mopsen« genannt. Der Name geht auf Reginald »Bläulich« Quatsch zurück, den ersten Dieb, der den Eigentümer eines Hauses mit Erfolg auf Schadenersatz verklagte – er zog sich eine Bleivergiftung zu, als er nach dem Entfernen des Bleis vom Dach sein Lunchpaket auspackte und sich eine Mahlzeit gönnte.

FEBRUAR/FEBRUAR

EINE KERZE ANZÜNDEN

Ein Dieb betritt eine Bierstube, um »einen zu zischen« (ein paar Halbe zu kippen) und die Kneipe anschließend zu verlassen, ohne die Zeche zu bezahlen (»die Flatter machen«). Bei den meisten Kneipen kommen dafür nur Gildenmitglieder in Frage, die Selbstmord begehen wollen (wobei ihr Selbstmord in diesem Fall von jemand anderem erledigt wird).

Ben »Krumm« Fidlam,
Allgemeine Straßenkriminalität & Soziologie

HELDEN DES STEHLENS

Pater Thomas Wittelgitt, der Erfinder des Sprachrohrs. Pater Wittelgitt bestahl Büßer (oder wie er es ausdrückte: Er entfernte Dinge, die zur Sünde verführten), während er ihre Beichte abnahm. Ein Sprachrohr reichte von seiner Seite der Trennwand durch einen Geheimgang bis hinter den Büßer. Auf diese Weise bekam der Pater Zugang zu den Taschen und Beuteln des Beichtenden, während er auf der anderen Seite der Trennwand zu sitzen schien.

»SEIT EINIGER ZEIT ARBEITET ER UNTER DEN ACHSELN.«

»Er beschränkt sich auf Bagatelldelikte.« Dieser Ausdruck stammt aus der alten Zeit der Monarchie. Damals wurde jedem Dieb, der Geld oder Dinge im Wert von mehr als vier Grot stahl (z. B. eine kleine Holzschachtel, ein Paar ungefärbte Socken, ein Haus in den Schatten oder ein Käsebrötchen ohne Gurke), von der Wache ein eiserner Kragen angelegt, den er von der Verhaftung bis zum Gerichtsverfahren tragen musste. Der »Kragen« war allein für den Hals vorgesehen, deshalb hieß es von kleineren Vergehen, bei denen er nicht zur Anwendung kam, sie geschähen »unter den Achseln«.

MÄRZ/MÄRZ

Ken »Knarre« Knacker,
Gruppenbildung und &
Nächtliche Verbrechen.

DIAMANTGEYSIR
Ein hochrangiger Troll in der Brekzie (dem Troll-Äquivalent nicht sehr gut organisierten Verbrechens). Troll-Verbrecher sammeln traditionell die Diamantzähne erfolgloser Konkurrenten – daher der »Diamant« im Namen. »Geysir« bezieht sich auf seine Neigung zu Zornausbrüchen, wenn man ihn zu sehr ärgert.

ANGELN
Vom Gefängnis aus betteln, indem man einen Becher aus Blech an einer Schnur aus dem vergitterten Fenster herablässt. Eine echte Tradition konnte sich daraus nicht entwickeln, denn die Häftlinge stellten bald fest, dass sie viele Becher und Schnüre verloren, aber nur wenige Cent bekamen. Typisch Ankh-Morpork!

DUBSMANN
Ein Schlüsselschwinger bzw. Gefängniswärter. Der Name geht auf den berühmten Oberaufseher des Knasts zurück, Nathaniel Dubsmann – der erste Oberaufseher, der einen solchen Posten erreichte, nachdem er selbst eingesessen hatte. Daher auch der Unterwelt-Spitzname des Knasts: Dubsmanns Hotel.

23. März
An diesem Tag im Jahr 1911 ließ sich Bistro Frilli mit anderen Insassen des Knasts auf eine Wette ein und verspeiste fünfzig hart gekochte Eier. Er lebte noch fünfzehn Minuten, eine Zeit voller Zwischenfälle und Aktivität. Der Oberwärter sprach in seinem Bericht von einer »sehr lauten« Angelegenheit.

DIE SCHAFE SCHEREN
Sich in der Nähe von Tempeln und Kirchen herumtreiben, um nach dem Gottesdienst die Gemeindemitglieder zu bestehlen. Vom »Ende des Zaubers« spricht man, wenn sich solche Diebstähle vor der Oper oder vor Theatern ereignen, während die Zuschauer noch ganz hingerissen sind von den eindrucksvollen Darbietungen.

HELDEN DES VERBRECHENS
Brech Eisen, Erfinder des Brecheisens.

APRIL/APRIL

Horatio »Der Seiltänzer« Räuber, Kriminalität außerhalb der Stadtmauern & Humanistische Bildung

FALSCHER FUMMLER

Ein Dieb, der mit Hilfe einer falschen Hand Dinge aus den Taschen anderer Leute stiehlt. Bei Taschendieben gibt es mehr Spezialisierungen als bei anderen Kategorien des Diebstahls. Dazu gehören zum Beispiel »Ticktacken« (das Stehlen von Taschenuhren), »Rotzlappenjagd« (das Stehlen von Seidentaschentüchern) und »Aaargh!« (wenn man die Hand versehentlich in die Tasche eines Mitglieds der Rattenfängergilde geschoben hat – DAVON WIRD ABGERATEN).

TAFELSPIEL

Ein Zimmer wird so tapeziert, dass eine Tafel, die sich zur Seite schieben lässt, getarnt ist. Die Tafel gewährt dem Dieb Zugang zu einem Raum, den das Opfer für völlig sicher hält. Das Tafelspiel könnte auf »Einbrecher & Maler« zurückgehen, denn es erfordert erhebliches Geschick, die Tafel zu tarnen.

PFLASTERKÜNSTLER

Straßenhändler, die gestohlenen Schmuck anbieten. Normalerweise trifft man sie im Juwelierviertel von Ankh-Morpork an. Daher auch ihr anderer Spitzname: Grunimarkt-Fußgänger.

VERANDAKLETTERER

Ein Dieb, der die oberen Etagen von Gebäuden ausräumt (Zweitgeschossler).

MAI/MAI

Ronnie »Is geritzt« Boggis,
Intellektuelle Kriminalität &
Angewandte Mathematik

HELDEN DES VERBRECHENS

Männlicher Säugling Boggis, Erfinder des drachenbetriebenen Schweißbrenners. Ursprünglich war es seine Absicht, sich durch die Wände des Tresorraums der Assassinengilde zu brennen. Erstaunlicherweise kam er gut voran, nur der Umstand, dass er den Drachen in einem Moment der Unaufmerksamkeit nach unten richtete, ruinierte ein ansonsten perfektes Verbrechen. Er stieß durch die Decke, und seine gleichzeitig verbrannten und vereisten Überbleibsel fielen sechs Straßen entfernt auf ein Haus.

STERNHAGELVOLLE ARBEIT

Ein Dieb hängt in einer Hafenkneipe herum und gibt sich sternhagelvoll (betrunken), um betrunkenen Matrosen zu folgen und sie auszurauben.
So mancher Sternhagelvoller Arbeiter musste feststellen, dass der Matrose, dem er folgte, sich ebenfalls nur betrunken stellte, mit dem Ergebnis, dass er plötzlich zu sieben Jahren auf hoher See verpflichtet war. Es geschehen schlimmere Dinge auf dem Meer, heißt es, und der unvorsichtige Sternhagelvolle Arbeiter bekommt Gelegenheit, sie kennenzulernen.

15. Mai

An diesem Tag im Jahr 1583 erfand
Theo Tatterich den langen, flexiblen Knüppel und schlug sich als Erster selbst nieder.

EINE MAUSHOSE STRICKEN

Ein sinnloses Verbrechen begehen. Benannt nach Daniel Maushose, der Kanaldeckel der Stadt stahl – in dem irrigen Glauben, sie bestünden aus Gold. Einige der weniger aufmerksamen Bürger von Ankh-Morpork verloren ihr Leben als Folge des Großen Kanalisationsraubs.

JUNI/JUNI

DUMMER RÜSSELJÄGER
Jemand, der Schinken stiehlt. Einer muss es tun.

Laurence »Lustig« Llwyddiannus-Bonheddwr, Einbrüche & Feng Shui

KASSENTAUCHER
Ein Dieb, der einen Laden betritt und sich den Anschein gibt, etwas kaufen zu wollen. Wenn ihm der Verkäufer den Rücken zukehrt, holt er ein Stück Fischbein hervor, am Ende mit Vogelleim beschmiert, und schiebt es in die Kasse, um das Geld herauszuholen. Es ist schade, dass dieser alte Brauch der Keule weichen musste.

GROSSE TAGE DES STEHLENS: TAG DES FINDERS
An diesem Tag erinnert die Gilde an eins ihrer wichtigsten Prinzipien: Wer's findet, dem gehört's. Die wichtigsten Funktionäre der Gilde gehen durch die Stadt und nehmen Dinge, die sie unterwegs »finden« (vergessene Handschuhe, geparkte Karren und so weiter; einmal wurde sogar ein kleines Gebäude von seinem Fundament gehoben). Diese Veranstaltung soll die traditionelle Verteidigungsbereitschaft der Wache gegenüber fördern.

HELDEN DES VERBRECHENS
»Flinkfinger« Mazda, der den Göttern das Feuer stahl. Eigentlich ein Halbgott. Verbringt derzeit die Ewigkeit an einen Felsen gekettet, während ein Adler ihm die Leber aus dem Leib pickt. Er wollte der Allgemeinheit einen Dienst erweisen.

SCHMUDDELLAUF
Spät am Abend betreten zwei Personen einen Laden und geben sich betrunken. Einer von ihnen schnappt sich, was er oder sie tragen kann, und der andere wirft dem Verkäufer Schlamm ins Gesicht, um zu verhindern, dass er »Haltet den Dieb!« ruft.

JULI/GRUNI

1. Juli

An diesem Tag im Jahr 1801 erfand Kasimir Knuddel den hohlen Teddybären, hervorragend geeignet für den Transport kleiner Dinge.

Herbert »Herbert« Glammer, Ladendiebstahl & Hauswirtschaftslehre

DEM PFAFFEN PREDIGEN

Zwei als Priester von Om verkleidete Männer locken reiche Geistliche in Kneipen oder Tavernen, wo sie süßen Wein trinken und nach Igel und Essig schmeckende Appetithäppchen essen. Beim Falschspielen nehmen sie den Pfaffen Geld und Wertgegenstände ab. In Ankh-Morpork wird diese Methode nur selten benutzt, da die Priester noch falscher spielen.

SCHLEPPSCHNAPPER

Als Träger im Hafen aushelfen, um Dinge zu entwenden und unter der langen Lederschürze zu verstecken, die von den Arbeitern dort getragen werden. Hier und dort spricht man in diesem Zusammenhang auch von »Hafenarbeiter«.

HERR UNSCHULD

Der Mann, der sich als unbeteiligter Passant ausgibt, damit andere Leute auf einen Schwindel hereinfallen. Typischer Ausspruch: »Meine Güte, dies ist garantiert kein Schwindel, meiner Meinung nach!«

HELDEN DES VERBRECHENS

Der Maulwurfsgraue Heinrich, Zauberer der Unsichtbaren Universität. Befasste sich mit Kriminologie und wagte ein Experiment, um herauszufinden, ob sich die Leute selbst dann betrügen lassen, wenn man sie auf den Betrug hinweist. Er begab sich zum Hiergibt'alles-Platz, stellte einen Finde-die-Erbse-Tisch auf, holte drei Becher hervor und verkündete: »Ich mogle, daher könnt ihr gar nicht gewinnen! Ich wiederhole: Es ist völlig unmöglich, dass jemand von euch gewinnt!« Diese Worte bewirkten große Heiterkeit. Zwar gewann tatsächlich niemand, trotzdem kehrten manche Spieler zurück, um einen zweiten Versuch zu wagen. Der Maulwurfsgraue Heinrich nahm 200 Ankh-Morpork-Dollar ein und entschied, fortan das menschliche Wesen zu untersuchen.

AUGUST/AUGUST

Sydney »Lasch« Loblich, Planung & Gewaltsame Straßenkriminalität

FLIEGENSPIEL
Jemand begibt sich in den ersten oder zweiten Stock, um aus einem Fenster zur Straße hin eine falsche Fliege an einem dünnen Faden herabzulassen. Während die Fliege vor dem Gesicht eines Passanten tanzt und ihn ablenkt, stiehlt der Komplize des Fliegenspielers Geld und Wertgegenstände aus den Taschen des Opfers. Ein besonderer Trick für den sportlichen Dieb.

SCHLACHTHAUS
Eine Spielhölle, in der sich Angestellte als Spieler ausgeben, die viel Geld riskieren und hohe Gewinne einstreichen – dies soll andere Leute ermutigen, sich von ihrem Geld zu trennen. Außerdem wird so ein Spielkasino genannt, in dem gezinkte Karten, beschwerte Würfel und andere Tricks angewandt werden. Die Bürger der Stadt reagieren nicht besonders freundlich auf so etwas.

EINEN TRAUERANZUG TRAGEN
Zwei blaue Augen haben.

KÖTER ENTKLÄFFEN
Der Einsatz von rohem Fleisch (und Betäubungsmitteln), um Wachhunde bei Lagerhäusern usw. außer Gefecht zu setzen. Früher schnappten sich Kriminelle einen vorbeikommenden Zwerg, um ihn über den Zaun zu werfen, aber Lord Vetinaris neue Regeln gegen Diskriminierung verhindern die Fortsetzung dieser Tradition. Außerdem verloren die Leute zu viele Hunde.

23. August
An diesem Tag im Jahr 1745 sprach Einbrecherin Rosi Rosenrot die berühmten Worte: »Na so was, rosarot will ich sein, da habt ihr mich doch tatsächlich erwischt, kein Zweifel.« Die Gildenmitglieder sollten daran denken: Dies ist das richtige Verhalten, wenn man verhaftet wird. Dem Wächter zwischen die Beine zu treten und abzuhauen ist keine offizielle Gildenpolitik mehr.

Der BREBB-UND-LEPPIS-TAG ist ein wichtiges Ereignis im Jahr der Diebesgilde. Der ganze Gildenrat wandert durch die Stadt, hält vor jedem Tor und ruft: »Brebb oder Leppis?« Diese Tradition geht auf Hugo Brebb und Archibald Leppis zurück, zwei tollkühne Diebe, die während einer Prozession am 27. August auf der Königsstraße dem damaligen Patrizier von Ankh-Morpork, Lord Schnappüber, den Signierring und ein mit Monogramm versehenes Taschentuch stahlen. Dieses unverfrorene Verbrechen amüsierte Lord Schnappüber so sehr, dass er während der nächsten drei Monate Teile der beiden Diebe über den Stadttoren zur Schau stellte und einen Wettbewerb für Schüler veranstaltete – sie sollten versuchen, alle Teile passend zusammenzusetzen.

SEPTEMBER/SPUNI

Mlle »Madame« Escroc, Betrug & Moderne Sprachen

FELDLERCHLER
Ein Maurer (Geselle) oder Bauarbeiter, der morgens früh aufsteht (mit der Feldlerche) und Häuser mit zerbrochenen Schindeln, losem Mörtel usw. sucht. Manchmal verschafft er sich mit einem gut gezielten Ziegel eine günstige Gelegenheit. Anschließend bietet er dem Hausbewohner seine Dienste an und nutzt seinen privilegierten Zugang, um für seine Einbrecher-Komplizen alles »auszukundschaften«. Dieser Beruf existiert heute praktisch nicht mehr, denn für den Bauarbeiter ist es einfacher und einträglicher, 1700 Ankh-Morpork-Dollar für die Ausbesserung des Dachs in Rechnung zu stellen.

HELDEN DES STEHLENS
Dobby Stein. Ein bekannter Gauner, der sich darauf spezialisierte, wertlose Amulette und Talismane an gutgläubige Touristen zu verkaufen. Einer seiner beliebtesten Artikel – ein Stein mit einem Loch drin – wird heute Dobby-Stein genannt. Er beging Selbstmord, nachdem er solch einen Stein an Salome Betucht verkauft hatte, jene Frau, die dreißigmal hintereinander beim Pferderennen gewann, noch dazu an jenem Tag, an dem man sie als verschwundene Erbin des Gazola-Vermögens erkannte.

SKRAFFELN
Über Hausdächer entkommen. Die Bezeichnung geht auf Bill Skraffel zurück, der verschwand, während man ihn verfolgte. Zwei Jahre später fand man ihn wieder, als in der Bodenbienenstraße ein zugemauerter Schornstein geöffnet wurde. Er lebte noch, hatte Regenwasser getrunken und sich von Tauben und seinen eigenen Fingernägeln ernährt. Eigentlich ging es ihm sogar recht gut, abgesehen von dem Zwang, beim Anblick von Federn zu schreien.

OKTOBER/SEKTOBER

P. »Plemplem« Pumpel,
Dr. d.z.R. (Quirm), Überleben
im Gefängnis & Bibliothekar

FÜR EINEN DELPHIN INS TUDDELDINGS STECHEN

Wir haben noch nicht herausgefunden, was es mit diesem Verbrechen auf sich hat. Offenbar benötigt man dazu einen kleinen Hund, einen roten Strick, ein Huhn und einen Pappkarton.

JAGD-ZOTTERICH-TAG

Nach Zebediah »Jagd« Zotterich benannt. Er spezialisierte sich darauf, Kuriere auszurauben, und er verdiente viel Geld, indem er den herrschenden Kreisen der Stadt Informationen verkaufte. Er verschwand auf geheimnisvolle Weise, nachdem er eine Nachricht erbeutet hatte, die einen geheimnisvollen geheimen Ort nannte, an dem sich eine geheimnisvolle große Menge an Goldbarren befand, in einem Haus, das geheimnisvollerweise genau in dem Augenblick einstürzte, als Zotterich in den Keller eilte. Es ist kein Geheimnis, dass die Nachricht von Lord Vetinari stammte, der einen sehr kleinen Kranz zur Beerdigung schickte.

GROSSE HELDEN DES STEHLENS

»Black Jack« Torpid. Einer der berühmtesten Straßenräuber der Gilde, tätig vor allem auf der Sto-Lat-Straße. Gilt als unverbesserlicher Frauenheld, der den Frauen in der überfallenen Kutsche nie mehr stahl als einen Kuss. Wurde vor kurzer Zeit von Korporal Nobbs, Stadtwache, verhaftet, der zivile Kleidung trug. Wobei »zivile Kleidung« jede Menge Taft und eine Perücke bedeutet.

NOVEMBER/ASCHE

Dr. »Dr. Herr Med« Nimmnimmer, Gildenarzt & Lehrer für Erste Hilfe

SCHWARZER SCHÜTTLER
Ein Schwarzer Schüttler hält einen Schornsteinfeger an den Füßen hoch, um ihm den Ruß aus den Taschen zu stehlen. Es ist nicht ganz klar, warum man jemandem Ruß stiehlt, aber vielleicht handelt es sich um einen Nischenmarkt. In der Umgangssprache wird dieser Begriff für alle Diebstähle von anscheinend wertlosen Dingen wie zum Beispiel altem Nasenhaar, Nabelflaum und gebrauchtem Körperpuder verwendet.

NIES-NUTZER
Jemand, der einer Person Schnupftabak oder Pfeffer ins Gesicht wirft, um sie abzulenken und leichter ausrauben zu können. Der Schnupftabak bzw. Pfeffer sollte vorher aus der Dose oder dem Glas genommen werden.

FIESER VERKÄUFER
Jemand, der billige Seife verkauft und Löffel aus Privathäusern stiehlt, aber nur am Freitag. Ein Nischenberuf.

HELDEN DES VERBRECHENS
»Tränenbilly« Ludd. Ein Junge, dessen immerzu tränenüberströmtes Gesicht gutherzige Passanten veranlasste, ihm »Schokoladencharlie« abzukaufen, eine Taube, um die er sich angeblich seit dem Ausschlüpfen kümmert und die sein einziger Freund ist, wie er behauptet. Inzwischen hat er Schokoladencharlie schon über 750-mal verkauft.

17. November
FLINKE WOCHE
In der Flinken Woche wird die Kurze Straße von Ankh-Morpork zum Schauplatz von Karten- und anderen Glücksspielen, die normalerweise verboten sind. Die Wache drückt traditionell beide Augen zu, da die meisten Bürger klug genug sind, die Kurze Straße während dieser Zeit zu meiden. Nur Besucher der Stadt verlieren Geld, und wer schert sich schon um die?

QUOCKERWOCKER
Ein Gegenstand aus Holz, einem Brathähnchen nachgebildet, wird an einem langen Bindfaden auf der Straße deponiert. Wenn jemand danach greift, zieht man an dem Faden, lockt das Opfer in eine dunkle Gasse und schlägt es mit dem hölzernen Gegenstand nieder, um ihm dann die Taschen zu leeren. Vermutlich geht die Bezeichnung auf Bernard Quockerwocker zurück, einen Geflügelhändler, der vor etwa 150 Jahren in Morpork lebte und verhaftet wurde, weil er das Gewicht der zu verkaufenden Vögel mit nassem Sägemehl erhöhte. Einen Beweis dafür, dass der Quockerwocker nach ihm benannt ist, gibt es nicht. In Erinnerung blieb er vor allem aufgrund der Dinge, die ein besonders kräftiger und zorniger Kunde mit ihm anstellte.

DEZEMBER/DEZEMBER

Jeremia »Komm vom Kokshaufen herunter!« Jauler, Hausmeister

EINKAUFEN GEHEN

In einem alten Mantel eine Veranstaltung besuchen. Der Dieb gibt seinen Mantel an der Garderobe ab und erhält einen Schein dafür. Dann schaut er sich die anderen Besucher an, bis er jemanden findet, der etwa die gleiche Statur hat. Heimlich tauscht er die Scheine aus, um mit dem besseren und teureren Mantel des Opfers zu gehen.

DIE ENTE FÄLSCHEN

Eine sehr gefährliche Sache. Die Ente fälschen bedeutet, in einer Kneipe die alkoholischen Getränke mit Wasser zu strecken. Fast alle Wirte versuchen sich früher oder später an dieser Kunst, und wer erwischt wird, teilt das Schicksal seiner Getränke. Wenn allerdings jemand in den Ankh gerammt wird, kann man nicht unbedingt von »mit Wasser verdünnen« reden.

HELDEN DES STEHLENS

»Klimper« Hansi Wicht. Ein fast zwei Meter zwanzig großer »Junge« aus Sto Lat, der sich auf den Diebstahl von Kronleuchtern verlegte. Verbrannte bei lebendigem Leib und am helllichten Tag auf dem Breiten Weg, als die 600 Prismen des Kronleuchters, den er gerade aus der Oper gestohlen hatte, das Sonnenlicht in die falschen Richtung reflektierten.

Sportfest der Gilde

(Türmender Sonntag)

Geschwindigkeit in allen Formen – das ist wichtig für einen Dieb.
Alle Gildenmitglieder sind zur Teilnahme eingeladen.
Tragt euch in die Liste in der Küche ein.

Abgesehen von den traditionellen Veranstaltungen
gibt es in diesem Jahr einige neue Wettkämpfe:

Auf Zehenspitzen verduften

(erster Preis: ein Paar erstklassige Lederschuhe)

Abhauen

(erster Preis: ein großer Hut)

Über alle Berge und weg

(halber Marathon, beginnt an der Knasttür; der Gewinner kommt frei)

Außerdem:

100-Meter-Schleichen (Freistil) • Mit einem Schwein weglaufen (für Männer) • Mit einem Bügeleisen abzischen (für Frauen) Vollgestopft stolzieren (Freistil) • Fersengeld geben • Die Kurve kratzen Den Staub von den Füßen schütteln • Beutesackhüpfen

Denkt daran: Der Trick besteht darin, sich nicht schnappen zu lassen.

Die Diebesgilde meint:

»QUALITÄTSWAREN ZU DIESEM PREIS? SO GUT WIE GESTOHLEN!«

T.M.S.I.D.R. Schnapper liefert Qualitätswaren von der Scheibenwelt zu coolen Preisen.
Abzeichen, T-Shirts, Geschirrtücher, Schale usw., auch ein spezielles

SCHÜTZT-VOR-DIEBSTAHL-ABZEICHEN

Wer mehr wissen möchte, schickt einen frankierten und adressierten Umschlag an:
Stephen Briggs, PO Box 147, Oxford OX2 8YT.
Kontakt per E-Mail: sbriggs.cix.co.uk

VISA

Das Gildenhaus

Der Scheibenwelt-Kalender basiert auf der englischen Originalausgabe, die unter dem Titel »Discworld Fools' Guild Yearbook and Diary 2002« bei Victor Gollancz Ltd., London, erschienen ist.

Ins Deutsche übertragen von Andreas Brandhorst

Deutsche Erstveröffentlichung 8/2002

First published by Victor Gollancz Ltd., London

Umschlaggestaltung: Design Team München
Umschlagillustration: Paul Kidby

TERRY PRATCHETT

Stephen Briggs

Mit Illustrationen von Paul Kidby

DER SCHEIBENWELT KALENDER 2004

SCHEIBENWELT-KALENDER

und Jahrbuch der (geheilten) Vampire

2004

Gefördert von der
Überwaldischen Liga der Enthaltsamkeit
»Nicht ein Tropfen«

ANGABEN ZUR PERSON

Name ______________________

Vampirname ______________________

____

____

____

Titel, Ritterorden ______________________

____

Heimatanschrift ______________________

____

Adresse in Ankh-Morpork ______________________

____

Name des Schlosses ______________________

Familienmotto ______________________

Geburts-/Todesdatum (bzw. Todesdaten) ______________________

____

Geschlecht ______________________

Nächster Verwandter ______________________

Name des Beerdigungsinstituts ______________________

Name des Schneiders ______________________

Name des Zahnarztes ______________________

Name des Schoßtiers ______________________

Igors Name ______________________

~~Bl~~ B-Wort-Gruppe ______________________

Lieblingsfarbe (nicht Schwarz) ______________________

Lieblingslied ______________________

Derzeitige Beschäftigung ______________________

Hobbys ______________________

NICHT VON DER ADER LEBEN

Heute ist der erste Tag deines Lebens nach dem Tod

Von »John Ganz-und-gar-kein-Vampir Smith«
(ehemals **Graf Dargo St. Grimmig von Grimmelsburg***)*

Hallo!

Ich grüße alle unsere Mitglieder, auch diejenigen, die Ausgaben dieses kleinen Buches dort gefunden haben, wo wir sie mit großem Erfolg ausgelegt haben, zum Beispiel auf verlockenden Balkonen, verrführrerrischen Dächern, nicht mehr benutzten Grüften und anderen Orten, wo sich potenzielle Mitglieder, ahaha, herrumtrreiben könnten!!

Und für all jene, die dies zum ersten Mal lesen: herzlichen Glückwunsch!!! Vielleicht liegst du im Sarg und hörst, wie die aufgebrrachte Menge gegen die Tür hämmert. Oder du versteckst dich in der alten Windmühle und fragst dich, wie lange es dauert, bis die Flammen dich finden. Oder du hörst, wie die zornigen Leute den Knoblaucheinlauf vorrberreiten und den Pflock spitzen. Aber wir haben eine gute Nachricht für dich:

DU HAST FREUNDE!!!!!!!

Du denkst vielleicht: Aber ich bin ein Vampir! Die Liga der Enthaltsamkeit weiß, woher du kommst, wiewohl du in diesem Augenblick vor allem daran denkst, was aus dirr wirrd. Und wir sagen dir:

Du kannst jederzeit aufhören!

Aber du musst aufhören wollen!!!

Zweifellos hast du gehört, dass ein geheilter Vampir neurotisch und paranoid ist, an Zwangsvorstellungen und heftigen Stimmungsumschwüngen leidet. Und es stimmt, dass unser Programm »Drei Schritte, ein Hüpfer und ein langer Sprung« gewisse Nebenwirkungen hat. ABER! Und dies ist der wichtige Punkt! Der geheilte Vampir hat keinen Apfel im Mund und eine Knoblauchzehe dort, wo die Sonne nicht scheint, während er darauf wartet, dass die scharfe Axt zuschlägt! Nein, keineswegs!

So hebst du nun den Kopf, mit Hilfe der Hände, falls notwendig, und sagst: Na bitte! Ich bin gar nicht verrückt, ich habe genug und will mich nicht noch einmal pfählen lassen!!!!!

Und damit hast du den errsten Schrritt getan!

VORSTAND DER MISSION IN ANKH-MORPORK

PRÄSIDENT
John Ganz-und-gar-kein-Vampir Smith

VIZEPRÄSIDENTIN
Fräulein Jane Mary Betty Pamela Ann Peggy von Jones

SEKRETÄR
Bob

SCHATZMEISTERIN
Frau Doreen Winkings

ARCHIVAR
Herr Otto Chriek

KAKAO-VERWALTER
Rupert Trostlos

HARMONIUMSPIELERIN
Frau Claudia Klimperviel
(nicht am Dienstag)

OFFIZIELLER IGOR
Igor

REGELN DER ÜBERWALDISCHEN LIGA DER ENTHALTSAMKEIT

Mission Ankh-Morpork

Unser Ziel

Wir fördern Enthaltsamkeit und den völligen Verzicht darauf, Menschenblut zu trinken (»die guten alten Bräuche«), bieten unseren Mitgliedern Unterhaltung und gesellschaftlichen Umgang bei Vorträgen, Diskussionen, Liederabenden und gesundem, erfrischendem Kakao. Wir helfen uns gegenseitig dabei, von den alten Bräuchen Abstand zu nehmen.

Mitgliedschaft

Mitglied kann werden, wer mindestens hundert Jahre alt und untot ist, einen guten Charakter hat (oder zumindest die Bereitschaft mitbringt, sich einen guten Charakter zuzulegen) und das Gelöbnis unterschreibt. Werwölfe oder Leute, die einfach nur lange Zähne haben, sind nicht zugelassen. Das gilt auch für Personen, die glauben, in Schwarz cool auszusehen, und die Knoblauchzigaretten rauchen, wenn andere zusehen. Und für Personen, die gerne ein Vampir sein möchten und in einem Sarg schlafen.

Das Gelöbnis

Jedes Mitglied muss sich während der Mitgliedschaft strikt an die im Gelöbnis dargelegten Prinzipien halten. Denkt immer daran – nicht ein Tropfen!

Verwaltung

In jeder Mission kümmert sich ein Generalkomitee um die Angelegenheiten der Liga. Das Komitee besteht aus maximal dreizehn Personen und setzt sich aus dem Vorstand der Mission und anderen Angehörigen der Gilde zusammen. Das Komitee für die Vermeidung der alten Bräuche nominiert zwei Mitglieder für das Generalkomitee. Entscheidungen werden per Abstimmung geschlossen und nicht per Biss.

Die Wirklich-Mensch-sein-Front – ein höfliches Dementi

Um weitere kleine Missverständnisse zu vermeiden, möchten wir an dieser Stelle ganz offiziell auf Folgendes hinweisen: Die Liga für Enthaltsamkeit respektiert die Arbeit der Wirklich-Mensch-sein-Front, aber zwischen den beiden Organisationen gibt es keine Verbindung irgendeiner Art.

Wir glauben, die Mitglieder der Front übertreiben ihr Bemühen, wie Menschen zu erscheinen. Bei dem Versuch, sich ein menschliches Wesen zuzulegen, werden sie so unelegant und langweilig, dass sie Gefahr laufen, unten oder hinten aus der Masse herauszuragen und dadurch aufzufallen.

Wenn man die Menschen kennenlernt, ohne dass sie Heugabeln in der Hand halten, so stellt man schnell fest, dass es sehr flexible Geschöpfe sind. Es ist erstaunlich, was sie zu tolerieren bereit sind, wenn es sie nicht direkt betrifft. Ihr werdet angenehm überrascht sein. Dies gilt für *Städter*. Draußen auf dem Land gibt es immer jemanden, der alles beobachtet. In der Stadt sieht die Sache anders aus. Wenn man nicht zu laut ist, Tiere nicht zu sehr quält und den Nachbarn immer höflich zunickt, ist die Wahrscheinlichkeit hoch, dass sie einen in Ruhe lassen, bis Blut durch die Zwischenwand sickert. Und selbst dann werden sie ihren Bemerkungen ein höfliches »Entschuldige bitte« vorausschicken.

Kurzum: Menschen in der Stadt bewahren sich davor, völlig den Verstand zu verlieren, indem sie nur einen kleinen Teil der Dinge wahrnehmen, die um sie herum geschehen. Wer unseren guten Rat beherzigt und sich anpasst, muss kaum damit rechnen, Aufsehen zu erregen.

Ich, der Unterzeichner, erkläre hiermit, dass ich ab dem Datum der Unterschrift unter dem Dokument (Das Gelöbnis) feierlich dem grässlichen Konsum von menschlichem Blut (auch bekannt als »die guten alten Bräuche«) entsage.

Ich gelobe, mich während der Dauer meiner Mitgliedschaft nicht auf eine Weise zu verhalten, die den Zielen der Überwaldischen Liga der Enthaltsamkeit und ihrer Mission in Ankh-Morpork widerspricht.
Ich verpflichte mich, die Regeln der Liga und der Mission in jeder Hinsicht zu achten. Im Ernst. Und ich habe die Finger nicht hinterm Rücken gekreuzt. Vampire machen so etwas nicht. Ganz ehrlich, diesmal bin ich fest entschlossen.

Unterschrift ....

Datum ....

Vollständiger Name ....

....

Mitgliedsnummer ....

Adresse ....

....

....

Zeuge:

_______________________ _______________________

Im Auftrag der Überwaldischen Liga der Enthaltsamkeit, Mission Ankh-Morpork

DER ERSTE SCHRITT

Vom langjährigen Mitglied Herrn Rupert Trostlos

Der erste Schritt: Gib zu, dass du ein Vampir bist. Das ist nicht schwer und erfordert vor allem Beobachtung, zum Beispiel: lebt im Schloss, trinkt Blut, hat ausfahrbare Reißzähne, zerfällt zu Staub, wenn's zu hell wird und so weiter.

Der zweite Schritt: Werde dir darüber klar, dass du ein Problem damit hast. Für viele von uns ist das nach der dritten Enthauptung in diesem Jahr der Fall. Wenn du glaubst, damit fertigwerden zu können – die Liga wartet auf dich!

Der dritte Schritt: Finde mit Hilfe der Liga zu einer neuen Vorstellung von dir selbst. Die Welt hat nichts dagegen, dass du einen Umhang trägst, in einem Schloss wohnst und in einem Sarg schläfst. Sie möchte nur nicht, dass du andere Leute umbringst. Viele Mitglieder sehen den einzigen Weg darin, allen Aspekten des Vampirismus abzuschwören, und das respektieren wir.

DAS PROBLEM MIT DEM COOLSEIN

Dies betrifft alle Neuankömmlinge in der Stadt. Ein Vampir ist von Natur aus cool, unerschütterlich und beherrscht. Wir haben ein unfehlbares Gespür für gute Kleidung, vor allem für die Abendgarderobe, und natürlich kennen wir uns bestens mit Nachthemden aus. Seidene Damenwesten und lange Abendhandschuhe bergen kaum Geheimnisse für uns. Unser Wissen über erlesene Weine und kulinarische Delikatessen stammt zwar aus zweiter Hand, ist aber trotzdem umfassend.

Solche Dinge können Menschen in Aufregung versetzen, und wir alle wissen, was geschieht, wenn sich Menschen aufregen. Die meisten von uns haben es am eigenen Leib zu spüren bekommen, viele auch mehrmals, mit Äxten und zugespitzten Pflöcken. Um normal zu wirken, müssen wir den Eindruck erwecken, uns nicht besonders gut auszukennen.

Deshalb freut es die Liga, für den August einige besondere Vorträge und Vorführungen ankündigen zu können. Sie dürften für alte und neue Mitglieder interessant sein. Folgende Themen kommen dabei nicht nur zur Sprache:

Essbesteck

(Anfänger) Wozu es dient
(Fortgeschrittene) Wie man es richtig verwendet
Interessierte sollten folgende Objekte mitbringen: ein Messer (leicht zu identifizieren), eine Gabel (das Ding mit den Zinken; es erinnert vielleicht an die Heugabeln, mit denen ihr es in eurem alten Leben zu tun bekommen habt) und einen Löffel (der Gegenstand, der jetzt noch übrig ist).

Uncoole Kleidung

Flaumige Pantoffeln, geschmacklose Strickjacken und einfache Wollpullover. Frauen sei der gesteppte Morgenmantel empfohlen. Die Wirklich-Mensch-sein-Front schlägt zerknitterte Strümpfe für Frauen und fleckige Westen für Männer vor, aber wir glauben, das geht zu weit.

Gebrauch des Mundes

Pfeife rauchen, Kaugummi kauen, Blockflöte spielen und andere Dinge, die man mit dem Mund tun kann.

Der 23. Buchstabe

Viele Vampire möchten wenigstens an einigen hörbaren Erinnerungen ihres früheren Lebens festhalten, und das versteht die Liga. Aber da es immer wieder zu Anfragen kommt, veranstalten wir freitags einige kurze Sprechtechnikkurse. Bald kannst auch *du* sagen: »Während wir warten, wirbelt Werner wütend Waffeln, wohingegen Willibert Wummig weiter weint, wobei Wolfgang wieder wundersam wimmert.« Ohne das doppelte oder gar mehrfache W fällt die Konversation bei gesellschaftlichen Anlässen viel leichter.

In 20 Zimmern oder weniger wohnen

Für neue Mitglieder ist es ein Schock zu erfahren, dass die Gebäude in Ankh-Morpork normalerweise nicht über eine Gruft verfügen. Und wenn doch, besteht eine hohe Wahrscheinlichkeit dafür, dass eine Zwergenfamilie darin wohnt. Frau Doreen Winkings, die ihr ganzes Leben in Ankh-Morpork verbracht hat, kann viele wertvolle Tipps für den Bau von Minikrypten und klappbaren Verliesen sowie die Verwendung von Steintapeten geben.

Die Konversationsfähigkeit verschlechtern

Darum geht es in mehreren Vorträgen, die der seit vielen Jahren in Ankh-Morpork lebende Arthur Winkings an einem Wochenende hält. Als Vampire sind wir gewandte Unterhalter, doch genau dadurch fallen wir auf. Der größte Teil der menschlichen Konversation dient eigentlich nur dazu, ein Signal zu geben. Von Sätzen wie »Wie geht's heute?«, »Sieht aus, als könnte es später regnen« und »Oh, es zwickt hier und dort, aber bestimmt sind viele Leute schlimmer dran« erwartet niemand Informationen. Menschen sagen so etwas, um auf ihre Präsenz hinzuweisen und zu vermeiden, dass andere Menschen gegen sie stoßen. Arthur prahlt damit, dass seinen Schülern nach dem Wochenende die Worte fehlen!!!!!

DEIN NEUER NAME

Viele Mitglieder der Liga nehmen einen neuen Namen an, um einen Platz in der menschlichen Gesellschaft zu finden, denn »typische« Namen aus der Heimat wie Anaglypta Thylakine Marinella Talitazia Falatesse Dimorphia Sigillia von Tramontane bleiben nicht unbemerkt und fordern Kommentare heraus. Die erfahrenen Mitglieder können in dieser Hinsicht mit dem einen oder anderen Rat helfen. Fragt nach Jane Mary Betty Pamela Ann Peggy von Jones oder Bob. Ich glaube, ich spreche für uns alle, wenn ich sage, dass Bob die Sache mit den Namen gemeistert hat.

Doreen und
Arthur Winkings

HOBBYS

Jeder geheilte Vampir sollte ein Hobby haben. Es dient drei Zwecken. Erstens: Man bekommt Gelegenheit, das auszuleben, was jemand »obsessive Aufmerksamkeit fürs Detail« nannte. Zweitens: Man hat etwas, mit dem man sich abends beschäftigen kann. Drittens: Man lernt Gleichgesinnte kennen, die Pullover in einer angenehmen Atmosphäre tragen. Man bekommt Gelegenheit, Freundschaften zu schließen und ein dauerhaftes Interesse zu entwickeln, was in vielerlei Hinsicht nützlich sein kann.

Wir empfehlen, mit dem Sammeln von Münzen oder Briefmarken zu beginnen. Es gibt Hunderte von Möglichkeiten, Briefmarken anzuordnen, und bestimmt probiert ihr sie alle aus.

Bob

Wir sind Igors.
Eine zusätzliche Hand, wenn man sie braucht

WIR STELLEN VOR: IGOR

Viele Mitglieder, die aus Überwald stammen, sind daran gewöhnt, einen Igor um sich herum zu haben, und die Trennung von ihm fällt manchen von uns schwerer als der Verzicht auf den großen schwarzen Umhang oder die dünnen Nachthemden mit dem tiefen Ausschnitt.

Einige Igors haben sich in der Stadt niedergelassen, aber es kostet einen hohen Preis, ihre besonderen Talente in Anspruch zu nehmen. Allerdings sehnen sich Igors nach einigen der akzeptablen alten Bräuche zurück, was bedeutet, dass beiden Seiten geholfen werden kann. Nach Vereinbarung sind die Igors bereit, all die kleinen Dinge zu erledigen, die nur ein Igor richtig erledigen kann: Sie bringen Spinnweben an, sorgen für rostige Türangeln und kehren den Staub derjenigen zusammen, die sich noch immer nicht ganz ans Sonnenlicht gewöhnt haben.

Es stehen günstige Stundentarife zur Auswahl.

EINER ARBEIT NACHGEHEN

Eine Arbeit hilft dem Vampir dabei, sich in die menschliche Gesellschaft zu integrieren. Um dieses Ziel zu erreichen, genügt es nicht, sich einfach nur an das Akklimatisierungsprogramm der Liga zu halten. Es geht vielmehr darum, am Leben der Stadt teilzunehmen und einen Platz zu finden, wenn möglich nicht in einer Kellerecke.

Eine Arbeit gibt einem etwas, über das man reden kann. Wir empfehlen allen, einer Arbeit nachzugehen, auch denen, die mit zwei großen Beuteln Gold in Ankh-Morpork eingetroffen sind.

A. Arbeit für den Abendanzug

Für Leute unseres Standes eignen sich die unten aufgeführten Arbeiten, die sämtlich den Vorteil haben, dass man ihnen nachts nachgehen kann. Das dürfte für all jene interessant sein, die sich noch nicht akklimatisiert haben.

Kellner oder Geschäftsführer eines Restaurants

Eine gute Wahl, denn viele von uns sind mit den richtigen Umgangsformen vertraut und wissen viel über… Wein.

Musiker oder Dirigent

Die besondere Aufmerksamkeit fürs Detail ist hierbei recht nützlich. Darüber hinaus kann es geschehen, dass hitzköpfige Dirigenten störende Mitglieder des Orchesters angreifen und töten. Deshalb dürfte der eine oder andere Fehltritt kaum Aufsehen erregen.

Croupier

Hier ist Vorsicht geboten – empfehlenswert nur für erfahrene männliche Mitglieder der Liga. In diesem Jahr haben die Abendkleider der Damen einen besonders tiefen Ausschnitt, und auf diese Weise gekleidete Frauen in einem Zustand freudiger Erregung zu sehen könnte dazu führen, dass sich der Croupier-Vampir entschuldigen muss, damit er sein Zimmer aufsuchen und in einen Apfel beißen kann.

Theaterdirektor

Siehe oben. Aber die Leute vom Theater sind sehr verständnisvoll, und angesichts der Dinge, die ohnehin vor und hinter den Kulissen geschehen, fallt ihr bestimmt kaum auf.

B. Arbeit für dünne, halb durchsichtige Nachthemden

Damit sind erwartungsgemäß mehr Probleme verbunden, und Männern bieten sich hier kaum Möglichkeiten. Vampirinnen sei angeraten, statt halb durchsichtiger Nachthemden lange Kleider aus schwarzem oder rotem Samt zu tragen, worin sie als Opernsängerinnen auftreten könnten. Wenn ihr aber unbedingt am traditionellen Erscheinungsbild festhalten wollt, so schlagen wir respektvoll vor:

Bettenvorführerin

Akolyth

(nur für voll akklimatisierte Vampirinnen)

Opferjungfrau

Praktisch der ideale Job für eine Vampirin. Lange weiße Gewänder sind ein absolutes Muss, und es hat den Vorteil, dass die Ligamitglieder die ganze Sache am folgenden Tag wiederholen können, denn keine bekannte Religion entfernt Kopf und Herz der Geopferten. Viele der traditionelleren Religionen beklagen die moderne Ablehnung von Menschenopfern, und vor diesem Hintergrund können Vampire und fundamentalistische Priester bestens zusammenarbeiten.

C. Alternative Arbeit

Nachtwächter

Ein guter Anfang. Man braucht nur wach zu bleiben, und das fällt uns nicht weiter schwer. Wenn ihr einen Einbrecher überrascht, erweist sich eure übermenschliche Kraft als nützlich. Darüber hinaus bekommt ihr vielleicht Gelegenheit, mit großen wolfsartigen Hunden zusammenzuarbeiten.
Oh, hört nur die Kinder der Nacht, lauscht ihrer wundervollen Musik … Allerdings ruft sie nach Mitternacht Beschwerden hervor.

Buchhalter

(oder ähnliche Tätigkeiten, die hohe Aufmerksamkeit fürs Detail erfordern)

Man darf den ganzen Tag zählen, und das ist sehr beruhigend.

Antiquitätenhändler

Für jene, die langfristig denken. Das Leben nach dem Tod kann recht lang sein, und deshalb lohnt es sich, altes Gerümpel zu kaufen und hundert Jahre lang im Keller liegen zu lassen. Anschließend kann man es mit hohem Gewinn verkaufen.

D. Kaum geeignete Arbeit

Arbeiter in einer Bleistiftfabrik
Knoblauch-Bauer
Gewächshaus-Verkäufer
Fährmann
Hersteller oder Lieferant von liturgischen Objekten
Liegestuhl-Bediensteter

Einige Tipps für einen guten Anfang

ESSEN UND TRINKEN

Dies ist einer der problematischsten Bereiche für geheilte Vampire. Wir sind natürlich daran gewohnt, große Mengen roter, warmer, köstlicher Flüssigkeit zu trinken. Warum nicht mit einem akzeptablen Ersatz beginnen? Zum Beispiel Ochsenschwanzsuppe oder aufgewärmter Tomatenketchup. Anschließend kann man zu weichen Speisen übergehen, etwa Austern (sind gewöhnungsbedürftig, was bedeutet, dass man sich kaum an sie gewöhnt), Brei und Grieß. Wenn ihr zu fester Nahrung übergeht, wie Braten, Brot, Äpfeln und Käse, solltet ihr daran denken, dass man die einzelnen Bissen kaut, bevor man sie hinunterschluckt. Die Liga veranstaltet Abendkurse für richtiges Essen.

Die Frage des roten Fleisches

Dies ist in der Liga umstritten. Einige Mitglieder weisen zu Recht auf den hohen Blutgehalt bestimmter Würste und angebratener Steaks hin. (Manchmal werden die Steaks nur einige Sekunden lang auf jeder Seite gebraten. In extremen Fällen zeigte man ihnen ein *Foto* vom garenden Feuer, aus einer gewissen Entfernung. Man kann jedoch ziemlich sicher sein, dass das Fleisch zu diesem Zeitpunkt nicht mehr muht.)

Einige von uns vertreten den Standpunkt, dass man *allem* Blut abschwören sollte. Ihrer Meinung nach bedeutet der wissentliche Verzehr von Nahrungsmitteln, die Blut enthalten, einen Schritt nach unten am schlüpfrigen Hang, an dem die »guten alten Bräuche« lauern. Die Wirklich-Mensch-sein-Front tritt für strikten Vegetarismus ein, aber das halten selbst die meisten Menschen für übertrieben. Vampire verfügen natürlich über eine eiserne Selbstbeherrschung, aber selbst der Biss in Rote Bete verliert bald den Reiz, den er zunächst hatte.

Der offizielle Standpunkt der Liga lautet: Da wir als Menschen akzeptiert werden möchten, darf uns nichts verwehrt bleiben, das Teil des menschlichen Lebens ist. Deshalb: Lasst es euch schmecken.

NORMAL AUSSEHEN

Wir haben von Natur aus eine gute, gesunde Blässe, und dank der Gothic-Bewegung erregt das kaum Aufsehen. Schminke hilft, kann aber recht arbeitsintensiv werden. Wir empfehlen nicht, dem Rat der Wirklich-Mensch-sein-Front zu folgen, deren Mitglieder oft ein orangefarbenes Gesicht zur Schau stellen.

Reißzähne sind natürlich ein Problem. Im Gegensatz zur Wirklich-Mensch-sein-Front sind wir nicht der Meinung, dass sie abgefeilt werden sollten. Das ist keineswegs erforderlich. In Ankh-Morpork gibt es einige gute Kieferorthopäden, die gern ein Gebiss herstellen, das über die Zähne gestülpt wird und ihre Form verbirgt. Dadurch sehen zwar alle Zähne ziemlich groß aus, aber jeder mag ein fröhliches Lächeln.

IM HAUSE

In Überwald mag es durchaus üblich gewesen sein, durch offene Balkonfenster zu fliegen, aber in Ankh-Morpork solltet ihr daran denken, die »Treppe« zu benutzen und an die Tür zu klopfen, bevor ihr ein Zimmer betretet. Es ist nicht akzeptabel, sich in eine Dunstwolke zu verwandeln und durch das Schlüsselloch zu kriechen, erst recht nicht, wenn es sich um das Boudoir einer Dame oder um ein Badezimmer handelt.

Die Türen sind dazu bestimmt, nicht zu knarren. Beschwert euch also nicht, wenn das vertraute Knarren ausbleibt.

Legt keine Erde aus der Heimat in euer Bett.

Männern wird geraten, den jungen Frauen, denen sie begegnen, nicht die Nachthemden vom Leib zu reißen – es sei denn, sie werden ausdrücklich dazu aufgefordert. Wir bieten in dieser schwierigen, aber auch sehr lohnenden Sache Rat an.

Um noch einmal auf die Badezimmer zurückzukommen: Wir bitten die Damen, daran zu denken, dass man in Ankh-Morpork in *Wasser* badet. Wer dazu früher das Blut von achtzig Jungfrauen gebraucht hat, wird mehrere Gründe dafür finden, warum das in der Stadt nicht möglich ist.

AUF DER STRASSE

Wenn ihr auf der Straße unterwegs seid und euch Menschen im Weg stehen, solltet ihr »Entschuldigung« sagen und warten, bis sie beiseitetreten. Oder ihr geht um sie herum. Auf keinen Fall solltet ihr die betreffenden Personen packen und zur Seite werfen. Bitte versucht, euch daran zu halten – es sind die kleinen Dinge, die den Unterschied ausmachen. Ein gebrochenes Genick ist eine zerbrochene Freundschaft.

Fräulein Jane Mary Betty Pamela Ann Peggy von Jones — Herr Rupert Trostlos — Igor — John Ganz-und-gar-kein-Vampir Smith

Frau Claudia Klimperviel
Bob
Herr Otto Chriek
Frau Doreen Winkings

Blut ist falsch

Früher ein Vampir ein Ungeheuer war
Er trank Blut und zerstörte Leben gar
Kleine Kinder zu Waisen er machte
Und Ehefrauen Witwenkummer er brachte
Blut ist falsch
Blut ist falsch
Wir haben ihm für immer abgeschworen
Wir haben ihm für immer abgeschworen

Heute erkennen wir die Grässlichkeit der alten Tradition
Man fürchtete Vampire und verachtete sie, das war ihr Lohn
Völlige Abstinenz heißt der Weg aus den Wirren
Und ihn beschreiten wir, ohne zu irren
Nicht von der Ader leben
Nicht von der Ader leben
Ein Tropfen ist einer zu viel
Ein Tropfen ist einer zu viel

Eine Tasse Tee ist genauso gut

Und sucht ihn des Nachts große Unruhe heim
Ein Vampir muss doch in seinem Schlosse sein
Er muss widerstehen dem Ruf, den er hört
Und verschließen die Ohren vor der Stimme, die stört
O rette uns vor der Lust auf Blut
Eine Tasse Tee ist genauso gut

Das Fliegen des Nachts ist nicht so wichtig
Und der Biss in den Hals ist einfach nicht richtig
Wir brauchen weder Staub noch Spinnenweben
Und unseren Türangeln sei kein Rost gegeben
O das Schloss und unseren Geist halte rein
Damit wir bei den Menschen können sein

Ein Leben ohne unser Getränk, das lockt so rot
Ist leichter, als manche Leute denken in der Not
Unsere Mitglieder um einen starken Willen ringen
Mit heißem Tee und fröhlichem Singen
O hilf uns, der Versuchung zu widerstehen
Wenn ein Nachthemd mit seufzender Brust wir sehen

Ein wallender Umhang lässt Frauen schmachten
Aber wir müssen die goldene Regel achten
Nie auf die Lippen kommen darf uns das Wort mit dem B
Denn sonst schlägt man uns den Kopf ab, und das tut weh
O gib uns Zuversicht und einen Verstand ganz klar
Auf dass all unsere Mühe nicht vergeblich war

JANUAR/OFFEL

Igors Aufstieg

GEDANKE FÜR DIE WOCHE
Denkt daran, wir sind keine Blutsauger.
Welche Buchstaben fehlen in dem Wort VAMPIRISMUS?
Eben, keine.

BERÜCHTIGTE VAMPIRE: Graf Orlock Magyrato
Graf Magyrato war eine stille Person: Im Leben verlor er seine Stimme durch einen Unfall, und selbst nach seinem Tod sprach er nie. Trotz dieses Gebrechens – und natürlich seiner grässlichen Vorliebe für menschliches Bl…, äh, für das B-Wort – war er ein ausgezeichneter Musiker und ist vor allem als Komponist der überwaldischen Nationalhymne bekannt. Seine Symphonie des Schreckens wird noch immer beim Musikfestival von Duschen-Duschen gespielt.

GRUSS FÜR NEUE MITGLIEDER:
Baron Joachim »Blutlust« Barkenhammer wurde letzten Monat Mitglied der Enthaltsamkeitsliga, als er vor einer Menge aufgebrachter, Fackeln schwingender Bauern in der Mission von Barkenstadt Zuflucht suchte. Willkommen, Barron!

BERÜHMTE VAMPIRE: Herr Schwarzlache von Tagscheu, Seniorchef der Anwaltskanzlei Tagscheu, Schräg & Honigfleck. Herr Tagscheu ist seit mehr als vierhundert Jahren der Anwalt der Familie Käsedick. Es muss darauf hingewiesen werden, dass sein Status als Vampir nie bestätigt wurde. Vielleicht ist er nur ein sehr alter Anwalt.

FEBRUAR/FEBRUAR

DIENSTE FÜR MITGLIEDER

Maßschneiderei. Manche geheilte Vampire bringen sich selbst in Schwierigkeiten, weil sie an alten Modevorstellungen festhalten. Es gibt nichts dagegen einzuwenden, gut auszusehen, aber ein wehender schwarzer Umhang kann doch recht verräterisch sein. Seit 1358 bieten Kuhhirt & Messnich in der Königsstraße Qualitätskleidung für besonders anspruchsvolle Bürger Ankh-Morporks. Zu ihrem Sortiment gehören jetzt auch Frackanzüge, von der Stange oder nach Maß, innen mit einem diskreten Minicape ausgestattet. Es ist für all jene geheilten Vampire bestimmt, die nicht auf ihre »Flügel« verzichten wollen und dabei in der Nähe von Leuten, die landwirtschaftliche Werkzeuge in den Händen halten, nicht auffallen möchten. Mitglieder der Liga bekommen einen Rabatt von 3%.

BERÜHMTE VAMPIRE: Graf und Gräfin Notfaroutoe (Arthur und Doreen Winkings)

Gründungmitglieder des Klubs des neuen Anfangs und Vampire durch Vererbung, eine nur wenig bekannte Methode. Arthur war im Obst- und Gemüsehandel tätig, bevor er den Titel erbte. Die Winkings schätzen alle Aspekte des Vampirismus, mit Ausnahme der Tradition, die von männlichen Vampiren verlangt, in die Schlafzimmer junger Damen zu klettern und an ihrem Hals zu saugen. Doreen meint, ein halb gares Steak und Blutwurst wären Arthur lieber. Sie sind Experten für Vampirismus, obwohl ihr Wissen aus zweiter Hand stammt.

BERÜCHTIGTE VAMPIRE: Graf Bela de Elstyr

Er gründete die Elstyr-Dynastie und baute den Familiensitz, das Schloss Bleibtdemschlossfern. Der Graf hatte über alle Dinge eine feste Meinung und sah alles schwarz oder weiß. Der immer makellos gekleidete Graf Bela schuf eine Mode für Vampire, die Jahrhunderte überdauerte, bis Graf Kryptofer von Windschatten den Ganz-in-Schwarz-Look kreierte.

BERÜCHTIGTE VAMPIRE: Gräfin Millarca Karnstein

Gräfin Karnstein war Verlegerin, bevor Graf Marduk sie in einen Vampir verwandelte. Als Untote ging sie ihre beruflichen Kontakte durch und spezialisierte sich auf Autoren. Sie starb, als ein Bücherschrank umfiel und ihr den Kopf abschlug.

BERÜHMTE VAMPIRE: Sir Francis Barney

Barney terrorisierte die Bevölkerung von Quirm, indem er mit seinen langen Fingernägeln über ihre Fensterscheiben kratzte. Einmal wurde er von einer aufgebrachten Menge überwältigt und einem leicht legasthenischen Vampirjäger übergeben, der versuchte, ihm eine Melone in den Mund zu stecken und sein Herz mit einem Steak zu durchbohren. Barney entkam und wurde anschließend Mitglied der Liga.

MÄRZ/MÄRZ

Lacrimosa de Elstyr

SEHR UNGEWÖHNLICHE RÜCKKEHR

Graf Voxberg-Bensteins Familie freute sich darüber, ihn nach zweihundert Jahren wiederzusehen, als ihn Bildhauer während des alle zwei Jahre stattfindenden Eisskulptur-Wettbewerbs von Voxbergstadt entdeckten. Der Graf taute in der Nähe eines Feuers auf und scheint keinen bleibenden Schaden erlitten zu haben, abgesehen von einem beharrlichen Schniefen.

ENTHALTSAMKEITSERFOLGE

Ligamitglied Frieda Frieda Schmidt (nur drei Namen, bravo, gut gemacht!) verdient sich einen guten, sauberen Lebensunterhalt als Drahtseilkünstlerin. Sie tritt nachts auf, ohne Netz und manchmal auch ohne Drahtseil.

GEDANKE FÜR DIE WOCHE

Ein Tag ohne Blut ist ein Tag ohne Schande – das hält uns zusammen, mit starkem Bande.

APRIL/APRIL

BERÜCHTIGTE VAMPIRE: Löwenhof von Kreuzfahrt
Sehr erfolgreich bei Frauen, obgleich recht klein für einen Vampir. Er schuf den »neuen romantischen« Look (obwohl es kaum romantisch sein kann, jungen Frauen den Hals aufzureißen, um ihr warmes, leckeres, rotes ... bitte entschuldigt uns für einen Moment): langes, zu einem Pferdeschwanz zusammengebundenes Haar, hübsche ärmellose Jacken und eine Hemdbrust aus Spitzen. Viele modern eingestellte Vampire folgen diesem Trend, aber wir fragen: Was ist falsch an einem guten alten Nachthemd, halb durchsichtig und mit einem tiefen Ausschnitt ... natürlich unter einem karierten Morgenrock aus Wolle, bis zum Hals zugeknöpft?

DIENSTE FÜR MITGLIEDER
Wie kannst du sicher sein, dass du gut aussiehst, wenn du kein Spiegelbild hast und allein lebst? Erste Malerische Eindrücke, Straße Schlauer Kunsthandwerker 36, bietet Hilfe für einsame Vampire, die krauses Haar, eine falsch sitzende Krawatte und Spinat an den Reißzähnen vermeiden wollen: den Koboldspiegel. Dies ist ein Kasten, dessen eine Wand aus Glas besteht und den man an die Wand hängt. Im Innern des Kastens befindet sich ein Kobold, der dein Bild auf das Glas malt, wenn du in den »Spiegel« siehst. Er wischt die alten Bilder weg und malt neue, bis du schließlich mit deinem Aussehen zufrieden bist. Die Luxusausführung »verbessertes Bild« gibt Auskunft darüber, welche Krawatte zu welcher Weste passt, und weist dich darauf hin, wann du zum Friseur gehen solltest. Es stehen einige geschmackvolle Rahmen zur Auswahl.

BERÜHMTE ENTHALTSAMKEITSMOMENTE
Am 15. April 1876 erfand Rupert Müller den ersten Dampfjacken-Weinwärmer. Das Modell »Kleiner Helfer« brachte eine Flasche Wein in weniger als 25 Minuten auf die Temperatur von Blu ... auf Körpertemperatur. Inzwischen bietet die Familie Müller mehrere Weinwärmer-Modelle an. Das neueste, der »Bonobo 6«, bringt Wein in nur 35 Sekunden auf akzeptable Temperatur. Und denkt daran: Wein gerinnt nicht!

GRUSS FÜR NEUE MITGLIEDER
Wir heißen Herrn Uriah Possett in der Mission von Ankh-Morpork willkommen. Herr Possett ist Geschäftsführer von Possetts Blutwurst und Weißwurst GmbH. Er lehrt bei uns Diät und Leibesübungen.

MAI/MAI

Berüchtigte Vampire: Ethel Hartauf

Ethel fühlte sich sehr zu Männern hingezogen, vor allem zu Ehemännern. Sie war bis vor kurzer Zeit in Pseudopolis aktiv und wurde von Pastor Stetige-Feindseligkeit-allen-Ungläubigen-gegenüber Schnappel zur Strecke gebracht. Ethel griff ihn an, als er mit Gewichten trainierte. Ein hundert Kilo schweres Gewicht scheint eine recht gute Anti-Vampir-Waffe zu sein, wenn es mit ausreichender Kraft geworfen wird.

Berüchtigte Vampire: Gräfin Carmilla de Elstyr

Die Gräfin gehörte zur großen De-Elstyr-Familie und war für ihre Vorliebe bekannt, im frischen Blut von Jungfrauen zu baden. Als die restlichen Jungfrauen aus dem Land flohen beziehungsweise Maßnahmen ergriffen, um ihren Jungfrauenstatus zu beenden, füllten die Bediensteten der Gräfin ihr Bad mit Tierblut, roter Tinte und Preiselbeersaft. Das bescherte Carmilla de Elstyr eine rosarote Haut und außerdem viele Vitamine.

Berüchtigte Vampire: Graf Marduk

Graf Marduk lauerte unvorsichtigen Hochzeitsreisenden auf, die bei den Orten Kost und Schnappe durch den Wald kamen. Ein Bischof der Kirche von Om verfluchte ihn, und seine Existenz fand ein Ende, als er auf einen spitzen Stock fiel, mitten in einem Fluss bei Sonnenaufgang.

Graven Gierachi (Henry)

Berühmte Vampire: Baron Bernd von Hochsommer-Würdig

Bernd ist Präsident der Enthaltsamkeitsliga in Überwald. Viele Jahrzehnte lang war er der Schrecken des Dorfes Hochsommer-Würdig, wo man ihn oft pfählte, köpfte, unter Eis ertränkte und zwang, Rhabarber zu essen. Eines Abends kam er durch Duschen-Duschen und las einen Handzettel, der eine öffentliche Versammlung ankündigte, bei der Gräfin Margolotta sprach. Er ging hin, und der Rest ist Geschichte, wie es so schön heißt. Es stimmt absolut nicht, dass der Verzicht auf Blut ihn um den Verstand gebracht hat!!!!!

JUNI/JUNI

GEDANKE FÜR DIE WOCHE
Abstinenz ist ein kostbares Gut, die Abhängigkeit von Blut ein alter Hut.

BERÜCHTIGTE VAMPIRE: Graf Izzo von Klapka
Dieser Schurke des Vampirismus zeichnete sich durch eine besondere Einseitigkeit aus, denn er hatte es hauptsächlich auf Gräfin Franziska von Fahrenhof abgesehen. Schließlich wurde sie seiner Bemühungen überdrüssig, fing ihn in einem Kreis aus Knoblauch und erzwang die Ehe mit ihm. Kurz darauf ließ sein Interesse nach.

BERÜHMTE VAMPIRE: Herr Rupert Trostlos
Herr Trostlos arbeitet in dem Ankh-Morpork-Schlachthaus »Schlachten & Gemetzel«. Als einer der ersten Vampire in Ankh-Morpork suchte er sich einen Job in der »normalen« Gesellschaft, um sein Verlangen nach menschlichem Bl… nach menschlichem B… nach dem B-Wort im Zaum zu halten.

Mitteilung ~~von~~ von: John Ganz-und-gar-kein-Vampir Smith, Präsident
An: Fräulein Jane Mary Betty Pamela Ann Peggy von Jones, Vizepräsidentin

Ich mache mir große Sorrgen wwwegen Bob.

J G-U-G-K-V S

JULI/GRUNI

Mitteilung
Von Von: Fräulein Jane Mary Betty Pamela Ann Peggy von Jones, Vizepräsidentin
An: John Ganz-und-gar-kein-Vampir Smith, Präsident
Warum? Warum, bitte bitte? Ich habe ihn immer für sehr hilfsbereit gehalten. Er hat für jeden jeden ein großes, fröhliches Lächeln übrig. Ich wwwürrde sagen, die Liga kann stolz auf ihn sein. Und er hat einen wirklich kurzen Namen. Wie schafft er das bloß?

J.M.B.P.A.P. von J.

Mitteilung von von: John Ganz-und-gar-kein-Vampir Smith, Präsident
An: Fräulein Jane Mary Betty Pamela Ann Peggy von Jones, Vizepräsidentin

Genau das meine ich. Vor ein paar Tagen hat er auf dem Dach ein Sonnenbad genommen. Igor hat gesehen, wie er Knoblauchwurst kaufte. Wenn er am Fenster im Flur vorbeigeht, sieht man sein Spiegelbild im Glas. All diese Details passen zusammen, meiner Meinung nach!!!!!

J G-U-G-K-V S

Graf de Elstyr

Mitteilung
Von von: Fräulein Jane Mary Betty Pamela Ann Peggy von Jones, Vizepräsidentin
An: John Ganz-und-gar-kein-Vampir Smith, Präsident

Zeigt dies nicht, dass er das ganze Programm »Drei Schritte, ein Hüpfer und ein langer Sprung« absolviert hat? Ich glaube, du stehst unserem erfolgreichsten Mitglied zu skeptisch gegenüber!!!

J.M.B.P.A.P. von J.

AUGUST/AUGUST

DIENSTE FÜR MITGLIEDER
Zum Nutzen aller Mitglieder, die noch sehr empfindlich auf helles Licht reagieren, verkauft Herr Otto Chriek das so genannte Wiederauferstehungs-Fläschchen. Es enthält eine Phiole mit einem Tropfen Tierblut sowie einen diskreten Zettel mit Anweisungen. Falls es in freundlicher Gesellschaft zu einem »kleinen Unfall« kommt, hilft einem das Wiederauferstehungs-Fläschchen schon nach wenigen Sekunden wieder auf die Beine!

Mitteilung ~~von~~ von: John Ganz-und-gar-kein-Vampir Smith, Präsident
An: Fräulein Jane Mary Betty Pamela Ann Peggy von Jones, Vizepräsidentin

Als ich ihn auf dem Dach sah, hatte er die Reißzähne aus dem Mund genommen, und Igor meint, er trägt Gummiohren. Und Igor kennt sich mit Organen aus!!! Ich persönlich glaube, er liebt Geselligkeit und vielleicht auch durchscheinende Nachthemden. Bob ist ein MENSCH!!!!!

J G-U-G-K-V S

Mitteilung
~~von~~ von: Fräulein Jane Mary Betty Pamela Ann Peggy von Jones, Vizepräsidentin
An: John Ganz-und-gar-kein-Vampir Smith, Präsident
Wie schrecklich! Nur er kann das Harmonium reparieren!
All unsere Mitglieder sehen zu ihm auf! Alle halten ihn für unseren größten Erfolg und ein Beispiel für jeden geheilten Vampir!
Was sollen wir machen?

J.M.B.P.A.P. von J.

Mitteilung ~~von~~ von: John Ganz-und-gar-kein-Vampir Smith, Präsident
An: Fräulein Jane Mary Betty Pamela Ann Peggy von Jones, Vizepräsidentin

Nichts. Aber halte die durchsichtigen Nachthemden von ihm fern.

J G-U-G-K-V S

BERÜHMT & BERÜCHTIGT: Griminir die Pfählerin
Königin von Lancre (1514–1553, 1553–1557, 1557–1562, 1562–1567, 1568–1573).
Zwar verwandelte sich Griminir durch einen Vampirbiss in einen Vampir, aber sie hat nie menschliches Bl… getrunken. Sie ernährte sich von leicht angebratenen Steaks und dergleichen – in dieser Hinsicht könnte sie Ehrenmitglied der Liga sein. Doch sie ließ Personen bei lebendigem Leibe pfählen. Wer kein Vampir ist, muss deshalb noch lange nicht nett sein.

SEPTEMBER/SPUNI

GEDANKE FÜR DIE WOCHE
Du brauchst nur »nein« zu sagen hier, dann kannst du widersteh'n der Gier.

ENTHALTSAMKEITSERFOLGE
Ligamitglied Theo Tatterich (guter, normal klingender Name!) von der Mission in Quirm meldet: seit sechs Monaten keine »falschen« Gedanken! Wir wünschen ihm viel Erfolg in seinem neuen Leben als Sportlehrer an der Schule für junge Damen. Hier haben wir einen Vampir, der seine Entschlossenheit auf eine harte Probe stellt!

Maladora Krvoijac (Freda)

BERÜCHTIGTE VAMPIRE: Claudia von Jamprost
Claudia war einige Jahre lang bei den Spitzhornbergen aktiv, bevor man sie mit einem gesplitterten Besenstiel in der Brust und einem Beutel Zitronen im Mund (der in einiger Entfernung an eine Wand genagelt war) fand, die Strümpfe voller Pfeffer und Knoblauch auf dem Leibchen. Es fiel Claudia nicht leicht, Freunde zu finden.

OKTOBER/SEKTOBER

Berühmte Vampire: Graf Marduk jun.
Der Sohn des Grafen Marduk von Kost und Schnappe betreibt ein erfolgreiches Herbergsgewerbe und bietet im alten Familienschloss Zimmer mit Frühstück an. Er hat sich auf Hochzeitsreisende spezialisiert. In jedem Gästezimmer gibt es ein Himmelbett und eine Gratisschachtel mit Knoblauch, Zitronen und religiösen Emblemen. Wer diskret fragt, dem werden weitere Dienste angeboten.

Dienste für Mitglieder
Kosmetische Zahnmedizin. Ruthven »Doc« Vacatia eröffnete in Ankh-Morpork die erste Zahnarztpraxis, die geheilten Vampiren kosmetische Zahnmedizin anbot. In seinen modernen Räumen an der Kröselstraße offeriert er einige vorübergehende und auch permanente Lösungen, die es geheilten Vampiren erlauben, sich unter die Lebenden zu mischen, ohne durch ihre langen Zähne aufzufallen. Ein Muss für all jene, die nicht cool aussehen wollen! Mitglieder der Enthaltsamkeitsliga bekommen einen Rabatt von 10 %.

Sehr ungewöhnliche Rückkehr
Der Graf und die Gräfin von Laubenbach kehrten letztes Jahr ganz plötzlich zurück, als sich einer der Arbeiter, die das Schloss renovierten, an der Hand verletzte und blutete. Der Graf und die Gräfin waren vor sechsundsiebzig Jahren verschwunden, als sie eines Morgens die aufgehende Sonne überrascht und in Staub verwandelt hatte. Ein faules Hausmädchen hielt diesen damals für gewöhnlichen Dreck und fegte ihn unter den Teppich.

Berühmte Vampire: Therese Pfiffi
Sie verließ ihr Grab, um sich an dem bösen Baron Kronkelsbad zu rächen, der sie und ihre Familie in ihrer Hütte verbrannt hatte. Sie übte Vergeltung, indem sie das Blut des Barons bis auf den letzten Tropfen trank, kehrte anschließend in ihr Grab zurück und ließ, von gelegentlichen Postkarten abgesehen, nie wieder etwas von sich hören.

Gedanke für die Woche
Der dunklen Seite gib niemals nach, sei blutlos, kühn und ohne Schmach.

NOVEMBER/ASCHE

BERÜCHTIGTE VAMPIRE: Fräulein Cara Konjolos
Das einzige bekannte Beispiel für eine Vampirhexe. Auf entwurzelten Bäumen flog sie über den Nachthimmel, auf der Suche nach unaufmerksamen Zauberern. Ein sehr aufmerksamer Zauberer verwandelte sie in ein Wagenrad, und noch heute leistet sie erstklassige Dienste an der Postkutsche, die zwischen Sto Lat und Ankh-Morpork verkehrt.

BERÜHMTE TAGE DES VAMPIRISMUS
An diesem Tag gründete Graf Carladu in Duschen-Duschen die erste Mission beziehungsweise Ortsgruppe der überwaldischen Enthaltsamkeitsliga. Sie hatte drei Mitglieder.

BERÜHMTE VAMPIRE: Graf Varcolac
Der Graf existierte auf der entgegengesetzten Seite von Überwald, vor über 150 Jahren. Er ist das beste Beispiel für einen Vampir, der in Gestalt eines Hundes oder Wolfs jagte. Als Wolf begegnete er der Baronin Ursula Andressangel, einer Werwölfin, und verliebte sich in sie. Beide gaben ihre frühere Existenz auf und führen heute ein ruhiges Leben in Nichtsfjord, wo sie einen Sohn, eine Tochter und einen Welpen haben.

Vlad de Elstyr

DEZEMBER/DEZEMBER

ENTHALTSAMKEITSERFOLGE
Unsere Anerkennung gebührt »Henry« von Schlost, der unsere legendäre Kontrolle über einfache Tiere in seiner Hundeschule »Kinder der Nacht« einem guten Zweck zuführte. Er berichtet, dass sich auf seine Anweisung hin nicht nur alle Hunde hinlegen und tot stellen, sondern auch einige der Hundebesitzer. Bravo, »Henry«!

DIENSTE FÜR MITGLIEDER
Die Firma »Süße Träume«, Werftstraße 14–21, hat ihr Angebot an Matratzen (gefedert oder gefüllt mit Stroh, Eiderdaunen, Rosshaar oder Granit) mit dem Modell »Vertrauter Boden« erweitert. Es steht in verschiedenen Größen zur Verfügung und lässt sich mit Erde aus der Heimat füllen, sodass man problemlos in einem »normalen« Bett schlafen kann, ohne auf das alte Klischee des Sargs im Keller zurückgreifen zu müssen. (Ein besonderer Vorteil für alle Ligamitglieder, die in einem Apartment wohnen.)

BERÜCHTIGTE VAMPIRE: Graf Volosu
Viele Jahre lang war der Graf in den Dörfern an den Flüssen von Überwald wohl bekannt. Er gehörte zur alten Schule der Vampire, legte Wert auf eine weiße Krawatte und einen Frack. Er hatte sich darauf spezialisiert, Tiere zu kontrollieren, doch im Garten eines Wirtshauses fand man Spuren, die darauf hindeuteten, dass er von einer Katze gefressen wurde. (Katzen lassen sich von nichts und niemandem beherrschen.)

GEDANKE FÜR DIE WOCHE
Sag immer »nein« zum Blut, denn Tee ist genauso gut.

Die Herren Tagscheu, Schräg & Honigfleck sind stolz, dieses Jahrbuch der (geheilten) Vampire 2004 zu fördern.

KUHHIRT & MESSNICH
Gegr. 1358
Ausstatter des hohen und niederen Adels
Rabatt für Mitglieder der Liga
KÖNIGSSTRASSE, ANKH-MORPORK

Vampirspiegel
Erste
Malerische Eindrücke
FÜR JEDEN RAUM IM HAUS ODER IM SCHLOSS
Straße Schlauer Kunsthandwerker 36

PJSM
PRINTS

DIE SCHEIBENWELT-KUNST
VON PAUL KIDBY

Für weitere Informationen bitte einen frankierten und adressierten Umschlag an:
PJSM Prints, PO Box 1770
Salisbury, Wilts SP5 5SS
Tel. 0044/1722 780939 www.pjsm-prints.co.uk

Sei kein Sangi!

Der Scheibenwelt-Kalender basiert auf der englischen Originalausgabe, die unter dem Titel »Discworld (Reformed) Vampyre's Diary 2003« bei Victor Gollancz Ltd., London, erschienen ist.

Ins Deutsche übertragen von Andreas Brandhorst

Deutsche Erstveröffentlichung August 2003

First published 2002 by Victor Gollancz Ltd., London

Umschlaggestaltung: Design Team München
Umschlagillustration: Paul Kidby

Terry Pratchett

Stephen Briggs

Der Scheibenwelt-Kalender 2008

Mit Illustrationen von Paul Kidby

SCHEIBENWELT-KALENDER
und Handbuch des Postamts von Ankh-Morpork
2008

ANGABEN ZUR PERSON

Name ____________________

Dienstbezeichnung/Titel ____________________

____

____

____

PA-Dienstmarkennummer (gegebenenfalls) ________

____

Postweg (gegebenenfalls) ____________________

____

Liste der arbeitsbedingten Verletzungen ________

____

____

____

Schalternummer (gegebenenfalls) ____________

Klacker-Pseudonym (gegebenenfalls) __________

____

Geschlecht (falls bekannt) ____________________

Geburtsdatum ____________________

Privatanschrift (mit Postleitzahl, bitte richtig und deutlich schreiben) ____________________

K-Mail-Adresse ____________________

Frühere Beschäftigungen ____________________

____

____

____

Bist du den Weg gegangen? JA/NEIN

ASK ME
ABOUT

In alten Zeiten (etwa 225 Jahre vor »früher«, aber etwa 200 Jahre nach »damals«) griffen die Könige von Ankh-Morpork auf die Dienste von Kurieren zurück, um Befehle und andere Mitteilungen in verschiedene Regionen der Sto-Ebene und jenseits davon zu bringen.

Die schnellsten Kuriere konnten 200 Meilen an einem Tag zurücklegen, wenn sie unterwegs häufig Pferd und Kissen wechselten oder sich gegenseitig ablösten. Meistens waren die Reiter recht jung und wurden nicht sehr alt. Das hing einerseits damit zusammen, dass ein Tag im Sattel eines galoppierenden Pferds den inneren Organen nicht sehr erträglich war, andererseits waren Straßenräuber weit verbreitet (was schlimmer ist als endemisch, aber nicht ganz so schlimm wie allgegenwärtig). Gelegentlich wurden Wachen losgeschickt, um die Räuber abzuschrecken, und man errichtete Galgen an den Zwischenstationen, um die Schurken auf ihre Karriereaussichten hinzuweisen.

Und so wurde das Verschicken von Briefen »Post« genannt. (Die Bezeichnung »Leichenroute« wäre zwar treffender gewesen, passte aber nicht für die Marketingstrategie.)

Nur der König und ausgewählte Beamte, königliche Verwandte, Hofschranzen und Busenfreunde durften mit dem Königlichen Mitteilungsdienst beziehungsweise den Postjungen Briefe versenden. Aber es war nicht ungewöhnlich für reiche Kaufleute und andere, streng verbotene private Vereinbarungen mit den Kurieren zu treffen.

Damals mussten die gewöhnlichen Leute in Ankh-Morpork auf die Hilfe von Händlern und Kaufleuten zurückgreifen, die ihre Briefe mitnahmen, wenn sie zu weiten Geschäftsreisen aufbrachen. Dieser Dienst war sehr zuverlässig, aber die Briefe konnten monatelang unterwegs sein – es hing ganz vom Ziel des jeweiligen Kaufmanns und dem Inhalt der Briefe ab. Wie alle anderen brauchten Kaufleute etwas Unterhaltsames, um es abends am Lagerfeuer zu lesen, und ein wirklich guter Brief mochte jahrelang auf den Handelsrouten unterwegs sein, bevor er schließlich seinen Bestimmungsort erreichte. Daisys Brief an Willie, in dem sie ihm mitteilte, wie sehr sie seine Rückkehr aus dem Krieg herbeisehnte, verbrachte mehr als sieben Jahre auf der Ankh-Morpork-Gennua-Route. Man fertigte Dutzende von Kopien an, und außerdem diente der Brief als Vorlage für eine Postkartenserie und ein ziemlich verrufenes Varietéprogramm.

Die Unsichtbare Universität richtete einen eigenen Postdienst ein für die privaten Briefe der Zauberer. Man versuchte es mit Eulenpost, aber die Eulen in Ankh-Morpork erwiesen sich als intelligenter und weniger fügsam als ihre Artgenossen vom Lande – für sie waren Briefe warmes und leicht zu beschaffenes Nestbaumaterial. Die Bediensteten der Universität gaben sich alle Mühe, die Briefe von schwer erreichbaren Nistplätzen zurückzuholen. Diese Briefe wurden schließlich mit dem aufgestempelten Hinweis »Von Eulen benutzt« zugestellt, obwohl das eigentlich nicht nötig war. Denn wenn eine Eule für eine gewisse Zeit auf der Post gesessen hat, so ist das auch ohne Stempel unübersehbar.

Im Jahr 1530 schuf König Cirone II. ein Netzwerk aus Kurieren und Pferden entlang wichtiger Routen, und er ernannte einen »Postmeister«, der das System verwalten und maximale Effizienz gewährleisten sollte. Zum ersten Postmeister ernannte er Sir Rolande de Colline, der zusammen mit dem Gründer der Assassinengilde, Sir Gyles de Murfoote, Ritter und Krieger gewesen war. Diese wichtige Verbindung schützte die Repräsentanten der Königlichen Post vor Dieben. Das System funktionierte recht gut, und der Begriff »Roter Brief-Tag«* geht auf den Umstand zurück, dass die Post oft mit Blutflecken zugestellt wurde. Andererseits: Sie hatte ihren Bestimmungsort erreicht, und das war ein Grund zur Freude.

Im Jahr 1635 entschied König Lorenzo I. (der Vater von Lorenzo dem Netten), dass auch die Öffentlichkeit das Königliche Postamt von Ankh-Morpork und der Sto-Ebene benutzen durfte. Das ursprüngliche Gebäude am Breiten Weg wurde gemeinhin Postamt genannt, und der Chefverwalter war der Postmeister. König Lorenzo verfügte gleichzeitig, dass alle Häuser und Anwesen in Ankh-Morpork deutlich mit einer Nummer gekennzeichnet sein sollten, um die Zustellung der Post zu erleichtern. Zu Anfang herrschte ein wenig Verwirrung, weil die Leute dachten, dass sie sich ihre Nummer selbst aussuchen konnten, und eine Zeit lang war die Stadt voller Einsen. Niemand wollte die Nummer acht sein, die als Unglückszahl galt. Diese Verwirrung wurde energisch und durchgreifend gelöst, als der König eine Einsatzgruppe beauftragte, jedes achte Haus abzureißen. Ein weiteres Relikt aus jener Zeit ist, dass alle Gebäude in der Brauerstraße die Nummer 34 tragen, aber das ist *Tradition* und gilt somit als kurios, nicht als dämlich.

In der Anfangszeit der Ankh-Morpork-Post verlangte ein Dekret des Königs, dass die Post der Sto-

* Im Englischen ist mit »Red Letter Day« ein Feiertag gemeint.

Ebene, die den Königlichen Postdienst benutzte, über Ankh-Morpork ausgeliefert werden musste. Also musste ein Brief von Sto Helit nach Sto Lat (eine Entfernung von etwa fünf Meilen) erst zwanzig Meilen nach Ankh-Morpork zurücklegen und dann noch einmal zwanzig von Ankh-Morpork nach Sto Lat. Erst der Postmeister Jedediah Palmer richtete neue Postwege ein, Cross-Posting genannt, sodass die Post nicht mehr die Route über Ankh-Morpork nehmen musste. Auf seine Initiative geht auch der erste Postkutschendienst zurück.

Der Legende nach hatte das ursprüngliche Dekret viel mit der Paranoia des Königs und dem sehr großen schwarzen Kessel zu tun, der noch heute im zentralen Postamt steht.

Postkutschen

Straßenraub war (und ist) ein großes Problem in der Sto-Ebene, und das alte Postsystem ließ Briefe und Kuriere Angriffen gegenüber ungeschützt. Den Passagierkutschen ging es nicht viel besser, und Reisende erreichten ihr Ziel nur selten mit allen ihren Besitztümern oder ihrer gesamten Kleidung. Deshalb entwickelte Postmeister Palmer ein neues System, bei dem jeder Kutscher von einer bewaffneten Wache begleitet wurde. Gleich zu Beginn dieser Neuerung erschossen Postkutschenwächter vier Räuber.*

Berauscht von seinem Erfolg versuchte es Palmer mit anderen Taktiken und stellte Männer mit mehr Narben als Zähnen und Namen wie Charlie die Schlange ein. Sie saßen als gewöhnliche Reisende verkleidet in der Kutsche und warteten darauf, dass ein (vergleichsweise) unschuldiger Dieb die Kutsche anhielt. Eine beliebte Verkleidung (wer weiß, aus welchem Grund) war »eine-Gouvernante-die-drei-unschuldige-junge-Damen-zum-Mädchenpensionat-Bringt«, aber auch »demütiger-Priester« und »offenbar-betrunkener-und-leicht-auszuraubender-älterer-Herr« erzielten beachtliche Erfolge. Tatsächlich so beachtliche, dass die Einwohner ganzer Dörfer die Flucht ergriffen, wenn sie die Kutsche kommen hörten. Die neuen Wächter hielten sich nicht mit Dingen wie Galgen auf, und für gewöhnlich schickten sie dem Postmeister die Schurken in einem Eimer.

Danach ließ man die Post in Ruhe, und die Kutschen bekamen mehr Passagiere, als sich herumsprach, dass »die-Gouvernante-die-drei-unschuldige-junge-Damen-zum-Mädchenpensionat-Bringt« nicht mehr auf dieser Route unterwegs war.

Zur Zeit der Herrschaft Lorenzo des Netten erfand der Postmeister Sir Henry Stempel ein System der Freimachung (bald unter der Bezeichnung »Poststempel« bekannt). Er wollte in der Lage sein, den Weg der Post durch die Stadt und über ihre Grenzen hinaus zu verfolgen, um ineffiziente Poststationen und langsame Zusteller zu entdecken.

* Genauer gesagt, die Männer saßen auf Pferden und sahen für die Wächter »ein wenig seltsam« aus. Wie sich herausstellte, hatte einer von ihnen Dokumente bei sich, die ihn als Vertreter für verschreibungspflichtige Medikamente auswiesen. Aber das galt nur als Beweis dafür, dass Straßenräuber schreckliche Lügner waren.

Lorenzo der Nette machte von diesem neuen Verwaltungswerkzeug rigorosen Gebrauch, und während der nächsten zehn Monate verbesserte sich der Postdienst enorm, obgleich acht unpünktliche Briefträger und sieben faule stellvertretende Postmeister gehängt, gerädert und gevierteilt wurden, zur Unterhaltung der Bürger und wie es Sir Henry ausdrückte: »Pour encourager les autres.« Der König hatte leider die Angewohnheit, mit offenem Mund zu sprechen, und hinzu kam die verständliche Furcht der Höflinge vor den Folgen von Ungehorsam. Dies führte dazu, dass durch Mundpropaganda »pour encourager des autriches«* daraus geworden war, als die gut gemeinten Worte Quirm erreichten. Die dortigen Postverantwortlichen begannen sofort damit, entsprechende Vögel für die Zustellung der Briefe in der Stadt abzurichten. Alles klappte erstaunlich gut, obgleich die neuen Postvögel dazu neigten, seltsam geformte Päckchen zu verschlucken. Der stellvertretende Postmeister von Quirm stieß auf einen gewissen Widerstand, als er auch den anderen stellvertretenden Postmeistern nahelegte, exotische Vögel für die Zustellung zu verwenden. Er verurteilte ihre reaktionäre Einstellung und warf ihnen vor, den Kopf in den Sand zu stecken.

Das dunkle Zeitalter

Vor einigen Jahrhunderten begann der Niedergang des Postamts. Dazu kam es kurze Zeit nach dem Bau des prächtigen neuen Gebäudes, was eine allgemeine Regel bestätigte, wonach es mit allen großen Organisationen bergab geht, wenn sie ein neues Hauptquartier beziehen. Der Erfolg stieg dem Postamt in den kollektiven Kopf. Zwar gab es keine Stadtorganisation, deren Namen bekannter war und mehr Respekt genoss, aber Seher und Wahrsager brachten die Verantwortlichen dazu, teure und unerprobte Anlagen zu installieren und ihren Namen in PA zu ändern!!!

Leute, die ihre Arbeit verstanden, wurden dafür bezahlt, anderen Leuten Platz zu machen, die überhaupt keine Ahnung hatten, sodass immer schlechtere Arbeit geleistet wurde, dafür aber billiger. Angestellte gingen. Die anderen arbeiteten härter. Die neuen Apparate fielen aus. Die Moral sank. Die Kosten für die Beförderung der Post stiegen, und die Effizienz ließ immer mehr zu wünschen übrig. Kutschen blieben mit Pannen liegen, und als Rechnungen und Löhne unbezahlt blieben, nahmen die Kutscher Pferde und Fahrzeuge anstelle der ausstehenden Gehälter.

Das Postamt machte noch einige Jahrzehnte weiter, so gut es ging, aber als Ankh-Morpork Zwergenimmigranten aus den Bergen die Tore öffnete – wodurch sich der Personenverkehr in der Sto-Ebene mehr als verdoppelte –, griffen viele Bürger der Stadt auf die Dienste der zwar informellen, aber sehr zuverlässigen Zwergenkuriere zurück. Eine Zeit lang hielt das Postamt am stadtinternen Postdienst fest, aber das Ende war absehbar.

* Autriches klingt wie »ostriches«: Strauße.

Wochentage

Ämter in Ankh-Morpork

Die größeren Postämter sind normalerweise von 08.30 Uhr bis 18.00 oder 18.30 Uhr geöffnet, mit Ausnahme von Feiertagen. Einige kleinere Ämter schließen am Samstag früher. Alle Arten von Post- und Klacker-Angelegenheiten werden im Postamt am Breiten Weg erledigt, und zwar von acht Uhr morgens bis acht Uhr abends.

Ämter außerhalb von Ankh-Morpork

Die größeren Postämter sind von 09.00 Uhr bis 18.00 Uhr geöffnet, die kleineren teilweise von 09.00 Uhr bis 17.30 Uhr. An Feiertagen sind sie natürlich geschlossen. An einem Tag in der Woche können die kleineren Postämter auch früher schließen, meistens an lokalen Festtagen.

Silvester, Patriziertag und andere offizielle Feiertage

Ämter in Ankh-Morpork

Das Postamt am Breiten Weg ist von 09.30 Uhr bis 12.30 Uhr für alle normalen Dienste geöffnet, bis auf den Verkauf von Briefmarken mit einem Nennwert von 2 Dollar und mehr und der Annahme von Post für die Schatten, Borograwien, Tezuman oder Kröselstraße 36.

Am Silvestertag werden Briefe und Päckchen innerhalb der Stadtmauern von Ankh-Morpork einmal zugestellt (mit Ausnahme der Schatten und Kröselstraße 36).

Ämter außerhalb von Ankh-Morpork

Postämter außerhalb von Ankh-Morpork öffnen nach lokalen Vereinbarungen.

Post für Kröselstraße 36
An diese Adresse gerichtete Briefe bleiben im zentralen Postamt, bis die Bedingungen am betreffenden Ort für den Versuch einer Zustellung stabil genug zu sein scheinen.

Die Öffentlichkeit sollte wissen, dass die neuen Sammelbehälter für Post, die man jetzt in vielen Straßen sehen kann, (a) anderthalb Meter hoch und (b) rot sind, außerdem (c) einen Schlitz für Briefe aufweisen.

SAMMELBEHÄLTER

Das Postamt übernimmt **KEINE VERANTWORTUNG** für Briefe, die in etwas geschoben werden, das nur anderthalb Meter hoch ODER rot ist ODER einen Schlitz aufweist. Es ist hier zu einigen bedauerlichen Zwischenfällen gekommen.

Hinweis 1: Post, die in Briefkästen von Schnecken gefressen wurde

Wir bedauern, dass Schnecken die Briefkästen in den feuchteren Teilen der Stadt besiedeln. Die Post aus den betreffenden Sammelbehältern könnte mit dem Hinweis »Von Schnecken gefressen« zugestellt werden.

Hinweis 1(a): Das Postamt von Ankh-Morpork kann nicht akzeptieren, dass Schnecken nur Briefmarken fressen.

Hinweis 1(b): Nach weiteren Nachforschungen räumt das Postamt von Ankh-Morpork die Möglichkeit ein, dass Schnecken *tatsächlich* von der 50-Cent-»Kohlfeld«-Marke angelockt werden. Diese Briefmarken werden mit einer Substanz in der Gummierung neu gedruckt, die für Schnecken schädlich ist, für Menschen aber aller Wahrscheinlichkeit nach nicht.

Hinweis (1c): Das Postamt von Ankh-Morpork gesteht ein, dass die neue Gummierung der 50-Cent-»Kohlfeld«-Marke einen unangenehmen Nachgeschmack hinterlässt. Deshalb erhalten Käufer der 50-Cent-»Kohlfeld«-Marke bis auf Weiteres ein (1) kostenloses Postamt-Pfefferminzbonbon, Marke »mild und atemrein«.

Hinweis (1d): Das Postamt von Ankh-Morpork gibt stolz bekannt, dass sich die Anzahl der Schnecken in den Sammelbehältern aufgrund des Einsatzes offizieller Post-Kröten drastisch verringern wird. Es ist vorgesehen, alle betroffenen Behälter mit einer solchen Kröte auszustatten.

Hinweis (1e): Das Postamt von Ankh-Morpork räumt ein, dass nicht alle den Geschmack von Pfefferminz mögen. Jeder Kunde, der das Recht auf ein kostenloses Pfefferminzbonbon erworben hat, kann stattdessen eine (1) violette Jujube wählen.

Hinweis (1f): Das Postamt von Ankh-Morpork bedauert, dass es angesichts der jüngsten Schneckenbekämpfungsmaßnahmen notwendig wurde, einige Brief mit dem Stempel »von Kröten angeschleimt« zu versehen. Um das Problem zu lösen, haben wir einige klatschianische Melonenschlangen beschafft.

Hinweis (1g): Kunden, die ein Recht auf ein Pfefferminzbonbon oder eine Jujube haben (siehe Hinweise 1(c) und 1(e)), könnten unter bestimmten Umständen ein 1) Hustenbonbon mit Kirschgeschmack bekommen.

Hinweis 1(h): Das Postamt von Ankh-Morpork bedauert, dass die klatschianische Melonenschlange leicht mit der tödlichen gestreiften braunen Rumba zu verwechseln ist, selbst für unsere Lieferanten. Inzwischen stehen gewisse Mengen des Gegengifts zur Verfügung. Bedienstete und Kunden, die glauben, gebissen worden zu sein, sollten in aller Ruhe das nächste Postamt aufsuchen, falls sie es in drei Minuten erreichen können.

Hinweis 1(i): Das Postamt von Ankh-Morpork bedauert, dass es notwendig geworden ist, Briefe aus bestimmten Sammelbehältern mit den warnenden Worten »Schlangengift, bei Kontakt tödlich, vorsichtig öffnen« zu versehen. Damit der normale Dienst wiederhergestellt werden kann, sind einige Sammelbehälter mit Exemplaren des aus dem Wiewunderland stammenden Roten Mungo ausgestattet worden, der für den Menschen völlig harmlos ist und nicht einmal von besonders kurzsichtigen und fahrlässigen Lieferanten mit irgendwelchen gefährlichen Geschöpfen verwechselt werden kann.

Hinweis 1(j): Das Postamt von Ankh-Morpork bedauert, dass es notwendig wurde, einige Briefe mit dem Stempel »von Mungo-Kot beschmutzt« zu versehen.

Hinweis 1(k): Das Postamt von Ankh-Morpork hat mit Interesse die Leserbriefdebatte in der *Times* über Mungos/Mangusten verfolgt, vertritt aber den Standpunkt, dass es letztendlich keine Rolle spielt, da beide defäkieren, und zwar ziemlich oft.

Hinweis 1(l): Das Postamt von Ankh-Morpork bedauert, dass es einige Briefe mit dem Stempel »von Hamstern als Nestmaterial benutzt« versehen musste. Es weist ausdrücklich darauf hin, dass mit ziemlicher Sicherheit keine offiziellen Hamster in die Sammelbehälter gesetzt wurden. Es muss sich um das Werk eines Witzbolds handeln.

Hinweis 1(l): [Nachtrag] Das Postamt von Ankh-Morpork vertritt einen ähnlichen Standpunkt in Hinsicht auf andere lebende Dinge, die in den Sammelbehältern erschienen sind: Kätzchen, Eidechsen und Herr Edward Souser (21), wohnhaft Pellicool-Stufen 11, offenbar an seinem Junggesellenabschied.

Hinweis 1(m): Das Postamt von Ankh-Morpork gibt hiermit bekannt, dass es Gnome und kleine Wasserspeier einlädt, sich in den Sammelbehältern niederzulassen. Dies wird die Sicherheit des Postdienstes verbessern und einen wichtigen Beitrag für den Wohnungsbestand in der Stadt leisten.

Hinweis 1(n): Das Postamt von Ankh-Morpork bedauert, dass es wegen der jüngsten sehr hohen Flut und der davon herbeigeführten Überflutung des Flusstor-Bereichs einige Briefe mit dem Stempel »von unbekannten Meereslebewesen angeknabbert« versehen musste.

Ein offizieller Hummer ist angeschafft worden.

Allgemeine Bestimmungen

Alle in Ankh-Morpork aufgegebenen Briefe müssen je nach Bestimmungsort ausreichend frankiert sein, mit den vom Postminister zugelassenen Briefmarken. Es dürfen keine anderen Briefmarken verwendet werden, mögen sie auch noch so schön sein.

Briefe, die in Ankh-Morpork aufgegeben werden und für die Weiterleitung per Semaphor beziehungsweise Klacker bestimmt sind, müssen genügend Porto für gewöhnliche Überlandzustellung aufweisen. Die jeweiligen Tarife hängen in den Postämtern aus.

Alle vom Postamt herausgegebenen Briefmarken behalten für immer ihren Nennwert, vorausgesetzt, sie bleiben lesbar. Dies gilt allerdings nicht für die 50-Cent-Sondermarke »grünes Kohlfeld«, **die nicht auf einen Umschlag geklebt werden sollte**. Die Gummierung dieser Briefmarke basiert auf Kohlrabi und Blumenkohl, um im Ausland lebenden Kunden ein wenig Heimatduft mitzugeben. Bedauerlicherweise ist er ein wenig zu realistisch geraten.

Nach der Desinfektion des Postamts und von vier Kutschen gehen wir davon aus, dass sich die restlichen Briefmarken in versiegelten Gläsern befinden, bei privaten Sammlern oder der Stadtwache. Wer im Besitz einer solchen Marke ist, **sollte sie nicht zum Postamt bringen**, sondern ein Treffen mit einem unserer Mitarbeiter vereinbaren und ihm die Briefmarke an einem ausreichend belüfteten Ort übergeben. Er bekommt dafür sichere Marken im gleichen Wert.

Lecken Sie die Marke nicht und vermeiden Sie, dass sie auf andere Weise feucht wird.

Briefe

Gewicht und Größe

Dem Gewicht sind keine Grenzen gesetzt. Die Größe unterliegt folgenden Beschränkungen:

Maximum:
Länge sechzig Zentimeter, Breite fünfundvierzig Zentimeter und Tiefe ebenfalls fünfundvierzig Zentimeter. Eine Rolle darf maximal hundert Zentimeter lang sein und an der dicksten Stelle fünfundsiebzig Zentimeter messen.

Minimum:
Es sollten keine Briefumschläge benutzt werden, die weniger als zehn Zentimeter lang und sechs Zentimeter breit sind.

Eier, Fische, Geflügel, Wild, Kaninchen, Fleisch, Obst und Gemüse können gar nicht per Briefpost verschickt werden, zahlreiche andere Dinge dagegen nur in spezieller Verpackung (siehe Abschnitt »Verpackung« weiter unten).

Coupons, Formulare, Karten usw. mit geschriebenen Antworten für Akrosticha und Ratewettbewerbe sowie schriftliche Mitteilungen, die mit Worten, Zeichen, Buchstaben oder Zahlen auf Züge bei einer Partie Bums hinweisen, sind nicht zulässig.

Es ist nicht erlaubt, leeres Briefpapier an eine Person zu schicken, die es anschließend benutzen soll. Drei leere Formulare einer Art beziehungsweise jeweils drei Exemplare unterschiedlicher Formulare dürfen einem Paket mit einem Verpackungsdokument hinzugefügt werden.

Das Versenden von Jahreskalendern ist erlaubt, doch Kalender für kürzere Zeiträume sind nicht zulässig.

Für Löschpapier und ähnliches Material gilt, dass es normalerweise nicht fürs Schreiben oder für den Druck verwendet wird und daher nicht zugelassen ist. Aber ein einzelnes Blatt Löschpapier, das nicht als Probe versendet wird, oder eins, an dem auf gewöhnliches Papier oder Pappe gedruckte Annoncen befestigt sind, darf in einem offenen Umschlag in die Post gegeben werden.

Verbotene Objekte

Verbotene Objekte werden zurückgewiesen oder beschlagnahmt. Dazu gehören:

- Gewisse Rundbriefe
- Wahrsage-Annoncen
- Lotterielose
- Ungebetene Werbebriefe von Geldverleihern

Gefährliche Objekte

Dazu zählen: Brennbare, giftige, ätzende, verderbliche oder andere schädliche Objekte. Nicht richtig verpackte scharfe Instrumente. Ungenügend deaktivierte magische Gegenstände aller Art. Streichhölzer.

Silvesterknaller sind allerdings erlaubt.

Jedes Paket, das andere zuzustellende Pakete, Mitarbeiter des Postamts oder andere Personen, die mit dem Paket in Kontakt kommen, verletzen oder mit ihm/ihnen streiten könnte.

Andere verbotene Objekte

Dazu gehören:

- Schmuggelware
- Falschgeld oder gefälschte Briefmarken (auch Marken, die zwar vom Postamt gedruckt worden sind, aber nicht mehr gültig sind, zum Beispiel die »Geliebten«-Marke [siehe unten]).
- Alle Tiere, Vögel, Fische und Insekten, mit Ausnahme von Bienen, Blutegeln und Seidenraupen.
- Anstößige, obszöne oder beleidigende Mitteilungen, Skizzen, Zeichnungen, Drucke, Ikonografien oder andere Objekte, wenn sie nicht gut verpackt und mit dem Stempel der Näherinnengilde versehen sind.

[Hinweis 1: Das Postamt nimmt Postkarten an, die in die Kategorie »frech und neckisch« fallen, aber »derb« geht zu weit.

Kunden, die sich näher mit diesen Differenzierungen befassen möchten, können sich gegen Zahlung einer kleinen Gebühr eine repräsentative Auswahl ansehen, die auf Anfrage im Hauptpostamt zur Verfügung steht.

DIE GRÜNE 50-CENT-MARKE, ZWEITE AUFLAGE (DIE SO GENANNTE »GELIEBTEN«-MARKE): EINE OFFIZIELLE STELLUNGNAHME

Es hat viel skandalöses Gerede über diese inzwischen aus dem Verkehr gezogene Briefmarke gegeben. **Die Fakten** sind folgende:

Das Postamt gab ein neues Bild für die zweite Auflage dieser beliebten Briefmarke in Auftrag, und diesmal sollte sie auf Anregung des Kohlbauernverbands ein Feld von Bisschengrün-Saftig darstellen – eine neue verbesserte Art – und nicht wie bisher den alten, robusten Herbst-Zuverlässig.

Gerade als unser Maler an der Arbeit war, begab es sich, dass ein junger Mann genau dieses Feld wählte, um einer jungen Frau den Umgang mit der Hacke zu zeigen. Die Kunst des Hackens genießt bei den Kohlbauern der Ebene natürlich hohes Ansehen, und eine junge Frau, die gut mit der Hacke umgehen kann, wird nicht lange nach einem Ehemann suchen müssen.

Der junge Mann war gerade damit beschäftigt, ein besonders komplexes Wurzelbelüftungsmanöver zu zeigen, als die junge Frau unseren Maler bemerkte. Von mädchenhafter Scheu überwältigt, ging sie falsch mit der Hacke um, sodass sowohl sie selbst als auch ihr junger Lehrer zwischen den Kohl fielen, wobei es verständlicherweise zu einem beträchtlichen Durcheinander kam.

Unser Maler stammte aus der Stadt und war sich nicht im Klaren darüber, dass es sich in diesem Fall nicht um einen weiteren landwirtschaftlichen Vorgang handelte. Er fuhr mit der Skizzierung fort, davon überzeugt, dass dies der fertigen Marke zusätzlich etwas »Farbe« verleihen würde. Wir müssen leider feststellen, dass er Recht behielt.

Erst als bereits mehrere hundert Bogen der neuen Briefmarke gedruckt waren, stellte unser für Marken zuständiger Mitarbeiter Stanley Heuler fest, dass Leute mit einer Neigung zum Böswilligen und Verdorbenen eine ganz andere und, wie wir betonen möchten, völlig ungerechtfertigte Bedeutung in den Darstellungen erkennen könnten. Einige ranghohe Mitglieder des Kohlbauernverbands haben uns *versichert*, dass der junge Mann höchstwahrscheinlich den altehrwürdigen Brauch des »Schuggelns« vorführen wollte: Dabei geht es darum, das Saatbeet vor der Aussaat mit den Hinterbacken zu wärmen. Es freut uns zu sehen, dass alte Traditionen fortgesetzt werden. Umso mehr bedauern wir, dass gewisse Personen diese Kulturtechnik mit Hilfe der Presse in den Schmutz gezogen haben.

Leider zeigen einige wenige Marken des ersten Drucks Lord Vetinaris Kopf ein wenig zur Seite geneigt, als fände er Interesse an dieser alten landwirtschaftlichen Praktik.

Wegen der ungewollten Aufmerksamkeit, die die Briefmarke auf sich gezogen hat, haben wir sie aus dem Umlauf genommen – sie ist keine gültige Frankierung für Briefe. Wir wissen, dass eine gewisse Anzahl dieser Marken in die Öffentlichkeit gelangt ist. Wenn sie im Postamt vorgelegt werden, tauschen wir sie gegen gültige Briefmarken mit dem gleichen Nennwert um.

Damit ist diese bedauerliche Angelegenheit erledigt.

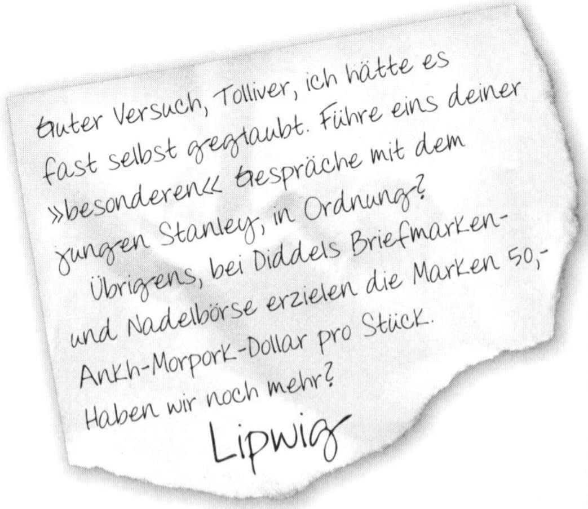

Stanley Howler

Peinliche Pakete

Vom Postamt als peinlich eingestufte Pakete sind verboten. Die Peinlichkeit kann aus der Adressierung oder der Art und Weise resultieren, wie die Briefmarke aufgeklebt ist. Hinzu kommen Farbe, Typ, Form und Größe des Umschlags.

Zum Beispiel:

Falsch geschriebene Adressen, sodass sich humorvolle Doppeldeutigkeiten ergeben.

Nebeneinander- oder übereinanderpositionierte Briefmarken, die zusammen ein peinliches Gesamtbild ergeben. Etwa eine gewöhnliche 1-Cent-Marke, die so über eine andere Marke geklebt wird, dass Lord Vetinari am Hinterteil eines Pferds zu riechen scheint.

Ein Paket, das durch die Art seiner Schnürung gewissen intimen Teilen der männlichen Anatomie ähnelt. (Nach Vereinbarung können Muster besichtigt werden: von männlichen Interessenten im Alter von mindestens 21 und verheirateten weiblichen Besuchern im Alter von mindestens 30.)

Anstößige Kürzel und falsch aufgetragenes Make-up

Die Kürzel MELKV, LANCRE und KLATSCH sind traditionsgemäß auf der Rückseite von Briefen gestattet, um dem Adressaten eine romantische Botschaft zu übermitteln.

WIEWUNDERLAND, ZWEIHEMDEN und GENNUA allerdings sind streng verboten, es sei denn, es handelt sich eindeutig um einen Teil der Adresse. Wer andere Kürzel benutzen möchte, muss sie **VORHER UNBEDINGT** Fräulein Makkalariat vorlegen, der Leiterin des Schalterdienstes. Sie genehmigt sie in dem *extrem* unwahrscheinlichen Fall, dass keine obszöne oder anzügliche Bedeutung festgestellt werden kann. »Mit einem liebevollen Kuss verschlossen« mag sehr romantisch sein, aber die Kunden sollten bedenken, dass ein solcher Brief bei anderen Briefen im Postsack liegt, und sowohl Duft als auch Lippenstift sind unter diesen Umständen sehr ansteckend. Ein Brief zwischen älteren männlichen Geschäftsleuten, der nach *Nächtliche Leidenschaft* riecht, könnte ungewollte Resultate erzielen. Und Lippenstift an der falschen Stelle ist natürlich immer schwer zu erklären.

Fräulein Makkalariat

Verpackung

Briefe und Pakete aller Art müssen so beschaffen sein, dass sie ihren Inhalt vor Beschädigung schützen, aber auch keine anderen Briefe oder Pakete beschädigen können. Darüber hinaus darf für Mitarbeiter des Postamts keine Verletzungsgefahr bestehen.
Alle zerbrechlichen Objekte müssen in einem ausreichend stabilen Behälter verstaut und mit genügend weichem Material gepolstert werden, damit sie die Stöße und Erschütterungen aushalten, zu denen es im normalen Postverkehr immer wieder kommt. Das Paket muss die Aufschrift **VORSICHT: ZERBRECHLICH** über der Adresse haben, damit Mitarbeiter der Post wissen, welche Pakete getestet werden sollen. Schließlich muss festgestellt werden, ob sie das Fallen aus großer Höhe, Tritte, Schläge mit dem Hammer und andere normale Behandlungen unbeschadet überstehen.

Butter, Sahne und andere Halbflüssigkeiten

Diese Substanzen sowie schmierige und stark riechende Materialien müssen so verpackt werden, dass sie andere Pakete nicht beschmutzen. Zum Beispiel: eine fest verschlossene Dose, mit doppeltem Klebeband gesichert, in Pergamentpapier gehüllt und in einem stabilen Holzkasten untergebracht.

Eier

Eier sind eine Herausforderung für jeden Postler; ihr sicherer Transport kann nicht garantiert werden. Wenn Sie es riskieren wollen, so versuchen Sie es mit einem Holzkasten, der angemessen unterteilt ist und einen passenden Deckel aufweist. Wickeln Sie jedes Ei in Zeitungspapier oder weiches Material, legen Sie die Eier in die einzelnen Fächer und füllen Sie die Zwischenräume mit Zeitungspapier oder Baumwolle. Das Paket sollte die Aufschrift **EIER** tragen, damit keine Zeit mit dem Testen eines Pakets vergeudet wird, das zum Beispiel Steinproben enthält.

Fisch und Fleisch

(Diese Anweisungen gelten nicht für Körperteile, die per Post zwischen Igors unterwegs sind. Siehe unten.) Fisch und Fleisch sollten von Binsenkörben, Strohmatten, Sackleinen oder Ähnlichem umgeben und außerdem wasserdicht verpackt oder in saugfähiges Material gehüllt sein. Es gilt, Flecken an der Außenseite zu verhindern, wodurch die betreffenden Pakete für menschliche Mitarbeiter des Postamts unzumutbar wären.

Flüssigkeiten

Flüssigkeiten können in sicher verschlossenen Dosen oder Flaschen verschickt werden. Behälter, die einen halben Liter oder mehr enthalten, müssen in einem Holzkasten oder einem Behälter aus Weidengeflecht verstaut werden, mit genug weichem Verpackungsmaterial, um Transportschäden zu vermeiden. Weniger als fünf Tage alte Potzblitz-Soße (urkundlicher Nachweis erforderlich) wird nach Ermessen des Kutschers außerhalb der Kutsche transportiert, und nur dann, wenn keine holprige Fahrt erwartet wird. Fünf Tage alte oder ältere Potzblitz-Soße ist weder in Postämtern noch in Postkutschen erlaubt.

»Luftpost«

Das Postamt stellt voller Stolz einen neuen Dienst vor, durch den das Semaphorsystem des Großen Strangs auch für jene interessant wird, die moderner Technik skeptisch gegenüberstehen.

Tatsächlich können einst von Kutschen beförderte Briefe selbst so ferne Ziele wie Überwald jetzt in wenigen Stunden erreichen!

Dieser De-Luxe-Dienst funktioniert von Haus zu Haus. Der Brief wird von einem unserer flinken Semaphorjungs (den »Fixen«) abgeholt und selbst durch die verkehrsreichsten Straßen schnell zum nächsten Semaphorturm gebracht. Dort wird er »codiert« und zu dem fernen Turm übertragen, der dem Bestimmungsort am nächsten ist, wo er »decodiert« und von einem Boten zugestellt wird.

Eine Tarifliste hängt bei den meisten Türmen und in allen Postämtern aus.

Igor2Igor

Die Angehörigen des Igor-Clans sind hiermit eingeladen, unseren Premiumdienst zu nutzen. Die wöchentlich verkehrende Kutsche von Ankh-Morpork nach Gennua, mit Zwischenstation Überwald, kann nach Vereinbarung Eisboxen mitnehmen, die den meisten menschlichen Organen in gut isolierten Fächern ausreichend Platz bieten. Für Interessenten an einem kompletten Krypta-zu-Krypta-Dienst liegt im Hauptpostamt unsere Broschüre »Igor2Igor: Ferne Teile sind näher, als du ahnst« bereit.

[Hinweis 1: Nutzer der Igor2Igor-Dienstes müssen sicherstellen, dass sich die Organe nicht nur in einer stabilen Eisbox befinden, sondern auch in einem ruhigen, nicht aggressiven Zustand sind. Das gilt insbesondere für Hände.]

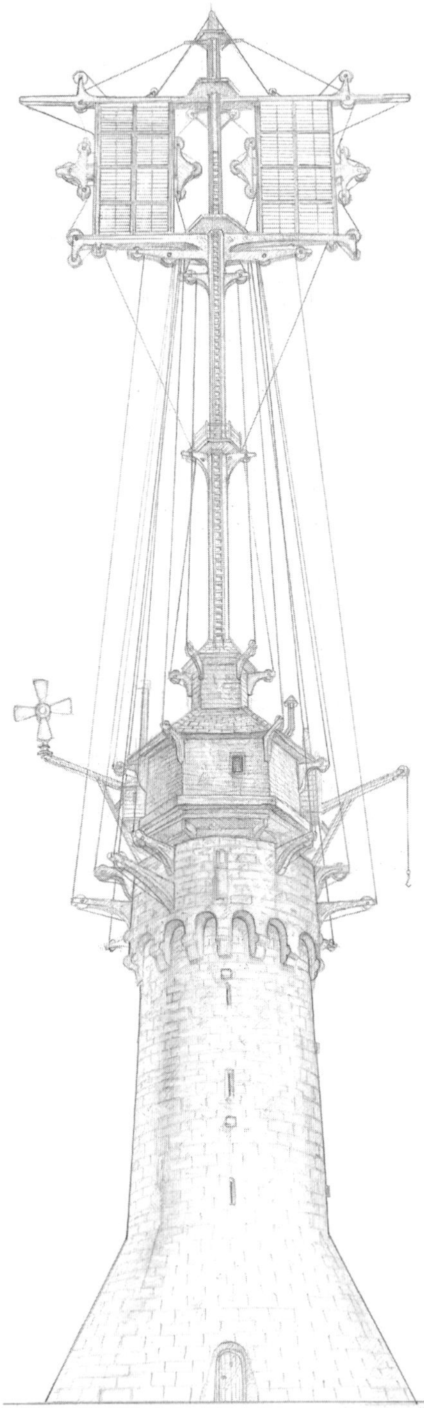

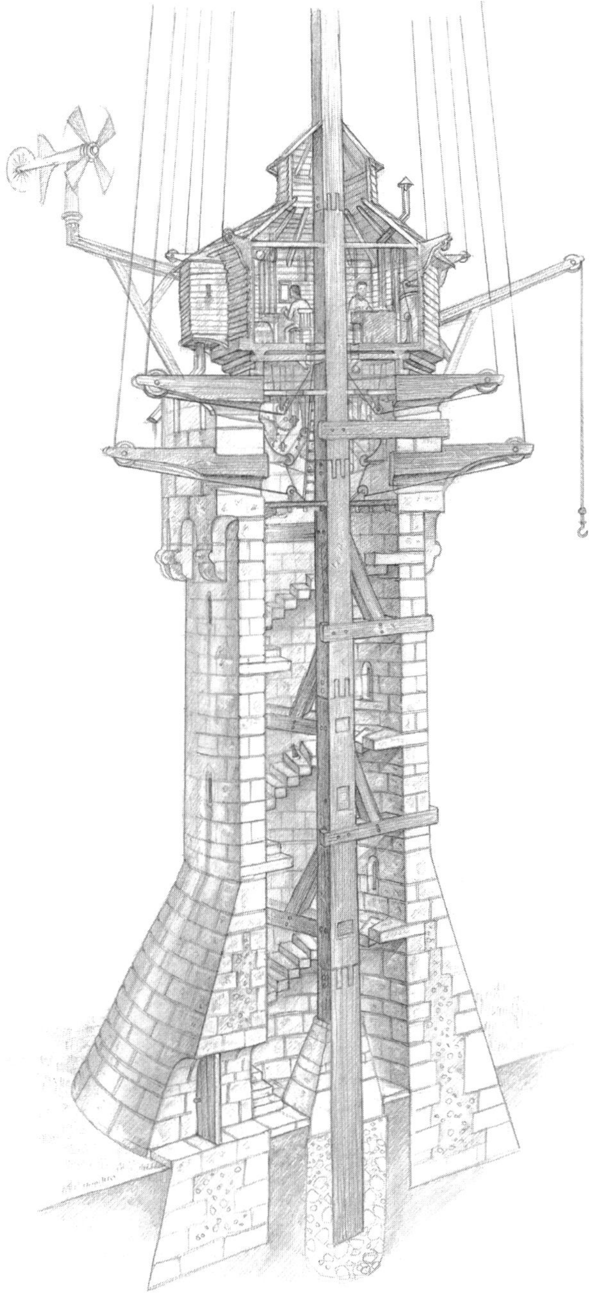

Heimaterde, die nach Überwald versandt wird und möglicherweise gewisse Bürger von Überwald enthält

Um von der Post akzeptiert zu werden, muss die betreffende Heimaterde sicher in einem Holzkasten verstaut sein, der in Abständen von nicht weniger als dreißig Zentimetern verschraubt ist, und kann nur tagsüber transportiert werden. Unter keinen Umständen wird ein solcher Behälter für den Transport per Schiff entgegengenommen. Er muss den deutlich sichtbaren Hinweis tragen: **AUF KEINEN FALL WÄHREND DER NACHT ANRÜHREN.**

[Hinweis 1: Nach oder durch Überwald fahrende Postkutschen müssen die Reiseausrüstung 3 (Ergänzung) mit sich führen, bestehend aus: ein (1) Fläschchen mit ökumenischem Weihwasser, zwei (2) Holzpflöcke und ein (1) Hammer.]

[Hinweis 2: Die Heimaterde-Regeln gelten nur für jene, die eine gültige Mitgliedschaft in der überwaldischen Liga der Enthaltsamkeit vorweisen. Andere, die so versuchen, unberechtigterweise billig zu reisen, sollten daran denken: Der Standard-Holzkasten ist luftdicht und wird unterwegs nicht geöffnet, ganz gleich, wie sehr an den Deckel geklopft wird.]

Mobile Postämter

Mobile Postämter werden von Zeit zu Zeit aus besonderem Anlass eingerichtet, für den Verkauf von Briefmarken, die Frankierung von Sonderumschlägen, den Verkauf von Briefmarken, verschiedene Postdienste und natürlich für den Verkauf von Briefmarken. Das Personal von mobilen Postämtern muss nach Aufforderung eine Autorisierung durch den Postminister vorzeigen.

Ein kleines mobiles Postamt ist im Koomtal eingerichtet worden für jene Bürger, die dort arbeiten oder während Waffenruhe und Verhandlungen dort stationiert sind. Auf Erlass von Lord Vetinari werden mit der neuen Koomtal-Marke frankierte Briefe zum innerstädtischen Tarif zugestellt.

Von der Post transportierte magische Gegenstände

Das Postamt hat besondere Tarife für magische Gegenstände.

Zaubererstäbe werden nur in Begleitung ihres Eigentümers transportiert.

Deaktivierte Kessel, versiegelte Zaubertrankflaschen und spitze Hüte werden zum normalen Pakettarif befördert. Das gilt auch für (deaktivierte) Hexenbesen.

Aktivierte Hexenbesen mit voller Hebekraft werden gratis transportiert.

JANUAR/OFFEL

WICHTIGE TAGE IN DER GESCHICHTE DER POST

3. Januar 1805. Das offizielle Motto der Post wird an der Vorderseite des Gebäudes angebracht. Es wurde in einem Wettbewerb unter den Mitarbeitern der Post ermittelt, auf dem zweiten Platz landete: »Wir stellen die Post zu, wenn wir Bock darauf haben, nicht früher.«

ZWEIHEMDEN 2-CENT-KOHLFESTMARKE

Herausgeben aus Anlass des Kohlweiche-Festes in Zweihemden. Die Briefmarke zeigt zwei Herren, die in einem großen Bottich Kohl treten.

HELDEN DER POST

Postmeister Norbert Anders war der Mann, der den Slogan »Rechtzeitig an die Silvesterpost denken« erfand. Er ließ sich auch »Nicht die Postleitzahl vergessen« einfallen, obwohl noch 140 Jahre vergehen sollten, bevor jemand verstand, was damit gemeint war.

Die Aufrecht-Brüder.

FEBRUAR/FEBRUAR

HELDEN DER POST

Der für den Silvesterdienst eingestellte Aushilfspostbote Rodney Postkannwarten rettete seine Vorgesetzte, Oberbriefträgerin Jess »Jessica« Thrupp, vor zwei von Paul Königs Lipwigzer-Hunden, indem er sie mit einem gefrorenen Lammbein bearbeitete, das er im Nachbarhaus abliefern sollte. Er bekam die Briefträger-Tapferkeitsmedaille.

WICHTIGE TAGE IN DER GESCHICHTE DER POST

13. Februar 1815. Der Postmeister Sir William Guilfoyle führt ein Druckluftröhren-System ein, um Geld zwischen dem Kassenbüro und den Schaltern hin und her zu transportieren. Traurigerweise wurde es von AK Johnson entwickelt, und nachdem kleine Wechselgeldrollen mit Überschallgeschwindigkeit Löcher im Gebäude hinterlassen hatten, legte der Patrizier dem Postmeister nahe, das neue System außer Betrieb zu setzen.

Tolliver Grütze

DER 1-CENT-PATRIZIER

Die erste von den Herren Wimmler & Rolle gedruckte Briefmarke. Sie zeigt auf dunklem Grund ein Porträt des Patriziers. Angeblich gibt es eine Variante, bei der die Gravurplatte in der Mitte leicht beschädigt war, wodurch es im Haar des Patriziers einige graue Strähnen zu geben schien. Als man den Fehler bemerkte, wurde die entsprechende Auflage sofort aus dem Verkehr gezogen und zerstört. Doch einige wenige Marken könnten sich noch im Besitz sehr vorsichtiger und diskreter Sammler befinden.

MÄRZ/MÄRZ

WICHTIGE TAGE IN DER GESCHICHTE DER POST

1. März 1888. Der Große Fast-Postraub. Maskierte Männer, mit Pistolen-Armbrüsten bewaffnet, betraten am 1. März um 02.45 Uhr den Postraum. Sie überwältigten den diensthabenden Mitarbeiter der Post, doch bei ihrer Hast, so viele eingeschriebene Briefe wie möglich zum wartenden Karren zu bringen, fielen sie offenbar in die Sortiermaschine. Hauptmann Mumm von der Stadtwache verhaftete sie am 2. März 1983.

George Aggy

HELDEN DER POST

Im Jahr 1737 fand Unterbriefträger Harold Pootah ganz unten in seinem Postsack einen Umschlag, adressiert an einen Herrn James Shovel in der Betrug-und-Schwindel-Straße 32 b. Bei der angegebenen Adresse stellte Pootah fest, dass die Shovel-Familie tags zuvor nach Gennua umgezogen war. Unterbriefträger Pootah ließ sich davon nicht beirren, machte sich zu Fuß auf den Weg und stellte den Brief zweieinhalb Jahre später in Gennua zu. Als er nach Ankh-Morpork zurückkehrte, wurde er wegen unerlaubten Fehlens entlassen. Drei Monate später traf ein Dankesbrief von den Shovels ein, doch zu jenem Zeitpunkt hatte sich Harold Pootah bereits erhängt – er schämte sich zu sehr, um weiterzuleben. Er ist der einzige Märtyrer der Post. Bis heute.

Herr Pony

APRIL/APRIL

WICHTIGE TAGE IN DER GESCHICHTE DER POST

1. April 1635. Herr Lambert Cordwainer wird zum ersten normalen Kunden des neuen Postdienstes. Herr Cordwainer schickte einen Brief an sich selbst, zu seiner Adresse, um »das System zu testen«. Cordwainers nicht geöffneter Originalbrief wurde kürzlich bei K-Bay für 150000 Ankh-Morpork-Dollar versteigert.

HELDEN DER POST

Briefträger Henry Sloop ist der einzige bekannte Mitarbeiter der Post, der zweihundertsiebenundvierzig »Empfänger nicht daheim«-Karten hinterlassen hat, ohne es jemals zu schaffen, das Paket zuzustellen.

WICHTIGE TAGE IN DER GESCHICHTE DER POST

16. April 1732. Aufstellung der Statue des geflügelten Gottes in der Haupthalle des Postamts von Ankh-Morpork. Die Statue ist das Werk der großen Bildhauerin Auguste Buonarotti, von der auch die Putten und anderen vergoldeten Figuren stammen, die das Opernhaus schmücken. Der geflügelte Gott soll nach dem Vorbild der Bildhauerin selbst geschaffen sein, was Signora Buonarotti damals aber vehement bestritt.

Herr Rolle

HELDEN DER POST

Schalterbeamtin Fräulein Alexandra Willett entwickelte ein System, nach dem sich die Kunden bei verschiedenen Schlangen anstellen mussten, um Briefmarken zu kaufen, ein Paket aufzugeben oder die Lizenz für einen Karren zu erneuern. Das schuf einen Arbeitsplatz für drei Angestellte, wo vorher nur einer gewesen war, und es führte zu noch mehr Verwirrung durch vermischte Schlangen in großen Postämtern.

MAI/MAI

Die Stadt Bad Blinz, ein großes Touristenzentrum und berühmt als der Ort, der ein Abkommen mit intelligenten Ratten schloss, hat Briefmarken mit folgenden Werten herausgegeben: 1 Blzot (braun, zeigt eine lächelnde Ratte); 2 Blzot (rot, zeigt das Rathaus]; 5 Blzot (blau, zeigt den Flötenspieler der Ratten); 10 Blzot (schwarz, zeigt das Rattenfängermuseum); 20 Blzot (grün, zeigt die Rattenuhr); 50 Blzot (vierfarbig, zeigt die tanzenden Ratten) und 100 Blzot (vierfarbig, zeigt eine Darstellung von Wotua Grams berühmtem Bild »Die Unterzeichnung des Abkommens«).

Um die Gleichberechtigung aller Bürger zu fördern, hat Bad Blinz auch Miniaturmarken für die Rattenbevölkerung herausgegeben, die für den Sammler von großem Interesse sind.

WICHTIGE TAGE IN DER GESCHICHTE DER POST

16. Mai 1798. Herr TMSIDR-Schnapper, ein Händler aus Ankh-Morpork, gründet den ersten Versandhandel. Zu den von ihm angebotenen Waren gehören auch heiße Würstchen.

WICHTIGE TAGE IN DER GESCHICHTE DER POST

17. Mai 1798. Lord Vetinari schließt den ersten Versandhandel, nachdem sich viele Leute darüber beklagten, dass die von Herrn Schnapper per Post geschickten heißen Würstchen kalt waren.

HELDEN DER POST

Postminister Elwes gilt als der Mann, der das System der Warteschlangen im Postamt von Ankh-Morpork einführte. In den 25 Jahren zuvor starben zwölf Menschen beim Kampf darum, ein Paket aufzugeben, und ein Mann verlor ein Bein bei dem Bemühen, eine verspätete Steuererklärung zu verschicken.

WICHTIGE TAGE IN DER GESCHICHTE DER POST

31. Mai 1798. Die Regeln für den Betrieb von Zweigpostämtern wurden gelockert. Fortan war es gestattet, im selben Hause nicht nur gewisse Lebensmittel zu verkaufen, sondern auch Schreibwaren, Haarspangen, Spülepfropfen, Kämme sowie Pappnasen und falsche Bärte.

JUNI/JUNI

Senior-Postbote Bates

Adora Belle Liebherz

HELDEN DER POST

Fräulein Honoria Makkalariat (eine Vorfahrin unserer derzeitigen Postkollegin) sparte der Post Tausende von Dollars mit dem Vorschlag, die Stifte mit Ketten an den Schaltern zu befestigen.

Ferdinand Pferdeschmor

JULI/GRUNI

POSTPASSAGIERE

Passagiere der Postkutsche dürfen nicht mehr als vierzehn Pfund Handgepäck bei sich tragen – zu einem Preis von einem Cent pro Pfund –, außerdem einen Dollar für die eigene Verpflegung. Das Handgepäck darf weder leicht verderbliche Dinge enthalten (zum Beispiel verwesende Leichen, Bananen* und Thunfisch-Brötchen) noch irgendwelche Gegenstände, die in Länge, Breite oder Höhe über siebenundsechzigeinhalb Zentimeter hinausgehen.

(* Nach dem Zwischenfall, der den Bibliothekar der Unsichtbaren Universität in einen Orang-Utan verwandelte, wurde diese Regel für Bananen aufgehoben.)

WICHTIGE TAGE IN DER GESCHICHTE DER POST

18. Juli 1798. Es erscheint die vierzehnte Ausgabe der Postregeln. Bibliophilen wegen eines Druckfehlers auf Seite 127 als das »kleine Postbuch« bekannt, wo es heißt: »Umschläge, die weniger als zehn (10) Zentimeter lang und sieben (7) Zentimeter breit sind, dürfen benutzt werden.« Das Fehlen des Wortes »nicht« führte dazu, dass das Postamt am Breiten Weg mehr als zweitausend Briefe bekam, die nur zweieinhalb Zentimeter lang und einen guten Zentimeter breit waren, bevor die Ausgabe zurückgerufen und der Fehler korrigiert werden konnte.

WICHTIGE TAGE IN DER GESCHICHTE DER POST

24. Juli 1797. Die Post heißt ihren millionsten Kunden willkommen, Frau Sylvestra Wincot. Als Begrüßungsgeschenk bekommt sie ein Dutzend frankierter Briefumschläge, einen Stahlstich des damaligen Postmeisters (Herr N. Aushilfe) und ein Souvenirfläschchen mit schwarzer Tinte.

WICHTIGE TAGE IN DER GESCHICHTE DER POST

25. Juli 1722. Richard Schalotte ist die jüngste Person, die jemals aus dem Postdienst entlassen wurde. Der Grund: Er schrieb »Warum denn nicht, ist ganz leicht« auf ein für den Herzog von Eorle bestimmtes Päckchen, auf dem stand: »KOSTBARE GRAVUREN – NICHT KNICKEN.«

AUGUST/AUGUST

HELDEN DER POST

Von der Schalterbeamtin Fräulein Amelie Willett stammt die Idee, Postformulare täglich zu ändern. Der Gedanke dahinter: Wenn Kunden den Schalter erreichten, sollten sie mit ziemlicher Sicherheit das falsche Formular bei sich haben, um sich noch einmal ganz hinten anstellen zu müssen.

Herr Pumpe

Frau Kuchen

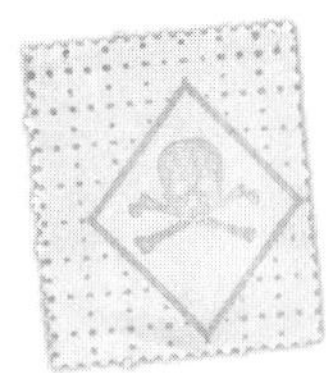

Die 3-Cent-Marke der Assassinengilde wurde nach Problemen mit der Gummierung bei der Portofrei-Marke der Assassinen herausgegeben. Letztere Briefmarke, »Zombie-Marke« oder »3-Cent-Schrecklich« genannt, wurde nach dem unbestätigten Gerücht aus dem Verkehr gezogen, die Gilde würde diese Marken benutzen, um »Klienten« zu vergiften. Nach der öffentlichen Empörung und einer vielleicht zufälligen Beerdigung entschied die Post, diese Briefmarken einzuziehen. Einige Marken könnten einen Weg auf den Markt gefunden haben und sind für Sammler interessant. Es wird geraten, sie in einem geschlossenen durchsichtigen Umschlag unterzubringen.

WICHTIGE TAGE IN DER GESCHICHTE DER POST

27. August 1650. Neun Uhr fünfundvierzig. Der erste Brief des Königlichen Postdienstes von Ankh-Morpork wird in Gennua zugestellt. Um zwölf Minuten nach drei Uhr nachmittags am 23. August 1649 war er im Postamt am Breiten Weg aufgegeben worden.

SEPTEMBER/SPUNI

HELDEN DER POST

Es gibt eine Tafel zum Gedenken an Sir Arthur Brady, den Komponisten aus Morpork, der im Jahr 1649 die Posthorn-Melodien schrieb, die seitdem von den Postkutschlern verwendet werden. Dazu gehören »Express-Sendung unterwegs«, »Entlaufene Pferde« und »Sorgt dafür, dass der Weg zum Klo frei ist, wenn wir eintreffen«. Sir Arthurs einzige andere bekannte Melodie ist die Begleitung der berühmten omnianischen Hymne »Om zerschmettert die Ungläubigen mit großen Felsen«.

Gladys

WICHTIGE TAGE IN DER GESCHICHTE DER POST

1. Oktober 1900. Der Frack hört auf, Teil der Postuniform zu sein, als die ersten Briefträgerinnen eingestellt werden. Die einzige Ausnahme bildet der Frack, den die Postmeister bei bestimmten feierlichen Anlässen tragen.

WICHTIGE TAGE IN DER GESCHICHTE DER POST

4. Oktober 1530. Sir Rolande de Colline wird zum ersten Meister der Post von Ankh-Morpork berufen, mit einem Gehalt von drei Schillingen im Monat plus zwei Kaninchen, ein Pfund Rüben und anderthalb Flaschen Bier.

OKTOBER/SEKTOBER

HELDEN DER POST

Am 15. Sektober 1841 wollte Senior-Postbote Granville Roberts ein für Sir Despard Pontefract bestimmtes Paket an seinem Wohnort in der Teekuchenstraße zustellen, als einer von Sir Despards Hunden, Saliva, gegen ihn stieß, wodurch ihm das mit »Sehr zerbrechlich« gekennzeichnete Paket aus den Händen rutschte. Roberts warf sich zu Boden, um das Paket aufzufangen (es enthielt, wie wir heute wissen, eine sehr kostbare Karaffe aus geschliffenem Kristall, vermutlich ein Werk von Vermicelli).
Er landete aber auf dem Hund namens Saliva, der Postbote Roberts ins Bein biss. Trotz der großen Schmerzen rettete Roberts das Paket und zerrte den Hund (der noch immer an seinem Bein hing) über die 200 Meter lange Zufahrt bis zur Tür, wo er das Paket Pontefracs Butler übergab und anschließend wegen des Blutverlusts zusammenbrach.

Ratten können nur wenig mit Geld anfangen, aber es sind sehr kleine Gold-, Silber- und Bronzemünzen geprägt worden, bekannt als Kerze, Mittelgroße Kartoffel und Rosine. Ebenfalls wurden Briefmarken im gleichen Wert gedruckt, von den Ratten selbst pfotenperforiert. Sie sind rot, braun und schwarz und zeigen das entsprechende Bild sowie die Worte »Rattus Sapiens«, in Menschen- und Rattenschrift. Sie können im Postamt von Bad Blintz erworben werden. Die Rosinen-, Mittelgroße-Kartoffel- und Kerzen-Marken entsprechen den »menschlichen« Bad-Blintz-Marken im Wert von 1, 5 und 20 Blzot.

KUNSTTURM: Diese Briefmarke zeigt den Kunstturm der Unsichtbaren Universität inmitten seiner akademischen Umgebung. Eine sehr ungewöhnliche Marke die sich Berichten nach bei der Gravur verändert hat. Die erste Veränderung betrifft den Vogel auf der rechten Seite des Turms, der durch einen fallenden Mann ersetzt wird. Bei der zweiten Veränderung zeigt sich spritzendes Wasser dicht beim Fuß des Turms.

NOVEMBER/ASCHE

WICHTIGE TAGE IN DER GESCHICHTE DER POST

30. Sektober 1635. Amtseinführung der ersten offiziellen Postkatze. »Herr Tiddles«, wie man den Kater nannte, blieb erstaunliche dreiundzwanzig Jahre im Amt, und aus den Aufzeichnungen geht hervor, dass er in dieser Zeit 1137 Ratten, 1563 Mäuse, 212 kleine Vögel und einen Junior-Postboten tötete – der Kater löste einen locker sitzenden Mauerstein, der dem unglücklichen Herrn Trinder auf den Kopf fiel.

Herr Tiddles

HELDEN DER POST

Jedediah Berk von der Alchimistengilde wurde in der Paketreparatur-Abteilung zum unbesungenen Helden ganzer Generationen von Postmeisterinnen und Schalterbeamtinnen, als er die Gummirolle in einem kleinen Gefäß mit grünem, übel riechendem Wasser erfand. Diese Vorrichtung ersparte es ihnen, jedes Jahr zur Silvesterzeit kilometerlange braune Klebebänder zu belecken und damit schlecht gepackte Pakete zu reparieren. Der Klebstoff des offiziellen Klebebands wird aus gekochten Schnecken und Pferdeknochen hergestellt.

WICHTIGE TAGE IN DER GESCHICHTE DER POST

21. November 1878. Uraufführung der ersten Postoper der Scheibenwelt: »Die Postmeistersänger von Überwald«. Die Oper war ein immenser Erfolg und spielte immer vor vollen Häusern, bis sie zwei Jahre später von dem noch erfolgreicheren Stück »Das Zauberbriefmarkenalbum« abgelöst wurde.

Der sehr alte Senior-Postbote Anghammarad

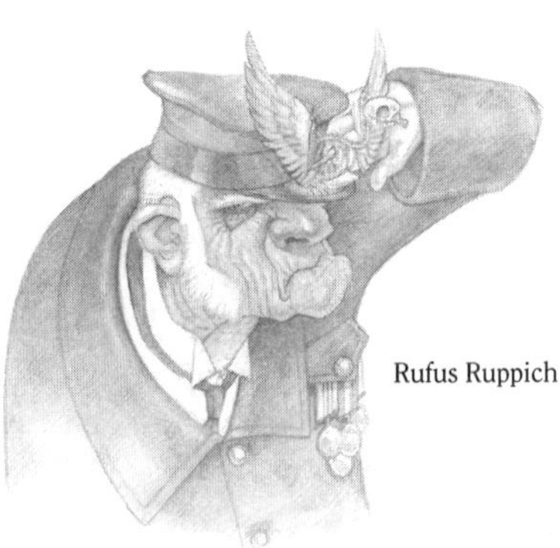

Rufus Ruppich

DEZEMBER/DEZEMBER

HELDEN DER POST

Robert Kolibri, ein Angestellter im zentralen Postamt von Ankh-Morpork, kam auf die Idee, den Griff des ZERBRECHLICH-Stempels mit Schrot zu füllen, damit man damit einen besseren Aufdruck machen konnte.

WICHTIGE TAGE IN DER GESCHICHTE DER POST

12. Dezember 1876. Lieferung der ersten Gummi-Fingerlinge, nach dem Tod eines Schalterbeamten, der seine Finger befeuchtete, um in einem Buch zu blättern, das für ein örtliches Kloster bestimmt war.

WICHTIGE TAGE IN DER GESCHICHTE DER POST

13. Dezember 1876. Nach Beschwerden der weiblichen Angestellten ersetzte Herr Willi Keinesorge die Lieferung mit dem richtigen Gummiprodukt.

WICHTIGE POST-TAGE

27. Dezember 1876. Publikation der ersten Ausgabe der Postregeln. Zuvor waren sie mit einer Kombination aus mündlicher Überlieferung und einer großen Aktenmappe mit Königlichen Anordnungen und Briefen von der Hauptverwaltung weitergegeben worden.

Wimmler & Rolle

Wassermarkt 2, Ankh-Morpork

Topqualität, Drucke für Banken, Versicherungen und Post. Erstklassiger Service ~ Hochzeits-Papierwaren, Poster und Broschüren fürs Theater.

Scheibenwelt-Briefmarken

Erhältlich bei Bernard (dem Schlauen Kunsthandwerker) Pearson, High Street, Wincanton.

www.discworldstamps.co.uk

Bringt eure Kinder zum

Schneevater
bei *Kaufgut*

jetzt in der Heimlichweiter-Straße

Holen Sie sich ein Geschenk und ein pfiffiges Abzeichen!

(Abzeichen von TMSIDR Schnapper ~ siehe unten)

PJSM Prints

Ein großes Angebot an Grußkarten, Lesezeichen, Abzeichen und anderen Artikeln aus der Kunst von Paul Kidby.

www.paulkidby.com

T. M. S. I. D. R. Schnapper
GmbH

TMSIDR Schnapper weist seine zahlreichen Kunden gern darauf hin, dass seine Waren auf der Rundwelt über den Beauftragten Mr. Stephen (TMSIRD) Briggs bezogen werden können. Das große Angebot an Emaille-Abzeichen, T-Shirts, Geschirrtüchern aus der Geflickten Trommel, Hargas Schürze, »Times«-Schlüsselringen, UU-Schalen, akademischen Abschlüssen an der Unsichtbaren Universität usw. ist um NEUE DINGE erweitert worden, darunter ein »Ich habe den Schneevater bei Kaufgut getroffen«-Abzeichen und ein diskretes Abzeichen der Assassinengilde mit einem von Lord Vetinari unterzeichneten Graduierungszertifikat. Frankierter Rückumschlag an CMOT Dibbler, PO Box 147, Oxford, OX2 8YT, oder besuchen Sie unsere Website:

www.CMOTDibbler.com

Mitarbeiter gesucht

Postboten, Kutscher, Schalterbeamte, Reinigungskräfte und Klackeristen. Bewerbungen an Fräulein Makkalariat in der Post am Breiten Weg, Ankh-Morpork.

*Rechtzeitig an die **Silvesterpost** denken*

Der Scheibenwelt-Kalender basiert auf der englischen Originalausgabe,
die unter dem Titel »Ankh-Morpork Post Office Handbook. Discworld Diary 2007«
bei Victor Gollancz Ltd., London, erschienen ist.

Ins Deutsche übertragen von Andreas Brandhorst

Deutsche Erstausgabe August 2007

First published by Victor Gollancz Ltd.,
an imprint of Orion Books Ltd., London.

Umschlaggestaltung: Design Team München
Umschlagillustration: Paul Kidby

POSTAGE
ANKH MORPORK
ONE PENNY
ONE DOLLAR
$1
TWOSHIRTS
FARTHING
OFFICE
5P
10P

Terry Pratchett
Stephen Briggs

Der Scheibenwelt-Kalender 2009

Mit Illustrationen von Paul Kidby

SCHEIBENWELT-KALENDER
und Lu-Tzes Jahrbuch der Erleuchtung
2009

ANGABEN ZUR PERSON

Name: ____________________

Adresse: ____________________

____

Lieblingsreligion: ____________________

Klosteradresse: ____________________

____

Lieblingsspruch von Frau Kosmopilit: ____________________

____

Geburtsdatum: ____________________

Wiedergeburtsdatum: ____________________

Lehrer im Weg: ____________________

____

Lieblingskampfsport: ____________________

____

Längste Meditationsdauer: ____________________

____

Und jetzt ernsthaft: ____________________

____

Lieblingsfarbe (safrangelb oder rot): ____________________

____

Spezies: ____________________

____

Geschlecht: ____________________

Nächste Angehörige: ____________________

Hobbys: ____________________

____

Was lässt sich über Lu-Tze sagen, eine der faszinierendsten Gestalten, die sich je aus dem Schnee der Spitzhornberge erhoben?

Zunächst einmal sind die meisten Dinge, die wir über ihn zu wissen glauben, selbstverständlich falsch, und das betrifft natürlich ebenso alles, was er über sich selbst gesagt hat.

Verschiedentlich wird behauptet, er sei bis zu sechstausend Jahre alt. Das mag durchaus wahr sein, aber es erklärt nicht seine Behauptung, als junger Mann der Untermieter von Frau Marietta Kosmopilit in Ankh-Morpork gewesen zu sein. Frau Kosmopilit ist über siebzig und erinnert sich daran, wie er vor mehr als dreißig Jahren ein Zimmer in ihrem Haus gemietet hat. Über Lu-Tze sagt sie: »Er hatte sehr gute Manieren für einen Ausländer, und er war äußerst reinlich, was seine Person betraf. Sie wissen ja, diese Leute können ziemlich müffeln. Oh, und er war ganz wild darauf, den Besen zu schwingen – es erstaunt mich, dass ich überhaupt noch Teppiche übrig behalten habe.«

Diese und andere Hinweise deuten darauf hin, dass die Zeit für Lu-Tze ein fließendes Medium ist. Offenkundig bewegen sich er und die anderen Geschichtsmönche wie Fische im Fluss der Zeit, während wir anderen uns wie Papierschiffchen treiben lassen müssen.

Im Oi-Dong-Kloster ist Lu-Tze als der »Kehrer« bekannt –, und das ist nicht das einzig Merkwürdige. Er ist eindeutig der mustergültigste aller Geschichtsmönche, und dennoch arbeitet er als geringer Diener. Das Kehren scheint ihm großes Vergnügen zu bereiten – aber es bedeutet gleichzeitig, dass er Zugang zu allen möglichen Räumen hat (schließlich kommt Staub überallhin), und da niemand auf einfache alte Kehrer achtet, hört er viele Dinge mit, die eigentlich nicht für seine Ohren bestimmt sind. Er ist ein geschickter Zuhörer, da er schon vor Jahren zu der Erkenntnis gelangt ist, dass man nur genau und lange genug zuhören muss, bis die Leute einem mehr erzählen, als sie zu wissen glauben.

Lu-Tze ist ein kleiner kahlköpfiger Mann mit gelben Zähnen, dünnem Bart und dem Ansatz eines liebenswürdigen Grinsens, als würde er ständig erwarten, dass im nächsten Moment etwas Amüsantes passiert. Er trägt ein Gewand, das ursprünglich weiß war, bevor es unterschiedlichsten Flecken und Flicken zum Opfer fiel. Er benutzt nur ein Stück alter Schnur, um sein Gewand zusammenzuhalten, und auch bei der Reparatur seiner Sandalen spielen Schnüre eine große Rolle. Er raucht stinkende Selbstgedrehte (die vermutlich für einen Teil der Flecken auf seinem Gewand verantwortlich sind – und auf seinen Zähnen). Zumindest im Kloster Oi Dong isst er ausschließlich braunen Reis und trinkt ausschließlich grünen Tee mit einem Stückchen ranziger Butter. Aber das macht er nur, weil es ihm gut schmeckt. Es ist nichts Heiliges an ranziger Butter, genauso wenig wie an braunem Reis. Nein, wirklich nicht. Ernsthaft.

Lu-Tze scheint keine andere Autorität als die des Abts anzuerkennen. Dieser bringt ihn dazu, die allerschwierigsten Aufgaben zu bewältigen, indem er sie ihm ausdrücklich verbietet. Sein Umgang mit den anderen Mönchen, die allesamt von höherem Rang sind als er, beschränkt sich darauf, sie einfach zu ignorieren – und er kommt damit durch. Man sollte nie Regel Nummer eins vergessen, vor allem, wenn man mit Lu-Tze zu tun hat.

In seinem Leben hat Lu-Tze schon so ziemlich alles gemacht, und seine Taten sind sagenumwoben unter den Geschichtsmönchen. Obwohl er sämtliche Kampfkünste zu beherrschen scheint, zieht er es vor, den eigentlichen Kampf zu vermeiden, und findet zumeist einen anderen Weg, häufig durch Anwendung von Regel Nummer eins: Handle nie unbedacht, wenn du mit kleinen, kahlköpfigen, runzligen, lächelnden, alten Männern zu tun hast. Jeder weiß, was mit Leuten passiert, die diesen sehr leicht zu verstehenden Rat vergessen (und wahrscheinlich war Lu-Tze in Ermangelung einer Alternative sogar der Grund für die Aufstellung dieser Regel). Wie in vielen anderen Lebenslagen gilt auch hier die Duft-und-Bratwurst-Regel: Man kann sehr viel erreichen, wenn man den Duft statt der Bratwurst verkauft, aber damit das Bratwurstduft-Gewerbe einen dauerhaften Gewinn abwirft, muss man von Zeit zu Zeit auch die Bratwurst anbieten.

Lu-Tze ist ein Anhänger des Weges von Frau Marietta Kosmopilit, bei der er als junger Mann logierte, als er auf der Suche nach der Perplexität nach Ankh-Morpork reiste. Lu-Tze erkannte schon bald, dass ihre häuslichen Lebensweisheiten auf wunderbare Weise mit den Lehren vom Ewig Überraschten Wen übereinstimmten. Frau Kosmopilit hatte einen passenden Spruch für jede Gelegenheit, zum Beispiel: »Es gibt vieles, über das wir nichts wissen, meiner Meinung nach«, »Ich habe nur zwei Hände« und »Es regnet nie, es gießt«. Nur selten, wurde Lu-Tze klar, hat sich so viel Weisheit auf so wenig Raum geballt.

Vom Abt bis ganz nach unten weiß (oder vermutet) jeder, dass Lu-Tze der mit Abstand bedeutendste Geschichtsmönch ist. Trotzdem führt er ein unglaublich schlichtes, einfaches und bescheidenes Leben. Das ärgert die Leute maßlos.

Auch als »Gibtsgarnicht-Kloster« und aus unerklärlichen Gründen als »die Lorbeeren« bezeichnet. Das Kloster Oi Dong liegt hoch in den Spitzhornbergen und lässt sich nur von Menschen finden, die nicht danach suchen. Es ist die Heimstatt und das Zentrum der Mönche der Zeit, die auch als Geschichtsmönche bekannt sind. Ihre ursprüngliche Aufgabe war es, dafür zu sorgen, dass alle historischen Ereignisse pünktlich stattfinden und korrekt ablaufen. Deshalb haben sich viele Mönche am Rand von Schlachtfeldern oder politischen Versammlungen herumgeschlichen, um hier einen Anstoß zu geben oder dort ein sorgfältig dosiertes Brechmittel zu verabreichen, damit sich die richtige Person zum richtigen Zeitpunkt am richtigen – oder manchmal auch am falschen – Ort aufhält.

In letzter Zeit (sofern sich dieser Begriff in diesem Fall anwenden lässt) mussten sich die Mönche mit zwei großen Problemen auseinandersetzen: dem Quantenuniversum und dem städtischen Wachstum. Doch in dem, was derzeit allgemein als Gegenwart bekannt ist, lässt sich die einstmals entspannte und gemächliche Arbeit eines Geschichtsmönchs eher mit der eines Feuerwehrmanns in einem Vulkan vergleichen. Genauso wie große wachsende Städte einen unersättlichen Bedarf an Trinkwasser haben, benötigen sie auch erheblich mehr Zeit als ländliche Gegenden, und die riesigen »Zauderer«-Maschinen tief im Berg unter dem Kloster brummen Tag und Nacht vor sich hin, um auf der ganzen Welt Zeit zu sammeln und umzuverteilen. Kurz gesagt, die traditionelle Aufgabe der Mönche, die Geschichte zu lenken, weicht immer mehr der hektischen Bemühung, überhaupt genug Zeit zusammenzukratzen, in der Geschichte stattfinden kann. Manchmal wird Zeit zurückgeholt und gereinigt, um noch einmal benutzt zu werden. Oder sie wird aus langweiligen Epochen der Vergangenheit geschürft, um in der Gegenwart wiederverwertet zu werden. Infolgedessen stellt sich die Geschichte nun eher als Flickwerk dar – und nicht nur das, denn dieses Flickwerk ist wiederum aus anderen Flickwerken zusammengeflickt, die sich über mindestens sieben Dimensionen erstrecken. Die meisten Leute merken nichts davon, weil sie glauben, dass Déjà-vu-Erlebnisse und Hellseherei psychische Phänomene sind statt Hinweise auf schlampige Zeitverarbeitung. Wenn man mit der letzten Minute bis zur letzten Minute warten muss, bleibt oft nicht genug Zeit, um sie von allen Flecken zu reinigen.

Das Kloster selbst verweilt in einem perfekten Tag, der permanent von den Maschinen im Keller recycelt wird. Ereignisse finden statt, aber es vergeht keine Zeit. Jeden Tag stehen die Kirschbäume in Blüte, und weiße Tauben fliegen durch die kühle Bergluft. Doch (abgesehen von einer signifikanten Ausnahme) reifen niemals Kirschen heran und schlüpfen niemals Küken aus den Taubeneiern.

Der Abt von Oi Dong

Lu-Tze sagt: »Die Überraschung ist das Wesen der Zeit, und die Zahl der Überraschung ist die Fünf.«

Der Garten der Fünf Überraschungen des Kehrers entwickelte sich aus seiner lebenslangen Suche nach der wahren Perplexität, dem Geisteszustand, der der Erleuchtung unmittelbar vorausgeht. Lu-Tze selbst hat nie nach der Erleuchtung gestrebt, weil er glaubt, dass sie wahrscheinlich ganz nett, aber ziemlich langweilig ist. Es muss immer Überraschungen geben, sagt er.

Und deswegen hat er den Garten der Vier Elemente angelegt. Bisher ist es noch jedem Novizen des Klosters gelungen, die Bronzesymbole von drei Elementen zu finden – im Karpfenteich (Wasser), unter einem Stein (Erde), auf einen Drachen gemalt (Luft). Doch keiner hat bislang das Symbol für Feuer entdeckt. Nirgendwo in diesem Garten scheint es Feuer zu geben.

In Wirklichkeit sind es sogar fünf Elemente. Vier davon bilden das Universum, und das fünfte, die Überraschung, sorgt dafür, dass im Universum immer wieder etwas passiert. Die vier Elemente im Garten waren gar nicht die materiellen vier, sondern das vierte war die Überraschung, dass es eben *kein* Symbol für Feuer gab. Feuer hat für gewöhnlich nichts in einem Garten zu suchen, und die anderen Zeichen sind buchstäblich in ihrem Element. Das Symbol für das fünfte Element befand sich in einem Ofen in einer Bäckerei des Klosters.

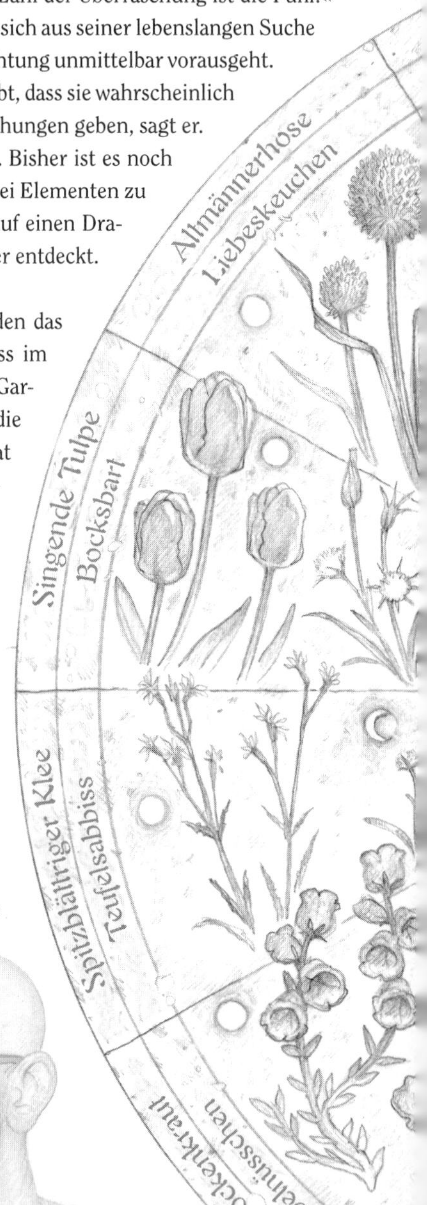

Im Garten der Fünf Überraschungen des Kehrers ist die erste eine kleine Brücke, die bei Betreten zur Seite kippt und den Wandelnden in den Karpfenteich fallen lässt. Die zweite ist die Bronzeskulptur eines Schmetterlings, der mit den Flügeln schlägt, wenn man ihn anhaucht. Die dritte Überraschung sind vereinzelte Gänseblümchen, die einen mit giftigen Pollen bestäuben. Die vierte ist eine jodelnde Stabheuschrecke.

Die fünfte, so heißt es, ist davon abhängig, wer sich im Garten befindet. Bei einer Gelegenheit stellte sich die fünfte Überraschung als billige Karnevalsmaske heraus, eine von denen, die aus einer falschen Brille mit angeklebter großer roter Nase und einem dichten schwarzen Schnurrbart bestehen. Wenn ihm danach war, setzte Lu-Tze diese Maske auf, wackelte ein paarmal mit den Ohren und rief schließlich: »Buh!«. Worauf er dem solchermaßen überraschten Schüler erklärte: »Ich habe nie behauptet, dass es eine ausgesprochen fantasievolle Überraschung ist, nicht wahr?«

felsgemächt
er-Gänsedistel
Jungmädchentraum
Kriechender Fingerhut
Jakobswegerich
Wassergurke
Wurmlattich
Kröten-Wolfsmilch
Wilde Wegwarte
Habichtskraut
Stachelmohn
Lancre-Stinklilie
Ferkelkraut
Wahnkraut
Ranken-Erd
Greisenfr
12
1
2
3
4
5
6
7
8
9
10
11

Dieser neue Garten – zur Hälfte Blumenbeet, zur Hälfte Zeitmesser – wurde von Lu-Tze als philosophische Kuriosität geschaffen.

Natürlich gibt es Blumenuhren zuhauf, beziehungsweise es gab sie, in jenen Tagen, als Lokalpolitiker noch tatsächlich lokal tätig waren, als Ratsmitglieder noch nach Gewicht ausgewählt wurden und Beamte noch wussten, wie sie sich zu benehmen hatten. Riesige Zeiger aus lebenden Blumen drehten sich über ein Zifferblatt, das aus einem großen Blumenbeet bestand. Die meisten wurden dem Verfall überlassen, weil sie als elitär galten und Personen diskriminierten, die Uhren nicht lesen können. Hier und dort finden sich noch Überreste – man erkennt sie vor allem an den herumliegenden Bierflaschen und dem Erbrochenen nach Kneipenschluss.

Bei einer echten Blumenuhr leisten die Blumen sämtliche Arbeit.

Es ist allgemein bekannt, dass Pflanzen ihre Blüten zu unterschiedlichen Tageszeiten öffnen und schließen – natürlich ebenso zu Nachtzeiten, die Motten müssen schließlich auch von etwas leben. Daher ist es theoretisch möglich, einen Garten anzulegen, der es jemandem mit Geduld, botanischen Kenntnissen und einer Laterne ermöglicht, die Zeit abzulesen, zumindest an einigen Tagen im Spätfrühling. Dabei ist es – ähnlich wie bei Sonnenuhren – recht hilfreich, wenn man schon vorher weiß, wie spät es gerade ist.

Aber in Oi Dong, wo der ewig gleiche Spätfrühlingstag wiederkehrt, ist die Blumenuhr äußerst nützlich, um die Zeit anzuzeigen, die dort streng genommen gar nicht vergeht. Die Blüten öffnen und schließen sich auf tröstlich natürliche Weise, ganz gleich, was die Mönche gerade tun. Ein Gänseblümchen blüht, wenn es dazu bereit ist. Darüber kann Lu-Tze immer wieder lauthals lachen.

Da viele Leser vermutlich nicht in der Lage sind, sich Exemplare von der Lancre-Stinklilie, der Singenden Tulpe, dem Teufelsgemächt und dem Jakobswegerich zu beschaffen, sind unten leichter zu besorgende Pflanzen mit ihren Blühzeiten aufgelistet.

	Blüten, die sich öffnen	**Blüten, die sich schließen**
1 h	—	Skandinavische Gänsedistel
2 h	Wiesen-Bocksbart	—
3 h	Gewöhnliches Bitterkraut	—
4 h	Habichtskraut, Spätblühender Löwenzahn, Gemeine Wegwarte	—
5 h	Weiße Seerose, Nacktstängeliger Mohn, Kohl-Gänsedistel	—
6 h	Savoyer Habichtskraut, Geflecktes Ferkelkraut	—
7 h	Weiße Seerose, Gartensalat, Studentenblume	Acker-Lichtnelke
8 h	Roter Gauchheil, Kleines Habichtskraut, Sprossende Felsennelke	Nachtkerze
9 h	Acker-Ringelblume	Purpur-Prunkwinde
10 h	Rote Schuppenmiere	Wiesen-Bocksbart
11 h	Dolden-Milchstern	Dolden-Milchstern
12 h	Mittagsblume	Acker-Gänsedistel
13 h	Gemeiner Portulak	Sprossende Felsennelke
14 h	—	Rote Schuppenmiere
15 h	—	Löwenzahn oder Acker-Ringelblume
16 h	—	Weißes Lebermoos, Acker-Ehrenpreis
17 h	Jalape	Gewöhnliches Ferkelkraut
18 h	Dunkle Geranie	Weiße Seerose
19 h	—	Nacktstängeliger Mohn
20 h	—	Gelbrote Taglilie
21 h	Feigenkaktus	Zaunwinde, Sternmiere
22 h	Purpur-Prunkwinde	Zaunwinde, Gemeiner Rainkohl
23 h	Acker-Lichtnelke	Kohl-Gänsedistel
0 h	—	Carolinische Malve, Später Löwenzahn

Frau Kosmopilit, Lu-Tzes ehemalige Vermieterin und gelegentliche Näherin (aber eine mit Nadeln und nicht von der anderen Sorte), wohnt in der Quirmstraße in Ankh-Morpork. Man muss nur nach dem Schild »Zimmer günstig zu vermieten« Ausschau halten. Außerdem ist sie wider Willen zur religiösen Ikone geworden.

Das hätte jedem passieren können, aber es passierte nun einmal Frau Kosmopilit, und zwar innerhalb der ersten Minuten ihrer ersten Begegnung mit dem Kehrer. Sie und der junge Lu-Tze führten eine Diskussion über den Mietpreis, als sie plötzlich sagte: »Ich bin doch nicht von gestern!« Dieser Ausspruch erstaunte den Kehrer, weil er in einfacheren Worten wiedergab, was Wen der ewig Überraschte gesagt hatte, als er die wahre, sich ständig erneuernde Natur der Zeit erkannt hatte: »Wahrlich, von gestern bin ich nicht.«

Von da an schenkte Lu-Tze den alltäglichen Äußerungen von Frau Kosmopilit größere Beachtung, und schon bald erkannte er, dass die Frau – die keinerlei besondere Bildung genossen hatte – mit praktisch jedem Satz Wahrheiten von kosmischer Bedeutung von sich gab. Zum Beispiel: »Oh, du bist so scharfsinnig, dass du dich eines Tages schneiden könntest«, oder »Ich würde meinen eigenen Kopf vergessen, wenn er nicht festgenagelt wäre«, oder »Es gibt eine Zeit und einen Ort für alles«. Letzterer Ausspruch ist der Beleg für das Verständnis des achtfältigen Wesens der Zeit, mit dem selbst angesehene Gelehrte ihre Schwierigkeiten haben. Nur selten, so erkannte Lu-Tze, hat jemand freigiebig so viel Weisheit offenbart. Er schrieb diese Sätze nieder und staunte darüber, wie uralte Weisheiten so kurz und bündig zusammengefasst werden können. Als er ins Kloster Oi Dong zurückgekehrt war, sprach er ausführlich über dieses Thema.

Die Folge war, dass der Weg von Frau Kosmopilit eröffnet wurde und schon bald überfüllt war. Der Grund dafür ist die Tatsache, dass die Menschen zu der Überzeugung neigen, Weisheit wäre, nun ja, eben weiser, wenn der Weg dorthin länger ist. Während die leicht zu beeindruckenden Bewohner von Ankh-Morpork fernen religiösen Lehrern mit Namen wie Rinpo und Gompa folgen, begeben sich die kahlgeschorenen jungen Männer mit den gelben Gewändern aus den hohen Bergen nun auf den Weg von Frau Kosmopilit. Sie besuchen die Geschäfte in der Nähe, ihre Schwester auf eine Tasse Tee oder ihre Fußpflegerin, bis sie den Heimweg (»den Weg«) antreten. Es wird als segensreich betrachtet, wenn Frau Kosmopilit einem Dinge nachwirft. Eine besondere Ehre ist es, wenn sie mit ihrem Besen auf einen losgeht, da der Besen als Symbol der Zeit gilt. Bei eher seltenen Gelegenheiten, wenn sie doch einmal bei guter Laune ist und größere Einkäufe zu erledigen hat, mag es sein, dass sie einem sogar eine Tasche zum Tragen in die Hand drückt. Jünger, die dem Weg zur wahren Weisheit, Friedfertigkeit und Harmonie folgen, haben sich gegenseitig getreten, gekratzt und gebissen, nur um für einen kurzen Moment den Griff einer Tragetasche halten zu können.

Was über den spirituellen Weg von Frau Kosmopilit bekannt ist, gründet sich hauptsächlich auf Lu-Tzes Beobachtungen, während er bei ihr wohnte, und auf seine folgenden häufigen Reisen unter den Hzo-lym, den »Hosenträgern«, bei denen der Weg ausgiebig und für gewöhnlich von älteren Damen verfolgt wird, die gar nicht wissen, dass sie es tun.

Im Gegensatz zu anderen Wegen der Erlösung erfordert »der Weg« keine Loslösung des Individuums von der profanen Realität. Dem Weg zu folgen bedeutet, dass man sich so intensiv wie möglich auf die profane Realität einlässt, insbesondere auf das Leben seiner Nachbarn.

Lu-Tze bezeichnete dies als Transsubstantialismus, die Beschäftigung mit dem Alltäglichen auf jede erdenkliche Weise. Die Anhänger sollen ein aktives Interesse an allen Menschen um sie herum entwickeln, über diese ausführlich mit anderen Nachbarn und Freunden reden und sehr genau auf Details achten, damit die Geschichten weitergegeben werden können, vorzugsweise mit erzählerisch wertvollen Bereicherungen.

Besonderes Interesse soll man den Gebrechen anderer Leute entgegenbringen. Auch die Jünger selbst sollen chronische Leiden zur Sprache bringen, zum Beispiel »Ich hab was am Bein«, »Bei mir ist es der Ellbogen«, oder »Ach ja, mein Fuß ...«.

Wenn einem Anhänger von einem Gebrechen erzählt wird, ist es von großer Bedeutung, dass er jemand anderen kennt, der unter dem gleichen Gebrechen leidet und bei dem es entweder nach wenigen Tagen wieder verschwunden ist oder der vielleicht sogar daran gestorben ist. Der Tod (oder das Nichteintreten desselben) spielt in diesen Geschichten eine große Rolle, meist in der Form, dass jemand »mit dreißig Jahren von den Ärzten hörte, er hätte nur noch ein Jahr zu leben, und nun ist der Mann fünfundneunzig«. Oder: »Er sah kerngesund aus, und am nächsten Morgen – paff! Mausetot!«

Die Jünger brauchen ein ausgesprochen gutes Gedächtnis, um sich in allen Einzelheiten erinnern zu können, wer was zu wem gesagt hat, zum Beispiel: »Als unsere Fran geheiratet hat ...«

Der Weg von Frau Kosmopilit schließt nicht aus, dass man Stätten der religiösen Verehrung besucht, traditionellerweise solche der strengeren und anspruchsvolleren Sekten. Die ideale Kirche für Frau K. wäre eine mit strengen Geboten gegen die Nachbarin, gegen junge Leute, gegen die Katzen anderer Leute im eigenen Garten, gegen Leute, die sich wegen der eigenen Katze in ihren Gärten beschweren und dergleichen. Bis zu jenem glücklichen Tag wird Frau K. Omnianerin bleiben, natürlich wegen der Möglichkeit, um sich zu schlagen.

Viele religiöse Lehren konzentrieren sich nach Lu-Tzes Ansicht zu sehr auf die Gesundheit des Körpers statt auf die Bedürfnisse der Seele. Der Weg legt großen Wert auf die Wiederherstellung dieses Gleichgewichts.

Es gibt keine Obergrenze für die Menge an Tee und Keksen, die verspeist werden dürfen.

Iss reichlich gebackene Bohnen auf deinem Toast – eine himmlische Speise.

Genieße Makkaroni mit Käse, Bubble and Squeack, Bread-and-Butter-Pudding und andere Mahlzeiten, die die Seele nähren, und geh in der folgenden Stunde nicht baden.*

Meditation und der Weg

Der Weg von Frau Kosmopilit und die Öffnung des Zweiten Magens

Die Meditation ist die Mittellinie auf der Straße zur Erleuchtung, doch allzu häufig läuft die Meditation in der Praxis folgendermaßen ab:

Auf einer Party erzählt jemand, wie toll er sich fühlt, seit er meditiert, und dass er damit sein Leben in Ordnung gebracht hat.

Du beschließt, es auch einmal auszuprobieren. Immerhin hört es sich um Längen besser an, als Tung-Thai im Park zu praktizieren, was wie Kampfsport aussieht, den man mit einem Hundertstel der normalen Geschwindigkeit ausübt. Außerdem kannst du wieder deine alten Judosachen benutzen.

Du kaufst eine Matte, Räucherstäbchen, ein Windspiel, ein Buch. Du meldest dich zum Kurs an.

Du hinterlässt deinen Angehörigen eine Nachricht für den Fall, dass du von irgendeiner Astralebene nicht mehr runterkommst.

* Die Anhänger des Schwarzen Kults von Frau Lisa Leichtfuß interpretieren dieses Gebot so, dass man nach einer Stunde baden *soll*, aber diese Leute kommen ständig auf solche Ideen.

Du nimmst dir das Buch vor. Du liest, dass es mehrere Phasen gibt, die einer erfolgreichen Meditation vorausgehen:

Phase 1
Matte ausrollen, im Schneidersitz hinhocken. Geist leeren.

Phase 2
Du überlegst, ob du schon lange genug meditiert hast. Zudem verbreitet sich leichte Panik, weil dein linkes Bein nicht mehr zu spüren ist. Du versuchst, das geistige Bild eines riesigen Blutgerinnsels im Bein zu verdrängen.

Phase 3
Du überlegst, ob irgendjemand was merkt, wenn du auf die Uhr schaust.

Phase 4
Du überlegst, ob es besser gewesen wäre, wenn du vor dem Meditieren vielleicht doch noch einmal zur Toilette gegangen wärst.

Phase 5
Du schielst auf deine Armbanduhr. Du stellst fest, dass du seit genau fünfundvierzig Sekunden meditierst.

Phase 6
Du überlegst, ob du überhaupt die richtigen Sachen zum Meditieren angezogen hast. Wahrscheinlich kann man das Nirwana gar nicht erreichen mit einem riesigen rot-goldenen Kung-Fu-Kämpfer auf dem Rücken.

Phase 7
Das linke Bein ist jetzt überhaupt nicht mehr zu spüren.

Phase 8
Du überlegst, ob du vielleicht Sandalen hättest anziehen sollen.

Phase 9
Du überlegst, was da hinter deinem Kopf summt.

Phase 10
Du überlegst, ob es erlaubt ist, nach dem summenden Vieh zu schlagen.

Phase 11
Du fragst dich, ob du den Zustand der kosmischen Erleuchtung erreichen wirst, wenn du das summende Vieh totschlägst.

Phase 12
Du überlegst, ob es absolut verboten ist, eine Ameise totzutreten. Gilt dieses Verbot auch für Elefanten? Wenn ja, wie sieht es dann damit aus, dass sich die Welt auf dem Rücken von vier Elefanten dreht? Dadurch trampelt doch praktisch jeder auf ihnen herum, oder?

Phase 13
Du überlegst, ob du ein teureres Meditationsgewand hättest kaufen sollen.

Phase 14
Du müsstest dich jetzt wirklich mal ganz dringend kratzen.

Phase 15
Du suchst nach deinem inneren Selbst.

Phase 16
Du kannst dein inneres Selbst nicht finden.

Phase 17
Du gehst in die nächste Kneipe.

Die Meditation des Weges unterscheidet sich in ein paar subtilen Details von diesem Ablauf. Sie sollte nur unternommen werden, nachdem man eine der transsubstantiellen Mahlzeiten zu sich genommen hat, zum Beispiel gekochtes Rindfleisch mit Karotten oder Bratwürste in Eierteig. Zur Erlangung des tiefen Meditationszustandes sollte ein Nachtisch aus Pflaumen mit Vanillesoße oder Rosinenpudding mit Vanillesoße folgen.

Mach dir keine Sorgen, dass du platzen könntest. Genauso wie die Anhänger des transzendentalen Weges nach der Öffnung des Dritten Auges streben, wartet der transsubstantielle Schüler auf die Öffnung des Zweiten Magens, auch Pudding-Magen genannt. Dieses Streben ist latent bei allen Menschen vorhanden, wie das folgende Mantra, das täglich irgendwo wiederholt wird, sehr deutlich zeigt:

»Ehrlich, ich krieg nichts mehr runter. Ich bin pappsatt!«
»Trotzdem kann es nicht schaden, noch einen Blick in die Speisekarte zu werfen.«
»Meinetwegen, aber… oh, es gibt Karamelpudding!«

Und schon hat sich der Zweite Magen geöffnet.

Ganz gleich, welche heilige Lieblingsmahlzeit er zu sich genommen hat, der Schüler sollte sich anschließend zurücklehnen, die Hände über der Brust verschränken, die Füße vorzugsweise auf einen Stuhl legen und mit der Meditation über das Wesen des Seins beginnen, bis jemand Bescheid sagt, dass der Tee fertig ist.

Fasten

Eine gelegentliche Fastenzeit gehört zu jedem spirituellen Weg, der etwas auf sich hält, aber Lu-Tzes umfangreiche Erfahrung mit der menschlichen Natur hat ihn dazu bewogen, folgende Regeln aufzustellen:
Wenn du dich zum Fasten entscheidest, iss vorher, so viel du kannst. Das ist von lebenswichtiger Bedeutung für erfolgreiches Fasten.

Falls du Hunger verspürst, gelten folgende Dinge nicht als Verletzung der Fastenregel:
Alles, was du eigentlich gar nicht essen wolltest.
Essen, das du während der Essenszubereitung probierst.
Alles, was dir gar nicht schmeckt.
Reiskuchen.
Schlankmachende Mahlzeiten. (Je mehr du davon isst, desto schlanker wirst du, und desto weniger hast du unter dem Strich gegessen. Mit homöopathischer Nahrung ist es genau andersherum.)
Alles, was du während sportlicher Tätigkeiten isst.

Regeln des Weges

Trag eine wollene Weste, im Sommer wie im Winter.
Kümmere dich um deine eigenen Angelegenheiten.
Sprich, wenn dir danach ist.
Rede keinen Unsinn.
Trag ständig saubere Unterwäsche. Die klassische Begründung für diese Regel lautet: »Falls du von einer Kutsche mit durchgehenden Pferden überfahren wirst.« Diese Begründung ist etwas verwirrend, weil die Verschmutzung der Unterwäsche eines Menschen, der von einem Pferd niedergetrampelt und von einer Kutsche überrollt wurde, in dieser Situation erstens eher als selbstverständlich und zweitens kaum als ein derzeit akutes Problem betrachtet wird.

Transsubstantielle Weisheit

Der Suchende kommt zu Frau Kosmopilit und fragt: »Welches ist der Zweck der Weisheit?«
Ihre Antwort lautet: »Woher soll ich das wissen? Verschwinde!«
Der Suchende geht und fragt sich: Woher soll sie das wissen?
Und damit erkennt er die Wahrheit.

Ein Suchender fragt: »Wie klingt es, wenn nur eine Hand klatscht?«
Frau Kosmopilit versetzt ihm einen Schlag mit ihrem Besen, und er gelangt zur Erleuchtung.

Ein Suchender kommt zu Frau Kosmopilit und fragt sie, wie man Weltvergessenheit erreicht.

Sie antwortet: »Wenn du hier schon rumhängst, könntest du wenigstens meine kaputten Schuhe zum Schuster bringen!«

Als der Suchende die Schusterwerkstatt erreicht, findet er die Weisheit.

Eines Tages fegt Frau Kosmopilit ihre Türschwelle, als ein Suchender eintrifft. Sie ruft: »Geh von der Schwelle runter!«

Er erkennt die Wahrheit, dass wir nicht auf der Schwelle verharren können. Eine Seele kann nur ins Haus eintreten oder auf der Straße bleiben. Es gibt nur Innen-Sein und Außen-Sein. Es gibt keine Schwelle. Der Suchende hat die Wahrheit gefunden.

Frau Kosmopilit sagt zum Suchenden: »Geh mir aus dem Weg! Was willst du damit erreichen, wenn du hier nur herumstehst?«

Er geht fort und denkt ausführlich darüber nach. Er verzichtet auf Essen und Trinken, während er nach der Antwort sucht, bis er schließlich triumphierend zu Frau Kosmopilit zurückkehrt und sagt: »Was erreiche ich damit, wenn ich nur herumlaufe?«

Frau Kosmopilit versetzt ihm geschickt einen Schlag mit dem Besen.

Daraufhin hat der Suchende die Gewissheit und eine leichte Gehirnerschütterung.

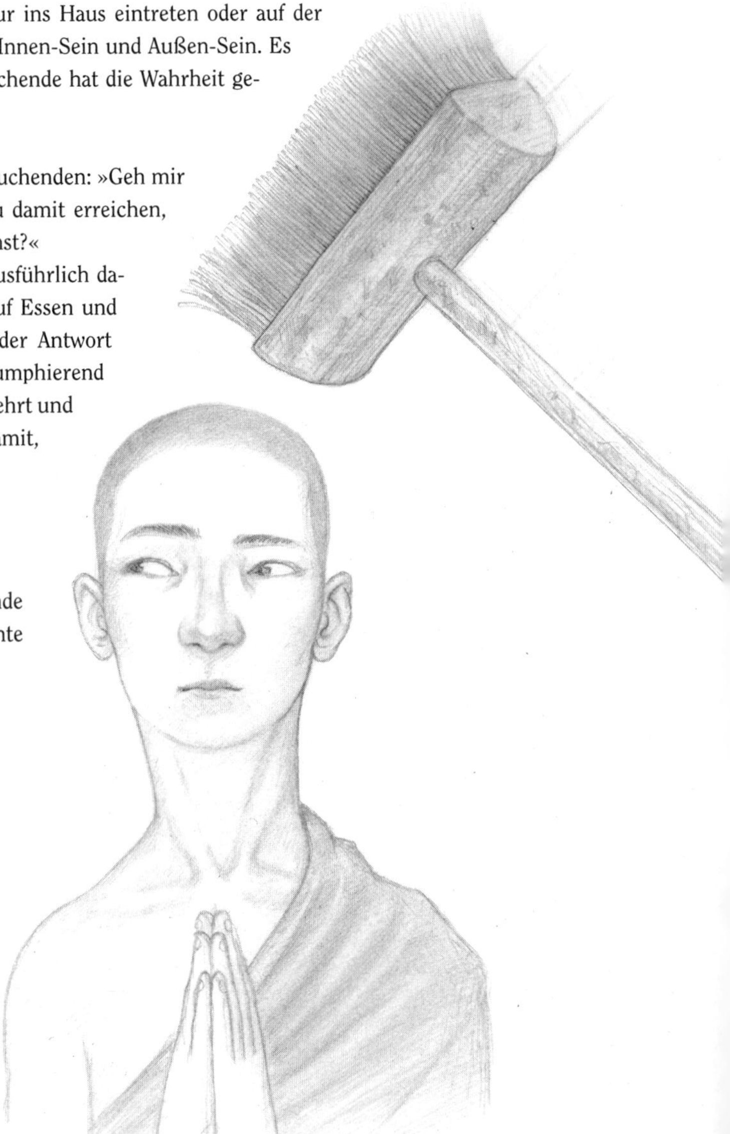

FRAU LEICHTFUSS, DIE HERRSCHERIN DER FINSTERNIS

Frau Lisa Leichtfuß, die Nachbarin von Frau Kosmopilit, stellt die leibhaftige Finsternis und die Verkörperung alles Bösen dar. Ihre Sünden sind zahlreicher als die Sterne am Himmel, doch sie bestehen hauptsächlich aus den folgenden Taten:

Sie lässt ihre Katze in Frau Kosmopilits Blumenbeet scharren.

Sie erlaubt ihrem dämonischen Spießgesellen und Untermieter ✢ Alfred, Tauben zu halten, die auf Frau Kosmopilits Wäsche kacken.

Sie ist nicht besser, als sie sein sollte. ✱

Sie trägt einen Pelzmantel, weil völlig klar ist, was das bedeutet. ➝

Sie kleidet sich viel jünger, als sie ist.

Sie ist etepetete.

Im kleinen Bergkönigreich Mutaran, das den Weg als Staatsreligion angenommen hat, gab es ausgiebige Diskussionen über das Wesen des »Etepetete-Seins«. Beim jährlichen Festumzug tanzen verschiedene Gruppen ihre jeweilige Interpretation von »Etepetete-Sein«, ein Anblick, den man sein Leben lang nicht mehr vergisst.

In Mutaran ist auch der Schwarze Kult beheimatet, dessen Glauben sich auf die natürliche Tendenz des Universums zum Ausgleich gründet und für den Frau Lisa Leichtfuß gleichermaßen der Verehrung und Kontemplation würdig ist.

✢ In den Schriftrollen im Frau-Kosmopilitistischen Tempel in Mutaran heißt es: »Das behauptet sie, aber ich habe bisher immer nur einen Satz Bettwäsche auf ihrer Leine gesehen, und das ist einfach widerlich, wo doch ihr armer Ehemann gerade mal neun Jahre tot ist!«

✱ Der Weise Wy-won hat eine fünfzigseitige Abhandlung über die Bedeutung dieser Aussage verfasst.

➝ Noch hat kein Suchender herausgefunden, was das bedeutet.

Die Balancierenden Mönche

Sie tun, was in der heiligen Schriftrolle geschrieben steht: Sie halten alles in Balance. Normalerweise werben sie nicht um Novizen, aber ihr Kloster steht jedem offen – das heißt, jedem, der es erreichen kann. Denn da es nur über ein Seil zugänglich ist, das sich über eine tiefe, windige Schlucht spannt, müssen die Mönche Anwärtern nur selten mitteilen, dass sie nicht aufgenommen werden.

Sie sind überzeugt davon, dass sie es sind, die dafür sorgen, dass das Universum im Gleichgewicht bleibt.

Wie es im Gleichgewicht bleibt, worin das Gleichgewicht besteht und wie sie für dieses Gleichgewicht sorgen, scheint niemand genau zu wissen.

Man muss allerdings überall und jederzeit damit rechnen – sei es mitten in einer Wüste, am Rand der Scheibe oder auf einem Schiff auf hoher See –, einer Gruppe von Mönchen zu begegnen, die ein Gewicht einer bestimmten Größe mit sich herumtragen, das im Allgemeinen weniger als 14,14 Pfund schwer ist. Warum ist es niemals schwerer? Niemand weiß es. Welche Folgen hätte es, wenn es 15,15 Pfund schwer wäre? Die Antwort auf diese Frage bleibt uns verschlossen.

Die Cool-Mönche

In Wirklichkeit gibt es zwei Organisationen, die als die Cool-Mönche, gelegentlich auch als »Mönche von Kühl« bezeichnet, bekannt sind. Die eine, von der die meisten Leute schon mal gehört haben, sind jene, zu denen jene gehen, die nach wahrer Coolness streben. Aber es gibt auch noch den Tempel der Echten Cool-Mönche. Dort müssen sich die Leute selbst definieren. Sie sind einfach viel zu cool, um nach einem Ort zu suchen, an dem man lernen könnte, cool zu sein.

Die »gewöhnlichen« Cool-Mönche hinken ständig einen kleinen Tick hinter der Mode her. Das sind die Leute, die ständig eine Generation hinter den neuesten Termin*ver*planern zurückgeblieben sind. Mit anderen Worten: Es sind die Leute, die losziehen und Klamotten kaufen, *weil* sie cool sind …

Die Echten Cool-Mönche tragen einfach nur irgendwelche alten Klamotten, die ihnen gefallen, und allein dadurch werden diese Klamotten zu coolen Klamotten. Coolness kommt von innen. Bevor ein Echter Mönch aus dem Kloster entlassen wird, unterzieht man ihn mehreren Prüfungen, um zu bestimmen, ob er wahre Coolness besitzt. Bei einer dieser Prüfungen wird man in einen Raum geführt, in dem sich Kleidung unterschiedlichster Stile und Moden befindet, und man wird aufgefordert, die coolsten Klamotten auszusuchen. Die korrekte Antwort lautet natürlich: »Cool ist ganz klar alles, was ich mir aussuche.«

Dennoch neigen sie dazu, Schwarz zu tragen, weil Schwarz einfach immer cool ist – es ist sogar die einzige Farbe, die niemals uncool gemacht werden kann, obwohl es vielen fast gelungen wäre. Manchmal tragen sie auch Pink, denn wenn man wahrlich cool ist, dann ist auch Pink cool. Irgendwo im innersten Tempel verbirgt sich anscheinend das wahre Geheimnis der Coolness.

Es herrscht die weitverbreitete Ansicht, dass es irgendwann zum Kampf zwischen diesen beiden Fraktionen kommen wird, da sich die Fast Echten Cool-Mönche immer mehr über die anderen ärgern. Coolness mag von innen kommen, raunen sie finster, aber das gilt auch für Blut, und schließlich könnte es auch ein Modetrend sein, immer ein bisschen hinterherzuhängen.

Suche nicht nach Coolness. Dabei wirst du nur am falschen Ort landen. Warte darauf, dass die Coolness dich findet und ganz leise »Hi« zu dir sagt.

Die Lauschenden Mönche

Sie sind die älteste religiöse Sekte der Scheibenwelt – obwohl sich selbst die Götter uneins sind, ob das Lauschen wirklich eine Religion im eigentlichen Sinne ist.

Das Oberhaupt der Lauscher – auch die Heiligen Lauscher genannt – ist Abt Lobgesang. Er ist der neunundachtzigste Abt, aber er ist ein Opfer der Reinkarnation, da er kontinuierlich als Kind wiedergeboren wird, das zum Zeitpunkt seines Todes empfangen wird. Jedes Mal, wenn ein Abt stirbt, gehen die Mönche durchs Dorf und suchen nach einem männlichen Säugling, dessen Empfängnis sich mit der Todesstunde des alten Abts deckt. Dieser Junge wird dann zum neuen Abt ernannt und so weiter. Nur während der kurzen Zeitspanne zwischen Tod und Empfängnis ist es Lobgesang gestattet, sich seiner wahren Situation bewusst zu werden: dass er sich in einer Art ewigen karmischen Schleife befindet.

Die Lauscher bemühen sich herauszufinden, was genau der Schöpfer sagte, als er das Universum erschuf. Offensichtlich kann nichts, was der Schöpfer gemacht hat, jemals vernichtet werden, also müssen jene ersten Silben immer noch irgendwo vorhanden sein. Sie schwirren zwischen der Materie des Kosmos herum, müssen aber für einen wirklich guten Lauscher immer noch hörbar sein. Die Mönche debattieren ständig über die tatsächliche Bedeutung der Worte, die sie hören.

Für Novizen dieser Sekte gibt es einen Test. Jemand wirft eine spezielle Münze, während sich der Novize an einem speziellen Ort auf der anderen Seite des Gebirgszuges befindet. Dann muss der Novize sagen, welche Farbe die Münze hatte.

Die Lauschenden Mönche leben in einem Tempel, der wie ein großer weißer Ammonit geformt ist und am Ende eines trichterförmigen Tals liegt. Die Lauscher stellten fest, dass dieses besondere Tal durch Eis und Zufall so gestaltet wurde, dass es das perfekte akustische Gegenstück zu einem Echotal darstellt. Sie haben ihren Tempel mit den vielen Räumen sozusagen genau an der Stelle errichtet, wo im Haus eines Hi-Fi-Fanatikers der bequeme Sessel steht. Ein kompliziertes System aus Schallwänden verstärkt jeden Laut, der vom Trichtertal aufgefangen wird, bis er die innerste Kammer erreicht, wo zu jeder Tages- und Nachtzeit drei Mönche sitzen und lauschen.

Dieses verborgene Tal ist nur über eine schmale Treppe zugänglich. Das nächste Dorf liegt ein paar

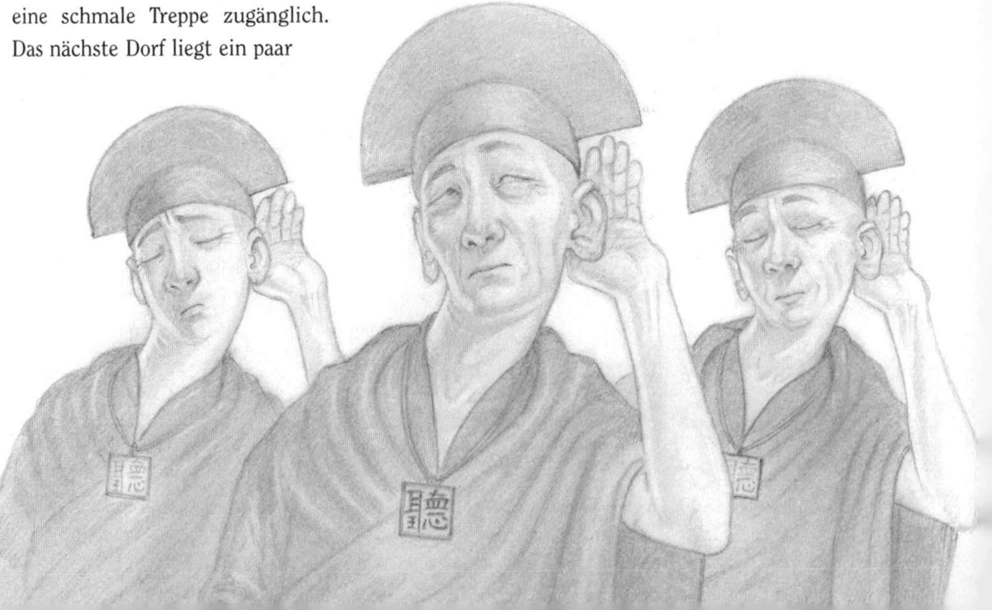

Meilen vom Tempel entfernt in einem tieferen Tal. Doch je mehr sich die Zivilisation ausbreitet, desto schwieriger wird es, überhaupt noch etwas zu hören. Die Botschaft, die die Heiligen Lauscher gerne der Welt mitteilen möchten, lautet: »Macht doch bitte nicht so viel Lärm!«

Der Weg von Lobsang Schnapper

Niemand weiß, wo sich dieser Tempel befindet, aber es erscheinen regelmäßig Werbeanzeigen in den Zeitungen von Ankh-Morpork. Viele Menschen glauben fest daran, dass der Kauf von möglichst vielen Abhandlungen über die Erleuchtung durch einen osmotischen Prozess dazu führt, dass die Erleuchtung von diesen Pamphleten auf den noch unerleuchteten Leser übergeht.

Eine Abzweigung des Weges von Lobsang Schnapper war der Homöopathische Whisky – eine Idee, die von Treibe-mich-selbst-in-den-Ruin-Schnapper an Bärdrückers Whiskybrennerei verkauft wurde. Es handelte sich um eine recht kurzlebige Marke, die sich trotz bester wissenschaftlicher Empfehlungen nie am Markt durchsetzen konnte. Der Grundsatz der Homöopathie besagt bekanntlich, dass sich die Wirkung einer Medizin verstärkt, je mehr man sie verdünnt. Jimkin Bärdrücker ließ sich von einem Vertreter des Weges von Lobsang Schnapper überzeugen und entschied, dass sich diese Idee gewinnbringend auf sein Produkt anwenden ließ. Die Slogans »Enthält garantiert kein einziges Atom Whisky, stand aber in einem Raum, wo früher einmal Whisky gelagert wurde« und »Jeder Tropfen millionenfach verdünnt!« kamen bei der Kundschaft seltsamerweise überhaupt nicht an, obwohl es theoretisch genügt, sich lediglich im selben Raum wie eine entkorkte Whiskyflasche aufzuhalten, um den Kunden sturzbesoffen zu machen.

Infolgedessen zog Schnapper das Produkt zurück und verkaufte es unter eigener Regie, nachdem er es »Die Erinnerung an Whisky« nannte. Da sie immateriell ist, wird sie in einem kleinen versiegelten Umschlag geliefert, den man vorsichtig über einem Glas Wasser entleert. Das Nette an der Erinnerung an Whisky ist, dass sie sich nach dem Kauf von Glas zu Glas weitergeben lässt, sodass es dem Kunden fortan nie mehr an Erinnertem Whisky mangeln wird.

Schnapper besitzt außerdem eine große Sammlung von Perlen und Symbolen, Glöckchen und Rädern, die seine gläubigen Anhänger natürlich käuflich als Anhänger von ihm erwerben können.

JANUAR/OFFEL

Aus dem Weg von Frau Kosmopilit

Frau Kosmopilit sagt: Ein bisschen Wasser und Seife hat noch niemanden umgebracht.
Was tatsächlich wahr ist – abgesehen von jenem Zwischenfall im Jahre 1698, als Josiah Grubbly von einem Waschbecken erschlagen wurde.

Aus dem Weg von Frau Kosmopilit

Frau Kosmopilit sagt: Langweilig! Wie kann dir langweilig sein? In deinem Alter war mir nie langweilig!
Und tatsächlich, beim Durchblättern der Tagebücher von Frau K. aus den Jahren, als sie in deinem Alter war, zeigt sich, dass sie Recht hat.

Aus dem Weg von Frau Kosmopilit

Frau Kosmopilit sagt: Glaubst du, das hier ist ein Hotel? Du kannst doch nicht einfach hier reinkommen, um zu schlafen!
Damit gelingt es Frau K. immer wieder, ihre zahlenden Gäste zu überraschen.

FEBRUAR/FEBRUAR

Aus dem Weg von Frau Kosmopilit

Frau Kosmopilit sagt: Wenn sich der Wind dreht,
bleibt dein Gesicht, wie es ist.
Die korrekte Antwort lautet: Und wie ist es?

Aus dem Weg von Frau Kosmopilit

Frau Kosmopilit sagt: Schließ die Tür!
Du bist nicht in einer Scheune geboren.
Der Schüler erwidert: Die Tür einer guten Scheune
ist stets geschlossen.

Aus dem Weg von Frau Kosmopilit

Frau Kosmopilit sagt:
Tu nicht, was ich tue, sondern, was ich sage.
Der Schüler antwortet: Wer sagt das?

MÄRZ/MÄRZ

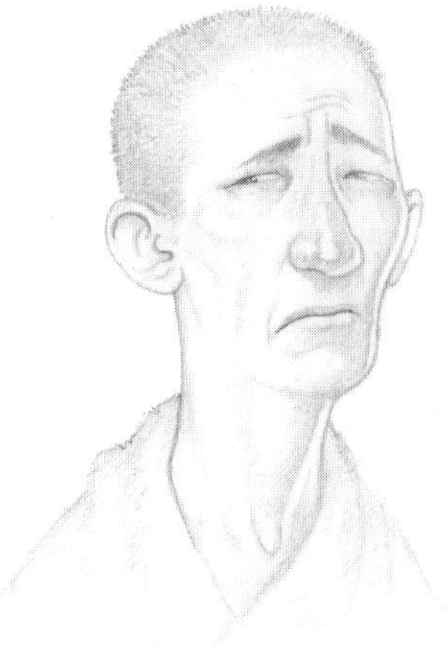

Aus dem Weg von Frau Kosmopilit

Frau Kosmopilit sagt: Ich bin doch kein Krösus!
Der Schüler antwortet: Was ist denn schon Geld?
Doch nur ein Abstraktum … Aua!

Aus dem Weg von Frau Kosmopilit

Frau Kosmopilit sagt: Geh nicht mit nassem Kopf hinaus!
Du wirst dir noch eine Erkältung einfangen.
Der Schüler antwortet:
Ich werde die Hände hinter dem Rücken verschränken.

Aus dem Weg von Frau Kosmopilit

Frau Kosmopilit sagt:
Es wird nicht besser, wenn du daran kratzt.
Der Schülter antwortet: Was juckt es mich?

APRIL/APRIL

Aus dem Weg von Frau Kosmopilit

Frau Kosmopilit sagt:
Sprich nicht mit vollem Mund!
Der Schüler erwidert: Hmmpf?

Aus dem Weg von Frau Kosmopilit

Frau Kosmopilit sagt:
Genug ist genug!
Der nach Weisheit Suchende sagt: Und?

Aus dem Weg von Frau Kosmopilit

Frau Kosmopilit sagt: Wie kannst du wissen, dass es dir nicht schmeckt, wenn du es noch gar nicht probiert hast?
Der Schüler antwortet: Habe ich nicht jeden Tag hier gegessen?

MAI/MAI

Aus dem Weg von Frau Kosmopilit

Frau Kosmopilit sagt: Steck das nicht in den Mund!
Du weißt nicht, wo es gewesen ist.
Der Suchende sagt: Es gibt nur ein Jetzt, also existiert kein »gewesen«.

Aus dem Weg von Frau Kosmopilit

Frau Kosmopilit sagt:
Hast du nichts Besseres zu tun?
Der Schüler antwortet:
Ich werde gehen und an den Kirschblüten riechen.

Aus dem Weg von Frau Kosmopilit

Frau Kosmopilit sagt:
Wie oft muss ich es dir noch sagen?
Der Schüler antwortet: Nur noch einmal.

JUNI/JUNI

Aus dem Weg von Frau Kosmopilit

Frau Kosmopilit sagt:
Ich merke es jedes Mal, wenn du lügst.
Der Weise erwidert: Es gibt keine Wahrheit.

Aus dem Weg von Frau Kosmopilit

Frau Kosmopilit sagt: Wenn Om gewollt hätte, dass du Löcher
in den Ohren (Augenbrauen, Zunge usw.) hast,
hätte Er welche hineingemacht!
Der Suchende sagt: Löcher sind nichts.

Aus dem Weg von Frau Kosmopilit

Frau Kosmopilit sagt: Wenn es ein Hund wäre,
hätte es dich längst gebissen.
Das trifft zu, wenn man nach etwas sucht, das leicht zu
finden ist – nicht wie du vielleicht denken könntest, wenn du in
einem Zoo bist und dir plötzlich eine Schildkröte am Finger hängt.

JULI/GRUNI

Aus dem Weg von Frau Kosmopilit

Frau Kosmopilit sagt:
Ich werde dich nicht noch einmal fragen.
Die korrekte Antwort ist Schweigen.

Aus dem Weg von Frau Kosmopilit

Frau Kosmopilit sagt: Wenn ich es dir einmal gesagt habe …
habe ich es dir eine Million Mal gesagt.
Der Weise erwidert:
Eine Million besteht hauptsächlich aus Nullen.

AUGUST/AUGUST

Aus dem Weg von Frau Kosmopilit

Frau Kosmopilit sagt: Wenn du deinen Teller nicht leer isst, bekommst du keinen Nachtisch.
Der Suchende sagt: Für mich besonders viel Vanillesoße, bitte!
Frau Kosmopilit sagt: Gibt es einen Löffel?

Aus dem Weg von Frau Kosmopilit

Frau Kosmopilit sagt: Wenn du nicht aufhörst zu heulen, gebe ich dir etwas, worüber du heulen wirst!
Der Suchende sagt: Das wird uns nicht weiterbringen.

Aus dem Weg von Frau Kosmopilit

Frau Kosmopilit sagt: Ich werde dich wie einen Erwachsenen behandeln, sobald du dich wie einer benimmst.
Der Suchende sagt: Ich werde sofort einen Krieg anfangen.

Aus dem Weg von Frau Kosmopilit

Frau Kosmopilit sagt: Wenn du mir weiter mit diesem kosmischen Zeug kommst, wirst du meinen Besen zu spüren bekommen.
Der neue Schüler erwidert: Existenziell betrachtet gibt es gar keinen Be … Aua!

SEPTEMBER/SPUNI

Aus dem Weg von Frau Kosmopilit

Frau Kosmopilit sagt: Sag das noch einmal,
und ich spüle dir den Mund mit Seife aus!
Eine Lektion, die man schon nach dem ersten Mal gelernt hat.

Aus dem Weg von Frau Kosmopilit

Frau Kosmopilit sagt: Wenn du mit dem Feuer spielst,
wirst du das Bett nass machen.
Der Suchende sagt: Damit befindet sich das Universum
wieder im Gleichgewicht.

Aus dem Weg von Frau Kosmopilit

Frau Kosmopilit sagt: Wenn eine alleinstehende Frau
mit einem Stück Hochzeitskuchen unter dem Kopfkissen schläft,
wird sie von ihrem künftigen Ehemann träumen.
Erst recht, wenn er sich zu diesem Zeitpunkt
in ihrem Bett befindet.

OKTOBER/SEKTOBER

Aus dem Weg von Frau Kosmopilit

Frau Kosmopilit sagt: Als ich in deinem Alter war, musste ich jeden Tag ganz allein zehn Meilen durch den Schnee und den Berg rauf- und runtergehen, um zur Schule zu gelangen.
Der Schüler fragt: Hast du wirklich so nahe an der Schule gewohnt, dass du nicht länger als einen Tag gebraucht hast?

Aus dem Weg von Frau Kosmopilit

Frau Kosmopilit sagt: Wenn du nichts Nettes sagen kannst, sag lieber gar nichts.
Der Suchende erwidert: Warum ist es hier plötzlich so still?

NOVEMBER/ASCHE

Aus dem Weg von Frau Kosmopilit

Frau Kosmopilit sagt: Lerne, mit Messer und Gabel zu essen.
Der Suchende sagt: Es gibt kein Messer. Es gibt keine Gabel.
Vielleicht gibt es Bratensoße.
Frau Kosmopilit sagt: Aber es gibt auch keinen Löffel! Ätsch!

Aus dem Weg von Frau Kosmopilit

Frau Kosmopilit sagt: Zwing mich nicht, da reinzukommen!
Der Schüler erwidert: Es gibt kein »da«.

Aus dem Weg von Frau Kosmopilit

Frau Kosmopilit sagt: Geh in dein Zimmer und denk darüber nach, was du getan hast!
Hu-lin wurde drei Jahre später in mumifiziertem Zustand aufgefunden, nachdem er in sein Zimmer bei Frau K. gegangen war, um darüber nachzudenken, was er getan hatte. Er hatte sich so sehr in diesen Gedanken vertieft, dass er nie mehr zurückkehrte. Er gelangte zur Erleuchtung, aber nicht zu einem Mittagessen.

Aus dem Weg von Frau Kosmopilit

Frau Kosmopilit sagt: Wenn du zu krank bist, um arbeiten zu gehen, bist du auch zu krank, um heute Abend auszugehen.
Der Schüler antwortet:
Zwischen jetzt und dem Abend liegt die Ewigkeit.

DEZEMBER/DEZEMBER

Aus dem Weg von Frau Kosmopilit

Frau Kosmopilit sagt:
Ich werde nicht immer da sein, um all diese Sachen für dich zu tun.
Der Weise erwidert: Ich werde nicht immer da sein,
um sie tun zu lassen.
Das Universum wird wieder im Gleichgewicht sein.

Aus dem Weg von Frau Kosmopilit

Frau Kosmopilit sagt: Wenn du ein Brennen in den Ohren spürst,
bedeutet das, dass jemand über dich redet.
Obwohl es natürlich durchaus sein kann, dass du in einem
brennenden Bett liegst.

Wimmler & Rolle

Wassermarkt 2, Ankh-Morpork

Topqualität, Drucke für Banken,
Versicherungen und Post.
Erstklassiger Service ~
Hochzeits-Papierwaren, Poster
und Broschüren fürs Theater.

Scheibenwelt-Briefmarken

Erhältlich bei Bernard (dem Schlauen Kunsthandwerker) Pearson, High Street, Wincanton.

www.discworldstamps.co.uk

Bringt eure Kinder zum

Schneevater
bei *Kaufgut*

jetzt in der Heimlichweiter-Straße

Holen Sie sich ein Geschenk und ein pfiffiges Abzeichen!

(Abzeichen von TMSIDR Schnapper ~ siehe unten)

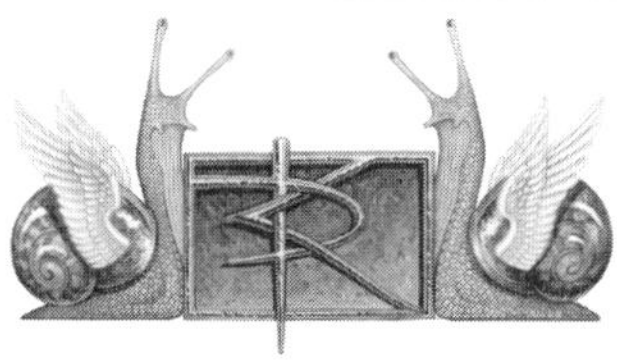

WEBSITE VON PAUL KIDBY
Mehr Informationen über meine neuesten Werke und mehr

www.paulkidby.net

T. M. S. I. D. R. Schnapper
GmbH

TMSIDR Schnapper weist seine zahlreichen Kunden gern darauf hin, dass seine Waren auf der Rundwelt über den Beauftragten Mr. Stephen (TMSIRD) Briggs bezogen werden können. Das große Angebot an Emaille-Abzeichen, T-Shirts, Geschirrtüchern aus der Geflickten Trommel, Hargas Schürze, »Times«-Schlüsselringen, UU-Schalen, akademischen Abschlüssen an der Unsichtbaren Universität usw. ist um NEUE DINGE erweitert worden, darunter ein »Ich habe den Schneevater bei Kaufgut getroffen«-Abzeichen und ein diskretes Abzeichen der Assassinengilde mit einem von Lord Vetinari unterzeichneten Graduierungszertifikat. Frankierter Rückumschlag an
CMOT Dibbler, PO Box 147, Oxford, OX2 8YT, oder besuchen Sie unsere Website:

www.CMOTDibbler.com

Mitarbeiter gesucht

Postboten, Kutscher, Schalterbeamte, Reinigungskräfte und Klackeristen. Bewerbungen an Fräulein Makkalariat in der Post am Breiten Weg, Ankh-Morpork.

*Rechtzeitig an die **Silvesterpost** denken*

Der Scheibenwelt-Kalender basiert auf der englischen Originalausgabe,
die unter dem Titel »Lu-Tze's Yearbook of Enlightenment 2008«
bei Victor Gollancz Ltd., London, erschienen ist.

Ins Deutsche übertragen von Bernhard Kempen

Deutsche Erstausgabe August 2008

First published by Victor Gollancz Ltd.,
an imprint of Orion Books Ltd., London.

Umschlaggestaltung: Design Team München
Umschlagillustration: Paul Kidby/Orion Publishing Group